HARLAN COBEN

Nichts bleibt begraben

AF203596

 **GOLDMANN**

HARLAN COBEN

Nichts bleibt begraben

Thriller

GOLDMANN

Die Originalausgabe erschien 2021
unter dem Titel »Win« bei Grand Central Publishing,
New York/Boston.

Penguin Random House Verlagsgruppe FSC® N001967

2. Auflage
Taschenbuchausgabe Dezember 2022
Copyright © der Originalausgabe 2021 by Harlan Coben
Copyright © der deutschsprachigen Ausgabe 2021
by Wilhelm Goldmann Verlag, München,
in der Penguin Random House Verlagsgruppe GmbH,
Neumarkter Str. 28, 81673 München
Redaktion: Anja Lademacher
Umschlaggestaltung: UNO Werbeagentur, München
Umschlagmotiv: © Arcangel/Yolande de Kort;
Arcangel/Peter Greenway; FinePic®, München
TH · Herstellung: ik
Satz: Uhl + Massopust, Aalen
Druck und Bindung: GGP Media GmbH, Pößneck
Printed in Germany
ISBN: 978-3-442-49351-7

www.goldmann-verlag.de

Für Diane und Michael Discepolo
Mit Liebe und Dankbarkeit

Es ist der Wurf, der die Meisterschaft entscheiden wird. Langsam und im hohen Bogen fliegt der Ball auf den Korb zu.

Mir ist das egal.

Alle anderen im Lucas Oil Stadium in Indianapolis starren mit offenen Mündern auf den Ball.

Ich nicht.

Ich starre auf die andere Seite des Felds. Zu ihm hinüber.

Natürlich habe ich einen Platz am Spielfeldrand auf Höhe der Mittellinie. Rechts neben mir sitzt ein Marvel-Superheld-Schauspieler der ersten Garde in einer Art Kompressions-T-Shirt, das jeden einzelnen Muskel hervorhebt – Sie kennen ihn –, und links von mir präsentiert der umjubelte Rap-Mogul Swagg Daddy, dem ich vor drei Jahren seinen Privatjet abgekauft habe, ein Modell seiner eigenen Sonnenbrillenmarke. Ich mag Sheldon (das ist Swagg Daddys richtiger Name), sowohl als Menschen als auch seine Musik, allerdings begrüßt er die Leute so überschwänglich und fröhlich, dass ich es als extrem unterwürfig empfinde und vor Scham im Boden versinken möchte.

Ich selbst trage einen maßgeschneiderten dunkelblauen Nadelstreifenanzug aus der Savile Row, ein Paar handgefertigte bordeauxfarbene Bedfordshire-Schuhe von Basil, dem besten Schuhmacher von GJ Cleverley's eine Limited Edition Lily-Pulitzer-Seidenkrawatte in Rosa und Grün und die Sonderanfertigung eines Hermès-Einstecktuchs, das mit himmlischer Präzision aus der linken Brusttasche hervorschaut.

Ich bin ein echter Dandy.

Außerdem bin ich – für alle, die nicht zwischen den Zeilen lesen können – reich.

Der Ball, der durch die Luft fliegt, wird über den Ausgang des gehypten College-Basketballturniers entscheiden, das auch als »March Madness« bekannt ist. Schon seltsam, wenn man sich das überlegt. All der Schweiß und die Tränen, das Taktieren, der Talentaufbau und das Training, dazu die unzähligen Stunden, in denen die Spieler allein vor der Garage auf den Korb werfen, die Dribbel- und Passübungen, das Gewichteheben und die Steigerungsläufe, die man so oft wiederholt, bis man sich übergibt, all die Jahre in den unterschiedlichsten, aber immer miefigen Sporthallen. Basketballgruppen für Kinder, Basketballsommercamps, Basketballjugendturniere, Highschool-Basketball, Sie verstehen schon, was ich meine – und im Endeffekt läuft alles nur darauf hinaus, dass eine simple orangefarbene Kugel den Regeln der Physik folgend genau in diesem Moment auf einen metallischen Zylinder zufliegt.

Entweder geht der Ball daneben und die Duke University gewinnt, oder er geht rein und die South State University und ihre Fans stürmen zum Feiern auf den Platz. Der Marvel-Superheld war auf der South State University. Swagg Daddy hat, so wie ich, die Duke University besucht. Beiden sieht man die Erregung an. Die lärmende Menge verstummt vor Anspannung. Die Zeit scheint langsamer zu vergehen.

Noch einmal: Obwohl meine Alma Mater beteiligt ist, ist mir das egal. Ich kann mit dem ganzen Fanrummel nichts anfangen. Es interessiert mich nicht, wer einen Wettbewerb gewinnt, an dem ich nicht aktiv teilnehme – oder jemand, der mir am Herzen liegt. Ich frage mich oft, warum andere Leute so etwas tun.

Ich nutze die Zeit, um mich auf ihn zu konzentrieren.

Er heißt Teddy Lyons und ist einer der übertrieben vielen Assistenztrainer auf der Bank von South State. Er ist gut einen Meter achtzig groß und kräftig, ein fescher, fleischiger Bauerntrampel. Big T – er möchte so genannt werden – ist dreiunddreißig Jahre alt, und dies ist bereits sein vierter Job als College-Coach. Soweit ich weiß, ist er ein ganz ordentlicher Taktiker, sein Spezialgebiet ist jedoch die Talentsuche.

Die Hupe ertönt und verkündet das Ende der Spielzeit. Der Ausgang des Wettbewerbs ist noch immer offen.

Es ist so still in der Arena, dass ich tatsächlich höre, wie der Ball auf den Ring trifft.

Swagg umklammert mein Bein. Der Marvel-Superheld drückt mir einen muskulösen Trizeps auf die Brust, als er erwartungsvoll die Arme ausbreitet. Der Ball prallt einmal, zweimal, dann ein drittes Mal auf den Ring, als wollte dieses leblose Objekt die Menge piesacken, bevor es völlig eigenständig über Sieg oder Niederlage entscheidet.

Ich behalte weiterhin Big T im Auge.

Als der Ball schließlich vom Ring rollt und zu Boden fällt – eindeutig ein Fehlwurf –, explodiert der Bereich der Arena, in dem die Blue-Devil-Fans sitzen. Am Rand meines Sichtfelds sacken alle auf der South-State-Bank zusammen. Ich mag das Wort »niederschmetternd« nicht – es ist ein seltsames Wort –, aber hier passt es. Sie sacken zusammen und wirken tatsächlich niedergeschmettert. Ein paar kollabieren und brechen in Tränen aus, als die Realität der Niederlage langsam in ihr Bewusstsein vordringt.

Nicht so Big T.

Marvel-Superheld lässt sein hübsches Gesicht in seine Hände

sinken. Swagg Daddy umarmt mich. »Wir haben gewonnen! Win!«, schreit er. Dann überlegt er kurz: »Oder klingt ›Wir sind Gewinner, Win‹ besser?«

Ich runzele die Stirn. Das Stirnrunzeln sagt ihm, dass ich Besseres erwartet habe.

»Ja, schon gut«, sagt Swagg.

Ich kann ihn kaum hören. Das Getöse ist mehr als ohrenbetäubend. Er beugt sich weiter zu mir herüber.

»Meine Party wird fantastisch!«

Er läuft aufs Feld und mischt sich unter die Feiernden. Mit ihm stürmt der Rest der ausgelassen jubelnden Masse auf den Platz und verschluckt ihn. Ein paar Leute klopfen mir im Vorbeigehen auf den Rücken. Sie wollen mich zum Mitfeiern animieren, ich aber bleibe sitzen.

Wieder halte ich nach Teddy Lyons Ausschau, doch der ist verschwunden.

Aber nicht lange.

* * *

Zwei Stunden später sehe ich Teddy Lyons wieder. Er stolziert auf mich zu.

Ich befinde mich in einem Dilemma.

Ich werde Big T verletzen. Daran führt kein Weg vorbei. Ich bin mir noch nicht sicher, wie, aber auf jeden Fall wird er schwere körperliche Schäden davontragen.

Das ist nicht mein Dilemma.

Mein Dilemma ist das Wie.

Nein, ich habe keine Angst, erwischt zu werden. Dieser Aspekt ist komplett durchgeplant. Big T hat eine Einladung zu Swagg Daddys Party bekommen. Und so kommt er gerade durch die Tür, die er für den VIP-Eingang hält. Was er aber nicht ist. Eigentlich findet hier nicht einmal die Party statt. Es dröhnt zwar laute Musik durch den Korridor, aber das ist nur Show.

In diesem Lagerhaus sind nur Big T und ich.

Ich trage Handschuhe. Ich bin bewaffnet – das bin ich immer –, obwohl ich die Waffen nicht brauchen werde.

Big T kommt näher, also kehren wir zurück zu meinem Dilemma: Schlage ich ohne Vorwarnung zu, oder gebe ich ihm das, was manche Leute als eine faire Chance betrachten würden?

Es geht mir nicht um Moral oder Fair Play oder so etwas. Wie die allgemeine Bevölkerung dies bezeichnen würde, ist mir egal. Ich habe mir im Laufe der Jahre schon diverse Kratzer geholt. Wenn man in den Kampf zieht, sind sämtliche Regeln schnell hinfällig. Beißen, treten, mit Sand werfen, Waffen benutzen, man tut einfach, was nötig ist. In richtigen Kämpfen geht es ums Überleben. Da gibt es weder Preise noch Belobigungen für Fairness. Es gibt einen Sieger und einen Verlierer. Weiter nichts. Ob man dabei »geschummelt« hat, ist völlig egal.

Kurz zusammengefasst: Bei dieser abscheulichen Kreatur habe ich nicht die geringsten Skrupel zuzuschlagen, auch wenn sie noch nicht bereit ist. Ich habe keine Angst davor, ihn mit einem – um es umgangssprachlich auszudrücken – »billigen Trick« zu überrumpeln. Eigentlich hatte ich sogar genau das geplant: Ich wollte ihm eine verpassen, solange er noch unvorbereitet ist. Mit einem Schläger, einem Messer oder dem Pistolenkolben. Bring es zu Ende.

Und wo liegt jetzt das Dilemma?

Das Dilemma ist, dass es mir nicht ausreicht, ihm die Knochen zu brechen. Ich will auch seinen Geist brechen. Und wenn ein harter Kerl wie Big T einen vermeintlich fairen Kampf gegen meine zierliche Wenigkeit verliert – ich bin älter, viel kleiner und leichter und viel attraktiver (daran gibt es keinen Zweifel), also das Paradebeispiel eines verweichlichten Dandys –, würde das Big T wahrhaft demütigen.

Und genau das will ich erreichen.

Er ist nur noch wenige Schritte von mir entfernt. Ich treffe meine Entscheidung, trete vor und versperre ihm den Weg. Big T bleibt stehen und runzelt die Stirn. Er starrt mich einen Moment lang an. Ich lächle ihm zu. Er erwidert das Lächeln.

»Ich kenn Sie«, sagt er.

»Was Sie nicht sagen.«

»Sie sind vorhin beim Spiel gewesen. Haben am Spielfeldrand gesessen.«

»Schuldig«, sage ich.

Er streckt seinen riesigen Handschuh aus, um mir die Hand zu schütteln. »Teddy Lyons. Man nennt mich Big T.«

Ich schüttele seine Hand nicht. Ich starre sie an, als hätte er sie gerade aus dem Anus eines Hundes gezogen. Big T wartet einen Moment, wie erstarrt, dann zieht er seine Hand zurück, als wäre sie ein kleines Kind, das getröstet werden muss.

Ich lächle ihm wieder zu. Er räuspert sich.

»Wenn Sie mich entschuldigen würden …«

»Das würde ich nicht, nein.«

»Was?«, fragt er.

»Sie sind etwas schwer von Kapee, nicht wahr, Teddy?« Ich seufze. »Nein, ich würde und werde Sie nicht entschuldigen. Für Sie gibt es keine Entschuldigung. Können Sie mir jetzt folgen?«

Sein Blick verfinstert sich wieder. »Haben Sie irgendein Problem?«

»Hm. Was lässt sich darauf entgegnen?«

»Hä?«

»Ich könnte sagen: ›Nein, aber *Sie* haben ein Problem‹, oder ›Ich? Danke mir geht's bestens‹, oder etwas in der Art, aber ehrlich gesagt klingen all diese humorigen Repliken in meinen Ohren nicht ganz richtig.«

Big T wirkt perplex. Eigentlich will er mich einfach beiseiteschieben. Andererseits erinnert er sich, dass ich zwischen all den Prominenten saß und somit jemand Bedeutendes sein könnte.

»Äh«, sagt Big T, »ich geh dann mal auf die Party.«

»Nein, das tun Sie nicht.«

»Wie bitte?«

»Hier gibt es keine Party.«

»Wenn Sie sagen, hier gibt es keine Party…«

»Die Party findet zwei Blocks entfernt statt«, sage ich.

Er stemmt die Handschuhe in die Hüfte. Eine klassische Trainerpose. »Was zum Teufel soll das hier?«

»Ich habe Ihnen die falsche Adresse zusenden lassen. Die Musik? Das ist nur Show. Der Security-Mann, der Sie vorne über den VIP-Eingang reingelassen hat? Er arbeitet für mich und ist sofort verschwunden, nachdem Sie durch die Tür getreten sind.«

Big T blinzelt zweimal. Dann tritt er näher an mich heran. Ich weiche keinen Zentimeter zurück.

»Was soll das werden?«, fragt er.

»Ich werde Ihnen eine Tracht Prügel verpassen, Teddy.«

Oh, sein Lächeln wird immer breiter. »Sie?«, fragt er. Seine Brust hat jetzt fast die Ausmaße der Spielwand in einem Squashcourt. Er kommt noch näher und blickt mit dem Selbstvertrauen eines großen, kräftigen Mannes auf mich herab, der dank seiner Statur noch nie kämpfen musste oder auch nur zum Kampf herausgefordert wurde. Das ist die dilettantische und amateurhafte Vorgehensweise, auf die Big T in solchen Situationen am liebsten zurückgreift – er bedrängt seinen Gegner mit seinem massigen Körper und wartet, dass der klein beigibt.

Ich gebe natürlich nicht klein bei. Ich lege meinen Kopf in den Nacken und sehe ihm in die Augen. Und jetzt erkenne ich, dass erste Zweifel seinen Blick trüben.

Ich warte nicht länger.

Mich so zu bedrängen war ein Fehler. Es vereinfacht meine erste Aktion. Ich lege die Fingerspitzen meiner rechten Hand so zusammen, dass sie eine Art Pfeilspitze formen, und ramme ihm diese Spitze auf den Kehlkopf. Er stößt ein gurgelndes Geräusch aus. Gleichzeitig trete ich ihm mit dem Spann seitlich gegen das rechte Knie, das, wie meine Recherchen ergeben haben, zwei Kreuzbandoperationen hinter sich hat.

Es knackt.

Big T fällt wie eine Eiche.

Ich hebe das Bein an und trete kräftig mit der Ferse zu.

Er stößt einen Schrei aus.

Ich trete noch einmal zu.

Er stößt einen Schrei aus.

Ich trete noch einmal zu.

Stille.

Den Rest erspare ich Ihnen.

Zwanzig Minuten später erscheine ich auf Swagg Daddys Party. Ein Security-Mann führt mich ins Hinterzimmer. Hier kommen nur drei Arten von Leuten rein – schöne Frauen, berühmte Gesichter und dicke Brieftaschen.

Wir lassen es bis fünf Uhr morgens krachen. Dann fährt eine schwarze Limousine Swagg und meine Wenigkeit zum Airport. Der Privatjet steht vollgetankt bereit.

Swagg verschläft den Rückweg nach New York City. Ich dusche – ja, mein Jet hat eine Dusche –, rasiere mich und kleide mich in einen grauen Kiton-K50-Business-Anzug.

Am Flughafen erwarten uns zwei schwarze Limousinen. Zum Abschied verwickelt Swagg mich in eine Art komplizierte Handschlagsumarmung. Er fährt mit einer Limousine zu seinem Anwesen in Alpine. Ich fahre mit der anderen direkt zu meinem Büro in einem 48-stöckigen Wolkenkratzer an der Park Avenue in Midtown. Das Lock-Horne-Building ist seit seiner Vollendung im Jahr 1967 im Besitz meiner Familie.

Auf dem Weg nach oben mache ich kurz im dritten Stock Station. In diesen Räumen befand sich die Sportagentur meines besten Freunds, die er jedoch vor ein paar Jahren aufgegeben hat. Danach habe ich sie zu lange leer stehen lassen, weil die Hoffnung zuletzt stirbt. Ich war sicher, dass mein Freund es sich anders überlegen und zurückkehren würde.

Das tat er nicht. Und so geht das Leben weiter.

Die neuen Mieter sind *Fisher & Friedman*, die sich selbst als »Anwaltskanzlei für Verbrechensopfer« vermarkten. Noch deutlicher formulieren sie es auf ihrer Website, die mich von ihnen überzeugt hat:

Wir helfen Ihnen, den Vergewaltigern, den Stalkern, den Mistkerlen, den Trollen, den Perverslingen und den Psychos direkt in die Eier zu treten.

Unwiderstehlich. Wie schon bei der Sportagentur, die diese Räume früher belegte, bin ich auch in dieser Firma stiller Teilhaber.

Ich klopfe an. Als Sadie Fisher »Herein« sagt, öffne ich die Tür und stecke den Kopf hinein.

»Viel Arbeit?«, frage ich.

»Soziopathen haben gerade Hochsaison«, sagt Sadie, ohne von ihrem Computermonitor aufzublicken.

Da hat sie natürlich recht. Aus diesem Grund habe ich in die

Kanzlei investiert. Es gefällt mir, dass sie sich für die Unterdrückten und Geprügelten einsetzen, betrachte die aus Verunsicherung gewalttätig werdenden Männer – es sind fast immer Männer – allerdings auch als eine Wachstumssparte.

Schließlich sieht Sadie mich an. »Ich dachte, du wolltest zum Spiel nach Indianapolis.«

»Da war ich auch.«

»Ach richtig, der Privatjet. Manchmal vergesse ich, wie reich du bist.«

»Nein, tust du nicht.«

»Stimmt. Also, was gibt's?«

Sadie trägt eine heiße Bibliothekarinnenbrille und einen rosafarbenen Hosenanzug, der eng anliegt und ihre Rundungen hervorhebt. Sie hat mir erklärt, dass das Absicht ist. Als sie anfing, Frauen zu vertreten, die sexuell belästigt und missbraucht worden waren, hatte man ihr geraten, sich konservativ zu kleiden und eher konturlose, unauffällige und damit gewissermaßen »unschuldige« Garderobe zu tragen, Sadie hielt das jedoch für Victim Blaming, weil den Frauen damit die Verantwortung zugeschoben wurde.

Und ihre Reaktion? Mach es genau umgekehrt.

Ich weiß nicht recht, wie ich das Thema ansprechen soll, also sage ich einfach: »Ich habe gehört, dass eine deiner Mandantinnen im Krankenhaus liegt.«

Das weckt ihre Aufmerksamkeit.

»Würdest du es für angebracht halten, ihr etwas zu schicken?«, frage ich.

»Was denn zum Beispiel, Win?«

»Blumen vielleicht. Oder Schokolade.«

»Sie liegt auf der Intensivstation.«

»Ein Stofftier. Luftballons.«

»Luftballons?«

»Irgendetwas, um ihr zu sagen, dass wir an sie denken.«

Sadie sah wieder auf ihren Monitor. »Das Einzige, was unsere Mandanten sich wünschen, ist etwas, das wir ihnen anscheinend nicht bieten können: Gerechtigkeit.«

Ich öffne den Mund, um etwas zu sagen, schweige dann aber doch, weil ich mich für Diskretion und Klugheit statt für Zuspruch und Angeberei entscheide. Als ich mich umdrehe und gehen will, sehe ich, dass zwei Personen – eine Frau und ein Mann – zielstrebig auf mich zukommen.

»Windsor Horne Lockwood?«, sagt die Frau.

Schon bevor sie ihre Marken herausholen, weiß ich, dass sie von einer Strafverfolgungsbehörde sind.

Sadie weiß das auch. Automatisch steht sie auf und kommt zu mir. Ich habe eine Menge Anwälte, die mich in geschäftlichen Angelegenheiten vertreten. Wenn es um persönliche Belange ging, ist aber mein bester Freund, der in diesen Räumen ansässige Sportagent, eingesprungen, der auch eine Anwaltszulassung besitzt. Denn in ihn hatte ich volles Vertrauen. Jetzt, da er – zumindest zeitweilig – aus dem Spiel ist, hat Sadie diese Rolle offenbar instinktiv übernommen.

»Windsor Horne Lockwood?«, wiederholt die Frau.

So heiße ich. Oder, wenn man es ganz genau nimmt, Windsor Horne Lockwood III. Ich stamme, wie schon der Name verrät, aus altem Geldadel und sehe auch aus, wie man es von Personen aus diesen Kreisen erwartet: rötliche Haut, blonde, leicht ergraute Haare, fein ziselierte patrizische Gesichtszüge, eine etwas hochmütige Körperhaltung. Ich bemühe mich, nicht zu verheimlichen, wer oder was ich bin. Ich weiß auch nicht, ob ich das könnte.

Ich überlege, was ich bei der Sache mit Big T vermasselt habe. Ich bin gut. Ich bin sogar sehr gut. Aber ich bin nicht unfehlbar.

Wo hatte ich einen Fehler gemacht?

Sadie ist schon fast neben mir. Ich warte. Statt selbst zu antworten, überlasse ich ihr die Antwort. Sie fragt: »Wer will das wissen?«

»Ich bin Special Agent Karen Young vom FBI«, sagt die Frau.

Young ist schwarz. Sie trägt ein dunkelblaues Hemd mit Button-down-Kragen unter einer taillierten mittelbraunen Lederjacke. Sehr modisch für eine FBI-Agentin.

»Und das ist mein Partner Special Agent Jorge Lopez.«

Lopez ist eher ein typischer Vertreter seiner Zunft. Sein Anzug hat die Farbe nassen Asphalts, seine rötliche Krawatte macht einen etwas traurigen Eindruck.

Sie zeigen uns ihre Dienstmarken.

»Worum handelt es sich?«, fragt Sadie.

»Wir würden gerne mit Mr Lockwood reden.«

»Das hatte ich schon mitbekommen«, erwidert Sadie scharf. »Worum geht es?«

Young lächelt und steckt ihre Marke wieder ein. »Es geht um einen Mord.«

ZWEI

Wir haben uns schnell in eine Sackgasse manövriert. Young und Lopez wollen mich ohne weitere Erklärungen irgendwohin mitnehmen. Sadie will nichts davon wissen. Irgendwann greife ich ein, und wir finden eine Art Übereinkunft. Ich werde mit ihnen fahren. Sie werden mich nicht ohne einen Anwalt vernehmen.

Sadie, deren Weisheit größer ist als ihre dreißigjährige Lebenserfahrung vermuten lässt, gefällt das nicht. Sie nimmt mich zur Seite und sagt: »Sie werden dich trotzdem befragen.«

»Das ist mir bewusst. Dies ist nicht mein erstes Aufeinandertreffen mit der Polizei.« Auch nicht mein zweites, drittes oder... aber das braucht Sadie nicht zu wissen. Aus drei Gründen will ich weder Zeit schinden noch auf eine »anwaltliche Vertretung« bestehen: Erstens hat Sadie einen Gerichtstermin, von dem ich sie nicht abhalten will. Zweitens: Wenn es um Teddy »Big T« Lyons geht, will ich aus unmittelbar einleuchtenden Gründen nicht, dass Sadie so direkt mit der Sache konfrontiert wird. Und drittens bin ich neugierig, was den Mord angeht, und schon genetisch mit einem überbordenden Selbstbewusstsein ausgestattet. Was will man machen?

Wir steigen in den Wagen und starten Richtung Uptown. Lopez fährt, Young ist Beifahrerin, ich sitze hinten. Seltsamerweise geht eine nahezu greifbare Unruhe von ihnen aus. Beide versuchen, professionell aufzutreten – was sie ja auch tun –, aber ich spüre das, was darunterliegt. Dieser Mord ist anders, ungewöhnlich. Sie versuchen, das zu verbergen, doch ihre Erregung ist wie ein Pheromon, das mir unweigerlich in die Nase steigt.

Anfangs versuchen Lopez und Young es mit der üblichen Schweigetechnik. Die Idee dahinter ist recht banal: Die meisten Menschen ertragen die Stille nicht und tun alles, um das Schweigen zu brechen, selbst wenn sie dazu etwas sagen müssen, mit dem sie sich selbst belasten.

Ich bin fast beleidigt, dass sie es bei mir mit dieser Methode probieren.

Natürlich lasse ich mich nicht locken. Ich lehne mich zurück, lege die Fingerspitzen aneinander und starre wie ein Tourist bei seinem ersten Besuch in der großen bedrohlichen Stadt aus dem Autofenster.

Schließlich sagt Young: »Wir wissen Bescheid über Sie.«

Ich greife in die Jackentasche und drücke eine Taste auf meinem Handy. Ab jetzt wird das Gespräch aufgezeichnet. Es wird direkt in eine Cloud übertragen, falls meine neuen FBI-Freunde bemerken, dass ich das Gespräch aufgezeichnet habe, und beschließen, es zu löschen oder das Handy zu zerstören.

Ich bin jederzeit auf alles vorbereitet.

Young dreht sich zu mir um. »Ich sagte, wir wissen Bescheid über Sie.«

Ich schweige.

»Sie haben früher ein paar Sachen fürs FBI erledigt«, sagt sie.

Dass sie von meiner Verbindung zum FBI wissen, überrascht mich, ich lasse es mir jedoch nicht anmerken. Direkt nach meinem Abschluss an der Duke University habe ich ein paar Aufträge erledigt, was allerdings streng geheim war. Die Tatsache, dass ihnen das jemand erzählt hat – es muss von ganz oben kommen –, bestätigt einmal mehr, dass es sich um einen äußerst ungewöhnlichen Mordfall handelt.

»Wie man hört, waren Sie ziemlich gut«, sagt Lopez und sieht mir über den Rückspiegel in die Augen.

Ein schneller Wechsel von Schweigen zu Schmeichelei. Ich reagiere weiterhin nicht.

Wir fahren die Central Park West hinauf, die Straße, in der ich wohne. Die Chancen, dass dieser Mord etwas mit Big T zu tun hat, sinken rapide. Zum einen weiß ich, dass Big T überlebt hat, wenn auch keinesfalls unversehrt. Und wenn das hier mit der Angelegenheit in Verbindung stehen würde, wären wir jetzt Richtung Downtown zum Hauptquartier am Federal Plaza 26 unterwegs und nicht in der Gegenrichtung zu meinem Domizil im Dakota Building, Ecke Central Park West und 72nd Street.

Ich denke darüber nach. Da ich allein lebe, kann es sich nicht um einen geliebten Menschen handeln. Vielleicht hat ein Gericht einen Durchsuchungsbefehl für mein Apartment ausgestellt, und sie haben etwas gefunden, das mich belastet oder das sie mir anhängen wollen, aber auch das kann ich mir nicht recht vorstellen. Der diensthabende Portier hätte mich informiert. Eine meiner versteckten Alarmanlagen hätte eine Meldung an mein Handy geschickt. Außerdem bin ich nicht so leichtsinnig und lasse etwas herumliegen, was die Polizei auf mich aufmerksam machen würde.

Zu meiner Überraschung fährt Lopez, ohne zu halten, am Dakota vorbei und weiter Richtung Uptown. Sechs Blocks später, als wir am American Museum of Natural History vorbeifahren, entdecke ich zwei Streifenwagen des New York Police Department an der 81st Street vor dem Beresford, einem anderen berühmten Luxusapartmenthaus aus der Zeit vor dem Zweiten Weltkrieg.

Lopez mustert mein Gesicht im Rückspiegel. Ich sehe ihn an und runzele die Stirn.

Die Uniformen der Beresford-Portiers sind anscheinend von denen sowjetischer Generäle aus den späten Siebzigern des letzten Jahrhunderts inspiriert. Als Lopez hält, dreht Young sich um und fragt: »Kennen Sie jemanden in diesem Gebäude?«

Ich lächele sie schweigend an.

Sie schüttelt den Kopf. »Gut, gehen wir.«

Lopez rechts von mir, Young links, führen sie mich geradewegs durch die Marmorlobby zu einem wartenden, holzgetäfelten Aufzug. Als Young auf den Knopf für das oberste Stockwerk drückt, wird mir klar, dass wir uns in höhere Gefilde begeben – sowohl wörtlich als auch im übertragenen, vor allem aber im finanziellen Sinn. Einer meiner Mitarbeiter, ein Vizepräsident bei Lock-Horne-Securities, besitzt ein »Classic Six«-Apartment im vierten Stock des Beresford mit einem etwas eingeschränkten Blick auf den Park. Er hat dafür mehr als fünf Millionen Dollar bezahlt.

Young dreht sich zu mir um und sagt: »Irgendeine Idee, wohin es geht?«

»Aufwärts?«, sage ich.

»Witzig.«

Ich klimpere bescheiden mit den Augen.

»In die oberste Etage«, sagt sie. »Waren Sie dort schon mal?«

»Ich glaube nicht«, sage ich.

»Wissen Sie, wer da wohnt?«

»Ich glaube nicht.«

»Ich dachte, bei euch Reichen kennt jeder jeden.«

»Man soll die Menschen nicht auf Stereotype reduzieren«, sage ich.

»Aber Sie waren doch bestimmt schon einmal in diesem Gebäude, oder?«

Bevor ich mir die Antwort ersparen kann, öffnet sich die Fahrstuhltür mit einem Ping. Ich hatte angenommen, dass wir direkt in ein imposantes Apartment treten würden – Fahrstühle enden oft direkt in Penthouse-Suiten –, aber wir stehen in einem dunklen Korridor. An den Wänden schwere kastanienbraune Stofftapeten. Wir gehen nach rechts durch eine offene Tür zu einer schmiedeeisernen Wendeltreppe. Lopez stapft sie hinauf, und Young signalisiert mir, dass ich ihm folgen soll. Das tue ich.

Es ist alles voll Gerümpel.

Fast zwei Meter hohe Stapel aus alten Zeitungen, Magazinen und Büchern säumen den Rand der Treppe. Wir müssen im Gänsemarsch nach oben gehen – ich sehe ein *Time Magazine* von 1998 – und uns selbst dann noch immer wieder zur Seite drehen, um durch die engsten Stellen zu kommen.

Der Gestank nimmt einem den Atem.

Es ist zwar ein Klischee, aber an diesem Klischee ist etwas dran: Nichts stinkt so sehr wie ein verwesender Leichnam. Young und Lopez halten sich Nase und Mund zu. Ich nicht.

Das Beresford hat vier Türme, an jeder Ecke einen. Wir erreichen den Treppenabsatz im Nordostturm. Wer auch immer hier hoch oben in einem der prestigeträchtigsten Gebäude Manhattans wohnt (oder gewohnt hat, um genau zu sein), war ein echter sammelwütiger Messie. Wir können uns kaum rühren. Vier Kriminaltechniker klettern in voller Montur im Chaos herum und durchsuchen es.

Der Reißverschluss des Leichensacks ist schon verschlossen. Ich bin überrascht, dass sie den Leichnam noch nicht nach draußen gebracht haben, aber an dieser Sache ist einfach alles seltsam.

Ich habe immer noch keine Ahnung, was ich hier soll.

Young zeigt mir ein Foto, von dem ich annehme, dass es den Toten zeigt – geschlossene Augen, der Körper bis unters Kinn mit einem weißen Laken bedeckt. Ein älterer Mann mit blassgrauer Haut. Ich schätze ihn auf Anfang siebzig. Er hat eine Glatze mit einem grauen Haarkranz, der an den Ohren zu lang ist, einen mächtigen, lockigen Bart dicht und schmutzig weiß – es sieht aus, als wäre er dabei gewesen, ein Schaf zu verspeisen, als das Foto entstand.

»Kennen Sie ihn?«, fragt Young.

Ich entscheide mich für die Wahrheit. »Nein.« Ich gebe ihr das Foto zurück. »Wer ist er?«

»Das Opfer.«

»Ja, danke, das hatte ich mir auch schon gedacht. Ich wollte wissen, wie er heißt.«

Die Agenten sehen sich an. »Wir wissen es nicht.«

»Haben Sie den Eigentümer des Apartments gefragt?«

»Wir gehen davon aus«, sagt Young, »dass er der Eigentümer ist.«

Ich warte.

»Dieses Turmzimmer wurde vor fast dreißig Jahren von einer nicht rückverfolgbaren Briefkastenfirma gekauft.«

Eine nicht rückverfolgbare Briefkastenfirma. Damit kenne ich mich aus. Ich nutze selbst häufig ähnliche Finanzinstrumente, weniger, um der Besteuerung zu entgehen, auch wenn das oft ein positiver Nebenaspekt ist. Vermutlich ähnlich wie unserem verstorbenen Messie geht es mir dabei vor allem um die Anonymität.

»Keine Papiere?«, frage ich.

»Bisher haben wir nichts gefunden.«

»Die Mitarbeiter im Gebäude…«

»Er hat allein gelebt. Pakete und Ähnliches wurden unten

an der Treppe abgelegt. In den oberen Etagen des Gebäudes gibt es keine Security-Kameras, oder wenn es sie doch geben sollte, sagen sie es uns nicht. Die Hausgebühren wurden von der Briefkastenfirma immer pünktlich bezahlt. Den Portiers zufolge war der Eremit – so haben sie ihn genannt – ein hundertprozentiger Einsiedler. Er hat das Haus nur sehr selten verlassen, und selbst dann hat er das Gesicht mit einem Schal verdeckt und hat einen geheimen Ausgang im Keller benutzt. Der Manager hat ihn erst heute Morgen gefunden, weil der Gestank bis ins Stockwerk darunter vorgedrungen war.«

»Und im ganzen Haus weiß keiner, wer er ist?«

»Bisher haben wir niemanden gefunden«, sagt Young, »aber wir gehen noch von Tür zu Tür.«

»Damit stellt sich natürlich eine Frage«, sage ich.

»Und die wäre?«

»Warum bin ich hier?«

»Das Schlafzimmer.«

Young scheint eine Antwort von mir zu erwarten. Sie bekommt aber keine.

»Folgen Sie mir.«

Als wir uns nach rechts wenden, habe ich einen wunderbaren Blick auf das riesige Planetarium des American Museum of Natural History gegenüber und den Central Park in seiner ganzen Pracht. Aus meiner Wohnung habe ich auch einen beneidenswerten Blick über den Park, allerdings ist das Dakota nur neun Stockwerke hoch, während wir hier in der zwanzigsten Etage oder höher sind.

Ich bin nicht leicht zu überraschen, aber als ich das Schlafzimmer betrete – als ich sehe, warum man mich hierhergebracht hat –, bleibe ich wie vom Schlag getroffen stehen. Ich rühre mich nicht. Ich starre es nur an. Ich versinke in der Vergangenheit, als wäre das Bild vor mir ein Zeitportal. Ich bin ein achtjähriger Junge, der sich auf Lockwood Manor in den Salon seines Großvaters schleicht. Der Rest der Großfamilie ist noch draußen im Garten. Ich trage einen schwarzen Anzug und stehe allein auf dem edlen Parkettboden. Das war, bevor die Familie zerbrochen ist – oder im Rückblick vielleicht genau der Moment, in dem die ersten Risse entstanden. Großvaters Begräbnis. Dieser Salon, sein Lieblingsraum, wurde mit einem süßlich riechenden Desinfektionsmittel ausgesprüht. Der vertraute, beruhigende Geruch seines Pfeifentabaks dominiert aber. Ich genieße ihn. Behutsam strecke ich eine Hand aus, lege sie auf das Leder seines Lieblingssessels, als würde er jeden Moment darin erscheinen – mit Strickjacke, Hausschuhen, Pfeife und allem Drum und Dran. Schließlich nimmt mein achtjähriges Ich all seinen Mut zusammen, und ich setze mich in den Ohrensessel. Als ich das tue, blicke ich auf die Wand über dem Kamin, so wie Großvater es oft tat.

Ich weiß, dass Young und Lopez meine Reaktion beobachten.

»Wir haben erst gedacht«, sagt Young, »dass es eine Fälschung sein muss.«

Ich starre weiter, so wie ich es als Achtjähriger in diesem Ledersessel tat.

»Also haben wir uns aus dem Met dort drüben gegenüber im Park eine Kuratorin geschnappt«, fährt Young fort. Met ist in diesem Fall die Kurzform für das Metropolitan Museum of Art. »Sie will das Bild noch einmal abnehmen und ein paar Tests machen, um ganz sicherzugehen, ist aber eigentlich davon überzeugt, dass es echt ist.«

Im Gegensatz zum Rest des Turms ist das Schlafzimmer des Messies sauber, ordentlich, übersichtlich und zweckmäßig eingerichtet. Das Bett an der Wand ist gemacht. Es hat kein Kopfteil. Bis auf eine Lesebrille und ein ledergebundenes

Buch ist der kleine Tisch daneben leer. Ich weiß jetzt, warum ich hergeholt wurde – um mir den einzigen Gegenstand anzusehen, der an der Wand hängt.

Das Ölgemälde heißt einfach *Mädchen am Klavier* und ist von Jan Vermeer.

Ja, der Vermeer. Und ja, das Gemälde.

Dieses Meisterwerk ist klein, wie die meisten der nur vierunddreißig existierenden Vermeer-Bilder, nur etwa einen halben Meter hoch und vierzig Zentimeter breit, trotzdem hinterlässt es in seiner Schlichtheit und Schönheit einen überwältigenden Eindruck. *Das Mädchen*, das mein Urgroßvater vor fast hundert Jahren gekauft hatte, hing früher im Salon von Lockwood Manor. Vor über zwanzig Jahren hatte meine Familie dieses Gemälde, das nach heutigen Maßstäben geschätzte zweihundert Millionen Dollar wert ist, zusammen mit Picassos *Der Leser*, dem einzigen anderen Meisterwerk, das wir besaßen, als Leihgabe der Lockwood Gallery überlassen, die sich in der Founders Hall auf dem Campus des Haverford College befindet. Vielleicht haben Sie die Berichte über den nächtlichen Einbruch gelesen. Im Lauf der Jahre war immer wieder einmal zu hören gewesen, dass eines der beiden Kunstwerke gesehen wurde – der Vermeer zuletzt angeblich auf der Yacht eines Prinzen aus dem Nahen Osten. Keine dieser Spuren – einige habe ich persönlich überprüft – hat sich als richtig erwiesen. Es gab auch Mutmaßungen, dass der Diebstahl das Werk desselben Verbrechersyndikats gewesen wäre, das dreizehn Kunstwerke aus dem Isabelle Stewart Gardner Museum in Boston gestohlen hatte, darunter Werke von Rembrandt, Manet, Degas und ja, auch einen Vermeer.

Keins der gestohlenen Werke aus diesen beiden Raubüberfällen wurde wiedergefunden.

Bis jetzt.

»Irgendeine Idee?«, fragte Young.

Ich habe zwei leere Rahmen in Großvaters Salon aufgehängt, eine Hommage an die gestohlenen Werke, aber auch ein Versprechen, dass seine Kunstwerke eines Tages zurückkehren würden.

Dieses Versprechen hatte sich, allem Anschein nach, gerade zumindest zur Hälfte erfüllt.

»Und der Picasso?«, frage ich.

»Bisher keine Spur«, sagt Young, »aber wie Sie sehen, müssen wir noch ein bisschen was durchgucken.«

Der Picasso ist deutlich größer – mehr als einen Meter fünfzig hoch und über einen Meter breit. Wenn er hier wäre, hätten sie ihn vermutlich schon gefunden.

»Fällt Ihnen sonst noch irgendetwas dazu ein?«, fragt Young.

Ich deute auf die Wand. »Wann kann ich ihn abholen und nach Hause bringen?«

»Das wird noch eine Weile dauern. Sie wissen ja, wie das läuft.«

»Ich kenne einen renommierten Kunstkurator und -restaurator an der New York University. Sein Name ist Pierre-Emmanuel Claux. Ich möchte, dass er sich um das Werk kümmert.«

»Wir haben unsere eigenen Leute.«

»Nein, Special Agent, die haben Sie nicht. Wie Sie eben selbst sagten, haben Sie sich heute Morgen eine beliebige Person vom Met geschnappt, und …«

»Das war keinesfalls eine beliebige Person …«

»Das ist nicht zu viel verlangt«, unterbreche ich sie. »Die von mir vorgeschlagene Person ist wie kaum eine andere darin geschult, die Echtheit eines Kunstwerks zu verifizieren, sachgemäß damit umzugehen und es, falls nötig, zu restaurieren.«

»Wir werden darüber nachdenken«, sagt Young, um die Sache abzuschließen. »Sonst noch irgendetwas?«

»Wurde das Opfer erwürgt oder wurde ihm die Kehle durchgeschnitten?«

Wieder sehen sie sich an. Dann räuspert Lopez sich und fragt: »Woher wissen Sie …«

»Das Laken reichte ihm bis zum Kinn«, sage ich. »Auf dem Foto, das Sie mir gezeigt haben. Ich gehe davon aus, dass so die Wunde verdeckt werden sollte.«

»Darauf möchte ich lieber nicht eingehen, okay?«, sagt Young.

»Ist der Todeszeitpunkt bekannt?«, frage ich.

»Und darauf auch nicht.«

Zusammenfassung: Ich stehe unter Verdacht.

Ich weiß jedoch nicht recht, warum. Wenn ich die Tat begangen hätte, hätte ich das Bild auf jeden Fall mitgenommen. Oder vielleicht doch eher nicht. Vielleicht wäre ich so clever gewesen, ihn zu ermorden und das Gemälde zurückzulassen, damit sie es finden und meiner Familie zurückgeben.

»Fällt Ihnen noch etwas ein, was uns weiterhelfen könnte?«, fragt Young.

Die auf der Hand liegende Theorie lasse ich außen vor: Der Einsiedler war ein Kunsträuber. Er hatte den größten Teil seines Diebesguts zu Geld gemacht, die Einkünfte dazu genutzt, seine Identität zu verschleiern und eine anonyme Briefkastenfirma zu gründen, über die er die Wohnung gekauft hatte. Aus irgendeinem Grund – vermutlich, weil er das Bild liebte, oder einfach, weil es zu gefährlich war, es zu verkaufen – hatte er den Vermeer behalten.

»Also«, fährt Young fort, »waren Sie noch nie hier, oder?«

Sie fragt zu beiläufig.

»Mr Lockwood?«

Interessant. Offenbar glauben sie Beweise dafür zu haben, dass ich schon einmal in diesem Turm war. Das war ich nicht. Außerdem sind sie mit mir zum Tatort gefahren, was mehr als ungewöhnlich ist, nur um mich aus dem Konzept zu bringen. Wenn sie dem üblichen Protokoll bei einer Mordermittlung gefolgt wären und mich in einen Vernehmungsraum gebracht hätten, wäre ich auf der Hut gewesen und hätte mich zurückgehalten. Und wahrscheinlich hätte ich einen Anwalt mitgebracht.

Was, bitte sehr, glauben sie, gegen mich in der Hand zu haben?

»Ich danke Ihnen, auch im Namen meiner Familie, dass Sie den Vermeer gefunden haben. Ich hoffe, dass uns diese Entdeckung auch bald zu dem Picasso führt. Ich betrachte die Angelegenheit so weit als erledigt und würde gern in mein Büro zurückkehren.«

Young und Lopez gefällt das nicht. Young sieht Lopez an und nickt. Der verschwindet ins Nebenzimmer.

»Einen Moment noch«, sagt Young. Sie greift in ihre Mappe und zieht ein weiteres Foto heraus. Als sie es mir zeigt, bin ich schon wieder verblüfft.

»Erkennen Sie das, Mr Lockwood?«

Um Zeit zu gewinnen, sage ich: »Nennen Sie mich Win.«

»Erkennen Sie das, Win?«

»Sie wissen, dass ich das tue.«

»Es ist das Wappen Ihrer Familie, richtig?«

»Ja, das stimmt.«

»Wie Sie sich vorstellen können, wird es noch eine Weile dauern, bis wir die Durchsuchung der Wohnung des Opfers abgeschlossen haben«, fährt Young fort.

»Das sagten Sie bereits.«

»Im Schlafzimmerschrank haben wir jedoch einen Gegenstand gefunden.« Young lächelt. Mir fällt auf, dass es ein nettes Lächeln ist. »Nur einen?«

Ich warte.

Lopez kommt ins Zimmer zurück. Ihm folgt ein Techniker von der Spurensicherung, der einen Krokodillederkoffer mit brünierten Metallbeschlägen in der Hand hat. Ich erkenne den Koffer, traue aber meinen Augen nicht. Es ergibt einfach keinen Sinn.

»Kennen Sie den Koffer?«, fragt Young.

»Müsste ich das?«

Aber selbstverständlich kenne ich ihn. Vor vielen Jahren hatte Tante Plum jedem männlichen Familienmitglied einen solchen Koffer geschenkt. Sie waren alle mit dem Familienwappen und unseren Initialen verziert. Als sie ihn mir schenkte – ich war damals vierzehn –, habe ich mich sehr bemüht, nicht die Stirn zu runzeln. Ich habe nichts gegen teuer und luxuriös. Gegen vulgär und verschwenderisch dagegen schon.

»Ihre Initialen sind auf dem Koffer.«

Der Techniker kippt den Koffer leicht auf die Seite, damit ich das kitschige barocke Monogramm besser sehen kann:

WHL3.

»Das sind Sie, oder? WHL3 – Windsor Horne Lockwood der Dritte?«

Ich bewege mich nicht, sage nichts, lasse mir nichts anmerken. Allerdings und ganz ohne die Sache dramatisieren zu wollen, gerät meine Welt doch etwas ins Schlingern.

»Also, Mr Lockwood, wollen Sie uns erzählen, wie Ihr Koffer hierherkommt?«

DREI

Young und Lopez warten auf eine Erklärung. Ich fange mit der reinen Wahrheit an: Ich habe den Koffer seit vielen Jahren nicht mehr gesehen. Seit wie vielen Jahren? Hier ist meine Erinnerung schon leicht getrübt. Viele, sage ich. Mehr als zehn? Ja. Mehr als zwanzig? Ich zucke die Achseln. Ob ich denn zumindest bestätigen könne, dass das mein Koffer ist? Nein, da müsse ich ihn mir genauer ansehen, ihn öffnen und seinen Inhalt begutachten. Young gefällt das nicht. Das hatte ich auch nicht erwartet. Ob ich denn nicht zumindest aufgrund des Aussehens bestätigen könne, dass der Koffer mir gehört habe? Nein, es tue mir leid, aber das könne ich nicht sicher sagen. Lopez wies noch einmal darauf hin, dass das doch meine Initialen und mein Familienwappen seien. Das seien sie, bestätige ich, das schließe allerdings nicht aus, dass jemand ein Duplikat des Koffers angefertigt haben könnte. Warum jemand so etwas hätte tun sollen? Ich habe keine Ahnung.

Das also ist der Stand der Dinge.

Ich gehe die Wendeltreppe hinunter und stelle mich in eine Hausecke, wo ich Kabir, meinem Assistenten, eine SMS schreibe, dass er sofort einen Wagen zum Beresford schicken soll – an einer Rückfahrt mit meinen Begleitern von der Bundesbehörde bin ich nicht interessiert. Außerdem soll er sich darum kümmern, dass der Hubschrauber einsatzbereit ist, damit ich nach Lockwood Manor fliegen kann, dem Familienanwesen in der Main Line Region in Philadelphia. Die Verkehrssituation zwischen Manhattan und Philadelphia ist kaum vorhersehbar. Um diese Zeit würde die Fahrt wahrscheinlich gut zweieinhalb Stunden dauern. Der Hubschrauber braucht nur eine Dreiviertelstunde.

Ich habe es eilig.

Die schwarze Limousine erwartet mich an der 81st Street. Als wir uns dem Hubschrauberlandeplatz an der 30th Street in der Nähe des Hudson River nähern, rufe ich Cousine Patricia auf ihrem Handy an.

»Ich höre«, meldet sie sich.

Ich kann mir ein Lächeln nicht verkneifen. »Scherzkeks.«

»Entschuldige, Cousine. Alles in Ordnung?«

»Ja.«

»Ich hab länger nichts von dir gehört.«

»Ich von dir auch nicht.«

»Und was verschafft mir die Ehre?«

»Ich bin im Begriff, einen Hubschrauber nach Lockwood zu nehmen.«

Patricia sagt nichts.

»Können wir uns da treffen?«

»In Lockwood?«

»Ja.«

»Wann?«

»In einer Stunde.«

Sie zögert, was verständlich ist. »Ich war ewig nicht mehr in Lockwood, das muss …«

»Ich weiß«, unterbreche ich sie.

»Ich habe ein wichtiges Meeting.«

»Sag's ab.«

»Einfach so?«

Ich warte.

»Was ist los, Win?«

Ich warte noch etwas länger.

»Okay«, sagt sie. »Wenn du es mir am Telefon sagen wolltest, hättest du es schon getan.«

»Dann sehen wir uns in einer Stunde«, sage ich und lege auf.

Drei Minuten nachdem wir die Benjamin-Franklin-Brücke über den Delaware River überflogen haben, der hier die Grenze zwischen New Jersey und Pennsylvania bildet, erhebt sich Lockwood Manor vor uns, ein Anblick, der einen eigenen Soundtrack verdient hätte. Der Hubschrauber, ein Agusta-Westland AW169, wird langsamer, als er über die alten Steinmauern fliegt, schwebt kurz über der Lichtung und landet auf der Rasenfläche vor den Gebäuden, die wir immer noch die »neuen Stallungen« nennen. Vor gut einem Vierteljahrhundert hatte ich den alten Pferdestall, ein Gebäude aus dem neunzehnten Jahrhundert, abreißen lassen. Dieser symbolische Akt erwies sich für mich als ungewohnt emotional. Ich hatte mir selbst eingeredet, dass durch einen Abriss und den folgenden Wiederaufbau die Erinnerungen auf dem Schutthaufen des Gehirns landen würden.

Das taten sie nicht.

Als ich meinen Freund Myron zum ersten Mal nach Lockwood eingeladen hatte – in den Semesterferien unseres ersten Studienjahrs –, hatte er den Kopf geschüttelt und gesagt: »Sieht aus wie Wayne Manor.« Er bezog sich natürlich auf *Batman* – die ursprüngliche Fernsehserie mit Adam West und Burt Ward in den Hauptrollen, der einzige Batman, der für uns zählte. Ich wusste, was er meinte. Das Herrenhaus wirkt prächtig, kühn und hat auch eine gewisse Aura, das »imposante Wayne Manor« aus der Serie, ist allerdings aus rotem Ziegel, während Lockwood aus grauem Stein besteht. Im Laufe der Zeit sind auch noch ein paar Anbauten hinzugekommen, insbesondere die beiden geschmackvollen, wenn auch riesigen Seitenflügel. Sie sind komfortabel und klimatisiert, viel heller und luftiger als die alten Räume, wirken aber zu bemüht. Man merkt, dass es Nachbauten sind. Ich brauche den alten Stein von Lockwood Manor, brauche die Feuchtigkeit, den Moder, die Zugluft.

Andererseits komme ich inzwischen nur noch als Besucher. Nigel Duncan, der langjährige Butler/Anwalt der Familie – ja, es ist eine bizarre Mischung – empfängt mich. Nigel hat ein Doppelkinn und eine Glatze, über die er drei lange, dünne Strähnen gekämmt hat. Er trägt Joggingkleidung – Grau in Grau, also eine graue Jogginghose mit Villanova-Logo, Band und Schleife vor dem ausladenden Bauch, und einen grauen Kapuzenpullover mit dem Schriftzug »Penn« auf der Vorderseite.

Ich sehe ihn stirnrunzelnd an. »Hübsches Groutfit.«

Nigel verneigt sich vollendet. »Würde Master Win mich lieber im Frack sehen?«

Nigel hält sich für komisch.

»Sind das echte Chucks?«, frage ich und deute auf seine Turnschuhe.

»Sie sind sehr angesagt.«

»Bei Achtklässlern.«

»Autsch.« Dann sagt er: »Wir haben Sie nicht erwartet, Master Win.«

Mit dem ewigen Master will er mich triezen. Ich lasse ihm seinen Spaß. »Ich habe auch nicht erwartet herzukommen.«

»Ist alles in Ordnung?«

»Groovy«, antworte ich.

Nigels gelegentlich auftretender britischer Akzent ist Fake. Er wurde hier auf dem Anwesen geboren. Sein Vater hat für meinen Großvater gearbeitet, genau wie Nigel für meinen

Vater. Aber Nigel hat einen etwas anderen Weg eingeschlagen. Mein Vater hat ihm das Bachelorstudium an der University of Pennsylvania und den Master in Jura bezahlt, um Nigel »mehr« zu ermöglichen als das Leben eines Butlers und ihn dann dennoch dauerhaft an Lockwood zu binden, indem er an die Familientradition appellierte.

Öffentliche Bekanntmachung: Die Reichen sind sehr gut darin, Großzügigkeit einzusetzen, um ihre Ziele zu erreichen.

»Bleiben Sie über Nacht?«, fragt Nigel.

»Nein«, sage ich.

»Ihr Vater schläft.«

»Wecken Sie ihn nicht.«

Wir gehen zum Hauptgebäude. Nigel möchte den Grund meines Besuchs erfahren, würde aber niemals fragen.

»Wissen Sie«, sage ich, »dass Ihr Outfit perfekt zur Farbe des Steins passt, aus dem das Haus gebaut wurde?«

»Deshalb trage ich ihn. Zur Tarnung.«

Ich werfe nur einen sehr kurzen Blick auf den Pferdestall. Nigel sieht es, tut aber so, als hätte er nichts gemerkt.

»Patricia kommt gleich«, sage ich.

Nigel bleibt stehen und dreht sich zu mir um. »Die Patricia? Ihre Cousine?«

»Genau die«, sage ich.

»Oje.«

»Würden Sie sie dann in den Salon führen?«

Ich gehe die Steintreppe hinauf und in den Salon. Ich rieche immer noch einen Hauch von Pfeifentabak. Mir ist klar, dass das unmöglich ist, weil in diesem Raum seit fast vierzig Jahren niemand mehr Pfeife geraucht hat, und dass das Gehirn nicht nur gelegentlich falsche Bilder und Töne, sondern auch – häufiger noch – Gerüche heraufbeschwört. Trotzdem ist der Geruch für mich real. Vielleicht verweilen Aromen tatsächlich, besonders diejenigen, in denen wir den größten Trost finden.

Ich gehe zum Kamin hinüber und starre auf den leeren Bilderrahmen, der die Stelle markiert, die einst der Vermeer einnahm. Der Picasso hing an der gegenüberliegenden Wand. Die komplette »Sammlung Lockwood«, zwei Werke im Wert von dreihundert Millionen Dollar. Hinter mir höre ich Absätze auf dem Marmor klackern. Die Chucks sind das nicht.

Nigel räuspert sich. Ich wende ihnen weiter den Rücken zu.

»Sie erwarten doch nicht ernsthaft, dass ich sie ankündige, oder?«

Ich drehe mich um, und da steht sie. Meine Cousine Patricia.

Patricias Blick durchstreift den Raum, bevor er auf mir hängen bleibt. »Ein seltsames Gefühl, wieder hier zu sein«, sagt sie.

»Es ist zu lange her«, sage ich.

»Ich muss Ihnen beipflichten«, wirft Nigel ein.

Patricia und ich sehen ihn an. Er versteht die Botschaft.

»Ich bin oben, falls mich jemand braucht.«

Er zieht die massiven Holzflügeltüren zu und geht. Sie fallen dumpf ins Schloss. Patricia und ich sagen einen Moment lang nichts. Sie ist, genau wie ich, in den Vierzigern. Wir sind Cousine und Cousin ersten Grades. Unsere Väter waren Brüder. Beide Männer, Windsor der Zweite und Aldrich, waren hellhäutig und blond. Ich bin das auch, Patricia hingegen kommt nach ihrer Mutter Aline, einer indigenen Brasilianerin aus Fortaleza. Onkel Aldrich schockierte die Familie mit seiner Entscheidung, die zwanzigjährige Schönheit nach seiner ausgedehnten Wohltätigkeitstour durch Südamerika nach Lockwood mitzubringen. Patricia trägt ihre dunklen Haare in einer modischen Kurzhaarfrisur. Ihr blaues Kleid ist gleichermaßen schick und lässig. Die mandelförmigen Augen glänzen. Wenn ihre Miene entspannt ist, zeigt sie nicht etwa ein zickiges »Resting Bitch Face«, vielmehr ist ihr Gesicht ergreifend melancholisch und bestürzend schön. Cousine Patricia ist eine bezaubernde und sehr telegene Person.

»Also, was ist los?«, fragt Patricia.

»Der Vermeer wurde gefunden.«

Sie ist verblüfft. »Ehrlich?«

Ich erzähle ihr von dem Messie, dem Turmzimmer im Beresford und dem Mord. Ich bin nicht für mein Taktgefühl oder meine Einfühlsamkeit bekannt, aber ich gebe immer mein Bestes, den Spannungsbogen bis zuletzt aufrechtzuerhalten. Cousine Patricia mustert mich mit diesem eindringlichen Blick, und wieder stürze ich durch ein Zeitportal zurück in die Vergangenheit. Als Kinder sind wir stundenlang auf diesem Gelände herumgestreift. Wir haben Verstecken gespielt. Wir sind geritten, sind im Pool und im See geschwommen. Wir haben Schach und Backgammon gespielt, Golf und Tennis trainiert. Wenn uns das Anwesen zu pompös oder zu düster wurde, was auf Lockwood Manor gelegentlich geschieht, sah Patricia mich nur an, verdrehte die Augen und entlockte mir so ein Lächeln.

Ich habe in meinem Leben nur einer Person gesagt, dass ich sie liebe. Nur einer einzigen.

Nein, es war nicht die eine ganz besondere Frau, die mir mein Herz gebrochen hatte – mein Herz wurde mir noch nie gebrochen, es hat noch nicht einmal einen Riss bekommen. Nur einer Person habe ich je meine Liebe gestanden und das war Myron Bolitar, mit dem mich eine platonische Männerfreundschaft verbindet. Es gab in meinem Leben einfach keine große Liebe, sondern nur eine große Freundschaft. Und bei Verwandten war es ähnlich. Wir sind vom selben Fleisch und

Blut. Ich pflege gute, herzliche, in jeder Hinsicht intensive Beziehungen zu meinem Vater, Tanten und Onkeln, Cousins und Cousinen. Zu meiner Mutter hatte ich praktisch keine Beziehung – ich habe sie seit ich acht Jahre alt war weder gesehen noch mit ihr gesprochen –, zumindest bis kurz vor ihrem Tod nicht, da war ich über dreißig.

Ich habe ziemlich weit ausgeholt, nur um Ihnen mitzuteilen, dass Patricia mir immer die liebste Verwandte war. Selbst nach dem großen Bruch zwischen unseren Vätern, der auch der Grund dafür war, dass sie Lockwood seit ihrer Jugend nicht mehr besucht hat. Und auch nach der verheerenden Tragödie, durch die der Graben zwischen ihnen unüberbrückbar und – leider – auch dauerhaft verfestigt wurde.

Als ich fertig bin, sagt Patricia: »Das hättest du mir auch alles am Telefon erzählen können.«

»Stimmt.«

»Also, was gibt es noch?«

Ich zögere.

»Ach Mist«, sagt sie.

»Wie bitte?«

»Du hältst mich hin, Win, und das ist wirklich nicht deine Art ... ach verdammt, es ist übel, oder?« Cousine Patricia tritt einen Schritt näher. »Was ist los?«

Ich sage es einfach: »Der Koffer von Tante Plum.«

»Was ist damit?«

»Der Messie hatte nicht nur den Vermeer. Er hatte auch den Koffer.«

* * *

Wir stehen uns schweigend gegenüber. Cousine Patricia braucht einen Moment. Ich lasse ihn ihr.

»Was heißt, er hatte auch den Koffer?«

»Nur das«, sage ich. »Der Koffer war dort. In der Wohnung des Messies.«

»Hast du ihn gesehen?«

»Ja, hab ich.«

»Und sie wissen nicht, wer der Messie ist?«

»Genau. Sie konnten ihn noch nicht identifizieren.«

»Hast du die Leiche gesehen?«

»Nur ein Foto von seinem Gesicht.«

»Beschreib ihn.«

Das tue ich.

»Das könnte jeder sein«, sagt sie, als ich fertig bin.

»Ich weiß.«

»Ist aber auch egal«, sagt Patricia. »Er hat immer eine Sturmhaube getragen. Oder … oder er hat mir die Augen verbunden.«

»Ich weiß«, sage ich noch einmal, diesmal bekümmerter.

Die Standuhr in der Ecke schlägt. Wir warten schweigend, bis sie fertig ist.

»Aber es ist möglich, na ja, sogar wahrscheinlich …« Patricia kommt von der gegenüberliegenden Wand des Salons auf mich zu. Jetzt sind wir nur noch gut einen Meter voneinander entfernt. »Hat der Mann, der die Bilder gestohlen hat, auch …«

»Ich würde keine voreiligen Schlüsse ziehen«, sage ich.

»Was weiß das FBI über den Koffer?«

»Nichts. Aufgrund des Monogramms und des Wappens haben sie angenommen, dass es meiner ist.«

»Du hast ihnen nichts gesagt?«

Ich verzog das Gesicht. »Natürlich nicht.«

»Moment, dann verdächtigen sie dich?«

Ich zucke die Achseln.

»Aber wenn sie herausbekommen, was es mit dem Koffer auf sich hat ...«, setzt Patricia an.

»Dann werden sie uns beide verdächtigen, ja.«

* * *

Für alle, die es noch nicht erraten haben, ja, meine Cousine ist *die* Patricia Lockwood.

Wahrscheinlich kennen Sie ihre Story aus *60 Minutes* oder einer ähnlichen Sendung, aber für diejenigen, die es irgendwie verpasst haben, Patricia Lockwood leitet die Abeona-Shelter-Heime, Häuser für missbrauchte und obdachlose Teenagerinnen, junge Frauen oder wie auch immer der aktuell korrekte Begriff lautet. Sie ist Herz, Seele, Motivatorin und das Gesicht einer der am schnellsten wachsenden und angesehensten Wohltätigkeitsorganisation des Landes. Ihr wurden verdientermaßen Dutzende humanitäre Preise verliehen.

Wo soll ich also anfangen?

Ich werde nicht näher darauf eingehen, wie die Familie zerbrach, wie ihr Vater Aldrich und meiner in Streit gerieten, die beiden Brüder sich gegenseitig bekämpften und mein Vater, Windsor der Zweite, seinen Bruder besiegte, denn ehrlich gesagt glaube ich, dass mein Vater und mein Onkel sich irgendwann wieder versöhnt hätten. Unsere Familie hat, wie so viele, ganz egal, ob arm oder reich, eine lange Geschichte aus Streit und Versöhnung.

Zwar ist nichts dicker als Blut, aber es gibt auch kaum etwas Flüchtigeres.

Die mögliche Versöhnung wurde jedoch vom großen Schlussstrichzieher verhindert – dem Tod.

Ich werde das Geschehen so sachlich wie möglich schildern.

Vor vierundzwanzig Jahren haben zwei Männer mit Sturmhauben meinen Onkel Aldrich Powers Lockwood ermordet und meine achtzehnjährige Cousine Patricia entführt. Zuerst wurde sie noch ein paarmal gesehen – fast wie die Gemälde, wenn ich jetzt darüber nachdenke –, sämtliche Ermittlungen erwiesen sich dann aber als Sackgassen. Es gab zwar eine Lösegeldforderung, doch wie sich bald herausstellte, handelte es sich um Trittbrettfahrer, die ein paar schnelle Dollar machen wollten.

Es war, als wäre meine Cousine vom Erdboden verschluckt worden.

Fünf Monate nach der Entführung hörten Camper in der Nähe der Glen-Onoka-Wasserfälle die hysterischen Schreie einer jungen Frau. Im nächsten Moment kam Patricia aus dem Wald und rannte auf ihr Zelt zu.

Sie war nackt und völlig verdreckt.

Fünf. Monate.

Es dauerte eine Woche, bis die Polizei den kleinen Geräteschuppen aus Kunststoff gefunden hatte, wie man ihn in jedem Baumarkt kaufen kann und in dem Patricia festgehalten worden war. Die Handschellen, die sie mithilfe eines Steins hatte zerbrechen können, lagen noch auf dem Lehmboden. Daneben stand ein Eimer, auf dem sie ihre Notdurft verrichten konnte. Das war alles. Der Schuppen war zwei mal zwei Meter groß, die Tür von außen mit einem Vorhängeschloss gesichert. Er war dunkelgrün und daher im Wald so gut wie unsichtbar – ein Spürhund aus der Hundestaffel des FBI hatte ihn gefunden.

Die Medien nannten den Tatort später »Hütte des Schreckens«. Wie passend diese Bezeichnung war, bestätigte sich noch einmal, als die Spurensicherung die DNA von neun weiteren jungen Frauen/Teenagerinnen/Mädchen im Alter von sechzehn bis zwanzig Jahren darin entdeckte. Sechs Leichen wurden bis heute gefunden, sie alle waren in der Nähe vergraben worden.

Die Täter wurden nie gefasst. Sie wurden auch nie identifiziert. Sie waren einfach verschwunden.

Körperlich schien es Patricia den Umständen entsprechend gut zu gehen. An ihrer Nase und den Rippen waren zwar Spuren alter Brüche zu finden – es war eine gewaltsame Entführung gewesen –, die aber ordentlich verheilt waren. Dennoch dauerte es eine Weile, bis sie sich erholt hatte. Als sie dann wieder ins Leben zurückkehrte und mit der Welt in Kontakt trat, machte sie das mit großer Vehemenz. Sie kanalisierte ihr Trauma, es wurde ihre Triebfeder. Sie machte die Passion, mit der sie für ihre Leidensgenossinnen eintrat, die missbraucht und ohne Hoffnung zurückgelassen worden waren, zu ihrer Mission.

Ich habe mit Cousine Patricia nie über diese fünf Monate gesprochen.

Sie hat sie nie zur Sprache gebracht, und ich bin nicht der Typ, der andere dazu auffordert, sich ihm zu öffnen.

Patricia geht im Salon auf und ab. »Lass uns versuchen, etwas Abstand zu gewinnen und die Sache rational zu betrachten.«

Ich warte, damit sie sich etwas sammeln kann.

»Wann genau wurden die Bilder gestohlen?«

Ich antworte ihr, dass es am 18. September des entsprechenden Jahres war.

»Das war dann also sieben Monate bevor…«, sie geht immer noch auf und ab, »… bevor Dad ermordet wurde.«

»Eher acht.«

Ich hatte es im Hubschrauber schon überschlagen.

Sie bleibt stehen und reißt die Arme hoch. »Was zum Teufel ist hier los, Win?«

Ich zucke die Achseln.

»Willst du sagen, dass die Typen, die die Bilder gestohlen haben, noch einmal zurückgekommen sind, Dad ermordet und mich entführt haben?«

Wieder zucke ich die Achseln. Ich zucke oft die Achseln, tue das allerdings mit einer gewissen Verve.

»Win?«

»Erzähl mir Schritt für Schritt, was passiert ist«, sage ich.

»Ist das dein Ernst?«

»Absolut.«

»Ich will das nicht«, sagt Patricia mit dünner Stimme, die so ganz und gar nicht zu ihr passt. »Ich habe die letzten vierundzwanzig Jahre versucht, das Thema zu meiden.«

Ich sage nichts.

»Verstehst du das?«

Ich sage immer noch nichts.

»Spiel jetzt nicht den Geheimnisvollen, okay?«

»Das FBI wird wissen wollen, ob du den ermordeten Messie identifizieren kannst.«

»Das kann ich nicht. Das habe ich dir auch schon gesagt. Und wozu soll das auch gut sein? Er ist tot, richtig? Nehmen wir mal an, dass es dieser alte Glatzkopf war. Er ist tot. Es ist vorbei.«

»Wie viele Männer sind an dem Abend, als du entführt wurdest, ins Haus eingedrungen?«, frage ich.

Sie schließt die Augen. »Zwei.«

Als sie die Augen wieder öffnet, zucke ich noch einmal die Achseln.

»Scheiße«, sagt sie.

VIER

Wir beschließen, vorerst nichts zu unternehmen. Im Prinzip liegt die Entscheidung bei Cousine Patricia – schließlich wird nicht mein, sondern ihr Leben auf den Kopf gestellt –, aber ich stimme ihr zu. Sie will über alles nachdenken und erst einmal sehen, was wir noch in Erfahrung bringen können. Denn wenn wir diese Tür einmal geöffnet haben, gibt es keine Möglichkeit mehr, sie wieder zu schließen.

Ich sehe kurz nach meinem Vater, aber er schläft noch immer. Ich störe ihn nicht. Meistens ist er bei klarem Verstand. Es gibt aber auch Tage, an denen er das nicht ist. Ich steige wieder in den Hubschrauber und verlasse Lockwood. Mit meiner App arrangiere ich ein Rendezvous mit einer Frau. Wir beschließen, uns um 21 Uhr zu treffen. Sie nutzt den Codenamen Amanda. Ich verwende Myron als Codenamen, weil er diese App so widerwärtig findet. Ich habe ihn gebeten, mir zu erläutern, warum das so ist. Myron sagte irgendetwas über die tiefere Bedeutung von Liebe, sprach von Verbundenheit, dem Einssein, vom gemeinsamen Aufwachen und dem Einbeziehen einer anderen Person in sein Leben.

Meine Augen trübten sich.

Myron schüttelte den Kopf. »Dir das Konzept der romantischen Liebe zu erklären ist, als wollte man einem Löwen das Lesen beibringen: Erstens klappt es sowieso nicht, und zweitens könnte jemand verletzt werden.«

Das gefällt mir.

Übrigens haben Sie diese App nicht. Sie bekommen sie auch nicht.

Eine Stunde später trete ich in mein Büro. Mein Assistent Kabir ist da. Kabir ist ein achtundzwanzigjähriger amerikanischer Sikh. Er hat einen langen Bart. Er trägt einen Turban. Wahrscheinlich sollte ich das nicht erwähnen, weil er in diesem Land geboren wurde und sich wie das Klischee eines Amerikaners verhält, mehr als jeder andere, den ich kenne, aber um es in Kabirs Worten zu sagen: »Der Turban. Den Turban muss ich immer wieder erklären.«

»Neuigkeiten?«, frage ich ihn.

»Haufenweise.«

»Etwas Dringendes?«

»Ja.«

»Dann gib mir eine Stunde.«

Kabir nickt und reicht mir eine Wasserflasche. Es ist ein Kaltgetränk mit den neuesten NAD$^+$-Molekülen, die helfen, den Alterungsprozess zu verlangsamen. Ich habe das neueste Präparat aus Harvard bekommen, von einem Arzt, der im Bereich Langlebigkeit arbeitet. Mit dem Fahrstuhl fahre ich runter in den privaten Trainingsraum im Untergeschoss. Dort habe ich Hanteln, einen schweren Boxsack, eine Boxbirne, eine Ringerpuppe, Übungsschwerter aus Holz (Bokken), Gummipistolen, einen Wing-Tsun-Dummy mit Armen und Beinen aus Hartholz … Sie verstehen schon, was ich meine.

Ich trainiere jeden Tag.

Ich habe mit einigen der besten Kampflehrer der Welt gearbeitet. Ich habe alle Kampftechniken trainiert, die Sie kennen – Karate, Kung-Fu, Taekwondo, Krav Maga, Jiu-Jitsu in verschiedenen Varianten –, und viele, die Sie nicht kennen. Ich habe ein Jahr im kambodschanischen Siem Reap verbracht, um die Khmer-Kampftechnik Bokator zu studieren, ein Name, der grob, aber treffend übersetzt »einen Löwen verprügeln« bedeutet. Ich habe zwei College-Sommersemesterferien in der Nähe von Jinhae in Südkorea bei einem zurückgezogen lebenden Soo-Bahk-Do-Meister verbracht. Ich übe Schläge, Würfe, Griffe, Hebeltechniken (die ich allerdings nicht mag), Druckpunkte (die in echten Kämpfen nicht wirklich nützlich sind), Eins-gegen-eins-Kämpfe, Kämpfe gegen mehrere Gegner, gegen Waffen jeder Art. Ich bin ein ausgezeichneter Scharfschütze mit Handfeuerwaffen. (Ich beherrsche auch den Umgang mit Gewehren, sehe aber nur selten die Notwendigkeit, sie zu nutzen.) Ich habe mit Messern, Schwertern und Klingen aller Art gearbeitet, und obwohl ich die philippinische Form des Kali eskrima sehr bewundere, muss ich sagen, dass ich vom Kampfstilmix unserer Delta Force mehr profitiert habe.

Ich bin allein in meinem Studio, also ziehe ich alles aus bis auf die Unterwäsche – eine Hybrid-Boxershorts, für diejenigen, die es wissen müssen – und fange mit ein paar traditionellen Katas an. Ich bewege mich schnell. Zwischen den Übungen bearbeite ich jeweils drei Minuten den Boxsack. Das beste Herz-Kreislauf-Training der Welt. Als ich jung war, habe ich fünf Stunden am Tag trainiert. Auch heute ist es immer noch mindestens eine Stunde täglich. Meistens arbeite ich mit einem Coach, weil ich immer noch lernbegierig bin. Heute muss ich auf die Anleitungen verzichten.

All das hat natürlich das Geld möglich gemacht. Ich kann überallhin reisen – oder jeden Experten für eine unbestimmte Zeit einfliegen lassen. Das Geld verschafft mir Zeit, den Zugriff auf Trainer, modernste Technologien und Ausrüstung.

Klingt das nicht doch ein bisschen nach Batman?

Wenn man es recht bedenkt, war Bruce Waynes einzige Superkraft sein ungeheurer Reichtum.

Meine auch. Und ja, es ist gut, ich zu sein.

Meine Haut ist schweißbedeckt. Ich spüre den Rausch, den das Training mit sich bringt. Ich treibe mich weiter an. Ich habe mich immer selbst angetrieben und nie Antrieb von außen gebraucht. Myron ist der einzige Trainingspartner, den ich je zu Gast hatte, was aber daran lag, dass er dazulernen musste, nicht etwa daran, dass ich Motivation brauchte.

Ich mache dies, um zu überleben. Ich mache es, um mich fit zu halten. Ich mache es, weil ich Spaß daran habe. Nicht an allem, wohlgemerkt. Ich genieße das Körperliche. Auf den unterwürfigen und patriarchalischen »Ja, Sensei«-Unsinn, den bestimmte Kampfkünste ihren Schülern auferlegen, kann ich verzichten, weil ich mich vor keinem Menschen verbeuge. Respekt, ja. Verbeugen, nein. Ich nutze diese Techniken auch nicht »ausschließlich zur Selbstverteidigung«, denn das ist eine Plattitüde und ganz offensichtlich eine Unwahrheit, die es mit Aussagen wie »der Scheck ist in der Post« oder »keine Sorge, ich ziehe mich rechtzeitig raus« aufnehmen kann. Ich setze das, was ich lerne, ein, um meine Feinde zu besiegen, ganz gleich, wer der Angreifer ist (normalerweise: ich).

Ich mag Gewalt.

Ich mag sie sehr. Bei anderen billige ich sie nicht. Bei mir schon. Der Kampf ist für mich nicht das letzte Mittel. Ich kämpfe, wann immer ich kann. Ich versuche nicht, Ärger aus dem Weg zu gehen. Ich suche aktiv danach.

Nachdem ich mit dem Boxsack fertig bin, mache ich weiter mit Bankdrücken, Gewichtheben und Kniebeugen. Als ich jünger war, habe ich an unterschiedlichen Tagen Krafttraining für unterschiedliche Muskelgruppen gemacht: Arm-Tage, Brustkorb-Tage, Bein-Tage. Irgendwann mit Anfang vierzig habe ich festgestellt, dass es besser ist, seltener und abwechslungsreicher mit Gewichten zu trainieren.

Ich gehe ins Dampfbad, in die Sauna, und dann, wenn meine Körpertemperatur erhöht ist, springe ich unter eine eiskalte Dusche. Wenn man den Körper solch kontrolliertem Stress aussetzt, aktiviert man schlafende Hormone. Das ist gut für Sie. Als ich aus der Dusche komme, hängen drei Anzüge bereit. Ich entscheide mich für den einfarbig blauen und gehe wieder zurück ins Büro.

Kabir hält sein Handy hoch. »Die Story hat Twitter erreicht.«

»Was steht da?«

»Nur, dass der Vermeer am Tatort eines Mordes gefunden wurde. Es gibt auch jede Menge Anfragen von der Presse für einen O-Ton.«

»Auch von Pornomagazinen?«, frage ich.

Kabir runzelt die Stirn. »Was sind Pornomagazine?«

Die Jugend von heute.

Ich schließe die Tür. Mein eichenholzgetäfeltes Büro hat eine beeindruckende Aussicht. Außerdem gibt es dort einen antiken Holzglobus und ein Gemälde von einer Fuchsjagd. Ich betrachte das Bild und überlege, wie es aussehen würde, wenn der Vermeer dort hinge. Mein Handy klingelt. Ich sehe aufs Display.

Eigentlich müsste ich überrascht sein – ich habe seit über zehn Jahren nichts von ihm gehört, als er mir mitgeteilt hat, dass er in den Ruhestand geht. Aber ich bin nicht überrascht.

Ich führe das Handy ans Ohr. »Ich höre.«

»Unglaublich, dass du dich am Telefon immer noch so meldest.«

»Die Zeiten ändern sich, ich mich dagegen nicht.«

»Doch, auch du änderst dich«, sagt er. »Ich wette, du gehst nachts nicht mehr auf Tour, richtig?«

Die nächtlichen Touren. Damals bin ich mitten in der Nacht

in meinem dandyhaftesten Anzug ins gewalttätigste Viertel gefahren und durch die Straßen geschlendert. Ich habe dabei gepfiffen. Ich habe darauf geachtet, dass alle meine blonden Locken und meinen alabasterfarbenen bis blassroten Teint sehen konnten. Ich bin eher schmal gebaut und wirke aus der Ferne fast zierlich – ein nahezu unwiderstehlicher Leckerbissen für Rowdys und Gangster. Erst wenn man mir näher kommt, spürt man, dass sich unter der Kleidung einiges an Muskeln befindet. Doch dann war es meistens schon zu spät. Sie hatten das leichte Ziel ausfindig gemacht, mich mit ihren Freunden zusammen ausgelacht, also konnten sie keinen Rückzieher mehr machen.

Ich hätte es auch nicht zugelassen, selbst wenn sie es versucht hätten.

»Nein, die mache ich nicht mehr«, erwidere ich.

»Siehst du? Veränderung.«

Mit den nächtlichen Touren habe ich schon vor Jahren aufgehört. Sie hatten etwas seltsam Diskriminierendes an sich, und die Auswahl war einfach zu willkürlich. Inzwischen gehe ich zielgerichteter vor.

»Wie geht es dir, Win?«

»Mir geht's gut, PT.«

PT muss inzwischen Mitte siebzig sein. Er hatte mich damals für meine kurze Episode beim FBI rekrutiert. Er war auch mein Einsatzleiter. Nur die wenigsten Agenten kennen ihn, aber sämtliche FBI-Chefs und US-Präsidenten haben sich an ihrem ersten Arbeitstag mit ihm getroffen. Einige Personen in unserer Regierung agieren eher im Schatten. PT ist so wenig sichtbar, als gäbe es ihn gar nicht. Er bewegt sich praktisch unter jedem Radar. Er wohnt in der Nähe von Quantico, wo genau weiß aber selbst ich nicht. Ich kenne auch seinen richtigen Namen nicht. Wahrscheinlich könnte ich ihn herausbekommen, aber während ich ein Faible für Gewalt habe, spiele ich doch nicht gerne mit dem Feuer.

»Wie war das Basketballspiel gestern Abend?«, fragt PT.

Ich schweige.

»Das NCAA-Finale«, ergänzt er.

Ich sage immer noch nichts.

»Ach, lass gut sein«, sagt er und gluckst kurz. »Ich hab mir das Spiel im Fernsehen angeguckt. Das ist alles. Und da hab ich dich am Spielfeldrand neben Swagg Daddy gesehen.«

Ich frage mich, ob das wahr ist.

»Übrigens mag ich sein Zeug.«

»Wessen Zeug?«

»Swagg Daddys. Über wen reden wir denn gerade? Das Lied, in dem er Bitches, die einem Mann das Herz herausreißen, und Bitches, die einem Mann die Eier abreißen, gegenüberstellt? Das geht mir unter die Haut. Das ist reinste Poesie.«

»Ich lass es ihn wissen«, sage ich.

»Das wäre prima.«

»Als wir das letzte Mal miteinander geredet haben«, sage ich, »hast du mir mitgeteilt, dass du im Ruhestand bist.«

»Das stimmt«, sagt PT. »Bin ich auch.«

»Aber dennoch.«

»Aber dennoch«, wiederholt er. »Ist deine Leitung sicher, Win?«

»Kann man das je genau sagen?«

»Nein, bei der heutigen Technologie nicht. Soweit mir bekannt ist, hat das FBI heute ein Kunstwerk ausfindig gemacht, das dir gehört.«

»Ich bin ihm dafür sehr dankbar.«

»Es steckt aber noch mehr dahinter.«

»Ist das nicht immer so?«

»Immer«, stimmt er seufzend zu.

»So viel, dass es ausreicht, dich aus dem Ruhestand zurückzuholen?«

»Das will schon etwas heißen, oder? Ich nehme an, es gibt einen Grund dafür, dass du nicht hundertprozentig mit uns kooperierst.«

»Ich lasse nur etwas Vorsicht walten«, sage ich.

»Könntest du vielleicht bis spätestens morgen früh aufhören, etwas Vorsicht walten zu lassen? Oder, lass es mich anders formulieren«, sein Tonfall ändert sich nicht – zumindest nicht vernehmbar, »hör bis spätestens morgen früh auf, Vorsicht walten zu lassen.«

Ich antworte nicht.

»Morgen früh um acht wartet eine Maschine in Teterboro auf dich. Komm dahin.«

»PT?«

»Ja?«

»Wurde das Opfer identifiziert?«

Ich höre im Hintergrund eine Frauenstimme. PT fordert mich auf dranzubleiben und ruft der Frau zu, dass er gleich fertig ist. Seine Frau? Erschreckend, wie wenig ich über diesen Mann weiß. Dann spricht er wieder in den Hörer: »Kennst du den Ausdruck ›Das ist was Persönliches‹?«

»In der Ausbildung hast du immer wieder betont«, sage ich, »dass es nie persönlich ist.«

»Ich habe mich geirrt, Win. Gewaltig geirrt. Bis morgen früh um acht.«

Er legt auf.

Ich lehne mich zurück, lege die Füße auf den Schreibtisch und gehe das Gespräch im Kopf noch einmal durch. Ich suche nach versteckten Hinweisen. Außer dem Offensichtlichen fällt mir nichts ein. Es klopft einmal an meiner Bürotür und dann nach einer kurzen Pause noch zweimal. Kabir öffnet die Tür und steckt den Kopf hindurch.

»Sadie will dich sprechen«, sagt er. »Sie klingt... bekümmert.«

»Schluck... und noch einmal schluck«, sage ich.

Ich nehme den Fahrstuhl hinunter zu Sadies Kanzlei, wo mich der Rezeptionist und Rechtsberater, ein frischgebackener College-Absolvent namens Taft Buckington III., begrüßt. Tafts Vater – alle nennen ihn Taffy – ist genau wie ich Mitglied im Merion Golf Club. Ich spiele oft mit Taffy. Als ich eintrete, sieht mich der junge Taft und schüttelt mahnend den Kopf. Fisher und Friedman hat insgesamt vier Anwältinnen. Ich habe Sadie einmal vorgeschlagen, einen Mann einzustellen, weil das besser aussehen würde. Ihre schlichte Antwort hat mir sehr gefallen. Sie lautete einfach:

»Scheiße, nein.«

Und so ist der einzige Mann in der Kanzlei nur Rechtsberater und sitzt an der Rezeption. Denken Sie darüber, was Sie wollen.

Als Sadie mich neben Tafts Schreibtisch stehen sieht, winkt sie mich in ihr Büro und schließt sofort die Tür hinter mir. Ich setze mich. Sie bleibt stehen. Früher war dies Myrons Büro. Sadie hat Myrons Schreibtisch behalten. Er stand noch hier, als sie den Mietvertrag unterschrieb, also hat sie gefragt, ob sie ihn kaufen könne. Ich habe Myron angerufen und ihn gefragt, wie viel er dafür haben will, aber wie ich nicht anders erwartet hatte, meinte er nur, sie könnte ihn behalten. Trotzdem ist es befremdlich, hier zu sein, denn sonst ist nichts mehr wie damals. Der kleine Kühlschrank, in dem Myron seinen Yoo-Hoo-Vorrat aufbewahrte, wurde durch einen Druckerständer ersetzt. Die bunten Plakate von Broadway-Shows sind verschwunden – abgesehen vielleicht von Lin Manuel Miranda gibt es in Nordamerika keinen Hetero-Mann, der Musicals mehr liebt als Myron. Myrons Büro war chaotisch, nostalgisch und bunt. Sadies ist minimalistisch, klassisch und weiß. Alles, was einen ablenken könnte, ist hier unerwünscht. Es geht nur um die Mandanten, sagte sie mir einmal, nicht um die Anwälte.

»Ich habe die Erlaubnis, dir das mitzuteilen«, fängt Sadie an. »Nur damit das klar ist. Es unterliegt nicht mehr dem Anwaltsgeheimnis, weil es, na ja, du wirst schon sehen.«

Ich schweige.

»Du weißt von meiner Mandantin, die im Krankenhaus liegt?«

»Nicht mehr als das.«

»Nicht mehr als was?«

»Dass du eine Mandantin hast, die im Krankenhaus liegt.«

Das stimmt übrigens nicht. Ich weiß mehr.

»Woher weißt du das?«, fragt Sadie.

»Ich habe zufällig mitgekriegt, wie jemand im Büro darüber gesprochen hat.«

Auch das ist eine Lüge.

»Sie heißt Sharyn«, fährt Sadie fort. »Den Nachnamen lassen wir jetzt mal außen vor. Der spielt keine Rolle. Namen spielen keine Rolle. Jedenfalls ist es ein Fall wie aus einem Lehrbuch. Oder wenigstens fängt er an wie ein Fall aus dem Lehrbuch. Sharyn ist drauf und dran, ihren Abschluss an einer namhaften Universität zu machen. Sie lernt einen Mann kennen, der an dieser Universität einen halbwegs repräsentativen Job hat. Am Anfang läuft alles wunderbar. Wie so oft in solchen Fällen. Der Mann ist charmant. Er macht ihr Komplimente. Er ist wahnsinnig aufmerksam und entwirft Pläne für ihre gemeinsame große Zukunft.«

»Das machen sie immer, oder?«, frage ich.

»So gut wie immer, ja. Es wäre zwar nicht fair, jeden Typen, der einem Blumen schickt und mit Aufmerksamkeit überhäuft, zum Psycho zu erklären – aber, na ja, irgendwie ist da schon was dran.«

Ich nicke. »Nicht alle wahnsinnig aufmerksamen Verehrer sind Psychos – aber alle Psychos sind übermäßig aufmerksame Verehrer.«

»Gut gesagt, Win.«

Ich senke bescheiden den Blick.

»Wie dem auch sei, die Liaison fängt gut an. Auch das ist in solchen Fällen oft so. Aber dann wird es seltsam. Sharyn ist in einer Lerngruppe, die aus Männern und Frauen besteht. Dem Freund – ich werde ihn Teddy nennen, weil der Arsch so heißt – gefällt das nicht.«

»Er wird eifersüchtig?«

»Und wie. Teddy fängt an, Sharyn jede Menge Fragen über ihre männlichen Freunde zu stellen. Er verhört sie förmlich. Irgendwann sieht sie sich den Suchverlauf ihres Browsers an. Jemand – Teddy – hat ihre männlichen Freunde gegoogelt. Teddy taucht unangekündigt in der Bibliothek auf. Um sie zu überraschen, sagt er. Einmal hat er eine Flasche Wein und zwei Gläser dabei.«

»Zur Tarnung«, sage ich. »Ein Fake-Liebesbeweis.«

»Ganz genau. Dieses Verhalten steigert sich immer mehr, auch das ist eigentlich immer so. Teddy regt sich auf, wenn die Treffen der Lerngruppen zu lange dauern. Sie ist Studentin. Sie will mit ihren Freundinnen auf die eine oder andere Party auf dem Campus gehen. Teddy, der als Assistenztrainer arbeitet, besteht darauf mitzukommen. Sharyn spürt, wie sich ihr Lebensraum immer weiter einengt. Teddy ist überall. Wenn sie nicht sofort auf seine SMS antwortet, kriegt Teddy einen Anfall. Er wirft ihr vor, dass sie ihn betrügt. Eines Nachts packt Teddy Sharyn so fest am Arm, dass sie blaue Flecken bekommt. Danach macht sie Schluss mit ihm. Und dann fängt er sein Psycho-Stalking an.«

Ich bin nicht der Inbegriff des verständnisvollen Zuhörers, gebe mir aber große Mühe, so zu wirken. Ich versuche, an den richtigen Stellen zu nicken. Ich versuche, fassungslos und besorgt auszusehen. Mein Resting Face, um diesen umgangssprachlichen Begriff erneut zu verwenden, wirkt entweder desinteressiert oder hochmütig. Also strenge ich mich an, teilnahmsvoll und fürsorglich auszusehen. Es ist nicht leicht, ich glaube aber, dass es mir gelingt.

»Teddy taucht unangekündigt auf und fleht sie an, es noch einmal miteinander zu versuchen. In drei unterschiedlichen Situationen muss Sharyn den Notruf wählen, weil Teddy nach Mitternacht bei ihr an die Tür hämmert. Er fleht sie an, mit ihm zu reden, sagt, sie sei unfair und grausam, wenn sie ihn nicht anhöre. Teddy weint, er würde sie so sehr vermissen, und schließlich überzeugt er sie, dass sie …«, sie zeichnet mit den Fingern Anführungszeichen in die Luft, »… es ihm schuldig ist, ihn anzuhören.«

»Und sie erklärt sich bereit, sich mit ihm zu treffen?« Ich stelle diese Frage vor allem deshalb, weil ich fürchte, zu lange geschwiegen zu haben.

»Ja.«

»Und das«, sage ich, »ist eine Sache, die ich einfach nie begreifen werde.«

Sadie beugt sich vor und legt den Kopf auf die Seite. »Das liegt daran, Win, dass du, auch wenn du dir Mühe gibst, einfach zu männlich bist, um es zu verstehen. Frauen wurden konditioniert zu gefallen. Wir sind nicht nur für uns selbst, sondern auch für alle anderen in unserer Umgebung verantwortlich. Wir betrachten es als unsere Aufgabe, den Mann zu trösten. Wir glauben, dass wir die Welt verbessern können, indem wir ein wenig von uns selbst opfern. Aber du hast trotzdem recht, danach zu fragen. Es ist das Erste, was ich meinen Mandantinnen sage: ›Wenn Sie so weit sind, die Beziehung zu beenden, dann beenden Sie sie. Ziehen Sie einen sauberen Schlussstrich und blicken Sie nicht zurück. Sie sind ihm nichts schuldig.‹«

»Ist Sharyn zu ihm zurückgekehrt?«, frage ich.

»Ja, für eine kurze Phase. Schüttle nicht so den Kopf, Win. Hör einfach zu, okay? So gehen diese Psychos vor. Sie manipulieren einen und treiben einen in den Wahnsinn. Sie versuchen, dir Gewissensbisse zu machen, bis du glaubst, es wäre deine Schuld. Sie ziehen dich da immer wieder rein.«

Ich verstehe es trotzdem noch nicht, aber darum geht es jetzt wohl auch nicht.

»Jedenfalls hielt es nicht lange. Sharyn hat schnell gemerkt, dass es keinen Sinn hat. Sie hat wieder Schluss gemacht. Sie hat seine Anrufe nicht mehr angenommen und nicht auf seine SMS geantwortet. Worauf Teddy seine Arschigkeit zur vollen Psychose ausbaut. Er hat ihre Wohnung verwanzt, ohne dass sie das gemerkt hat. Er hat einen Keylogger auf ihrem Computer installiert und ihr Handy mit einem Peilsender versehen. Dann hat er angefangen, ihr anonyme Drohungen zu senden. Er hat ihr Adressbuch gehackt und allen bösartige Lügen über sie geschickt – ihren Freunden und ihren Verwandten. Er hat vorgegeben, Sharyn zu sein, und in ihrem Namen E-Mails geschrieben, in denen er ihre Professoren und Freunde verunglimpft. Einmal hat er den Verlobten von Sharyns bester Freundin kontaktiert – als Sharyn – und behauptet, sie hätte ihn betrogen. Er hat sich eine komplette Geschichte über eine Begegnung in einer Bar ausgedacht, die nie stattgefunden hat.«

»Fantasievoll«, sage ich.

»Das ist noch längst nicht alles. Er hat angefangen, Sharyn Nachrichten zu schicken, in denen er sich als eine ihrer Freundinnen oder einen ihrer Freunde ausgab, um ihr unter deren Namen mitzuteilen, wie dumm sie wäre, einen süßen Kerl wie Teddy gehen zu lassen.«

Ich runzele die Stirn. »Fantasievoll, allerdings auch erbärmlich.«

»Mehr als das. Diese Männer – entschuldige, das soll jetzt nicht sexistisch klingen, aber es sind fast immer Männer – sind verunsicherte Loser biblischen Ausmaßes.«

»Ist Sharyn zur Polizei gegangen?«

»Ja.«

»Das hat sich dann aber als nicht hilfreich erwiesen, richtig?«

Ihre Augen blitzen. Jetzt ist Sadie in ihrem Element. »Deshalb gibt es uns, Win. Das Gesetz – in seiner aktuellen Form – kann den Sharyns dieser Welt nicht richtig helfen. Zum einen hinkt es immer noch der Technologie hinterher. Teddy versteckt sich hinter VPNs, Einweghandys und falschen E-Mail-Adressen. Ein Stalking-Opfer kann einfach nicht beweisen, von wem es verfolgt wird. Deshalb ist die Arbeit, die wir leisten, so wichtig.«

Mit einem Nicken fordere ich sie auf fortzufahren.

»Obwohl er wieder abserviert wurde, lässt Teddy also nicht locker. Er schickt ein Nacktfoto von Sharyn an ihre einundneunzigjährige Großmutter. Er dreht ein mit Lügen gespicktes Video über Sharyn, in dem er behauptet, dass sie Juden hasst, auf diverse abseitige Sexualpraktiken steht, dass sie Rassistin und weiße Nationalistin ist und so weiter und so fort. Und, pass auf: Als Teddy seine Taten vorgehalten werden, behauptet er, Sharyn hätte ihm eine Falle gestellt. Er hätte sie abserviert, sie käme damit nicht klar und wolle es ihm auf diese Weise heimzahlen.«

Ich schüttele den Kopf.

»Na ja, und da hat Sharyn von uns gehört.«

»Wie lange ist das her?«

»Das war im Februar.«

Ich warte.

Sadie schluckt. »Ja. Schon gut, ich weiß selbst, dass es lange her ist.«

»Und?«

»Und wir haben es versucht, Win. Wir haben uns eingehend mit ihm beschäftigt und herausgefunden, dass Teddy die Nummer schon vorher bei mindestens drei anderen Frauen abgezogen hat – deshalb zieht er auch von einer Uni zur nächsten.«

»Die Unis wissen Bescheid?«

»Institutionen schützen sich gegenseitig. Er erklärt sich bereit, stillschweigend zu verschwinden, dafür verpflichten sie sich, kein Wort darüber zu verlieren. In mindestens einem Fall ist auch Geld geflossen, und das Opfer hat eine Geheimhaltungsvereinbarung unterzeichnet.«

Mein Stirnrunzeln wird stärker.

»Jedenfalls haben wir für Sharyn getan, was wir können. Wir haben ein vorläufiges Kontaktverbot gegen Teddy erwirkt. Ich habe sie aufgefordert, alles aufzuschreiben, was Teddy getan hat – und ab sofort Tagebuch über alles zu führen, was er tut. Das ist der Schlüssel – wenn irgend möglich von Anfang an alles aufzuzeichnen. Wir sind auch zur Polizei gegangen, einfach damit eine Akte angelegt wird. Aber wie schon gesagt, unsere Arbeit ist deshalb so wichtig, weil die Ausbildung der Polizei in digitaler Kriminaltechnik einfach so sehr zu wünschen übrig lässt.«

Ich lehne mich zurück und schlage die Beine übereinander. »Bis jetzt klingt das wie ein klassischer Fall deiner Kanzlei.«

»Da hast du recht.« Sie lächelt traurig. »Teddy ist ein Lehrbuchbeispiel. Klingt alles genau wie bei meinem Ex.«

Auch Sadies Stalker hatte die Sache auf die Spitze getrieben, aber dies ist nicht der richtige Zeitpunkt, darüber zu sprechen. Ich lehne mich zurück und warte. Das Grundgerüst der Story kenne ich bereits, sie ergänzt die Details. Aber ich weiß immer noch nicht so richtig, worauf sie hinauswill.

»Schließlich bricht Sharyn ihr Studium ohne Abschluss ab, weil Teddy sie ständig schikaniert. Sie zieht nach Norden und geht auf eine andere Uni. Aber Teddy stöbert sie auch dort wieder auf. Wie schon gesagt haben wir noch weitere Opfer ausfindig gemacht, aber keine der Frauen ist bereit, eine Aussage zu machen. Sie haben Angst vor ihm. Und dann steigert Teddy seine Belästigung-by-proxy-Nummer noch.«

Sie bricht ab und sieht mich an. Da ich annehme, dass sie auf ein Stichwort wartet, wiederhole ich: »Belästigung-by-proxy?«

»Weißt du, was das ist?«

Das tue ich, trotzdem schüttele ich den Kopf.

»Er sucht sich Stellvertreter, die sie für ihn belästigen. In diesem Fall erstellt Teddy in Sharyns Namen Profile auf Tinder, Whiplr und weiteren, härteren Sex-Apps, bei denen es um BDSM und Ähnliches geht. Er stellt ihre Fotos ein. Er führt Chats als Sharyn und arrangiert Treffen mit ihr. Immer wieder tauchen seltsame Männer vor Sharyns Wohnung auf, die Sex oder Rollenspiele oder was auch immer erwarten. Manche werden wütend, wenn sie sie abweist. Nennen sie eine Maulhure und Schlimmeres. Teddy gibt alles. Und dann …«

Sadie schweigt. Ich warte.

»Dann fängt Teddy auf einer Darknet-Website einen Flirt

mit einem Typen an. Als Sharyn. Das geht sechs Wochen lang. Sechs Wochen, Win. Das ist doch wahre Hingabe, oder? ›Sharyn‹ …«, wieder mit den in die Luft gemalten Anführungszeichen, »…erzählt dem Typen alles über ihre Fantasien von einer brutalen Vergewaltigung. ›Sharyn‹ erzählt dem Typen, dass sie überfallen, mit Handschellen gefesselt und geknebelt werden will. Teddy schreibt dem Typen, wo er solches Zeug kaufen kann. Und dann macht Teddy eine Zeit aus, an der das Vergewaltigungsrollenspiel stattfinden soll.«

Ich bleibe ganz still sitzen.

»Der Typ glaubt, er hätte mit Sharyn gechattet. Ihm wurde wochenlang erzählt, dass er Gewalt anwenden soll, dass er Sharyn schlagen, sie fesseln, sie mit dem Messer bedrohen soll. Er hat sogar ein Safeword bekommen. ›Purple‹. Hören Sie nicht auf, sagt Teddy als Sharyn, solange ich nicht ›purple‹ sage.«

Sadie wendet den Blick ab und blinzelt. Meine Fäuste ballen sich vor Wut.

»Jedenfalls ist Sharyn so im Krankenhaus gelandet. Ihr Zustand … es geht ihr nicht gut.«

Noch einmal: Das alles weiß ich schon. Ich frage mich, wie ich vorgehen soll, denn ich verstehe ihre Panik noch immer nicht. Also frage ich vorsichtig: »Ich gehe davon aus, dass Teddy seine Identität weiterhin geheim hält?«

Sadie nickt.

»Also konnte die Polizei ihn nicht festnehmen«, fahre ich fort.

»Das ist richtig.«

»Dann ist er damit durchgekommen?«

»So schien es.«

»Schien?«

»Teddys vollständiger Name lautet Teddy Lyons. Sagt dir das was?«

Ich tippe mit dem Zeigefinger auf mein Kinn. »Kommt mir irgendwie bekannt vor.«

»Er ist Assistenztrainer der Basketballmannschaft von South State.«

»Tatsächlich?«, sage ich, bemühe mich aber, nicht zu dick aufzutragen.

»Wir haben es gerade erst erfahren. Teddy wurde gestern Nacht, nach dem großen Finale, angegriffen. Sie haben ihn zusammengeschlagen und ihm ernsthafte Verletzungen zugefügt.«

Sie haben. Sie hat »sie haben« gesagt. Schlussfolgerung: Ich stehe immer noch nicht unter Verdacht.

»Knochenbrüche«, fährt sie fort. »Innere Blutungen. Die Leber ist schwer in Mitleidenschaft gezogen worden. Es heißt, er wird nie mehr der Alte sein.«

Ich gebe mir große Mühe, nicht zu lächeln. Es gelingt mir nicht ganz. »Oh, jammerschade«, sage ich.

»Ja, wie ich sehe, bist du am Boden zerstört.«

»Müsste ich das sein?«

»Wir hatten ihn, Win.« Sie mustert mich mit einem infernalisch lodernden Blick durch ihre Brille. Ich sehe darin die Leidenschaft, die mich von Anfang an zu ihr und ihren Zielen hingezogen hat. Sadie ist eine Frau der Tat, keine Schwätzerin. In dieser Hinsicht sind wir uns ähnlich.

»Was meinst du mit ›wir hatten ihn‹? Du hast doch gerade gesagt, dass er damit durchgekommen wäre.«

»Nach all dem, was mit Sharyn passiert ist, habe ich mich noch einmal an Teddys vorherige Opfer gewandt. Sie haben sich schließlich bereit erklärt, eine Aussage zu machen. Und Sharyn war sogar so weit, damit an die Öffentlichkeit zu gehen. Was natürlich eine traumatische Erfahrung geworden wäre. Teddy hatte ihnen schon so viel genommen.«

»Hm.« Ich lehne mich wieder zurück und schlage die Beine übereinander. Über die Konsequenzen hatte ich mir nicht groß Gedanken gemacht. Mache ich selten. Aber... nein, nein, im Endeffekt lag sie falsch. Ich sage: »Dann müsste die Tracht Prügel, die Teddy bekommen hat, ihnen doch geholfen haben.«

»Nein, Win, das hat sie nicht. Wenn man einmal seine Meinung geändert hat... ist es am Ende eine Erlösung, sich zur Wehr zu setzen und dem Täter die Stirn zu bieten. Aber mehr noch: Wir hatten eine große Pressekonferenz für die Zeit angesetzt, nachdem Sharyn aus dem Krankenhaus entlassen worden wäre. Stell dir das vor – vier Misshandlungsopfer auf der Treppe des Parlamentsgebäudes, die der Welt ihre Erlebnisse erzählen. Zwei Abgeordnete wollten das durch ihre Anwesenheit unterstützen. Teddys Ruf wäre zerstört gewesen. Noch wichtiger ist aber, dass diese überzeugenden Geschichten uns geholfen hätten, ein Gesetz zu verabschieden, ein Gesetz, an dem diese Kanzlei...« – Sadie schlägt mit der flachen Hand auf ihren Schreibtisch – »...federführend mitgearbeitet hat. Die beiden Abgeordneten wollten es dem Gouverneur vorlegen.«

Ich warte.

»Und jetzt«, sagt Sadie, »ist es mit einem Schlag hinfällig.«

»Warum?«, frage ich.

»Warum was?«

»Warum können die Opfer diese Geschichten nicht trotzdem erzählen?«

»Es hätte nicht mehr dieselbe Wirkung.«

»Pff. Natürlich hätte es das.«

»Teddy wurde gestern Nacht krankenhausreif geschlagen.«

»Na und?«

»Und damit ist er zu einem Opfer von Selbstjustiz geworden.«

»Das kann man nicht wissen«, sage ich. »Es wäre auch möglich, dass er es noch einmal versucht hat, diesmal aber an die falsche Frau geraten ist.«

»Und die hat ihn zu Brei geschlagen?«

»Sie, oder vielleicht ihre Familie, was weiß denn ich?« Ich schnippe mit den Fingern. »Oder es war einfach ein Raubüberfall, der nichts mit alldem zu tun hat.«

»Ach, komm schon.«

»Was ist?«

»Es ist vorbei, Win. Der Krieg geht weiter, aber diese Schlacht haben wir verloren. Wir sind auf die Anteilnahme der Öffentlichkeit angewiesen. Aber unser Monster liegt im Koma. Auf Twitter wird jemand behaupten, die Opfer hätten ihn zusammengeschlagen. Teddys Mutter wird den Opfern unterstellen, dass diese verschmähten Frauen sich Lügen über ihren kleinen Jungen ausgedacht haben, dass sie ihn zur Zielscheibe ihres Hasses gemacht hätten. Es geht nicht nur um Fakten, Win. Wir brauchen eine überzeugende Story.«

Ich überlege einen Moment. Dann sage ich: »Es tut mir leid«, wenn auch vielleicht etwas wenig Nachdruck in meiner Stimme liegt.

Nur zur Klarstellung: Mir tut es nicht leid, dass ich Teddy das angetan habe. Es tut mir leid, dass ich damit nicht bis nach der Pressekonferenz gewartet habe. Sadie muss optimistisch sein. Ich bin es leider nicht. Vor Gericht hätte Teddy niemals eine angemessene Strafe bekommen. Er wäre bloßgestellt worden, vielleicht hätte er seinen Job verloren, aber er hätte auch auf schreckliche Weise zurückgeschlagen. Er hätte Sharyn und die anderen Frauen in den Dreck gezogen. Er hätte behauptet, er wäre das Opfer ihrer Schikanen, nicht umgekehrt, und viel zu viele Menschen hätten ihm das geglaubt. Das wäre die Front gewesen, an der Sadie gekämpft hätte.

Ich vertraue auf Sadie Fisher. Irgendwann könnte sie sich durchsetzen. Aber noch ist es nicht so weit.

Es ist 20.30 Uhr. In einer halben Stunde bin ich verabredet, aber das lässt sich problemlos absagen. »Wir könnten alle zusammen etwas trinken gehen«, schlage ich ihr vor.

»Ist das dein Ernst?«

»Wir können uns gegenseitig bedauern.«

Sadie schüttelt den Kopf. »Ich weiß, dass es nett gemeint ist, Win.«

»Aber?«

»Aber du hast keine Vorstellung.«

»Gehen Kollegen nicht zusammen etwas trinken?«

»Nicht heute Abend, Win. Heute Abend muss ich ins Krankenhaus und Sharyn erzählen, was passiert ist.«

»Vielleicht ist sie erleichtert«, sage ich. »Teddy kann ihr nichts mehr tun. Das sollte ihr doch einen gewissen Trost bieten, oder?«

Sadie öffnet den Mund, überlegt kurz und macht ihn wieder zu. Ich sehe, dass sie enttäuscht von mir ist. Als ich mich auf den Weg zum Fahrstuhl mache, klopft sie mir auf die Schulter.

Ich checke meine App. Diese Dating-App für Reiche ist so tief im Darknet verborgen, dass dort niemand ein Fake-Profil erstellen kann, wie Teddy es getan hat. Und selbst wenn es jemand könnte, würde er oder sie an den anderen Sicherheitsmaßnahmen scheitern. Die Nachricht lautet:

Benutzername Amanda erwartet Sie.

Meine Partnerin für den Abend ist also schon in der Suite eingetroffen.

Kein Grund, sie warten zu lassen.

FÜNF

Die App zeigt mehrere geheime Zugänge an.
Heute Abend werden wir den Weg durchs Saks-Kaufhaus in der 5th Avenue nehmen. Das altehrwürdige Saks, das an der 5th Avenue zwischen der 49th Street und der 50th Street liegt, hat im Untergeschoss eine sehr exklusive Schmuckabteilung namens The Vault. Dort wiederum gibt es eine Tür, die früher in einen Umkleideraum führte. Sie ist verschlossen, aber wir Nutzer der App besitzen einen RFID-Schlüsselanhänger, mit dem wir sie öffnen können. Man tritt durch die Tür und folgt der Treppe abwärts zu einem unterirdischen Gang. Der Gang führt zu einem Fahrstuhl im Kellergeschoss eines Hochhauses an der 49th Street in der Nähe der Madison Avenue. Der Aufzug fährt nur in die achte Etage. Dort befindet sich ein Augenscanner. Wenn der Iris-Scan nicht mit dem gespeicherten übereinstimmt, öffnet sich die Fahrstuhltür in die Privatsuite nicht.

Es ist gut, reich zu sein.

Um diese App nutzen zu dürfen, müssen Sie ein Nettovermögen von über einhundert Millionen Dollar haben. Die monatlichen Kosten sind exorbitant, besonders für jemanden wie mich, der diesen Service häufig nutzt. Der Service, den die App bietet, ist einfach: Sie bringt reiche Leute mit anderen reichen Leuten zusammen, damit sie Sex haben können. Ohne jede Verpflichtung. Es ist edel. Es ist exklusiv. Vor allem aber ist es Sex.

Die App hat keinen Namen. Die meisten Nutzer sind verheiratet und legen Wert auf größte Vertraulichkeit. Natürlich sind darunter auch Persönlichkeiten des öffentlichen Lebens. Einige sind homosexuell oder in einer anderen Form LGBTQ+ und fürchten, bloßgestellt zu werden. Einige, wie ich, sind einfach reich und suchen Sex ohne Konsequenzen und Verpflichtungen. Ich habe jahrelang Frauen in Bars, Nachtclubs oder bei Galas aufgegabelt. Das mach ich immer noch gelegentlich, aber wenn man das Alter von fünfunddreißig Jahren überschritten hat, wirkt es gelegentlich ein bisschen verzweifelt. In meiner etwas fragwürdigen Vergangenheit habe ich häufig auf Prostituierte zurückgegriffen. Eine Zeit lang habe ich jeden Dienstag sowohl Dim Sum als auch eine Frau vom Noble House an der Lower East Side bestellt – meine eigene Version einer chinesischen Nacht. Damals hielt ich die Prostitution für das älteste und (wie im Namen des Etablissements) nobelste Gewerbe. Das ist sie nicht. Bei der Arbeit an einem Fall im Ausland habe ich Einblick in Menschenhandel und Ähnliches bekommen. Direkt danach habe ich damit aufgehört.

Wie in den Kampfkünsten lernen wir, wir entwickeln uns weiter, wir verbessern uns.

Als diese Möglichkeit weggefallen war, habe ich versucht, den früher recht beliebten »Freunde mit Extras«-Ansatz zu verfolgen. Das Problem ist aber, dass Freundschaften per Definition Beziehungen sind. Aus Freundschaften ergeben sich Verpflichtungen. Das will ich nicht.

Jetzt nutze ich meistens diese App.

Benutzername Amanda sitzt auf dem Bett. Sie trägt nur den türkischen Frotteebademantel mit Satinbesatz aus dem Fundus der Suite. Der Veuve Clicquot »La Grande Dame«, ein Rosé-Champagner, wird eingeschenkt. In einer Silberschale liegen Erdbeeren mit Schokoladenüberzug. Eine erstklassige Anlage kann jede gewünschte musikalische Stilrichtung spielen. Normalerweise überlasse ich das der Frau, aber heute möchte ich lieber auf musikalische Untermalung verzichten.

Ich möchte sie hören.

Benutzername Amanda steht auf, lächelt und schlendert mit einer Champagnerflöte in der Hand auf mich zu. Myron sagt immer, dass nichts so sexy ist wie Frauen mit nassen Haaren im Frotteebademantel. Früher habe ich abgewinkt und mich stattdessen für ein bestimmtes schwarzes Korsett mit passenden Strapsen ausgesprochen, aber inzwischen glaube ich, dass an Myrons Worten etwas Wahres dran sein könnte.

Wir lernen, wir entwickeln uns weiter, wir verbessern uns.

Der Sex heute Nacht ist großartig. Das ist er meistens. Und wenn er es nicht ist, ist es immer noch Sex. Es gibt einen alten Witz über einen Mann, der ein Toupet trägt: Ganz egal, ob es ein gutes oder ein schlechtes Toupet ist – es ist und bleibt ein Toupet. Das Gleiche gilt auch für Sex. Ich habe oft gehört, dass Sex mit Fremden heikel sei. Das kann ich nicht bestätigen. Das mag zum Teil mit meiner Expertise zusammenhängen – die Techniken, die zu erlernen ich um die Welt gereist bin, betreffen nicht nur die Kampfkunst –, aber eigentlich ist es jedoch recht simpel: Seien Sie präsent. Ich gebe jeder Frau das Gefühl, dass sie die einzige auf der Welt ist. Das ist keine Schauspielerei. Eine Frau spürt, wenn Sie nicht authentisch sind. Solange wir zusammen sind, diese Frau und ich, gibt es nur uns beide. Die Welt um uns herum wird unwichtig. Ich konzentriere mich nur auf sie.

Ich liebe Sex. Ich praktiziere ihn oft.

Myron philosophiert gerne darüber, dass Sex mehr sein muss als das, was er ist – dass Liebe und romantische Verstrickungen die körperliche Erfahrung verbessern. Ich höre ihm zu und frage mich, ob er mich oder sich selbst damit überzeugen will. Ich mag weder Liebe noch romantische Verstrickungen. Ich begehe gerne mit anderen Erwachsenen gemeinsam und einvernehmlich gewisse körperliche Handlungen. Der andere Kram »verbessert« den Sex für mich nicht. Er besudelt ihn. Der Akt an sich ist rein. Warum sollte man ihn mit etwas Belanglosem besudeln? Sex ist vielleicht die fantastischste gemeinsame Erfahrung der Welt. Ja, ich gehe gerne zu einem Gourmetessen, zu einer guten Show oder unternehme etwas in Gesellschaft guter Freunde. Ich schätze Golf, Musik und Kunst.

Aber kann etwas davon mit abendlichem Sex mithalten?

Mich dünkt, nein.

Auch deshalb mochte ich die Prostituierten. Es war eine direkte Transaktion – ich bekam etwas, sie bekamen etwas. Niemand blieb dem anderen etwas schuldig. Ich strebe immer noch danach, den Raum in dem Wissen zu verlassen, dass meine Partnerin genauso profitiert hat wie ich. Vielleicht bin ich deshalb gut darin. Je mehr sie es genießt, desto weniger sehe ich mich in ihrer Schuld. Außerdem habe ich ein enormes Ego. Dinge, die ich nicht wirklich gut beherrsche, tue ich nicht. Ich bin ein sehr guter Golfer, ein sehr guter Finanzberater, ein sehr guter Kämpfer und ein sehr guter Liebhaber. Wenn ich etwas tue, will ich der Beste sein.

Als wir fertig sind – Ladys first –, liegen wir beide auf dem cremefarbenen Maulbeerseidenlaken. Unsere Köpfe ruhen auf den Daunenkissen, und wir atmen tief durch. Ich schließe einen Moment die Augen. Sie schenkt noch etwas von dem Rosé-Champagner ein und reicht mir ein Glas. Ich erlaube ihr, mir eine Schokoladenerdbeere in den Mund zu stecken.

»Wir sind uns schon einmal begegnet«, sagt sie.

»Ich weiß.«

Das ist nicht ungewöhnlich. Eigentlich heißt sie Bitsy Cabot. Die Superreichen bewegen sich alle in den gleichen, wenn auch exklusiven Kreisen. Es wäre seltsam, wenn ich die Mehrzahl der Frauen nicht kennen würde. Bitsy ist vermutlich ein paar Jahre älter als ich. Ich weiß, dass sie in New York City, den Hamptons und Palm Beach lebt. Ich weiß, dass sie mit einem reichen Hedgefonds-Manager verheiratet ist, erinnere mich aber nicht an seinen Vornamen. Was sie tut, weiß ich nicht. Es interessiert mich auch nicht.

»Bei den Radcliffes«, sage ich.

»Ja. Ihre Gala im letzten Sommer war wundervoll.«

»Es ist für einen guten Zweck.«

»Das ist sie, ja.«

»Cordelias Partys sind gut«, sage ich.

Sie glauben wahrscheinlich, ich könnte es kaum erwarten, mich anzuziehen und zu gehen – dass ich nie über Nacht bleibe, um mögliche Bindungsprobleme zu vermeiden. Da liegen Sie jedoch falsch. Wenn sie will, dass ich bleibe, bleibe ich. Wenn sie es nicht will, gehe ich. Für mich spielt das keine Rolle. Ich schlafe gut, ganz egal, ob sie hier ist oder nicht. Das Bett ist sehr bequem. Nur das ist wirklich wichtig.

Sie wird mir nicht näherkommen, wenn sie bleibt. Und sie wird mich dadurch auch nicht abschrecken.

Ein wichtiger Punkt spricht dafür, die Nacht gemeinsam zu verbringen: Wenn wir bleiben, bekomme ich oft eine spektakuläre Morgenzugabe, ohne dass ich den Aufwand betreiben muss, eine neue Partnerin zu suchen. Das ist ein netter Bonus.

»Gehst du jedes Jahr auf die Gala?«, fragt sie.

»Wenn ich in den Hamptons bin«, erwidere ich. »Bist du in einem der Komitees?«

»In dem für die Speisen, ja.«

»Wer ist für das Catering zuständig?«, frage ich.

»Rashida. Kennst du sie?«

Ich schüttle den Kopf.

»Sie ist einfach göttlich. Ich kann dir ihre Kontaktdaten senden.«

»Vielen Dank.«

Bitsy beugt sich vor und küsst mich. Ich lächle und sehe ihr in die Augen.

Sie schlüpft aus dem Bett. Ich beobachte jede ihrer Bewegungen. Das gefällt ihr.

»Ich habe den Abend sehr genossen«, sagt sie.

»Ich auch.«

Noch etwas, das Sie vielleicht überrascht: Ich habe kein Problem mit Wiederholungsdates, denn ehrlich gesagt ist in diesen Kreisen die Anzahl schöner Töchter anderer Mütter begrenzt. Ich bin ehrlich, was meine Absichten angeht. Wenn ich das Gefühl habe, dass sie mehr von mir wollen, beende ich es. Klappt das immer so reibungslos, wie es klingt? Nein, natürlich nicht. Aber es ist der reibungsloseste Ablauf, den ich mir vorstellen kann und mir das bietet, was ich suche.

Einen Moment lang rühre ich mich nicht. Ich schwelge im Nachglühen. Es ist zwei Uhr morgens. Sosehr ich den heutigen Abend genossen habe, so sicher ich bin, dass ich die eine oder andere Zugabe mit ihr genießen würde, so übersteigt es doch meine Vorstellungskraft, den Rest meines Lebens ausschließlich mit Bitsy Cabot Sex zu haben. Oder mit irgendeiner anderen Person. Bei dem Gedanken schaudert es mich. So leid es mir tut – ich begreife es einfach nicht. Myron ist jetzt mit einer atemberaubenden, vor Energie sprühenden Frau namens Terese verheiratet. Sie lieben sich. Wenn es so funktioniert, wie Myron es sich erhofft, wird er nie mehr das Bett mit einer anderen teilen.

Ich begreife es nicht.

Bitsy geht ins Bad. Als sie herauskommt, ist sie angezogen. Ich liege immer noch im Bett, den Kopf in die Hände gestützt.

»Ich mach mich lieber auf den Rückweg«, sagt sie, als wüsste ich, wohin sie zurückgehen würde. Als ich mich aufrichte, sagt sie: »Adieu, Win.«

»Adieu, Bitsy.«

Und damit findet es, wie alle guten Dinge, sein Ende.

* * *

Am nächsten Morgen lasse ich mich von einem Fahrservice zum Flughafen bringen, um PT, meinen früheren Einsatzleiter beim FBI, zu besuchen.

Früher bin ich gerne selbst gefahren. Ich bin ein großer Jaguar-Fan und habe immer noch zwei auf Lockwood Manor stehen – einen XKR-S GT von 2014, den ich benutze, wenn ich dort bin, und einen 1954er XK120 Aluminium-Roadster, den mein Vater mir zu meinem dreißigsten Geburtstag geschenkt hat. Aber wenn man in Manhattan wohnt, ist selbst fahren für mich indiskutabel. Der ganze Stadtbezirk ist im Grunde genommen ein riesiger Parkplatz, auf dem die Fahrzeuge hin und her wabern. Eines der wunderbarsten Dinge, die man mit Geld kaufen kann, ist Zeit. Ich nutze Fahrdienste und Privatflugzeuge nicht aus Bequemlichkeit. Ich gebe Geld für diese Dinge aus, weil man sich am Ende des Lebens nach mehr von dem sehnt, was die leidigen Experten mit dem Begriff »Quality Time« bezeichnen, die schönen Stunden des Lebens. Das ermöglichen Fahrdienste und Privatjets. Ich kann mir Zeit kaufen, und wenn man mal darüber nachdenkt, gibt es kaum eine andere Möglichkeit, mit der man sich Glück und ein langes Leben kaufen könnte.

Heute sitzt eine Polin aus Breslau namens Magda am Steuer.

Zu Beginn der Fahrt unterhalten wir uns ein paar Minuten lang. Magda antwortet anfangs nur widerstrebend – Chauffeuren von noblen Fahrdiensten wird oft beigebracht, ihre gehobene Kundschaft nicht zu behelligen –, ich finde aber, dass jeder Mensch eine eigene Geschichte zu erzählen hat, wenn man die richtigen Fragen stellt. Also hake ich etwas nach. Ich sehe ihre Augen im Rückspiegel. Sie sind tiefblau. Unter der Chauffeurmütze quellen blonde Haare hervor. Ich frage mich, wie der Rest von ihr aussieht, denn ich bin ein Mann, und tief im Herzen sind alle Männer Schweine. Das bedeutet allerdings nicht, dass ich in dieser Hinsicht etwas anfangen würde.

Das Fahrzeug ist ein Mercedes-Maybach S650. Bei den Maybachs wurde der sowieso schon lange Radstand des normalen Mercedes noch einmal um zwanzig Zentimeter verlängert, sodass man die Rückenlehne bis auf dreiundvierzig Grad absenken kann. Der luxuriöse Sitz verfügt über eine elektrische Fußstütze, eine Massagefunktion und beheizbare Armlehnen. Außerdem kann man eine Tischplatte ausklappen, um daran zu arbeiten, es gibt einen kleinen Kühlschrank und einen Getränkehalter, der Getränke sowohl kühlen als auch erwärmen kann.

Wenn ich so darüber nachdenke, geht es mir vielleicht doch um Bequemlichkeit.

Teterboro ist von Manhattan aus der nächstgelegene Flughafen, auf dem auch Privatflugzeuge landen dürfen. Dorthin bin ich auch mit Swagg Daddy nach der langen, mehr oder minder ausschweifenden Nacht in Indianapolis geflogen. Als wir das stark bewachte Gate am Südende erreichen, wird Magda direkt aufs Rollfeld durchgewinkt. Wir halten neben einer Gulfstream G700, einem Flugzeug, das noch gar nicht richtig auf dem Markt ist. Ich bin überrascht. Die G700 ist teuer – fast achtzig Millionen Dollar – und Regierungsbeamte, selbst hochrangige und geheime wie PT, treten normalerweise nicht so extravagant auf. Die G700 ist ein Flugzeug für Scheichs aus dem Nahen Osten, nicht für FBI-Agenten.

Ich habe keine Ahnung, wohin wir fliegen oder wann ich wieder zurück bin.

Ich nehme an, dass ich zu einem Treffen mit PT nach Washington oder Quantico geflogen werde, kann es aber nicht mit Sicherheit sagen. Magda wird angewiesen, auf mich zu warten. Sie steigt aus und geht um den Wagen, um mir die Tür zu öffnen. Eigentlich würde ich lieber selbst aussteigen, das könnte allerdings herablassend wirken. Ich bedanke mich, gehe die kurze Treppe hinauf und betrete das Flugzeug.

»Hallo, Win.«

PT sitzt breit lächelnd im vorderen Bereich der Maschine. Ich habe ihn seit fast zwanzig Jahren nicht mehr gesehen. Er wirkt alt, aber andererseits ist er das wohl auch. Er steht nicht auf, um mich zu begrüßen. Dann entdecke ich den Stock neben ihm. Er ist groß, kahl und hat riesige knorrige Hände. Ich beuge mich zu ihm hinunter und strecke die Hand aus. Sein Griff ist fest, der Blick klar. Mit einer Geste fordert er mich auf, ihm gegenüber Platz zu nehmen. Die G700 hat Platz für bis zu neunzehn Passagiere. Ich weiß das, weil jemand versucht, mir eine zu verkaufen. Wie erwartet sind die Sitze breit und bequem. Wir sehen uns an.

»Fliegen wir hiermit?«, frage ich.

PT schüttelt den Kopf. »Ich hielt dies für ein gutes Plätzchen für ein privates Treffen.«

»Ich wusste gar nicht, dass die G700 schon verkauft wird.«

»Wird sie auch nicht«, sagt er. »Ich bin nicht damit gekommen.«

»Aha?«

»Ich nutze eine regierungseigene Hawker 400.«

Die Hawker 400 ist ein deutlich kleinerer und älterer Jet.

»Ich hab mir diese nur für das Meeting geliehen, weil sie viel bequemer ist als die Hawker.«

»Das ist sie.«

»Und weil die Hawker höchstwahrscheinlich verwanzt ist.«

»Verstehe«, sage ich.

Er sieht mich an. »Wirklich schön, dich zu sehen, Win.«

»Dich auch, PT.«

»Wie ich gehört habe, hat Myron geheiratet.«

»Er hatte dich sogar zur Hochzeit eingeladen.«

»Ja, ich weiß.«

Weiter sagte PT nichts dazu, und ich will auch nicht nachhaken. Stattdessen versuche ich, die Gesprächsführung zu übernehmen.

»Weißt du, wer der tote Messie ist, PT?«

»Du nicht?«

»Nein.«

»Bist du sicher, Win?«

Das Glitzern in seinen Augen gefällt mir nicht. »Ich habe nur ein Foto vom Gesicht der Leiche gesehen«, sage ich. »Wenn du mir mehr zeigen willst …«

»Nicht nötig«, sagt er. Wie schon erwähnt ist PT ein großer Mann. Das sieht man selbst dann, wenn er sitzt. Jetzt stützt er die Handflächen auf seine hohen Knie, als wollte er für eine Statue posieren. »Erzähl mir von dem Koffer.«

»Willst du mir nicht sagen, wer das Opfer ist«, frage ich. »Oder weißt du es nicht?«

»Win?«

Ich warte.

»Erzähl mir von dem Koffer.«

In seiner Stimme liegt eine unüberhörbare Schärfe. Ich nehme an, sie soll einschüchternd klingen, aber ich höre etwas, das mich viel mehr beunruhigt.

Für mich klingt sie ängstlich.

»Ich warte«, sagt PT.

»Ich weiß.«

»Warum willst du uns nichts über deinen Koffer erzählen?«

»Ich schütze jemanden«, sage ich.

»Nobel«, sagt PT. »Aber ich muss es wissen.«

Ich zögere noch, obwohl mir eigentlich klar war, dass wir früher oder später an diesen Punkt kommen würden.

»Was auch immer du mir erzählst, bleibt unter uns. Das weißt du doch.«

PT lehnt sich zurück und winkt, dass ich fortfahren soll.

»Ich habe den Koffer von meiner Tante bekommen, als ich vierzehn war«, fange ich an. »Es war ein Weihnachtsgeschenk. Sie hat für jedes männliche Familienmitglied einen herstellen lassen. Nur für die Männer. Die Frauen haben ein kleines Kosmetiktäschchen bekommen.«

»Sexistisch«, sagt PT.

»Das fanden wir auch«, sage ich.

»Wir?«

Ich ignoriere seine Frage. »Außerdem konnte ich den Koffer nicht ausstehen – eigentlich fand ich das ganze Konzept von Lederkoffern mit Monogrammen absurd. Was soll so ein Mist? Ich wollte den Koffer nicht, also habe ich mit einer Verwandten getauscht. Ich habe das Kosmetiktäschchen mit ihren Initialen genommen und sie meinen Koffer. Seltsamerweise benutze ich das Kosmetiktäschchen immer noch als Kulturtasche, wenn ich auf Reisen bin. Gewissermaßen als eine Art Insiderwitz.«

»Wow«, sagt PT.

»Was ist?«

»Du tanzt um den heißen Brei herum, Win.«

»Wie bitte?«

»Diese langatmige Erklärung. Liegt wahrscheinlich daran, dass du mir nicht sagen willst, wer diese Verwandte ist.«

Er hat recht, aber es bringt nichts, das weiter hinauszuzögern. »Meine Cousine Patricia.«

Einen Moment lang wirkt er verwirrt. Dann begreift er. »Moment mal. Patricia Lockwood?«

»Genau.«

»Mein Gott.«

»So ist es.«

Er versucht, das einzuordnen. »Und wie ist ihr Koffer dann in diesem Schrank im Beresford gelandet?«

Irgendwann hätte das FBI die Sache mit dem Koffer sowieso herausbekommen. Schließlich steht es in ihren Akten. Das ist einer von drei Gründen, aus denen ich mich entschlossen habe, die Wahrheit zu sagen. Erstens: Ich vertraue PT so sehr, wie man in einer solchen Situation jemandem vertrauen kann. Zweitens: Wenn ich PT diese Information gebe, wird er mir vermutlich sagen, was er weiß. Und drittens: Das FBI würde sich die Einzelheiten früher oder später auch ohne meine Hilfe zusammenreimen, und dann würde es so aussehen, als hätten Cousine Patricia und ich etwas zu verbergen.

»Win?«

»Nachdem die beiden Männer meinen Onkel ermordet hatten«, sage ich, »haben sie Patricia gezwungen, einen Koffer zu packen.«

Es dauert ein paar Sekunden, bis PT die Rückschlüsse aus meinen Worten gezogen hat. Als er das tut, weiten sich seine Augen. »Du meinst… guter Gott, sprichst du von der Hütte des Schreckens?«

»Ja.«

Er reibt sich übers Gesicht. »Wie war das noch… ja, richtig. Nachdem sie deinen Onkel ermordet hatten, haben sie

Patricia gezwungen, etwas Kleidung einzupacken. Um sie zu verwirren oder so etwas, richtig?«

Ich sage nichts.

»Und was haben sie mit dem Koffer gemacht?«

»Patricia weiß es nicht.«

»Sie hat den Koffer nie wieder gesehen?«

»Nie wieder.« Ich räuspere mich und spreche leidenschaftslos. Mein Tonfall klingt, als würden wir über Büromöbel oder Badezimmerfliesen sprechen. »Sie hatten Patricia geknebelt, ihr die Augen verbunden und die Hände hinter dem Rücken gefesselt. Sie haben sie und den Koffer in den Kofferraum geworfen und sind losgefahren. Als sie wieder anhielten, haben sie sie gezwungen, durch den Wald zu gehen. Sie weiß nicht, wie lange sie gegangen ist, glaubt aber, dass es mindestens ein ganzer Tag war. Sie haben nicht mit ihr gesprochen. Den ganzen Weg nicht. Als sie den Schuppen erreichten, haben sie sie dort eingesperrt. Schließlich hat sie ihre Augenbinde abgenommen. Es war dunkel. Ein weiterer Tag verging. Vielleicht auch zwei. Sie weiß es nicht genau.

Im Schuppen waren ein paar Müsliriegel und Wasser. Irgendwann ist einer der Männer zurückgekommen. Er hat mit einem Teppichmesser ihre Kleidung zerschnitten. Er hat sie vergewaltigt. Dann hat er noch ein paar Müsliriegel auf den Boden geworfen, ihre Kleidung mitgenommen und sie wieder eingesperrt.«

PT schüttelt nur den Kopf.

»Das hat er«, fahre ich fort, »fünf Monate lang so gemacht.«

»Deine Cousine«, sagt er, »war nicht das erste Opfer.«

»Richtig.«

»Ich habe vergessen, wie viele es waren.«

»Wir wissen von neun anderen. Es können noch mehr gewesen sein.«

Seine Wangen hängen jetzt noch schlaffer herab. »Die Hütte des Schreckens«, sagt er noch einmal.

»Ja.«

»Und der Täter wurde nie gefasst.«

Ich weiß nicht, ob das eine Frage ist oder ob er nur das ausspricht, was wir beide wissen. So oder so hängen seine Worte zu lange zwischen uns in der Luft.

»Oder die Täter«, ergänzt PT dann. »Das war etwas seltsam an der Sache, oder? Zwei Männer haben sie entführt. Aber nur einer hat sie gefangen gehalten. War es nicht so?«

Ich korrigiere ihn. »Nur einer hat sie vergewaltigt. Das glaubt sie zumindest, ja.«

In der Ferne höre ich ein Flugzeug starten.

»Höchstwahrscheinlich …«, setzt PT an, gerät aber dann leicht ins Stottern. Er schaut zur Kabinendecke hinauf, und ich meine, etwas Feuchtes in seinen Augen zu erkennen. »Höchstwahrscheinlich«, versucht er es noch einmal, »war der Messie also einer dieser beiden Männer.«

»Höchstwahrscheinlich«, pflichte ich ihm bei.

PT schließt seine Augen. Wieder reibt er sich übers Gesicht, diesmal mit beiden Händen.

»Wird die Sache dadurch irgendwie klarer?«, frage ich.

Er reibt sich noch einmal übers Gesicht.

»PT?«

»Nein, Win, das klärt absolut nichts.«

»Aber ihr wisst, wer der Messie ist, oder?«

»Ja. Deshalb bin ich wieder eingestiegen. Dieser Fall lässt mich einfach nicht los.«

»Jetzt sprichst du aber nicht über die Hütte des Schreckens, oder?«

»Nein, das tu ich nicht«, sagt PT. Er beugt sich vor. »Aber ich habe diesen Messie fast fünfzig Jahre lang gesucht.«

SECHS

PT kratzt sich am Kinn. »Was ich dir jetzt sage, ist streng vertraulich.«

Dieser Satz irritiert mich, weil PT weiß, dass es überflüssig und beleidigend ist, mir gegenüber eine solche Warnung auszusprechen.

»Okay«, sage ich.

»Du darfst es niemandem erzählen.«

»Tja, also«, antworte ich, und ich höre die Verärgerung in meiner Stimme, »das impliziert die Formulierung ›streng vertraulich‹ ja irgendwie.«

»Niemandem«, wiederholt er. Dann ergänzt er: »Nicht einmal Myron.«

»Nein«, sage ich.

»Was nein?«

»Myron erzähle ich alles.«

Er starrt mich einen Moment lang an. Normalerweise zeigt PT die gesamte emotionale Bandbreite eines Aktenschranks. Wenn Sie sagen: »Siri, zeige mir unerschütterlich«, erscheint ein Foto von PT auf Ihrem Bildschirm. Heute jedoch, in dieser Gulfstream G700, gehen von ihm immer wieder Wogen der Erregung aus.

Ich lehne mich zurück, schlage die Beine übereinander und fordere ihn auf weiterzuerzählen, indem ich kurz beide Hände leicht anhebe. PT greift in den Aktenkoffer neben sich. Er zieht eine braune Mappe heraus und reicht sie mir. Er blickt aus dem Fenster, während ich den darin liegenden Umschlag öffne und das Foto herausziehe.

»Ich denke, du erkennst es.«

Das tue ich. Sie würden es auch sofort erkennen. Es ist eins dieser ikonischen Fotos, die für die Antikriegs-, Flower-Power-, feministisch-bürgerrechtsgeprägte Gegenkultur der Sechziger- oder vielleicht – ich weiß es nicht mehr genau – frühen Siebzigerjahre des letzten Jahrhunderts stehen. So wie viele andere prägende Bilder dieser Ära – der Prozess gegen die Chicago Seven, Mary Ann Vecchio, wie sie auf dem Campus der Kent State University vor der Leiche von Jeffrey Miller kniet, die Merry Pranksters auf »Furthur«, ihrem psychedelischen Bus, die Demonstrantin, die dem Nationalgardisten eine Blume reicht, die Menschenmasse in Woodstock, das Sit-in der schwarzen Studenten am Tresen des Kaufhausrestaurants im Woolworth – war auch dieses berühmte Foto von sechs Studenten aus New York City auf den Titelseiten aller Zeitungen erschienen und unvergesslich geworden.

»Es wurde am Tag vor dem Angriff gemacht«, sagt PT.

Ich erinnere mich. »Wie viele Menschen sind da noch mal gestorben?«

»Sieben. Und ein Dutzend Verletzte.«

Das Foto wurde im Keller eines Miethauses in der Jane Street in Greenwich Village aufgenommen. Es zeigt sechs Personen – vier Männer und zwei Frauen, alle mit langen Haaren und im klassischen Outfit der frühen amerikanischen Hippies. Alle sechs wirken beschwingt, beseeltes Lächeln, hervortretende Augen. Würde man das Foto vergrößern, wären bestimmt die von psychedelischen Drogen geweiteten Pupillen zu erkennen. Alle sechs recken Weinflaschen zu einer Art bizarrem Siegesgruß in die Luft. Oben aus den Flaschen ragen Dochte heraus. Die Flaschen sind, wie die Welt bald erfahren würde, mit Kerosin gefüllt. Am nächsten Abend würden diese Dochte angezündet und die Flaschen geworfen werden – und Menschen würden sterben.

»Erinnerst du dich noch an ihre Namen?«, fragt PT mich.

Ich deute auf die beiden Männer in der Mitte. »Ry Strauss, natürlich. Und Arlo Sugarman.«

Die Namen der beiden Anführer gehören zur Allgemeinbildung. Meist suchen die Menschen auf diesen legendären Fotos in der Anordnung der Motive nach einer Art tieferer Bedeutung, beinah so wie bei einem berühmten Gemälde. Das war in diesem Fall nicht anders. Die beiden Männer in der Mitte ragen aus der Gruppe heraus und werden durch das Licht in Szene gesetzt. Ähnlich wie zum Beispiel auf Rembrandts *Nachtwache* ist auch auf diesem Foto jede Menge zu sehen, wenn man nach dem ersten Gesamteindruck die einzelnen Personen genauer betrachtet. Strauss hat lange blonde Haare, wie Thor oder Fabio, wohingegen Sugarman einen lockeren Art-Garfunkel-Afro trägt. Strauss hält seinen Molotowcocktail in der rechten Hand, Sugarman seinen in der linken, die freien Arme legen sie sich gegenseitig um die Schultern. Beide sehen direkt in die Kamera, sind bereit, es mit der ganzen Welt aufzunehmen, was sie dann ja auch taten – nur um dabei kläglich zu scheitern.

»Und die hier?«, fragt PT, beugt sich vor und tippt auf das Gesicht der jungen Frau rechts neben Ry Strauss. Sie ist zierlich gebaut und sieht nicht ganz so selbstsicher aus. Ihr Blick richtet sich auf Strauss, als versuchte sie, seinem Beispiel zu folgen. Sie hält die Flasche nur halb hoch und wirkt dabei eher zaghaft.

»Lark Irgendwas?«

»Lake«, korrigiert PT. »Lake Davies.«

»War sie nicht das einzige Mitglied, das gefasst wurde?«

»Das war mehr als zwei Jahre danach. Und sie hat sich selbst gestellt.«

»Und dann gab es doch noch Kontroversen um ihr Urteil.«

»Sie hat nur achtzehn Monate gesessen. Ihr Anwalt konnte überzeugend darlegen, dass sie nur eine relativ unbedeutende Rolle gespielt hat – angeblich wollten die Männer nicht, dass die Frauen einen Brandsatz warfen. Der Anwalt wies auch darauf hin, dass sie noch sehr jung und dumm gewesen sei und sich dem Einfluss ihres Liebhabers Ry Strauss nicht habe entziehen können. Ry war der charismatische Anführer der Gruppe, gewissermaßen ihr Charles Manson. Arlo Sugarman war eher der Mann der Praxis. Außerdem hat Lake Davies mit uns kooperiert.«

»Inwiefern?«

»Okay, gucken wir uns das in Ruhe an.« PT beugt sich vor und zeigt auf die verschiedenen Gesichter, während er weiterspricht. »Die Anführer waren Ry Strauss und Arlo Sugarman. Beide waren einundzwanzig. Lake Davies war neunzehn Jahre alt und in ihrem ersten Jahr an der Columbia University. Die andere Frau, die Rothaarige, war Edie Parker aus New Jersey. Die beiden anderen Männer sind Billy Rowan, Student im vorletzten Jahr aus Holyoke, Massachusetts – außerdem Edie Parkers Liebhaber –, und der Schwarze ist Lionel Underwood. Underwood war ebenfalls im vorletzten Studienjahr an der New York University. So weit alles klar?«

»Alles klar.«

»Dieses Foto ist am Abend vor dem Angriff auf die Freedom Hall in der Lower East Side entstanden. In der Freedom Hall sollte eine von den United Service Organizations ausgerichtete Tanzveranstaltung mit Soldaten und jungen Frauen aus der Umgebung stattfinden. Sie wollten den Saal vorher niederbrennen.«

Ich runzele die Stirn. »Sie hatten es auf eine Tanzveranstaltung abgesehen?«

»Ja. Wahre Helden.«

»Oder sie waren high.«

»Diese Gruppen glaubten, die Vereinigten Staaten stünden vor einem grundlegenden politischen Wandel, den sie durch Gewalt beschleunigen könnten.«

Wieder runzele ich die Stirn. »Oder sie waren high.«

»Weißt du noch, was in jener Nacht passiert ist?«

»Ich habe ein bisschen was darüber gelesen«, sage ich, »es war aber knapp vor meiner Zeit.«

»Die Gruppe behauptete, sie hätten niemanden verletzen wollen. Es sollte nur Sachschaden entstehen. Deshalb haben sie die Molotowcocktails spätnachts geworfen, als die Freedom Hall leer war. Ein Geschoss hat allerdings das Ziel verfehlt und einen Telefonmast getroffen. Als er in Brand geriet, haben sich die Drähte gelöst, es flogen Funken – und das hat einen Busfahrer, der gerade vom Port Authority Terminal abgefahren war, so sehr irritiert, dass er auf der Rampe zur Williamsburg Bridge hektisch das Lenkrad nach rechts gerissen hat, worauf der Bus gegen die niedrige Mauer geprallt, darübergekippt und in den East River gestürzt ist. Die sieben Todesopfer sind alle ertrunken.«

Seine Stimme versagt.

»Mehr als zwei Jahre danach ist Lake Davies dann also im FBI-Büro in Detroit erschienen und hat sich gestellt. Was aus den anderen geworden ist – Strauss, Sugarman, Rowan, Parker, Underwood –, wissen wir noch immer nicht.«

Das alles ist mir bekannt. Es gab unzählige Dokumentationen, Podcasts, Filme und Romane über sie, und die Folkballade *The Disappearance of the Jane Street Six*, die damals eine Art Hit war, läuft immer noch gelegentlich im Radio.

»Warum hat sie sich gestellt?«, frage ich.

»Sie war mit Ry Strauss zusammen geflüchtet. Das hat sie uns jedenfalls erzählt. Sie sagte, ein geheimes Netzwerk aus Radikalen hätte militante Linke versteckt, die von der Polizei gesucht wurden. Das war uns nicht neu. Mitglieder des Weather Underground, der Black Panthers, der Symbionese Liberation Army, der Fuerzas Armadas de Liberación Nacional und so weiter waren untergetaucht und erhielten Hilfe aus diesen Kreisen. Laut Davies hatte Ry Strauss sich schließlich einer kosmetischen Operation unterzogen, um sein Aussehen zu verändern, bei demselben Arzt, der später auch Abbie Hoffman operiert hat. Die beiden blieben die ganze Zeit in Bewegung und waren der Polizei so immer einen Schritt voraus. Irgendwann hat es sie an der Upper Peninsula in Michigan auf ein Fischerboot verschlagen. Das Boot ist gekentert und Strauss ertrunken. Daraufhin hat Lake Davies beschlossen, sich zu stellen.«

»Strauss ist ertrunken«, wiederhole ich.

»Ja.«

»Wie seine Opfer?«

»Ja.«

Ich zeige auf Arlo Sugarman mit seiner Afrofrisur. »Wäre Sugarman nicht beinahe festgenommen worden?«

Ein Schatten huscht über PTs Gesicht. Seine Finger beugen und strecken sich. »Vier Tage nach dem Angriff erhielt das FBI einen Hinweis, dass Arlo Sugarman sich in einem verlassenen Brownstone-Haus in der Bronx versteckt. Wie du dir vorstellen kannst, war die zuständige Kommission beim FBI ziemlich dünn besetzt. Es haben zwar eine Menge Agenten ermittelt, aber bei sechs Gesuchten und der Unmenge an Hinweisen, die hereinkam...«

Er hält inne und atmet tief durch. Dann reibt er sich wieder übers Gesicht.

»Wir haben nur zwei Agenten zu dem Brownstone-Haus geschickt.«

»Ohne Verstärkung anzufordern?«

»Ja.«

»Sie hätten warten müssen«, sage ich. Ich erinnere mich daran. »Sugarman hat einen von ihnen erschossen, stimmt's?«

»Einen ausgezeichneten Agenten namens Patrick O'Malley. Sein Partner, ein Anfänger, hat es vermasselt. Er hat zugelassen, dass O'Malley allein durch die Hintertür reingegangen ist. Es war ein Hinterhalt. O'Malley ist noch auf dem Weg ins Krankenhaus gestorben. So haben sechs Kinder ihren Vater verloren.«

»Und Sugarman ist entkommen«, sage ich.

PT nickt. »Er ist seitdem spurlos verschwunden.«

»Sie sind alle spurlos verschwunden.«

»Ja. Das ist das große Mysterium.«

»Hattest du eine Theorie?«

»Ja, die hatte ich.«

»Und wie sah die aus?«

»Ich dachte, sie wären alle tot.«

»Wieso?«

»Ich mag die Folklore und die Geschichten ja, die sie umgeben, aber ehrlich gesagt ist es verdammt schwer, sich fünfzig Jahre lang zu verstecken. All die militanten Extremisten, die damals untergetaucht sind, haben sich irgendwann gestellt, oder sie wurden bis Anfang der Achtziger festgenommen. Die Vorstellung, dass sämtliche Mitglieder der Jane Street Six über so lange Zeit unentdeckt weitergelebt hatten – das ergab einfach keinen Sinn.«

Ich starre auf das Foto.

»PT?«

»Ja?«

»Ich gehe davon aus, dass der Messie ein Mitglied der Jane Street Six war.«

PT nickt.

»Wer?«

»Ry Strauss«, sagt er.

Ich ziehe eine Augenbraue hoch. »Also hat Lake Davies gelogen.«

»Sieht so aus, ja.«

Ich denke darüber nach. »Und Ry Strauss, der charismatische Wortführer der Jane Street Six, endet als einsiedlerischer Messie in seiner Penthouse-Wohnung mit Blick auf den Central Park.«

»Mit einem unbezahlbaren Vermeer über seinem Bett«, ergänzt PT.

»Den er meiner Familie geklaut hat.«

»Bevor er deine Cousine entführt und missbraucht hat. Ganz zu schweigen von der Ermordung deines Onkels.«

Wir lassen das erst einmal sacken.

Dann sage ich: »Ihr geht wohl nicht davon aus, dass ihr Strauss' Identität geheim halten könnt, oder?«

»Nein, das wird nichts. Wir haben vielleicht einen oder höchstens zwei Tage, bevor uns die Story um die Ohren fliegt.«

Ich lege die Fingerspitzen aneinander. »Und was willst du jetzt von mir?«

»Ist das nicht offensichtlich? Du sollst ermitteln.«

»Und was will das FBI?«

»Beim FBI werden durch diese Entdeckung viele peinliche Geschehnisse wieder ans Licht kommen. Vermutlich erinnerst du dich nicht mehr an das Church Committee aus dem Jahr 1975, in dem eine ganze Reihe illegaler Überwachungsmaßnahmen von uns aufgedeckt wurden – von Bürgerrechtsgruppen, Feministinnen, Kriegsgegnern und allen, die wir damals als Neue Linke bezeichneten.«

»Und was hat das mit mir zu tun?«

»Das FBI wird sich strikt an die Regeln halten müssen«, sagt er und sieht mich mit einem vielsagenden Blick an. »Muss ich noch ergänzen: ›Du musst das nicht‹?«

»Offensichtlich hast du das gerade getan.«

»Verzeih das Wortspiel«, sagt PT, »aber ich sehe die Situation als ein klares Win-win, Win.«

»Das werde ich nicht.«

»Was wirst du nicht?«

»Das Wortspiel verzeihen.«

Das entlockt ihm ein Lächeln. »Ja, schon okay, es passt aber. Auf die Art kannst du an der Sache dranbleiben und gleichzeitig die Interessen deiner Familie und insbesondere deiner Cousine vertreten.«

»Und was ist mit dir?«

»Es ist ein bedeutender ungelöster Fall.«

Ich denke darüber nach und sage: »Das kauf ich dir nicht ab.«

Er antwortet nicht.

»Du brauchst nicht noch eine Kerbe in deinem Meisterschaftsgürtel, den du als ungeschlagener Champion an den Haken gehängt hast«, fahre ich fort. »Es drängen sich viele Fragen auf, aber eine schiebt sich immer wieder in den Vordergrund. Also stelle ich sie: Warum ist dir das so wichtig?«

PTs Antwort besteht aus zwei Worten: »Patrick O'Malley.«

»Der Agent, den Sugarman erschossen hat?«

»Ich war sein Partner, der Anfänger, der es vermasselt hat.«

SIEBEN

Während PT und ich die telefonbuchdicke Akte durchgehen, wird mein Flugzeug betankt. Ich muss viel verarbeiten, aber die Zeit drängt. Wir sind uns einig, dass ich zuerst mit Lake Davies reden muss.

»Sie hat ihren Namen geändert, nachdem sie aus dem Gefängnis entlassen wurde«, sagt PT.

»Das ist nicht ungewöhnlich«, antworte ich.

»Ungewöhnlich nicht, in diesem Fall aber verdächtig. Zuerst hat sie einen ganz offiziellen Antrag gestellt. So weit, so gut. Aber zwei Jahre später, als sie davon ausging, dass wir sie nicht mehr beobachten, hat sie sich einen falschen Ausweis besorgt und sich eine gefälschte Identität aufgebaut.«

Allerdings hatte PT natürlich nicht aufgehört, sie zu beobachten.

»Sie heißt jetzt Jane Dorchester. Gemeinsam mit ihrem Ehemann, einem örtlichen Immobilienunternehmer namens Ross Dorchester, führt sie eine Hundepension am Stadtrand von Lewisburg, West Virginia. Sie hat keine eigenen Kinder, allerdings haben die beiden vor zwanzig Jahren geheiratet, da war sie also auch schon Mitte vierzig. Ross hat zwei erwachsene Töchter aus seiner ersten Ehe.«

»Kennt ihr Mann ihre wahre Identität?«

»Das weiß ich nicht.«

Wir wollen keine Zeit verlieren. Da wir schon am Teterboro Airport sind, sorgt Kabir dafür, dass mein Flugzeug startklar ist, um mich zum Greenbrier Valley Airport zu bringen. Keine zwei Stunden nachdem ich mich von PT verabschiedet habe, berühren die Reifen des Jets die Landebahn in West Virginia. Ich habe immer etwas Kleidung an Bord und ziehe das an, was den hiesigen Gepflogenheiten am nächsten kommt: eine ausgebleichte Adriano-Goldschmied-Jeans, ein kariertes Saint-Laurent-Flanellhemd und Moncler-Berenice-Wanderschuhe.

Bestmögliche Anpassung.

Neben der Landebahn wartet ein Fahrzeug auf meine Ankunft – ein Chevrolet Silverado Pick-up-Truck mit Chauffeur. Noch mehr Anpassung.

Eine Viertelstunde nach der Landung des Flugzeugs hält der Chevy Silverado vor einem langen Ranchhaus am Ende einer Sackgasse. Im Vorgarten steht ein deprimierend fröhliches Schild – jeder Buchstabe hat eine andere Farbe:

Willkommen im RITZ HundeSPAss
Hotel & Resort

Ich seufze laut.

Darunter steht, in kleinerer Schrift:

West Virginias bestbewertetes Hunde-Spa,
Das Wuffste vom Wuffsten

Ich seufze noch einmal und überlege kurz, ob die Gesetze in diesem Bundesstaat vielleicht einen Schusswaffeneinsatz rechtfertigen.

Die Website, die ich mir während des Flugs angesehen habe, wirbt für das »mit fünf Pfoten bewertete« Hundehotel und führt all seine Vorzüge auf. Bei der Anlage handelt es sich um

eine »käfigfreie Hunderesidenz«, die sowohl »Tagesbetreu-
ungen« als auch »Übernachtungen« für den »verwöhnten
Liebling« anbietet. Ein Text voller Schlagwörter: verwöhnen,
pflegen, positive verstärken und – ich denke mir das nicht aus –
Zen-Wellness.

Für Hunde.

Das sogenannte »Hotel« ist ein klassisches Vorstadthaus
im Ranchstil mit großen Traufen und heruntergezogenen
Dächern. Ein Ständchen aus Hundegebell begleitet mich auf
dem Weg durch die offen stehende Haustür. Dort begrüßt
mich eine junge Frau von ihrem Schreibtisch aus mit einem
Lächeln, das zu viele Zähne und zu viel Begeisterung zeigt:

»Willkommen im Ritz Hundespaß!«

»Wie oft müssen Sie das am Tag sagen?«, frage ich.

»Wie bitte?«

»Stirbt jedes Mal ein kleines bisschen von Ihrer Seele?«

Die junge Frau behält das zähnefletschende Lächeln bei,
es liegt aber keine Freundlichkeit mehr darin. »Äh, kann ich
Ihnen irgendwie helfen?« Sie beugt sich über den Schreibtisch
und blickt zu meinen Füßen hinunter. »Wo ist Ihr Hund?«

»Ich würde Jane Dorchester gern sprechen«, sage ich.

»Ich kann das erledigen.« Sie reicht mir ein Klemmbrett
mit einem Formular. »Wenn Sie das einfach ausfüllen würden...«

»Nein, nein, ich muss zuerst mit Jane reden«, protestiere
ich. »Mein Freund Billy Bob...«, noch mehr Anpassung,
»...hat gesagt, ich soll auf jeden Fall erst mit Jane Dorchester
sprechen, bevor ich irgendwelche Papiere ausfülle.«

Sie legt das Klemmbrett auf den Schreibtisch zurück und
steht langsam auf. »Äh, okay. Ich will mal sehen, ob sie verfügbar ist. Ihr Name?«

»Mich nennen alle nur Win.«

Sie sieht mich an. Ich lächele beruhigend. Sie geht.

Mein Handy klingelt. Cousine Patricia. Ich gehe nicht ran, sondern antworte per SMS:

Ich melde mich später.

Ich weiß noch nicht, inwieweit ich Patricia in das einweihen soll, was PT mir erzählt hat, aber die Entscheidung muss ich jetzt noch nicht treffen. Immer schön einen Schritt nach dem anderen, pflegte mein Vater zu sagen, der meistens nicht einmal den ersten machte. Ich zog die Variante von Myrons Mutter vor, die sie mit einer Verve hervorbrachte, von der sich selbst die größten Geister der jüdischen Vororte in New York State eine Scheibe abschneiden konnten: »Man kann mit einem Hintern nicht auf zwei Pferden reiten.« Das war damals auf meine Frauengeschichten gemünzt, ihre Mahnung hat bei mir also keine nachhaltige Wirkung gezeigt, was meiner Verehrung für Ellen Bolitar und ihre Weisheit jedoch keinen Abbruch tut.

Rechts von mir sehe ich eine Art buntes Spielzimmer mit eigenartigen Rutschen, Tunneln, Rampen und Kauspielzeug. Die Wände sind mit Regenbogen bemalt. Der Boden besteht aus großen, zusammengesteckten roten, grünen, gelben und blauen Gummifliesen. Der Raum ist farbenfroher als ein Kindergarten.

Ein korpulenter Mann kommt heraus. Er runzelt die Stirn. »Kann ich Ihnen helfen?«

Ich zeige auf das Spielzimmer. »Sind Hunde nicht farbenblind?«

Er wirkt verwirrt. Dann wiederholt er die Frage, diesmal in einem leicht verärgerten Tonfall: »Kann ich Ihnen helfen?«

»Sind Sie Jane Dorchester?«, frage ich ihn.

Dem korpulenten Mann gefällt das nicht. »Sehe ich aus wie eine Jane Dorchester?«

»Im Brustbereich vielleicht.«

Das gefällt ihm auch nicht. »Wenn Sie Ihren Hund für einen Aufenthalt anmelden ...«

»Will ich nicht«, sage ich.

»Dann sollten Sie wohl lieber gehen.«

»Nein, möchte ich auch nicht. Ich möchte mit Jane Dorchester sprechen.«

»Sie ist nicht zu sprechen.«

»Sagen Sie ihr, eine Miss Davies schickt mich. Miss Lake Davies.«

Meine Worte zeigten dieselbe Wirkung, als hätte ich ihm einen Roundhouse-Tritt in den Bauch verpasst. Kein Zweifel. Er kennt Jane Dorchesters wahre Identität. Ich gehe davon aus, dass ich ihrem Mann Ross gegenüberstehe.

»Debbie«, sagt er zu der zähnefletschenden jungen Frau am Schreibtisch, »geh nach hinten und hilf beim Spa.«

»Aber Papa ...«

»Geh einfach, mein Schatz.«

Ganz allein aus der Verwendung des Wortes »Papa« schlussfolgere ich, dass Schreibtisch-Debbie eine von Ross' Töchtern sein muss. Kein Grund für übermäßige Bewunderung. Es gehört sich nicht, sich selbst zu beweihräuchern, aber ich bin tatsächlich ziemlich gut im Kombinieren. Mein Handy meldet sich. Es vibriert dreimal kurz. Überraschend. Drei kurze Signale bedeuten, dass eine Anfrage meiner No-Name-Rendezvous-App eingegangen ist. Ich bin versucht, sie sofort anzuschauen. Frauen stellen nicht viele Anfragen. Ich bin fasziniert.

Doch dann fällt mir Ellen Bolitars Weisheit wieder ein: ein Pferd pro Hintern.

»Sie sollten gehen«, sagt der Korpulente, als Debbie außer Hörweite ist.

»Nein, Ross, das können Sie vergessen.«

»Steigen Sie einfach in Ihr Auto…«

»Es ist ein Pick-up-Truck, kein Auto. Sehr männlich, finden Sie nicht?«

»Wir kennen niemanden namens Lake Davies.«

Ich mustere ihn mit der patentierten skeptisch hochgezogenen Augenbraue. Wenn man sie richtig anwendet, werden Bemerkungen wie »Ach, kommen Sie« überflüssig.

»So ist es aber«, beharrt Ross.

»Gut, dann wird es Ihnen sicher nichts ausmachen, wenn ich mich an die Medien wende und ihnen erzähle, dass Lake Davies, die berüchtigte Brandsatzwerferin der Jane Street Six, sich inzwischen unter dem Pseudonym Jane Dorchester in West Virginia versteckt hält.«

Mit schwingendem Bauch kommt er auf mich zu. »Hören Sie…«, sagt er mit der gedämpften Stimme des harten Kerls aus einem alten Spielfilm, »…sie hat ihre Zeit abgesessen.«

»Das hat sie.«

»Und wir sind hier immer noch in den Vereinigten Staaten von Amerika.«

»Das sind wir.«

»Wir müssen nicht mit Ihnen reden.«

»Sie nicht, Ross. Ihre Frau schon.«

»Ich kenne das Gesetz, Kumpel, okay? Meine Frau muss kein Wort mit Ihnen oder sonst jemandem reden. Sie hat Rechte, auch das Recht zu schweigen. Wir werden von diesem Recht Gebrauch machen.«

Sein Bauch ist so nah, dass ich versucht bin daraufzuklopfen. »Sollten Sie nicht eher von einem Fitnesscenter Gebrauch machen, Ross?«

Das gefällt ihm auch wieder nicht, und ich muss auch zugeben, dass es nicht mein bester Spruch war. Er rückt immer näher. Sein Bauch berührt mich fast. Er blickt auf mich herab. Große Männer machen diesen Fehler oft, nicht wahr?

»Haben Sie einen Durchsuchungsbefehl?«, fragt er.

»Den habe ich nicht.«

»Dann befinden Sie sich auf einem Privatgrundstück. Wir haben Rechte.«

»Das sagen Sie ständig.«

»Was sage ich?«

»Dass Sie Rechte haben. Können wir endlich zur Sache kommen? Ich bin nicht von der Polizei. Die muss sich an Regeln halten. Ich nicht.«

»Sie müssen sich nicht...« Er schüttelt ungläubig den Kopf. »Ist das Ihr Ernst?«

»Ich erkläre es Ihnen. Wenn Jane sich weigert, mit mir zu reden, wende ich mich an die Presse und enthülle, dass sie in Wahrheit die berüchtigte Lake Davies ist. Ich habe kein Problem damit. Aber das wird nicht alles sein. Ich werde ein paar Leute einstellen, die in der Nähe Ihres Hauses, Ihrer Geschäfte und Ihrer Nobelhundepension herumlungern und sie, wo sie geht und steht, mit Fragen behelligen.«

»Das ist Schikane!«

»Psst, nicht unterbrechen. Ich habe auf Yelp bereits eine Ein-Sterne-Kritik Ihres Hundehotels von einer Frau entdeckt, die behauptet, ihr Pudel sei in Ihrer Obhut von einem Bichon Frisé gebissen worden. Ich werde sie ermutigen, Klage einzureichen, ihr meinen persönlichen Anwalt zur Verfügung stellen, der den Fall pro bono bearbeitet, und vielleicht noch ein paar andere Leute suchen, die sich einer Sammelklage gegen Sie anschließen. Ich werde Ermittler einstellen, die jeden Aspekt Ihres Privat- und Geschäftslebens unter die Lupe nehmen. Jeder hat etwas zu verbergen, und wenn ich nichts finde, werde ich etwas *er*finden. Ich werde unerbittlich daran arbeiten, Ihre Frau und Sie zu vernichten, und es wird mir gelingen. Und irgendwann, nach langem und völlig unnötigem Leiden, werden Sie erkennen, dass die einzige Möglichkeit, nicht zu verbluten, darin besteht, mit mir zu reden.«

Ross Dorchesters Gesicht läuft rot an. »Das ist… das ist Erpressung.«

»Warten Sie, ich muss eben im Skript meine Textzeile suchen.« Ich blättere pantomimisch in einem imaginären Notizbuch. »Hier ist sie.« Ich räuspere mich. »Erpressung ist so ein hässliches Wort.«

Einen Moment lang sieht Ross aus, als wollte er mich schlagen. Ich spüre, wie das Blut in meinen Adern aufwallt. Natürlich will ich, dass er zuschlägt, damit ich zurückschlagen kann. Mir ist schon seit Langem klar, dass ich diesen Teil von mir nicht zum Schweigen bringen kann, obwohl ich weiß, dass Gewaltanwendung in diesem Fall kontraproduktiv wäre.

Als er wieder etwas sagt, höre ich Schmerz in seiner Stimme. »Sie haben keine Vorstellung von dem, was sie durchgemacht hat.«

Ich zeige keine Reaktion. Deshalb, denke ich. Deshalb wollte PT, dass ich das übernehme. Deshalb wollte er das nicht seinen Kollegen überlassen.

»Dass Sie hier so hereinplatzen, nach all dem, was sie dafür getan hat, die Vergangenheit hinter sich zu lassen, um uns und unserer Familie ein gutes Leben aufzubauen…«

Ich bin versucht, eine meiner Top-Ten-Pantomimen vorzuführen: das Spiel auf der kleinsten Geige der Welt. Aber noch einmal: kontraproduktiv. »Ich habe nicht die Absicht, jemandem wehzutun«, versichere ich ihm. »Ich muss mit Ihrer Frau sprechen. Hinterher werde ich Ihnen wahrscheinlich vorschlagen, dass Sie beide Ihre Taschen packen und für eine Weile verreisen.«

»Wieso?«

»Weil die Vergangenheit drauf und dran ist, Sie einzuholen, ob es Ihnen gefällt oder nicht.«

Er blinzelt ein paarmal und wendet den Blick ab. »Verschwinden Sie.«

»Nein.«

»Ich habe gesagt, Sie …«

Dann erklingt eine andere Stimme: »Ross?«

Ich drehe mich um. Sie hat kurze weiße Haare, trägt eine Jeans, schmutzig graue Sneaker und ein übergroßes braunes Arbeitshemd. Die Ärmel sind bis zum Ellbogen hochgekrempelt, sodass man die Latexhandschuhe an ihren Händen sieht, mit denen sie einen Eimer festhält. Sie sieht mir in die Augen, hofft vielleicht auf Gnade oder Verständnis. Als sie nichts davon entdeckt, macht sich Resignation in ihrer Miene breit. Sie wendet sich an ihren Mann.

»Das musst du nicht«, fängt Ross an, aber Jane-Lake schüttelt den Kopf.

»Wir haben immer gewusst, dass dieser Tag kommt.«

Jetzt wirkt auch er resigniert.

»Wie heißen Sie?«, fragt sie mich.

»Nennen Sie mich Win.«

»Lassen Sie uns hinten spazieren gehen, Win.«

ACHT

W ie haben Sie mich gefunden?«
Wir sind hinter dem Haus im Garten. Die Hunde
laufen in zwei großen Gehegen frei herum – offenbar ist eins
für kleinere Hunde, das andere für größere. Auf einem Tisch
wird ein Bearded Collie gebürstet. Ein Bullmastiff nimmt ein
Bad. Die Sonne strahlt.

Sie wartet auf meine Antwort, also sage ich einfach: »Ich
habe meine Möglichkeiten.«

»Es ist lange her. Das soll keine Entschuldigung sein. Und
ich habe auch nur eine Nebenrolle gespielt. Auch das soll
keine Entschuldigung sein. Aber es vergeht kein Tag, an dem
ich nicht an jene Nacht denke.«

Ich täusche ein Gähnen vor. Sie lacht kurz auf.

»Ja, schon gut, vielleicht hab ich das verdient. Das war vielleicht ein bisschen scheinheilig.«

»Ach, nur ein bisschen«, antworte ich.

Sie zieht die Handschuhe aus, wäscht sich gründlich die
Hände und trocknet sie mit einem Handtuch ab. Mit einer
kurzen Kopfbewegung fordert sie mich auf, ihr auf einen Pfad
in den Wald zu folgen.

»Warum sind Sie hier, Win?«

Ich ignoriere die Frage, und sage: »Erzählen Sie mir von
dem Tag, an dem Ry Strauss in Michigan mit dem Fischerboot
gekentert und ertrunken ist.«

Sie geht mit gesenktem Kopf. Außerdem steckt sie die Hände

in die Gesäßtaschen – ich weiß nicht, warum, finde diese Geste aber liebenswert.

»Ry ist nicht ertrunken«, sagt sie.

»Und dennoch haben Sie das der Polizei erzählt?«

»Habe ich.«

»Also haben Sie gelogen.«

»Habe ich.«

Wir gehen weiter in den Wald hinein.

»Ich vermute dann mal«, sagt sie, »dass Ry aufgetaucht ist.«

Ich antworte nicht.

»Ist er tot, oder lebt er?«

Wieder ignoriere ich ihre Frage. »Wann haben Sie Ry Strauss das letzte Mal gesehen?«

»Sie sind kein FBI-Agent, oder?«

»Nein.«

»Aber Sie haben großes Interesse an den Ereignissen?«

Ich bleibe stehen. »Mrs Dorchester?«

»Nennen Sie mich Lake.« Ich muss zugeben, dass ihr Lächeln sehr einnehmend ist. Ich mag es. Die Frau strahlt Ruhe und Kraft aus. »Warum auch nicht, oder?«

»Warum auch nicht«, wiederhole ich. »Mein Interesse an der Geschichte spielt keine Rolle, Lake. Sie müssen sich konzentrieren. Wenn Sie meine Fragen beantworten, verschwinde ich aus Ihrem Leben. Ist das klar?«

»Sie sind mir einer.«

»Das bin ich, ja. Wann haben Sie Ry Strauss das letzte Mal gesehen?«

»Vor über vierzig Jahren.«

»Das wäre dann …?«

»Drei Wochen, bevor ich mich gestellt habe.«

»Und seitdem hatten Sie keinen Kontakt zu ihm?«

»Keinen.«

»Irgendeine Ahnung, wo er gewesen ist?«

Sie spricht jetzt leiser. »Nein.« Dann fragt sie: »Lebt Ry noch?«

Wieder ignoriere ich ihre Frage. »Wo haben Sie ihn zum letzten Mal gesehen?«

»Was spielt das jetzt noch für eine Rolle?«

Ich lächle ihr zu. Mein Lächeln sagt: *Antworten Sie einfach.*

»Wir waren in New York City. In der 72nd Street in der Nähe der Columbus Avenue ist ein Pub, das Malachy's.«

Ich kenne das Malachy's. Es ist eine echte Spelunke, in der hartgesottene Bardamen mit strohigen Haaren Sie »Schätzchen« nennen und man nach einem Desinfektionsmittel greifen will, wenn man die laminierten Speisekarten berührt hat. Das Malachy's ist keine dieser künstlich hergerichteten »Spelunken«, kein Disney-Remake im Stil von etwas, das eine Spelunke darstellen soll, damit die Hipster das Gefühl von Authentizität haben, aber trotzdem alles sicher und gemütlich ist. Ich gehe gelegentlich ins Malachy's – es ist nur einen Block von meinem Apartment entfernt –, ich tu dann aber nicht so, als würde ich dort hingehören.

»Damals in den Siebzigern«, fährt Lake fort, »gab es ein Untergrundnetzwerk von Sympathisanten, das uns unterstützt hat. Ry und ich sind viel herumgezogen. Die Leute haben geholfen, uns zu verstecken.« Sie sieht mich an. Ihre Augen strahlen freundlich grau, was gut zu ihren Haaren passt. »Ich werde keine Namen nennen.«

»Ich bin nicht daran interessiert, alte Hippies auffliegen zu lassen«, sage ich.

»Woran sind Sie dann interessiert?«

Ich warte. Sie seufzt.

»Okay, okay, jedenfalls sind wir immer weiter herumgezogen – Kommunen, Keller, leer stehende Gebäude, Campingplätze, Billigmotels. Das ging über zwei Jahre so. Und vergessen Sie nicht, dass ich erst neunzehn war, als das losging. Wir hatten geplant, ein leeres Gebäude in Brand zu setzen. Mehr nicht. Es sollte niemand verletzt werden. Außerdem hab ich an dem Abend nicht mal einen Molotowcocktail geworfen.«

Sie verliert den Faden. »Sie waren also im Malachy's in New York«, hole ich sie zurück.

»Genau. Wir hängen in einem Lagerraum im Keller fest. Es hat fürchterlich gestunken. Nach abgestandenem Bier und Kotze. Der Geruch verfolgt mich immer noch. Das Entscheidende war aber, dass Ry ziemlich labil war. Ganz stabil ist er wahrscheinlich nie gewesen. Inzwischen ist mir das klar. Ich weiß nicht, was in mir so kaputt war, dass ich dachte, nur er könnte es heilen. In meiner Jugend ist nicht alles perfekt gelaufen, aber das wollen Sie sicher nicht wissen.«

Sie hat recht. Ich will es nicht wissen.

»Aber als wir da in diesem winzigen, stinkenden Keller eingesperrt waren, ist Ry so richtig durchgedreht. Ich konnte nicht länger bei ihm bleiben. Zu viel emotionaler Missbrauch. Nein, geschlagen hat er mich nicht. Das meine ich nicht. Die Frau, die uns das Zimmer unter dem Malachy's besorgt hat, hat es auch gemerkt. Diese nette Frau – ich nenne sie Sheila, das ist aber nicht ihr richtiger Name – hat erkannt, dass ich Hilfe brauchte. Sie hatte ein offenes Ohr für mich. Ich musste von ihm weg. Mir blieb keine Wahl. Aber wohin sollte ich gehen? Ich habe überlegt, im Untergrund zu bleiben. Sheila kannte jemanden, der mich nach Kanada und weiter nach Europa hätte schmuggeln können. Aber ich war schon seit zwei Jahren auf der Flucht. So wollte ich den Rest meines Lebens nicht verbringen. Der Stress, der Dreck, die Erschöpfung, vor allem aber die ewige Langeweile. Entweder ist man unterwegs oder man versteckt sich den ganzen Tag. Ich glaube, dass polizeilich gesuchte Personen sich vor allem stellen, um der Langeweile zu entkommen. Ich habe mich einfach nach Normalität gesehnt, verstehen Sie?«

»Normalität«, wiederhole ich, damit sie weiterspricht.

»Also hat Sheila mir diesen sympathischen Anwalt vorgestellt, der an der Columbia unterrichtet hat. Er ging davon aus, dass das Urteil höchstwahrscheinlich nicht allzu hart ausfallen würde, wenn ich mich stelle, weil ich noch so jung war und unter Rys Einfluss stand und so weiter. Also haben wir einen Plan ausgearbeitet. Ich bin nach Detroit gefahren und hab mich da ein paar Wochen lang versteckt. Als genug Zeit vergangen war, habe ich mich gestellt.«

»Haben Sie Ry Strauss gesagt, was Sie vorhatten?«

Sie schüttelt langsam den Kopf und sieht dabei nach oben. »Das ist alles hinter Rys Rücken passiert. Ich habe bei Sheila eine Nachricht hinterlassen, in der ich versucht habe, ihm das zu erklären.«

»Wie hat er auf Ihre Abreise reagiert?«

»Das weiß ich nicht«, sagt sie. »Wenn man so einen Plan umsetzt, darf man nicht mehr zurückblicken. Das wäre für alle zu gefährlich.«

»Haben Sie im Nachhinein versucht, es herauszubekommen?«

»Nein, nie. Aus demselben Grund. Ich wollte niemanden in Gefahr bringen.«

»Sie müssen doch neugierig gewesen sein.«

»Ich habe mich eher schuldig gefühlt«, sagt sie. »Rys Zustand hat sich verschlechtert – und ich habe ihn in dieser Situation im Stich gelassen. Er hatte mich nicht mehr so fest im Griff, aber … Gott, Sie können sich nicht vorstellen, wie es für mich war. Zeitweise dachte ich, die Sonne würde mit Ry

Strauss auf- und wieder untergehen. Ich wäre buchstäblich für ihn gestorben.«

Was eine Frage aufwirft, die ich mir im Moment verkneife: Hätten Sie auch für ihn getötet?

»Dem FBI haben Sie gesagt, dass er in Michigan vor der Upper Peninsula ertrunken ist.«

»Das habe ich erfunden.«

»Warum?«

»Was glauben Sie? Ich war es ihm schuldig, oder?«

»Es war ein Ablenkungsmanöver?«

»Ja, natürlich. Ich wollte ihm die Cops vom Hals halten. Außerdem brauchte ich eine Erklärung dafür, warum ich mich plötzlich stelle. Ich konnte ja wohl kaum sagen, dass es daran lag, weil der berühmte Ry Strauss im Keller einer Bar in der Upper West Side vor sich hin flucht. Heutzutage würde man bei ihm eine bipolare Störung, eine Zwangsneurose oder so etwas diagnostizieren. Aber damals? Ry ist oft, nachdem die Bar nachts geschlossen hatte, hinaufgegangen und hat die Schnapsflaschen so hingestellt, dass alle in gleichem Abstand zueinander standen und die Etiketten exakt nach vorne zeigten. Das hat Stunden gedauert.«

Ich denke an das Turmzimmer im Beresford. »Hatte er Geld?«

»Ry?«

»Sie sagten, Sie hätten sich im Keller unter einer Spelunke versteckt.«

»Ja.«

»Hatte er Geld für bessere Unterkünfte?«

»Nein.«

»Hat er sich für Kunst interessiert?«

»Für Kunst?«

»Malerei, Bildhauerei … Kunst.«

»Ich habe keine … Warum fragen Sie das?«

»Haben Sie irgendwelche Raubüberfälle mit ihm begangen?«

»Was? Nein, natürlich nicht.«

»Also haben Sie sich nur auf die Freundlichkeit von Fremden verlassen?«

»Ich weiß nicht …«

»Sie wissen aber schon, dass andere Radikale Banken überfallen haben. Die Symbionese Liberation Army. Der Überfall auf Brink's. Haben Strauss und Sie jemals so etwas getan? Ich will Sie nicht anzeigen. Wahrscheinlich wäre es sowieso verjährt. Aber ich muss es wissen.«

Ein Teenager geht mit drei Hunden an der Leine an uns vorbei. Lake Davies sieht ihn an und nickt ihm lächelnd zu. Er erwidert das Nicken. »Ich wollte mich gleich am Anfang stellen. Er hat es nicht zugelassen.«

»Es nicht zugelassen?«

»Jede Art von Verehrung hat etwas Missbräuchliches. Das habe ich gelernt. Die Leute, die Gott am meisten lieben, fürchten ihn auch am meisten. ›Gottesfürchtig‹, richtig? Die Frömmsten, die nicht aufhören, von Gottes Liebe zu sprechen, sind auch diejenigen, die sich für Feuer, Schwefel und ewige Verdammnis ereifern. War ich also in Ry verliebt, oder hatte ich Angst vor ihm? Ich weiß nicht, wie schmal dieser Grat ist.«

Ich bin nicht hier, um mich in eine philosophische Diskussion verwickeln zu lassen, also schalte ich einen Gang hoch.

»Haben Sie die Nachrichten über den wiederaufgefundenen Vermeer gehört?«

»Das war gestern, oder?« Langsam dämmert es ihr. »Moment mal. Wurde bei dem Gemälde nicht auch eine Leiche gefunden?«

Ich nicke. »Das war Ry Strauss.«

Ich gebe ihr einen Moment, um das zu verarbeiten.

»Er ist als einsiedlerischer Messie geendet.« Ich erzähle vom Beresford, dem Turm, dem Müll, dem Chaos, dem Gemälde über dem Bett. Die schlimmen Erlebnisse meiner Cousine erwähne ich noch nicht. Vor uns ist eine Bank. Lake Davies sinkt darauf nieder, als könnten ihre Knie sie nicht mehr halten. Ich bleibe neben ihr stehen.

»Dann wurde Ry ermordet.«

»Ja.«

»Nach all den Jahren.« Lake Davies schüttelt den Kopf, ihre Augen sind glasig. »Ich verstehe aber immer noch nicht, was Sie hier wollen.«

»Der Vermeer gehört meiner Familie.«

»Dann sind Sie hier, weil Sie das andere Bild suchen?«

Ich antworte nicht.

»Ich habe es nicht. Wann wurden die Bilder gestohlen?«

Ich nenne ihr das Datum.

»Das war lange nachdem ich mich gestellt hatte.«

»Haben Sie nach den Morden je andere Mitglieder der Jane Street Six getroffen?«

Bei dem Wort »Morden« zuckt sie zusammen. Ich habe es absichtlich verwendet. »Die Helfer aus dem Untergrund haben uns aufgeteilt. Sechs Personen konnten nicht zusammen reisen.«

»Das war nicht meine Frage.«

»Nur einen.«

Als sie schweigt, halte ich die Hand hinter mein Ohr. »Ich höre.«

»Wir waren zwei Nächte bei Arlo.«

»Arlo Sugarman?«

Sie nickt. »In Tulsa. Er hatte sich als Student an der Oral

Roberts University eingeschrieben. Ich fand das ziemlich seltsam. Die Ironie darin.«

»Wieso?«

»Arlo wurde zwar jüdisch erzogen, war aber stolz auf seinen Atheismus.«

Mir fällt etwas ein, das ich in der Akte gesehen habe. »Sugarman hat behauptet, er wäre an dem Abend nicht dort gewesen ...«

»Das haben wir alle behauptet, na und?«

Nachvollziehbar. »Hat er nicht an der Columbia University Kunst studiert?«

»Ja, möglich. Moment, glauben Sie, dass Arlo und Ry ...?«

»Glauben Sie das?«

»Nein. Ich meine, ich weiß es nicht, aber ...«

Ich muss an Cousine Patricia und den Albtraum denken, den sie erlebt hat. »Sie haben erwähnt, dass Ry Strauss Ihnen wehgetan hat.«

Sie schluckt. »Was ist damit?«

»Sie haben Ihre gesamte Identität verändert. Sie sind so ziemlich vom Radar verschwunden.«

»Trotzdem haben Sie mich gefunden.«

Ich versuche, mich bescheiden zu geben. Dann frage ich: »Hatten Sie Angst, dass Ry Sie suchen würde?«

»Nicht nur Ry.«

»Wer noch?«

Sie schüttelt den Kopf, und ich merke, dass sie anfängt dichtzumachen.

»Es wäre möglich«, sage ich, »dass Ry Strauss in ein schlimmeres Verbrechen als einen Kunstraub verwickelt war.«

»Wie viel schlimmer?«

Ich sehe keinen Grund, es zu beschönigen. »Entführung, Vergewaltigung und Ermordung von jungen Frauen.«

Sie wird leichenblass.

»Vielleicht hatte er einen Partner«, füge ich hinzu. Dann frage ich: »Glauben Sie, Ry könnte etwas damit zu tun haben?«

»Nein«, sagt sie leise. »Und ich denke wirklich, Sie sollten jetzt gehen.«

NEUN

Als ich wieder im Flugzeug bin, mache ich mich daran, die FBI-Akte zu lesen. Ich nenne es Akte, eigentlich ist es jedoch ein sieben Zentimeter dicker Ordner mit Fotokopien. Ich nehme meinen Montblanc heraus und notiere die Namen der Jane Street Six:

Ry Strauss
Arlo Sugarman
Lake Davies (Jane Dorchester)
Billy Rowan
Edie Parker
Lionel Underwood

Ich starre einen Moment lang auf die Namen. Als ich das tue, als ich an diese sechs und die Tatsache denke, dass in vierzig Jahren nur eine der Personen – oder zwei, wenn man Ry Strauss mitzählt – gesehen wurde oder jemand von ihr gehört hat, wird mir klar, dass PT mit seiner Einschätzung, was ihre Schicksale betrifft, wahrscheinlich richtigliegt.

Vermutlich sind die meisten, wenn nicht alle, tot.

Sicher ist das allerdings nicht. Schließlich war es Ry Strauss gelungen, all die Jahre unentdeckt zu überleben, bis er brutal ermordet wurde? Wenn es Strauss gelungen war, sich mitten in der größten Stadt des Landes zu verstecken, warum sollten die anderen nicht immer noch untergetaucht sein?

Seltsamerweise nehme ich mir meine eigene Argumentation nicht ab.

Einer könnte noch im Untergrund leben. Vielleicht auch zwei. Aber vier?

Unwahrscheinlich.

Am Rand notiere ich den zeitlichen Ablauf, dann schreibe ich folgende Frage auf:

Wer wurde seit dem Abend, an dem die Molotowcocktails geworfen wurden, gesehen?

Am ersten, zweiten und dritten Tag nach dem Angriff gab es keine glaubhaften Sichtungen der Jane Street Six. Ziemlich bemerkenswert, wenn man bedenkt, dass eine Großfahndung eingeleitet wurde. Am vierten Tag gab es endlich einen Durchbruch. Das FBI erhielt einen anonymen Hinweis, dass Arlo Sugarman sich in einem Brownstone-Haus in der Bronx versteckt hielt. Leider wissen wir, wie das endete – Special Agent Patrick O'Malley wurde auf der Schwelle erschossen. Ich schreibe den Vorfall neben Sugarmans Namen, weil es seine erste bekannte Sichtung ist. Die zweite Sichtung, von der ich gerade aus Lake Davies' Mund gehört habe, verortet Arlo Sugarman im Jahr 1975 als Studenten der Oral Roberts University in Tulsa, Oklahoma. Auch das schreibe ich auf.

Das war es auch schon mit Sugarman. Eine dritte Sichtung gab es nicht.

Ich mache mit Billy Rowan weiter. Laut FBI-Akte wurde Rowan seit dem Anschlag nur einmal gesehen – zwei Wochen danach von Vanessa Hogan, der Mutter des siebzehnjährigen Frederick Hogan aus Great Neck, New York, der dem Anschlag zum Opfer gefallen war. Vanessa Hogan, eine gläubige Frau, war fast unmittelbar nach dem Tod ihres Sohnes im Fernsehen aufgetreten, um zu sagen, dass sie denen, die dem jungen Frederick Leid angetan hatten, vergeben habe.

»Gott muss meinen Frederick für eine höhere Aufgabe zu sich gerufen haben«, sagte sie in der Pressekonferenz.

Ich hasse solche Rechtfertigungen. Ich hasse sie noch mehr in ihrer umgekehrten Form, wenn ein Überlebender einer Tragödie so etwas behauptet wie »Gott hat mich verschont, weil ich etwas Besonderes für ihn bin«, da es zu der wenig subtilen Schlussfolgerung führt, dass Gott sich um die, die umgekommen sind, einen feuchten Kehricht schert. Vanessa Hogan war damals allerdings eine junge Witwe, die gerade ihr einziges Kind verloren hatte, also sollte ich vielleicht etwas Nachsicht walten lassen.

Ich schweife ab.

Laut Vanessa Hogans Aussage im FBI-Bericht klopfte Billy Rowan zwei Wochen nach ihrer Pressekonferenz – als die anfängliche Intensität der Suche etwas abgenommen hatte – an die Hintertür ihres Hauses. Es war gegen 21 Uhr, und sie war allein in ihrer Küche. Billy Rowan, der ebenfalls in einer tiefreligiösen Familie aufgewachsen war, hatte sie angeblich im Fernsehen gesehen und wollte sich persönlich entschuldigen, bevor er endgültig untertauchte.

Okay. Ich notiere dies neben Rowans Namen. Die erste und einzige Sichtung.

Ich gehe zum nächsten. Edie Parker, keine Sichtung. Lionel Underwood, keine Sichtung. Und natürlich, zu dem Zeitpunkt, als man mir die Akte übergeben hat: Ry Strauss, keine Sichtung.

Ich tippe mir mit dem Montblanc auf die Lippe und lasse mir das durch den Kopf gehen. Angenommen sie alle wären die ganze Zeit erfolgreich untergetaucht, glaube ich dann wirklich, dass keiner von ihnen auch nicht ein einziges Mal Kontakt zu Verwandten aufgenommen hat?

Ich glaube es nicht.

Ich überfliege die Akte und schreibe mir die Namen von nahen Verwandten auf, die ich eventuell befragen könnte. Ry Strauss hatte einen mehr oder weniger berühmten Bruder, Saul, ein progressiver Anwalt, der bedürftige und unterdrückte Menschen vertritt. Er ist auch oft im Fernsehen zu Gast, aber wer ist das heutzutage nicht? Hat Ry nie Kontakt zu seinem Bruder Saul aufgenommen, obwohl sie rund vierzig Jahre lang in derselben Stadt gelebt haben? Es lohnt sich jedenfalls, einmal nachzufragen. Ich weiß, dass Saul Strauss gelegentlich in Hester Crimsteins Sendung mit dem absurden Namen *Crimstein on Crime* aufgetreten ist. Vielleicht kann Hester mich ihm vorstellen.

Strauss' Eltern sind verstorben. Überhaupt sind von den zwölf potenziellen Vätern und Müttern der Jane Street Six nur noch zwei am Leben – Billy Rowans Vater und Edie Parkers Mutter. Ich notiere ihre Namen. Dann gehe ich die anderen Geschwister durch, die noch am Leben sind. So kommen neun weitere Personen hinzu, von denen zwei allerdings zu Lake Davies gehören und ich sie somit nicht berücksichtigen muss. Ich ergänze diese Namen auf meiner Liste. Wenn ich mehr Zeit oder Hilfe hätte, könnte ich auch meinen Stammbaum dort ausbreiten – Onkel, Tanten, Cousins und Cousinen –, ich glaube aber nicht, dass ich das tun werde.

Eine ganze Menge Namen. Ich werde Hilfe brauchen.

Natürlich denke ich zuerst an Myron.

Er ist unten in Florida, kümmert sich um seine Eltern und unterstützt seine Frau, die sich in ihren neuen Job einarbeitet. Ich möchte ihn da nicht wegholen. Diejenigen, die uns gut kennen, werden anmerken, dass ich immer zur Stelle war, wenn Myron sich auf ähnlich ritterliche Missionen einließ und mich um Hilfe bat – dass Myron mir, nachdem ich so oft ohne Fragen zu stellen für ihn in die Schlacht gezogen bin, gewissermaßen »etwas schuldig ist«.

Diese Leute täuschen sich.

Ich möchte Ihnen dazu den Rat weitergeben, den Myrons Vater, einer der weisesten Männer, die ich kenne, seinem Sohn und dessen Trauzeugen – meiner Wenigkeit – an Myrons Hochzeitstag gegeben hat:

»Beziehungen sind nie ausgeglichen. Manchmal gibt einer sechzig Prozent und der andere nur vierzig. Manchmal ist die Quote achtzig zu zwanzig. Manchmal gibst du die achtzig Prozent und manchmal nur die zwanzig. Der Trick ist, das zu akzeptieren und damit klarzukommen.«

Ich glaube, diese einfache Weisheit gilt für alle wichtigen Beziehungen, nicht nur in der Ehe, und wenn Sie dann bedenken, in welchem Maße meine Freundschaft mit Myron mein Leben verbessert und bereichert hat, nein, dann ist Myron mir nichts schuldig.

Mit einem Ping erinnert mein Handy mich, dass ich noch nicht auf die Anfrage in meiner Dating-App geantwortet habe. Ich bezweifle, dass ich dafür heute Abend noch Zeit habe. Nicht zu antworten wäre allerdings unhöflich. Als ich auf die Benachrichtigung klicke und die Anfrage überfliege, weiten sich meine Augen, ich ändere meine Meinung sofort und vereinbare ein Treffen für heute Abend um acht.

Lassen Sie mich erklären, warum.

Die Dating-App hat eine eher ungewöhnliche »Biografie«-Seite. Nein, es ist nicht wie bei den üblichen Dating-Apps, wo Sie irgendwelchen überkandidelten Unsinn kundtun, wie gern Sie Piña Coladas mögen oder wie toll Sie es finden, vom Regen überrascht zu werden. Oben auf der Seite stehen Bewertungen, ähnlich wie die der Uber-App, da die meisten Mitglieder diese App jedoch nur selten benutzen – anders als ich –, haben die Entwickler die persönlichen Bewertungen durch einen Punkt ergänzt, den man vereinfacht als Aussehensranking bezeichnen könnte. Es handelt sich um einen sehr viel komplizierteren Algorithmus, der viele spezifische körperliche Bereiche auf vielen verschiedenen Ebenen bewertet. Eine Regel der App besagt, dass beiden beteiligten Usern sofort die Mitgliedschaft entzogen wird, wenn man einen anderen User nach der eigenen Bewertung fragt – oder dieser User es einem mitteilt. Ich weiß zum Beispiel nicht, wie ich bewertet werde.

Ich bin zuversichtlich, dass es sehr gut ist. Kein Grund für falsche Bescheidenheit, oder?

Um Ihnen eine Vorstellung zu geben: Bitsy Cabots lag im Gesamtranking bei angemessenen 7,8 von zehn Punkten. Der niedrigste Wert, den ich akzeptieren würde, ist eine 6,5. Na ja, okay, einmal habe ich eine 6,0 angenommen, aber nur, weil nichts anderes verfügbar war. Die Bewertungen der App sind sehr streng. Eine Sechs in dieser App würde woanders mindestens einer Acht entsprechen.

Die höchste Bewertung, die ich in der App je gesehen habe? Ich habe mich einmal mit einer 9,1 getroffen. Sie war ein berühmtes Supermodel, bevor sie einen Rockstar geheiratet hat. Sie kennen ihren Namen. Das war die einzige Frau mit einer höheren Bewertung als neun, die ich je gesehen habe.

Die Frau, die mir gerade eine Anfrage geschickt hat?

Sie liegt im Ranking bei 9,85.

Das würde ich mir auf keinen Fall entgehen lassen.

PT ruft an. »Wie ist es mit Lake Davies gelaufen?«

Ich fange mit dem Selbstverständlichen an: »Dass Strauss gestorben ist, war eine Lüge.« Dann informiere ich ihn über den Rest unseres Gesprächs.

»Und was hast du als Nächstes vor?«

»Ich geh in den Pub, ins Malachy's.«

»Vierzig Jahre danach?«

»Ja.«

»Weit hergeholt.«

»Sind die anderen Möglichkeiten das nicht?«, entgegne ich.

»Und sonst?«

»Ich habe eine Liste mit Personen zusammengestellt, die ich eventuell befragen will. Deine Leute müssten mir ihre aktuellen Adressen besorgen.«

»Schick mir die Liste per E-Mail.«

Ich weiß, wie PT arbeitet. Er will erst Informationen bekommen, bevor er welche weitergibt. Jetzt, da ich meinen Teil getan habe, frage ich: »Habt ihr denn was Neues?«

»Wir haben Videos der Überwachungskameras aus dem Beresford, sie sind eine Woche alt. Wir glauben, dass sie von dem Tag sind, an dem der Mord stattfand, aber …«

Ich warte.

»… wir wissen nicht, ob sie uns wirklich weiterbringen.«

»Ist der Mörder drauf?«

»Wahrscheinlich schon, ja. Aber man erkennt nicht viel.«

»Ich würde sie gern sehen.«

»In etwa einer Stunde kann ich dir per Mail einen Link schicken.«

Ich denke einen Moment lang darüber nach. »Wie wäre es, wenn ich ins Beresford gehe und es mir von einem Portier zeigen lasse.«

»Ich lass das vorbereiten.«

»Als Erstes gehe ich aber ins Malachy's.«

»Eins noch, Win.«

Ich warte.

»Wir können die Identität des Opfers nicht länger verheimlichen. Der Director wird morgen bekannt geben, dass der Tote Ry Strauss war.«

* * *

»Sind Sie nicht ein hübsches Kerlchen?«

»Doch«, sage ich. »Doch, das bin ich.«

Kathleen, die alteingesessene Bardame im Malachy's, gackert, eine Mischung aus Lachen und Raucherhusten. Ihr schiefes Lächeln hat etwas Berauschendes, und ihre Haare sind gelb (im Gegensatz zu blond). Kathleen ist locker über sechzig Jahre alt, strahlt aber Selbstvertrauen und einen altmodisch sinnlichen Charme aus, den man vielleicht als burlesk bezeichnen könnte. Sie ist vollbusig, wohlproportioniert und sanft. Ich mag Kathleen sofort, erkenne aber auch, dass es ihr Job ist, gemocht zu werden.

»Wenn ich etwas jünger wäre …«, fängt Kathleen an.

»Oder wenn ich etwas mehr Glück hätte«, erwidere ich.

»Ach, hören Sie doch auf.«

Ich zieh eine Augenbraue hoch. Das ist eins meiner Markenzeichen. »Verkaufen Sie sich nicht unter Wert, Kathleen. Die Nacht ist noch jung.«

»Sie sind ganz schön frech.« Sie verpasst mir einen neckischen Schlag mit einem Spültuch, das während Eisenhowers Regierungszeit zum letzten Mal gewaschen wurde. »Charmant. Verteufelt hübsch. Aber frech.«

Rechts neben mir sitzt Frankie Boy, der schon auf die achtzig zugeht, mit einer Schiebermütze aus Tweed. Aus seinen Ohren ragen dicke Haarbüschel. Eine noch dickere Nase ließe sich nur in einer aufwendigen kosmetischen Operation herstellen. Bei meinen etwa fünf bisherigen Besuchen im Malachy's saß Frankie Boy immer auf diesem Hocker.

»Soll ich Ihnen einen Drink spendieren?«, frage ich ihn.

»Okay«, lallt Frankie, »aber nur um das kurz festzuhalten, ich finde nicht, dass Sie so unglaublich gut aussehen.«

»Natürlich tun Sie das«, entgegne ich.

»Ja, schon möglich, das heißt aber nicht, dass ich mit Ihnen ins Bett gehe.«

Ich seufze. »Träume platzen hier wie Seifenblasen.«

Das gefällt ihm.

Wie schon gesagt ist das Malachy's eine echte Spelunke – schlecht beleuchtet, fleckige Holzverkleidung, tote Fliegen in den Lampenschirmen, Stammgäste, die so regelmäßig kommen, dass manchmal kaum zu erkennen ist, wo der Hocker aufhört und ihr Hintern anfängt. Auf einem Schild über der Bar steht: DAS LEBEN IST SCHÖN, BIER MACHT ES NOCH SCHÖNER. Weise Worte. Die Stammgäste und die Neuankömmlinge passen gut zusammen, und man kann hier so ziemlich alles sein, außer überheblich. An jedem Ende der Theke hängt ein Fernseher. In einem verlieren die New York Yankees, im anderen die New York Rangers. Im Malachy's scheint sich niemand sonderlich dafür zu interessieren.

Die Speisekarte bietet normale Kneipenkost. Frankie Boy besteht darauf, dass ich die Chickenwings bestelle. Ich bekomme einen Teller mit Fettmasse, aus der ein paar Knochen herausragen. Ich schiebe ihn zu ihm hinüber. Wir unterhalten uns. Frankie erzählt mir, dass er zum vierten Mal verheiratet ist.

»Ich liebe sie so sehr«, sagt Frankie Boy.

»Glückwunsch.«

»Die anderen drei habe ich natürlich auch so sehr geliebt. Tu ich immer noch.« Ihm steigen Tränen in die Augen. »Das ist mein Problem. Ich verliebe mich heftig. Dann komme ich hierher, um zu vergessen. Verstehen Sie, was ich sagen will?«

Ich verstehe es nicht, antworte aber, dass ich es täte. Der Song *True* von Spandau Ballet klingt aus den Lautsprechern. Frankie Boy singt mit: »This is the sound of my soul, this is the sound...«

Er bricht ab und dreht sich zu mir um. »Waren Sie mal verheiratet, Win?«

»Nein.«

»Kluge Entscheidung. Moment. Sind Sie schwul?«

»Nein.«

»Wäre mir aber auch egal. Ehrlich gesagt mag ich viele der Schwulen, die herkommen. Weniger Konkurrenz bei den Ladys, verstehen Sie, was ich sagen will?«

Ich frage ihn, seit wann er schon ins Malachy's kommt.

»Zum ersten Mal war ich am 12. Januar 1966 hier.«

»Exakte Auskunft«, sage ich.

»Der beste Tag meines Lebens.«

»Warum?«, frage ich aus echter Neugier.

Frankie Boy streckt drei dicke Finger in die Luft. »Aus drei Gründen.«

»Erzählen Sie.«

Er klappt den Ringfinger ein. »Erstens war es der Tag, an dem ich diesen Laden hier entdeckt habe.«

»Klingt logisch.«

»Zweitens...«, Frankie Boy klappt den Mittelfinger ein, »... habe ich an dem Tag meine erste Frau, Esmeralda, geheiratet.«

»Sie sind an Ihrem Hochzeitstag zum ersten Mal ins Malachy's gegangen?«

»Ich habe geheiratet«, sagte er mit der Betonung auf »geheiratet«. »Wer kann es einem Mann verdenken, wenn er vorher ein oder zwei starke Drinks braucht?«

»Ich nicht.«

»Meine Esmeralda war so wunderschön. So groß wie eine Scheune. Sie hat ein leuchtend gelbes Hochzeitskleid getragen. Auf unseren Hochzeitsfotos seh ich aus wie ein winziger Planet, der um eine riesige Sonne kreist. Aber wunderschön.«

»Und der dritte Grund?«, frage ich.

»Vielleicht sind Sie ein bisschen jung dafür, aber haben Sie je die Fernsehserie *Batman* gesehen?«

»Aber ja doch.« Das, denke ich mir, ist Schicksal. Myron und ich haben uns jede Episode mindestens tausend Mal angeguckt. Ich nicke. »Adam West, Burt Ward ...«

»Genau. Der Riddler, der Pinguin, oh, und von Julie Newmar als Catwoman will ich gar nicht erst anfangen. Ich hätte Esmeralda den rechten Arm abgerissen und mich selbst bis zur Bewusstlosigkeit damit geohrfeigt, nur um an Julie Newmars Haaren riechen zu dürfen. Nichts für ungut.«

»Kein Problem.«

»Und jetzt haben wir all diese ...«, er malt mit den Fingern Anführungszeichen in die Luft, »... ›Method-Actors‹, die hundert Pfund oder mehr abnehmen, um den Joker zu spielen, aber damals? Da hat Cesar Romero sich nicht einmal die Mühe gemacht, sich den Schnurrbart abzurasieren. Er hat einfach weiße Schminke darübergeschmiert. Das, mein Freund, war wahre Schauspielerei.«

Ich sehe keinen Grund, ihm zu widersprechen. »Und der dritte Grund?«

Er spottet. »Ich dachte, Sie wären ein Fan.«

»Bin ich auch.«

»Und welcher Schurke ist in der ersten Episode aufgetaucht?«

»Der Riddler«, sage ich, »gespielt von Frank Gorshin.«

»Richtig – und wann wurde sie das erste Mal ausgestrahlt?«
Frankie Boy lächelt und nickt. »Am 12. Januar 1966.«

Ich möchte den Mann küssen.

»Zusammenfassend lässt sich also festhalten«, sage ich, »dass Sie an Ihrem Hochzeitstag im Malachy's etwas trinken waren und sich dann die erste *Batman*-Folge im Fernsehen angeguckt haben.«

Frankie Boy nickt feierlich und starrt auf seinen Drink. »Und fünfzig Jahre danach ist das Malachy's immer noch ein Teil meines Lebens. Fünfzig Jahre danach kann ich mir immer noch *Batman* auf meinem alten Videorekorder angucken.« Kräftiges Achselzucken. »Aber Esmeralda? Sie ist schon lange nicht mehr da.«

Wir trinken schweigend einen Schluck. Ich muss auf den Punkt kommen, den Grund für meinen Besuch, obwohl ich dieses Gespräch sehr genieße. Schließlich überwinde ich mich, Frankie Boy zu fragen, ob er sich an eine Kellnerin oder Bardame namens Sheila, Shelly oder so ähnlich erinnert – ich spekuliere darauf, dass Lake Davies einen Fehler gemacht und mir den richtigen Namen genannt hat. Er kratzt sich am Kopf.

»Kathleen?«, ruft er.

»Was ist?«

»Erinnerst du dich an eine Sheila, die ganz früher mal hier gearbeitet hat?«

»Hä?« Kathleen lächelt, ihre Haltung erscheint mir jedoch etwas seltsam. Vielleicht liegt es am Lächeln, das plötzlich forciert wirkt. Vielleicht liegt es daran, wie verkrampft sie plötzlich den Zapfhahn hält. »Wieso fragst du?«

»Unser attraktiver Freund Win hat mich gefragt«, sagt Frankie Boy und klopft mir auf den Rücken.

Kathleen kommt wieder zu uns. Sie hat sich das Spültuch über die Schulter gelegt. »Sheila? Und wie weiter?«

»Keine Ahnung«, sage ich.

Sie schüttelt den Kopf. »Ich erinnere mich an keine Sheila. Und du, Frankie?«

Auch er schüttelt den Kopf und hüpft von seinem Hocker herunter. »Ich muss mal eine Stange Wasser in die Ecke stellen«, sagt er.

»Mit deiner Prostata?«, entgegnet Kathleen.

»Lass einem Mann seine Träume, okay?«

Frankie Boy humpelt davon. Kathleen dreht sich wieder zu mir, mit einer Miene, von der sich ablesen lässt, dass sie alles im Leben schon mindestens zweimal gesehen hat. Wenn Sie den Begriff »Weltüberdruss« googeln, erscheint ihr Foto.

»Wann soll diese Sheila hier gewesen sein?«

»So um 1975 herum«, sage ich.

»Ist das Ihr Ernst? Das ist ja, was jetzt, über vierzig Jahre her.«

Ich warte.

»Na ja, ich hab dann erst drei Jahre später hier angefangen. Sommer 1978.«

»Verstehe«, sage ich. »Ist denn noch jemand von damals hier?«

»Lassen Sie mich überlegen.« Kathleen blickt zur Decke, um zu zeigen, dass sie nachdenkt. »Der alte Moses aus der Küche war hier, aber der hat sich letztes Jahr zur Ruhe gesetzt und ist nach Florida gezogen. Ansonsten bin ich wohl die Dienstälteste.« Da das Thema damit abgehakt ist, zeigt sie auf mein leeres Glas und fragt: »Willst du noch eins, Schatz?«

Manchmal ist Subtilität gefragt. Manchmal Direktheit. Ich gestehe, dass ich mit Direktheit sehr viel besser zurechtkomme. In diesem Sinne frage ich: »Und was ist mit den berüchtigten Flüchtigen, die sich damals im Keller versteckt hatten?«

Kathleen wirft den Kopf in den Nacken und blinzelt. »Hä?«

»Haben Sie mal von den Jane Street Six gehört?«

»Von wem?«

»Oder von Ry Strauss?«

Ihre Augen verengen sich. »Der Name kommt mir irgendwie bekannt vor. Aber ich weiß nicht…«

»Ry Strauss und seine Freundin Lake Davies wurden wegen Mordes gesucht. Sie hatten sich 1975 im Keller des Malachy's versteckt.«

Sie schweigt einen Moment lang. Dann sagt sie: »Ich habe schon viele Legenden über diesen Laden gehört, aber die ist mir neu.«

Sie spricht jetzt jedoch leiser. Ich habe beobachtet, dass Kathleen normalerweise die ganze Bar unterhält, selbst in Einzelgesprächen spricht sie so laut, als wäre die Bar eine Bühne, auf der sie für ein möglichst großes Publikum spielt.

Jetzt spielt sie plötzlich nur noch für eine Person.

»Aber es ist wahr«, sage ich.

»Woher wissen Sie das?«

»Lake Davies hat es mir erzählt.«

»Eine der Flüchtigen?«

»Sie wurde gefasst und hat ihre Zeit abgesessen.«

»Und sie hat Ihnen erzählt, dass sie sich hier in dieser Bar versteckt hatte?«

»Ja, im Keller. Außerdem sagte sie, dass eine freundliche Bardame namens Sheila sich um sie gekümmert hat. Diese Sheila hätte sie gerettet.«

Wir starren uns einen Moment lang an.

»Das kann ich mir nicht vorstellen«, sagt Kathleen.

»Wieso nicht?«

»Waren Sie mal bei uns im Keller? Ich kann mir nicht vorstellen, dass da unten etwas überlebt, was nicht zur Familie der Schimmelpilze gehört.«

Sie gackert wieder, aber dieses Mal ist es weniger natürlich. Wie aufs Stichwort klatscht ein dicker Mann am hinteren Ende der Theke mit der Hand auf den Tresen und schreit fröhlich: »Erwischt!«

Kathleen ruft: »Was, Fred?«

»Eine Kakerlake, so groß wie eine Taube drüben im Park.«

Kathleen sieht mich lächelnd an, als wollte sie sagen: *Verstehen Sie, was ich meine?*

»Ich glaube nicht, dass Lake Davies sich das ausgedacht hat«, sage ich.

Bevor sie antwortet, zuckt sie die Achseln. »Na ja, wenn sie so ist, wie die anderen irren Radikalen von damals, könnte sie auch zu viel LSD genommen und sich das eingebildet haben.«

»Witzig«, sage ich.

»Was?«

»Ich habe gar nicht erwähnt, dass sie eine Radikale war.«

Kathleen lächelt und beugt sich etwas näher zu mir. Wieder rieche ich den Zigarettengeruch, der aber nicht nur unangenehm ist. »Sie haben was von den Jane Dingens Six gesagt oder so, und da ist mir wieder eingefallen, dass die irgendwelche Bomben geworfen und Menschen umgebracht haben. Aber wieso fragen Sie das überhaupt?«

»Weil Ry Strauss nie gefasst wurde.«

»Und Sie suchen ihn?«

»So ist es.«

»Fast fünfzig Jahre nachdem das passiert ist?«

»Ja«, sage ich. »Können Sie mir helfen?«

»Ich wünschte, ich könnte es.« Sie bemüht sich zu sehr, die Desinteressierte zu geben. »Wäre gut zu sehen, dass ein Killer wie er seine verdiente Strafe bekommt.«

»Finden Sie?«

»Auf jeden Fall. Sind Sie ein Bulle?«

Ich zieh eine Augenbraue hoch. »In diesem Anzug?«

Sie stößt wieder ein tabakrauchiges Gackern aus, als Frankie Boy wieder auf seinen Hocker hüpft. »Ist nett, mit Ihnen zu reden«, sagt Kathleen. Dann neigt sie den Kopf zur Seite und ergänzt: »Ich muss mich um die Kunden kümmern.«

Sie schlendert davon.

»Mann«, sagt Frankie Boy und blickt ihr voller Ehrfurcht nach, »den Hintern könnte ich den ganzen Tag anstarren. Verstehen Sie, was ich sagen will?«

»Das tue ich.«

»Sind Sie Privatdetektiv, Win?«

»Nein.«

»So wie Sam Spade oder Magnum?«

»Nein.«

»Aber Sie sind cool wie die, stimmt's?«

»Absolut«, stimme ich zu, als ich Kathleen am Zapfhahn betrachte. »Absolut.«

ZEHN

Ich habe noch über eine Stunde Zeit bis zu meinem Dating-App-Date mit Mrs 9,85.

Zu Fuß brauche ich etwa zehn Minuten vom Malachy's Pub zum Beresford. Ich gehe die Columbus Avenue hinauf und nehme die Abkürzung über das Gelände des American Museum of Natural History. Als ich sechs Jahre alt war und meine Eltern noch zusammen waren, sind sie mit meinen Geschwistern und mir in genau dieses Museum gegangen. Natürlich haben die Lockwoods eine Privatführung bekommen, bevor das Museum für die Allgemeinheit geöffnet wurde. Einige meiner frühesten Erinnerungen (wie vielleicht auch Ihre) kreisen um die Dinosaurierskelette im Foyer, die Wollmammut-Stoßzähne im vierten Stock und vor allem um den riesigen Blauwal, der im Saal »Leben im Meer« unter der Decke hängt. Ich besuche diesen Blauwal immer noch gelegentlich. Abends finden im Museum exklusive Galadiner statt. Ich setze mich unter den großen Wal, trinke exquisiten Scotch und blicke zu ihm hinauf. Manchmal versuche ich, den kleinen Jungen und seine Familie vor mir zu sehen, aber mir ist klar, dass das, was ich heraufbeschwöre, weder real noch auch nur ein in meinem Gedächtnis gespeichertes Bild ist. Das gilt für das meiste, wenn nicht sogar für alles, was wir Erinnerungen nennen. Unsere Erinnerungen werden nicht im Schädel auf einem Mikrochip gespeichert oder irgendwo in einem Aktenschrank unter der Hirnschale abgelegt. Unsere Erinnerungen sind Rekonstruktionen, die wir immer wieder neu zusammensetzen. Es sind Fragmente, die wir produzieren, um das zu erschaffen, von dem wir glauben, dass es geschehen ist, oder von dem wir einfach nur hoffen, dass es wahr ist. Kurzfassung: Unsere Erinnerungen sind selten korrekt. Es sind verzerrte Neufassungen.

Noch kürzer: Wir sehen das, was wir sehen wollen.

Der Pförtner des Beresford-Hotels erwartet mich. Er geht mit mir hinter den Empfangsschalter, damit ich die Überwachungsmonitore sehen kann. Auf einem von ihnen ist ein Schwarz-Weiß-Standbild von zwei Personen zu sehen, die hintereinander hergehen. Ich erkenne kaum etwas. Das Bild ist von oben aufgenommen und die Qualität nicht gut. Wahrscheinlich ist die Person vorne Ry Strauss. Er hat die Kapuze seines Sweaters über den Kopf gezogen. Die Person hinter ihm ist völlig kahl. Beide haben die Köpfe gesenkt und gehen so dicht hintereinander, dass der Kopf des Kahlen auf Strauss' Rücken zu liegen scheint.

»Soll ich das Video laufen lassen?«, fragt der Portier.

Er sieht jung aus, nicht älter als fünfundzwanzig. Die militärisch anmutende Uniform ist viel zu groß für seine schmale Statur.

Ich frage: »Das ist im Keller, oder?«

»Ja.«

»Hatten Sie je mit…«, ich weiß nicht, wie ich Strauss nennen soll, also zeige ich auf ihn, »…diesem Bewohner zu tun?«

»Nein«, sagt er. »Nie.«

»Hat jemand mal seinen Namen genannt?«

»Nein. Na ja, wir sind ja dazu angehalten, die Bewohner mit ihrem Nachnamen anzusprechen. Sie wissen schon, Mister oder Missus oder Doktor oder was immer und dann der Name. Wenn wir den Namen nicht kennen, sagen wir ›Sir‹

oder ›Ma'am‹. Aber der Mann … also, ich hab den Typen noch nie gesehen, und ich arbeite seit zwei Jahren hier.«

Ich konzentriere mich wieder auf den Bildschirm. »Bitte schalten Sie das Video an.«

Das tut er. Es ist kurz und ereignislos. Strauss und der Täter gehen mit gesenkten Köpfen dicht hintereinander her. Es sieht seltsam aus. Ich bitte ihn, es noch einmal von vorne abzuspielen. Dann ein drittes Mal.

»Drücken Sie Pause, wenn ich es Ihnen sage.«

»Okay.«

»Jetzt.«

Das Bild bleibt stehen. Ich beuge mich vor und starre angestrengt darauf. Ich erkenne trotzdem nicht viel, eins scheint aber klar zu sein: Beide wussten, dass sie sich im Sichtfeld einer Überwachungskamera befanden, und in diesem Moment – dem Moment, an dem das Video auf meinen Wunsch angehalten wurde – sieht der Mann, von dem wir jetzt wissen, dass es Ry Strauss ist, in die Kamera.

»Können Sie das heranzoomen?«

»Nicht so richtig. Das wird total verschwommen.«

Ich bezweifle auch, dass ich viel mehr erkennen würde. Alle vermuten – meiner Ansicht nach zu Recht –, dass der Glatzkopf, der hinter Ry Strauss hergeht, der Mörder ist. Die beiden benehmen sich ziemlich seltsam – steife, kurze Schritte, der geringe Abstand zwischen ihnen –, was den Verdacht nahelegt, dass Strauss eine Waffe in den Rücken gedrückt wird.

»Hat der Ermordete nach Ihrer Kenntnis je Besuch bekommen?«

»Nein, nie. Wir haben uns heute Morgen noch darüber unterhalten.«

»Wir?«

»Die anderen Portiers und ich. Keiner erinnert sich, dass er je auch nur einen Besucher hatte. Absolut nicht. Na ja, sie könnten natürlich auch mit ihm durch den Keller hochgefahren sein.«

»Ich gehe davon aus, dass dieser Besucher das Gebäude irgendwann wieder verlassen hat?«

»Ist anzunehmen. Auf Video haben wir es aber nicht.«

Ich lehne mich zurück und lege die Fingerspitzen aneinander.

»War's das?«, fragt der Portier.

»Was ist mit Bildern, auf denen der Bewohner das Gebäude verlässt?«

»Wie bitte?«

Ich zeige auf den Bildschirm. »Bevor er diesen Besucher getroffen hat, muss der Ermordete doch das Gebäude verlassen haben?«

»Oh, stimmt. Ja.«

»Können Sie mir das Video zeigen?«

»Einen Moment bitte.«

Das Video ist noch ereignisärmer. Ry Strauss hält den Kopf gesenkt. Er trägt den Kapuzenpullover. Er geht an der Kamera vorbei, scheint aber in Eile zu sein. Ich checke die Zeit – zweiundvierzig Minuten vor seiner Rückkehr. Meiner Ansicht nach passt das alles zusammen.

»Sie sagten doch, dass er am Tag nie das Gebäude verlassen hat?«

»Jedenfalls kann sich keiner von uns daran erinnern.«

»Das ...«, ich deute auf Strauss, der bei Tageslicht das Haus verlässt, »... war also ungewöhnlich.«

»Ja, ich denke schon. Der Eremit ist normalerweise nur ganz spätnachts rausgegangen.«

Das weckt mein Interesse. »Um welche Zeit?«

»Das müssen Sie Hormuz fragen. Er macht die Nachtschicht. Aber echt spät, weit nach Mitternacht.«

»Arbeitet Hormuz heute Nacht?«

»Ja. Hey, da kommt ein Paketbote. Entschuldigen Sie mich einen Moment.« Damit verschwindet der junge Portier. Ich ziehe mein Handy heraus und rufe PT an.

»Haben deine Leute in Strauss' Wohnung ein Handy gefunden?«, frage ich.

»Nein.«

»Und einen Festnetzanschluss hatte er auch nicht?«

»Nein. Wieso?«

»Ich habe eine Theorie«, sage ich ihm.

»Immer raus damit.«

»Irgendjemand hat Strauss angerufen und ihm etwas Beunruhigendes erzählt. Vielleicht, dass seine Tarnung aufgeflogen ist oder so etwas. Aber das ist nur Spekulation. Auf jeden Fall hat ihn aber jemand mit einem Anruf aus der Deckung gelockt, worauf der Eremit seine Wohnung am Tag verlassen hat. Ich vermute, dass es eine Falle war.«

»Wie kommst du darauf?«

»Der Mörder hat Strauss angerufen und ihm am Telefon etwas erzählt, von dem er sicher war, dass Strauss darauf reagieren würde. Als Strauss daraufhin das Gebäude verließ, hat der Mörder ihn offenbar mit vorgehaltener Waffe abgefangen und ihn gezwungen, mit ihm zusammen in seine Wohnung zurückzugehen.«

»Wo der Mörder ihn ans Bett gefesselt und umgebracht hat.«

»Genau.«

»Und den Vermeer zurückgelassen hat. Warum?«

»Die einfachste Antwort wäre«, sage ich, »dass es bei dem Mord nicht um das gestohlene Kunstwerk ging.«

»Um was sollte es sonst gegangen sein?«

»Das kann alles Mögliche sein. Aber den naheliegendsten Grund kennen wir wohl.«

»Die Hütte des Schreckens«, sagt er.

Wir schweigen einen Moment lang.

»Das FBI hat noch keine Verbindung zwischen diesen beiden Ereignissen hergestellt, Win.«

Ich sage nichts.

»Die wissen noch nicht, warum dein Koffer da war. Sobald sie auf diese Verbindung stoßen, werden sie sich an deine Cousine wenden und wissen wollen, ob sie ein Alibi hat. Und an dich werden sie auch herantreten.«

Ich nicke. Das hat er ordentlich analysiert.

»Ich halte es für wahrscheinlich«, sage ich, »dass Ry Strauss etwas mit der Hütte des Schreckens zu tun hatte.«

Seine Stimme klingt ernst. »Ich auch.«

Ich spüre ein Frösteln im Nacken. »Deshalb stellt sich mir eine Frage.«

»Und die wäre?«

»Die ganze Zeit sind alle davon ausgegangen, dass Onkel Aldrich und Cousine Patricia Zufallsopfer von Serientätern geworden sind. Und dass Onkel Aldrich umgebracht wurde, damit sie Patricia in die Hütte entführen konnten.«

»Und das glaubst du nicht mehr?«

Ich runzele die Stirn. »Überleg doch mal, PT. Es kann kein Zufall sein.«

»Wieso nicht?«

»Weil Strauss den Vermeer hatte.«

Er überlegt nur kurz. »Du hast recht. Das kann kein Zufall sein.«

»Und das bedeutet auch, dass Patricia kein Zufallsopfer war. Sie wurde ausgewählt.«

Wir schweigen.

»Sag Bescheid, wenn ich dir irgendwie helfen kann, Win.«

»Ich gehe davon aus, dass das FBI die Videos der Überwachungskameras analysiert.«

»Das werden wir, aber die Qualität ist beschissen. Und das nervt mich schon seit Jahren – warum zum Teufel bringen die Leute die Kameras immer so hoch an? Jeder kleine Gauner weiß, dass die da oben hängen. Er muss nur den Kopf gesenkt halten.«

»Und sonst wissen sie nichts über ihn?«

»Unsere Leute sitzen noch dran, können bisher aber nur sagen, dass er klein, schmächtig und glatzköpfig ist.«

»Wichtiger wäre, dass Sie nach Kameras an Gebäuden in der Umgebung suchen«, sage ich. »Wir müssen feststellen, wohin Strauss gegangen ist, nachdem er das Beresford verlassen hat, und auf wen er da gestoßen ist.«

»Schon dabei. Was hast du jetzt vor?«

Ich sehe auf die Uhr. Fürs Erste war das genug Arbeit. Meine Gedanken schweifen zum 9,85-Rating.

»Ich geh zu Saks in der 5th Avenue«, sage ich.

* * *

Als ich mich dem Kaufhaus nähere, klingelt mein Handy. Nigel ruft von Lockwood Manor an.

»Ihr Vater hat das von dem Vermeer gehört«, sagt Nigel. »Und er hat auch gehört, dass Cousine Patricia im Haus war.«

Ich warte.

»Er würde Sie gerne sehen. Er sagt, es sei dringend.«

Ich drücke die Tür auf und betrete die Abteilung für Herrenanzüge des Saks. »Heißt dringend noch heute Nacht?«

»Dringend heißt morgen früh.«

»Geht klar«, sage ich.

»Tun Sie mir einen Gefallen, Win.«

»Und der wäre?«

»Regen Sie Ihren Vater nicht auf.«

»Ist in Ordnung.« Dann frage ich: »Wie geht's ihm, Nigel?«

»Ihr Vater ist sehr aufgewühlt.«

»Wegen des Vermeers oder wegen Cousine Patricia?«

»Ganz genau«, sagt Nigel und legt auf.

Ich gehe ins Untergeschoss und durch die Schmuckabteilung The Vault.

Die Dating-App enthält einen ziemlich ausführlichen Fragebogen, der dazu dient, »Ihren Typ zu ermitteln und so die besten Treffer zu erzielen«. Ich habe mir die Beantwortung der Fragen erspart und mich direkt dem Kommentarfeld zugewendet.

Was ist mein Typ?

Ich habe ein einziges Wort hineingeschrieben: Heiß.

Das ist mein Typ. Es ist mir egal, ob sie blond, brünett, rothaarig oder kahl ist. Es ist mir egal, ob sie klein oder groß, dick oder dünn, weiß, schwarz, asiatisch, jung, alt oder was auch immer ist.

Mein Typ?

Mir reicht eine einzige Kategorie von Kriterien, in dieser Reihenfolge:

Supersuperheiß.

Superheiß.

Heiß.

Eher Heiß.

Das ist alles. Der Rest spielt, wie gesagt, keine Rolle. Wenn es um »heiß« geht, habe ich keinerlei Vorurteile. Und dennoch muss ich Sie fragen: Wer dankt mir diese Aufgeschlossenheit?

Ich bin zuerst in der Suite. Die App teilt mir mit, dass mein Date noch eine Viertelstunde braucht. In der Dusche befinden sich Kevis 8 Shampoo und Maison Francis Kurkdjian Aqua Vitae Scented Shower Creme. Ich mache mir das zunutze. Ich ziehe mich aus, stelle mich unter den kräftigen Massagestrahl des Speakman-Duschkopfs und schließe die Augen.

Ich gehe einen Moment in Gedanken den zeitlichen Ablauf durch. Am Anfang steht der Anschlag der Jane Street Six. Dann folgt der Kunstraub im Haverford College. Darauf die Ermordung meines Onkels und die Entführung meiner Cousine. Drei verschiedene Nächte. Die ersten beiden sind über den Vermeer verbunden, der im Besitz des berühmtesten Mitglieds der Jane Street Six gefunden wurde. Und wenn man den Koffer dazunimmt, wird deutlich, dass alle drei irgendwie in Verbindung stehen müssen.

Aber wie?

Die einfachste Antwort: über Ry Strauss.

Wir wissen, dass Strauss der Anführer der Jane Street Six war. Wir wissen, dass er im Besitz des gestohlenen Vermeers war – wo ist überhaupt der Picasso? Wir wissen, dass der Koffer, der zuletzt bei Patricias Entführung gesehen wurde, in seiner Wohnung im Turm des Beresford war.

War er der Drahtzieher hinter den drei Taten?

Ich steige aus der Dusche. Miss 9,85-Rating müsste in wenigen Minuten hier sein. Ich will gerade mein Handy stumm stellen, als Kabir anruft.

»Ich habe den Wachmann ausfindig gemacht, der während des Kunstraubs Dienst hatte.«

»Und weiter.«

»Zur Zeit des Raubes war er Hochschulassistent und hat

einen Teil seiner Studiengebühren abgearbeitet, indem er Nachtschichten beim Sicherheitsdienst des Colleges gemacht hat.«

Ich erinnere mich. Ein Kritikpunkt, der sowohl dem College als auch unserer Familie entgegengebracht wurde, lautete, dass wir zwei unbezahlbare Kunstwerke in die Obhut eines miesen Sicherheitsdienstes geben würden. Diese Kritik hatte sich natürlich als goldrichtig erwiesen.

»Er heißt Ian Cornwell. Er hatte erst im Jahr zuvor seinen Abschluss in Haverford gemacht.«

»Wo ist er jetzt?«

»Immer noch in Haverford. Er ist nie weggegangen. Ian Cornwell ist Professor im Fachbereich Politikwissenschaft.«

»Stell fest, ob er morgen auf dem Campus ist. Und lass auch den Hubschrauber bereit machen. Ich fliege gleich nach dem Aufstehen nach Lockwood.«

»Geht klar. Noch etwas?«

»Ich brauche Informationen über das Malachy's.«

Ich fange gerade an zu erklären, was ich wissen will, als ich das Ping des Fahrstuhls höre.

Mein Date mit dem 9,85-Rating ist eingetroffen.

Schnell beende ich das Telefonat und sage: »In der nächsten Stunde keine Anrufe.« Dann, als ich noch einmal an die Bewertung denke, korrigiere ich mich: »Oder lieber die nächsten zwei bis drei.«

In dem Moment, als sich die Fahrstuhltür öffnet, lege ich auf.

Ich hatte angenommen, das Rating wäre übertrieben. Das ist es nicht.

Sie war schon immer – und ist auch jetzt – mindestens eine 9,85. Einen Moment lang starren wir uns nur an. Ich bin im Bademantel. Sie trägt einen knackigen Business-Anzug, aber bei ihr sieht alles, was sie trägt, knackig aus. Ich überlege, wann ich sie zum letzten Mal in Fleisch und Blut gesehen habe. Es war wohl, als sie und Myron ihre Verlobung lösten, an die Details kann ich mich aber nicht mehr erinnern. Myron hat sie von ganzem Herzen geliebt. Sie hat dieses Herz in tausend Stücke zerschmettert. Irgendwie fand ich die ganze Geschichte – vor allem diese Sache mit dem gebrochenen Herzen – nicht nachvollziehbar und ermüdend, andererseits wurde mir noch einmal deutlich vor Augen geführt, warum ich niemals zulassen würde, dass eine Frau mich auf diese Art verlässt.

»Hallo, Win.«

»Hallo, Jessica.«

Jessica Culver ist eine ziemlich bekannte Schriftstellerin. Nachdem sie und Myron rund zehn Jahre zusammen waren, hatten sie sich schließlich getrennt, weil Myron sich häuslich niederlassen, heiraten und eine Familie gründen wollte und Jessica eine solch bürgerliche Familienidylle nur belächeln konnte. Jedenfalls hatte sie das Myron gegenüber so dargestellt.

Nicht lange nach der Trennung stießen Myron und ich in der *New York Times* auf eine Heiratsanzeige. Jessica Culver hatte einen Wall-Street-Tycoon namens Stone Norman geheiratet. Seitdem hatte ich sie weder gesehen, noch von ihr gehört und auch nicht mehr an sie gedacht.

»Das ist eine Überraschung«, sage ich.

»Jau.«

»Anscheinend läuft es zwischen dir und Rock nicht so gut.«

Es ist ziemlich unreif von mir, absichtlich den falschen Namen zu benutzen, aber was soll man machen?

Jessica lächelt. Es ist ein strahlendes und wunderschönes Lächeln, dringt aber nicht weiter vor, als bis zu meinen Augen.

Ich weiß noch, wie ebendieses Lächeln den armen Myron in die Knie gezwungen hat.

»Schön, dich zu sehen, Win.«

Ich lege den Kopf auf die Seite. »Ist es das?«

»Klar.«

Wir stehen uns noch ein paar Augenblicke gegenüber.

»Also, tun wir es jetzt, oder was?«

ELF

Letztendlich lautet die Antwort »oder was«.

Jessica und ich verbringen die folgende Stunde, indem wir auf dem Bett liegen und reden. Fragen Sie mich nicht warum, aber schließlich erzähle ich ihr von Ry Strauss, dem Vermeer und allem, was dazugehört. Während ich spreche, beobachtet sie mich völlig versunken. Wie schon erwähnt verstehe ich auf romantischer Liebe beruhende Beziehungen nicht. In all den Jahren, als Jessica und Myron ein Paar waren, habe ich sehr gut verstanden, wie attraktiv und ungemein begehrenswert sie ist, aber das sind viele andere Frauen auch. Nie verstanden habe ich allerdings, warum Myron nur *eine* Frau wollte und ihre Stimmungsschwankungen und Dramen über sich ergehen ließ. Jetzt, da sie neben mir liegt und sich ganz auf mich konzentriert, erkenne ich vielleicht einen winzigen Hauch ihres Zaubers.

Ich halte inne und sage ihr genau das.

»Du hast mich gehasst«, sagt Jessica.

»Nein.«

»Du hast uns als Rivalen gesehen.«

»Dich und mich?«

»Ja.«

»Rivalen um was?«

»Um Myron, natürlich.«

Jessica dreht sich auf die Seite. Sie ist noch angezogen. Ich bin immer noch im Bademantel. »Du weißt, dass ich für den

New Yorker einen Artikel über die Jane Street Six geschrieben habe.«

»Wann?«

»Es war zu einem runden Jahrestag des Anschlags. Zum zwanzigsten oder vielleicht auch zum fünfundzwanzigsten, das weiß ich nicht mehr. Wahrscheinlich findest du ihn noch im Internet.« Sie streicht ihre Haare hinters Ohr. »Die Geschichte ist ziemlich faszinierend.«

»Inwiefern?«

»Es ist eine äußerst verzwickte Was-wäre-wenn-Tragödie. Ursprünglich hatten die sechs geplant, den Anschlag einen Monat vorher auf einen anderen Saal der USO auszuführen, aber da hatte Strauss eine Blinddarmentzündung. Was, wenn er nicht krank gewesen wäre? Mehrere der sechs Beteiligten haben kalte Füße bekommen und gedroht, nicht zu kommen. Was wäre, wenn ein oder zwei von ihnen einen Rückzieher gemacht hätten? Das waren einfach ein paar bekiffte Jugendliche, die etwas Gutes tun wollten. Sie wollten niemanden verletzen. Was wäre also gewesen? Und was wäre, wenn dieser eine Molotowcocktail nicht das Ziel verfehlt hätte?«

Die Analyse beeindruckt mich nicht. »Alles im Leben ist ein Was-wäre-wenn.«

»Stimmt. Darf ich dich etwas fragen?«

Ich warte.

»Warum hilft Myron dir dabei nicht? Na ja, so oft, wie du für ihn als Sherlock den Watson gespielt hast…«

»Er ist beschäftigt.«

»Mit seiner neuen Frau?«

Ich fühle mich nicht wohl dabei, mit ihr über Myron zu reden.

Jessica setzt sich auf. »Du hast gesagt, du müsstest dir die Dokumentation über die Jane Street Six ansehen.«

»Das stimmt.«

»Lass uns das zusammen machen und gucken, was passiert.«

* * *

Jessica legt sich auf die rechte Seite des Betts, ich nehme die linke. Wir liegen eng nebeneinander. Ich stelle den Laptop zwischen uns. Sie setzt eine Lesebrille auf und schaltet die Lampe aus. Ich klicke auf Play. Als wir anfangen, uns den Dokumentarfilm anzusehen, herrscht eine überraschend angenehme Stille. Für mich ist es eine seltsame Erfahrung. Für mich war Jessica immer nur eine lästige und unangenehme Verlängerung von Myron, ich habe sie nie als eigenständige Person betrachtet. Wenn ich sie jetzt ohne Verbindung zu ihm sehe und erlebe, fühle ich mich irgendwie unbehaglich, und zwar nicht, weil es nicht angenehm wäre, sondern genau deshalb. Zum ersten Mal sehe ich sie als eigenständige Person und nicht nur als Myrons heiße Freundin.

Ich weiß nicht recht, ob mir das gefällt.

Die Dokumentation beginnt mit dem Hinweis, dass sich die Gruppe nie die Jane Street Six nannte. Es waren einfach sechs College-Studenten, die sich zufällig kennengelernt hatten, eine bunt zusammengewürfelte Quasisplittergruppe aus dem Weather Underground oder der Students for a Democratic Society. Die Bezeichnung Jane Street Six hatten ihnen die Medien nach der Katastrophennacht gegeben, einfach weil das berühmte Foto der sechs im Keller eines Mietshauses in der Jane Street in Greenwich Village entstanden war. »Unten im dunklen Keller dieses Hauses«, verkündet der Sprecher mit ernster Stimme, »mixten sie den tödlichsten aller Cocktails – den Molotowcocktail.«

Dum, dum, duuuum.

Der Bericht blickt zunächst noch weiter in die Vergangenheit und erzählt, wie Ry Strauss und Arlo Sugarman sich als Sechstklässler im Stadtteil Greenpoint in Brooklyn anfreundeten. Kurz wird ein altes Schwarz-Weiß-Foto einer Little-League-Baseballmannschaft eingeblendet, die eine Hälfte des Teams kniend im Vordergrund, die andere stehend dahinter, Rys und Arlos Gesicht nebeneinander rechts am Rand dramatisch rot umkreist.

»Schon damals«, intoniert Mr Voiceover ernst, »standen Strauss und Sugarman Seite an Seite.«

Gnädigerweise erspart sich die Dokumentation die üblichen, schlecht nachgespielten und beleuchteten Szenen aus der Vergangenheit, wie man sie aus True-Crime-Filmen kennt. Nur ein paar Originalaufnahmen und Interviews mit der Polizei, Zeugen, Überlebenden des Busunfalls, Verwandten und Freunden. Ein Tourist hatte einen Schnappschuss der flüchtenden Ry Strauss und Lake Davies gemacht. Das Foto war unscharf, man sah aber, dass sie sich an den Händen hielten. Die anderen folgten ihnen, ihre Gesichter waren jedoch nicht zu erkennen.

Dann geht die Dokumentation eine Weile auf die sieben Opfer ein – Craig Abel, Andrew Dressler, Frederick Hogan, Vivian Martina, Bastien Paul, Sophia Staunch und Alexander Woods.

Jessica sagt: »Erinner mich daran, dass ich dir hinterher von Sophia Staunch erzähle.«

Jetzt stehen die fünf männlichen Teenager der St. Ignatius Prep School im Fokus der Doku, die in jener schicksalhaften Nacht nach New York gefahren waren, um Darryl Lances siebzehnten Geburtstag zu feiern. Damals wurde der Altersnachweis in Bars und Clubs nicht so streng kontrolliert –

außerdem durfte man schon ab achtzehn Alkohol trinken. Wie sich später herausstellte, hatten die Jugendlichen einen Stripclub mit dem subtilen Namen »69« besucht, bevor sie in den Nachtbus stiegen, der sie nach Garden City zurückbringen sollte. Darryl Lance, der bei der Entstehung des Dokumentarfilms Mitte vierzig ist, erzählt von dem Vorfall. Er hatte sich nur einen Arm gebrochen, aber sein damals ebenfalls siebzehnjähriger Freund Frederick Hogan starb bei dem Unfall. Lance treten Tränen in die Augen, als er von den Flammen, der Panik und der Überreaktion des Busfahrers erzählt.

»Ich habe gesehen, wie der Fahrer das Lenkrad zu stark herumriss. Die Räder rechts hoben vom Boden ab. Der Bus geriet außer Kontrolle, und wir rasten auf die Steinmauer zu. Und dann sind wir beinah wie in Zeitlupe von der Straße gestürzt…«

Dann folgt die Pressekonferenz, in der Vanessa Hogan den Sechs verzeiht. »Ich vergebe ihnen das alles, denn es steht mir nicht zu, über sie zu richten, das steht allein Gott zu. Vielleicht war dies Gottes Weg, Frederick für seine Sünde zu bestrafen.«

Ich sehe Jessica an. »Sagt sie, dass Gott ihren Sohn gerichtet hat, weil er in einem Stripclub war?«

»Ich denke schon«, sagt sie. »Ich habe sie damals auch für meine Story interviewt.«

Dann kommt die Doku auf Billy Rowans überraschenden Besuch bei Vanessa Hogan zu sprechen. Auf dem Bildschirm unterhält sich eine ältere Vanessa Hogan mit dem Dokumentarfilmer:

»*Wir saßen genau hier, an diesem Küchentisch. Ich habe Billy gefragt, ob er eine Cola will. Er hat Ja gesagt. Er hat sie sehr schnell getrunken.*«

»*Worüber haben Sie gesprochen?*«

»Billy sagte, es war ein Unfall. Er sagte, dass sie nieman-
den verletzen, sondern nur ein Zeichen gegen den Krieg setzen
wollten.«

»Was dachten Sie darüber?«

»Ich habe die ganze Zeit nur daran gedacht, wie jung Billy
war. Frederick war siebzehn. Dieser Junge war nur ein paar
Jahre älter.«

»Was hat Billy Rowan noch gesagt?«

»Dass er mich im Fernsehen gesehen hat. Er hat gesagt,
dass er mit eigenen Ohren hören will, dass ich ihm vergebe.«

»Haben Sie es ihm gesagt?«

»Ja, natürlich.«

»Das war bestimmt nicht einfach.«

»Der Weg zu Gott darf nicht einfach sein. Er muss recht-
schaffen sein.«

Jessica sieht mich an. »Starker Spruch.«

»Auf jeden Fall.«

»Den hat sie bei mir auch gebracht.«

»Aber?«

Jessica zuckt die Achseln. »Klang zu einstudiert.«

Auf dem Bildschirm sagt Vanessa Hogan:

Ich habe versucht, Billy zu überreden, sich zu stellen, aber ...«

»Aber?«

»Er hatte sehr große Angst. Sein Gesicht. Selbst jetzt muss
ich noch manchmal an Billy Rowans verängstigtes Gesicht
denken. Er ist einfach aus meiner Küche gerannt.«

Ich flüstere: »Sie ist irgendwie heiß.«

»Igitt.«

»Findest du nicht?«

»Du hast dich kein Stück verändert, oder, Win?«

Ich lächle und zucke die Achseln. »Was hast du über sie gedacht, als du ihr begegnet bist?«

»In zwei Worten«, sagt Jessica. »Vollkommen bekloppt.«

»Weil sie religiös ist?«

»Weil sie durchgeknallt ist. Und eine Lügnerin.«

»Du glaubst nicht, dass Billy Rowan sie besucht hat?«

»Doch, er hat sie besucht. Dafür gibt es genügend Beweise.«

»Aber?«

»Ich weiß es nicht. Vanessa Hogans Reaktionen waren einfach alle komplett abwegig. Ich verstehe, dass sie glaubt, ihr Sohn wäre an einen besseren Ort gegangen, oder dass das Ganze Gottes Wille ist, aber sie hat weder geweint noch sonst irgendwelche Anzeichen von Trauer gezeigt. Es war fast so, als hätte sie es erwartet. Als wäre es keine Überraschung gewesen.«

»Wir trauern alle auf unterschiedliche Weise«, sage ich.

»Ja, danke, für dieses beruhigende Klischee, Win. Aber das meine ich nicht.« Jessica dreht sich auf die Seite und sieht mich an. Ich mache das Gleiche. Unsere Lippen sind nur Zentimeter voneinander entfernt. Sie riecht unglaublich gut. »Sophia Staunch«, sagt sie.

Ein weiteres Opfer der Jane Street Six. »Was ist mit ihr?«

»Sie war die Nichte von Nero Staunch.«

Nero Staunch war damals ein großer Name im organisierten Verbrechen. Ich rolle mich auf den Rücken und verschränke die Hände hinter dem Kopf. »Interessant«, sage ich.

»Wieso?«

»Lake Davies hat nicht nur ihren Namen geändert, sie hat eine ganz neue Identität angenommen und ist nach West Virginia gezogen. Ich habe sie gefragt, ob sie das getan hat, weil sie Angst hatte, dass Ry Strauss sie findet.«

»Was hat sie geantwortet?«

»Der genaue Wortlaut war: ›Nicht nur Ry.‹«

»Sie hatte also vor noch jemandem Angst«, sagt Jessica. »Und wer wäre da ein besserer Kandidat als Nero Staunch?«

Als die Doku zu Ende ist, fragt Jessica, ob sie die Liste der Personen sehen kann, die ich befragen will. Ich zeige sie ihr. Wir fügen Vanessa Hogan hinzu. Warum auch nicht? Schließlich war sie die letzte Person, die Billy Rowan gesehen hat.

»Lebt Nero Staunch noch?«, fragt sie.

Ich nicke. »Er ist zweiundneunzig.«

»Also ist er nicht mehr im Spiel.«

»In dieser Branche ist man nie ganz aus dem Spiel. Aber im Prinzip schon, ja.«

Ich setze seinen Namen auch auf die Liste. Wir liegen immer noch im Bett. Jessica sieht mir in die Augen und hält meinem Blick stand.

»Werden wir es tun, Win?«

Ich drehe mich zur Seite, um sie zu küssen. Aber dann halte ich inne. Sie lächelt.

»Du kannst nicht, was?«

»Das ist es nicht«, sage ich.

Ich verstehe meine Gefühle nicht richtig, und das ärgert mich. Jessicas und Myrons Beziehung ist längst zu Ende. Er ist mit einer anderen Frau glücklich verheiratet. Und Jessica ist irrsinnig schön – superheiß – und willig.

Und wieder liest Jessica meinen Gedankengang und spricht ihn laut aus: »Wenn Sex für dich so eine zwanglose Sache ist, warum kannst du dann nicht?«

Ich antworte nicht. Sie steigt aus dem Bett.

»Solltest du vielleicht mal drüber nachdenken«, sagt sie.

»Nicht nötig.«

»Aha?«

»Ich sehe dich immer noch als Myrons Girl.«

Sie lächelt darüber. »Und das ist alles?«

»Ja.«

»Weiter nichts?«

»An was denkst du?«

»Ich weiß nicht. Vielleicht ist da noch etwas anderes zwischen dir und Myron.« Sie blickt nach oben, tut so, als würde sie nach dem richtigen Wort suchen. »Vielleicht eher… latent.«

»O bitte. Kannst du es nicht noch offensichtlicher machen?«

»Du kannst es ja offenbar nicht.«

»Komm zurück ins Bett«, sage ich. »Ich werde dich vom Gegenteil überzeugen.«

Aber sie ist schon auf dem Weg zum Fahrstuhl. »Es war wirklich schön, dich zu sehen, Win. Und das ist mein voller Ernst.«

Dann ist sie weg.

ZWÖLF

Nachts um eins bin ich wieder am Beresford.

Hormuz sieht mich kommen. Er eilt zur Tür, um sie zu öffnen. Ich lasse kurz einen gefälschten FBI-Ausweis aufblitzen und stecke ihn wieder ein. Mir ist klar, dass es illegal ist, sich als Polizist auszugeben, aber hier kommt die Sache mit dem Reichtum ins Spiel: Für solche Verbrechen geht man nicht ins Gefängnis. Die Reichen heuern einen Haufen Anwälte an, die die Realität auf tausend verschiedene Arten verdrehen, bis der Begriff Realität jegliche Bedeutung verloren hat. Sie würden Hormuz als Lügner bezeichnen. Sie würden behaupten, dass es ganz offensichtlich ein Witz von mir war. Sie würden abstreiten, dass ich überhaupt irgendetwas gezeigt hätte, und falls es ein Video gibt, würden sie sagen, ich hätte ihm ein Foto von jemandem gezeigt, den ich besucht habe. Wir würden befreundeten Politikern, Richtern und Staatsanwälten ein paar Worte ins Ohr flüstern. Wir würden für ihre Wahlkampagnen oder ihre Lieblingsprojekte spenden.

Das Problem würde sich einfach in Luft auflösen.

Falls es sich durch irgendein Wunder nicht in Luft auflösen sollte – falls es zufällig zu dem einen unter tausend Fällen gehört, in dem die Behörden dem Druck standhalten, ihn vor Gericht bringen und Geschworene finden, die mich wegen Amtsanmaßung verurteilen –, so würde das Urteil trotzdem niemals auf eine Gefängnisstrafe hinauslaufen. Reiche Leute wie ich kommen nicht ins Gefängnis. Wir – keuch! – zahlen Geldstrafen. Da ich bereits einen Haufen Geld habe, hundertmal mehr, als ich in einem Leben jemals ausgeben könnte, warum sollte es mich abschrecken?

Bin ich zu ehrlich?

Ähnliche Überlegungen werden in meiner Branche andauernd angestellt. Deshalb entscheiden sich viele dafür, die Vorschriften zu umgehen, die Regeln zu brechen, zu betrügen. Die Chance, erwischt zu werden? Gering. Die Chance, strafrechtlich verfolgt zu werden? Noch geringer. Und falls Sie doch irgendwie erwischt werden, ist die Wahrscheinlichkeit, mit einer Geldstrafe davonzukommen, die geringer ausfällt als der Betrag, den Sie gestohlen haben, sehr hoch. Die Chance, zu einer echten Gefängnisstrafe verurteilt zu werden, lässt sich allenfalls in Form einer mathematischen Funktion darstellen, die konstant gegen null geht.

Ich verabscheue das. Ich kann Betrüger und Diebe nicht ausstehen, besonders die nicht, die keine hungernde Familie zu ernähren haben.

Und doch zeige ich hier einen gefälschten Ausweis.

Stehe ich jetzt als scheinheiliger Heuchler da?

»Ja, der Eremit war wie ein Vampir«, berichtet Hormuz. »Er ist nur nachts rausgegangen.«

Hormuz' Augenlider sind so dick, dass ich nicht verstehe, wie er etwas sehen kann. Sein Bauch sieht aus wie eine Bowlingkugel, und er hat eins dieser dunklen Gesichter, auf denen bereits Sekunden nach der Rasur wieder ein Bartschatten zu liegen scheint.

»Wollen Sie etwas trinken?«, fragt er. »Einen Kaffee?«

Hormuz zeigt auf seine Tasse, die wahrscheinlich vor Jahren einmal weiß war, inzwischen aber den Farbton der Zähne eines Kettenrauchers angenommen hat.

»Nein, danke. Soweit ich weiß, ist der mysteriöse Bewohner immer durch den Keller rein- und rausgegangen.«

»Ja. Und das war seltsam.«

»Warum?«

»Weil er dann da hinten rausgekommen ist, da links. Dann ist er immer vorne ums Haus herum und direkt an mir vorbeigegangen.«

»Also hat er einen längeren Weg in Kauf genommen?«

»Einen längeren Weg, eine längere Fahrstuhlfahrt, das ergab überhaupt keinen Sinn. Außer…«

»Außer?«

»Außer, dass in der Lobby eine Menge Kameras hängen. Auf dem Weg vom Fahrstuhl zum Kellerausgang ist nur eine.«

Das klang logisch. »Hat er je mit Ihnen gesprochen?«

»Der Eremit aus dem Turm?«

»Ja.«

»Nicht ein einziges Mal. Mittwochnacht ist er regelmäßig wie ein Uhrwerk an mir vorbeigegangen. Oder… es war ja vier Uhr morgens, also muss ich vielleicht Donnerstagmorgen sagen? Auf jeden Fall war es noch dunkel.« Er schüttelt den Kopf. »Ist auch egal. Jedenfalls ist er an mir vorbeigegangen. Jahrelang ging das so. Ich hab ihm zugenickt und ›Guten Abend, Sir‹ gesagt. Ich bin eben höflich. Er ist einer von meinen Bewohnern hier. Ich behandele ihn mit Respekt, ganz egal, wie er mich behandelt. Die meisten Bewohner, also, die sind klasse. Sie sprechen mich mit dem Vornamen an und fordern mich auf, sie auch beim Vornamen zu nennen. Aber ich mach das nicht. Ich zeig gerne Respekt, wenn Sie wissen, was ich meine? Ich bin jetzt seit achtzehn Jahren hier, und ich würde sagen, dass ich immer noch nicht mal die Hälfte der Leute, die hier wohnen, gesehen habe. Wenn ich um Mitternacht anfange, liegen die im Bett. Aber der Eremit aus dem Turm? Ich hab ihm jedes Mal zugenickt. Ich hab ›Guten Abend, Sir‹ gesagt. Aber er hat einfach weiter zu Boden geguckt. Er hat nie was gesagt. Hat nie aufgeblickt. Hat nie auch nur irgendwie gezeigt, dass er mich wahrgenommen hat.«

Ich sage nichts.

»Hören Sie, ich will nicht, dass Sie einen falschen Eindruck bekommen. Ich weiß, dass er tot ist und so weiter, also sollte ich eigentlich nicht schlecht über den Mann reden. Ich glaube, er hatte Probleme, wissen Sie. Glenda, meine Frau, guckt so eine Fernsehserie über Messies und so was alles. Es ist eine richtige Krankheit, hat Glenda gesagt. Dann lag's ja vielleicht daran. Ist ja nicht so, dass ich froh bin, dass er tot ist oder so was.«

»Jeden Mittwochabend, sagten Sie?«

»Wie bitte?«

»Sie sagten, er wäre jeden Mittwochabend an Ihnen vorbeigegangen.«

»Oder Donnerstagmorgen. Ist komisch, wenn man um Mitternacht anfängt. Wie heute Abend. Ich bin Mittwochnacht angekommen, und wie spät ist es jetzt?«

Ich sehe auf die Uhr. »Gleich halb zwei.«

»Genau, es ist also gar nicht mehr Mittwochabend. Es ist Donnerstagmorgen.«

»Dann sagen wir Donnerstagmorgen«, pflichte ich ihm bei, weil es egal ist und mich das Thema langweilt.

»Ja, okay.«

»Sie sagten, er wäre jeden Donnerstagmorgen um vier Uhr morgens an Ihnen vorbeigegangen.«

»Ja, das stimmt.«

»Dann machte er das immer so?«

»Ja.«

»Seit wann hat er das gemacht?«

»Ach, das ging schon seit vielen Jahren so.«

»Sommer, Herbst, Frühling, Winter?«

»Ja, ich glaub schon. Also, es gab auch mal Zeiten, da kam er nicht. Da bin ich sicher. Manchmal habe ich ihn einen oder mehrere Monate lang überhaupt nicht gesehen. Als ob er für den Winter nach Florida geflogen wäre oder so was. Und es gab auch Nächte, na ja, das ist ein sehr ruhiger Job. Ich sitze hier. Vielleicht hab ich mir meine AirPods in die Ohren gesteckt und was von Netflix gestreamt, Sie wissen schon, was ich meine. Aber sobald jemand die Tür berührt, *bam*, bin ich da. Um Mitternacht schließen wir ab. Also ist er vielleicht auch mal vorbeigegangen, ohne dass ich ihn gesehen habe.«

»Haben Sie je gesehen, dass er zu einer anderen Zeit das Haus verlassen hat?«

»Nein, ich glaube nicht. Immer um vier Uhr morgens oder ein paar Minuten früher oder später.«

Ich überlege einen Moment. »Und wann ist er zurückgekommen?«

»Er war nie lange weg. Ich glaube, er hat nur einen Spaziergang gemacht. Eine knappe Stunde später war er zurück. Vielleicht war es auch mal länger. Ich glaube, es war nicht immer gleich lang. Wissen Sie, ich glaube, er war ein schräger Typ und wollte allein sein. Also hat er Nachtspaziergänge gemacht. Ich hab schon komischere Dinge gehört, Sie nicht?«

»Wenn er aus dem Haus kam und an Ihnen vorbeigegangen ist«, fahre ich fort, »in welche Richtung ist er da gegangen?«

»Nach Osten.«

Ich blicke über die Straße in die Richtung, in die er zeigt. »In den Park?«

»Ja.«

»Immer?«

»Immer. Wie schon gesagt dachte ich, er macht einen Spaziergang. Trotzdem eine seltsame Zeit, und obwohl ich weiß, dass der Park inzwischen viel sicherer ist als früher, würde man mich da morgens um vier nicht herumspazieren sehen.«

Ich überlege. Vier Uhr morgens. Ich frage mich, ob das etwas zu bedeuten hat.

Ich denke schon.

»Wann haben Sie ihn das letzte Mal so weggehen sehen?«, frage ich.

»Erst vor Kurzem. Vielleicht letzte Woche. Oder die Woche davor.«

Mir wird klar, dass das der Tag vor seiner Ermordung gewesen wäre. Am Donnerstagmorgen um vier macht Ry Strauss seinen üblichen Spaziergang. Am Freitag geht er wieder raus, das erste Mal seit langer Zeit während des Tages, und kommt danach höchstwahrscheinlich gemeinsam mit seinem Mörder zurück.

Ich habe einen Plan.

* * *

Ich stehe im Schatten gegenüber vom Malachy's.

Es ist vier Uhr morgens. Laut Gesetz müssen die Bars in New York City den Alkoholausschank um vier Uhr morgens beenden. Zufall? Ich für meinen Teil hoffe einfach mal, dass es nicht so ist.

Man sagt, New York wäre die Stadt, die niemals schläft. Das mag stimmen, aber momentan fallen ihr immer wieder kurz die Augen zu, und ihr Kopf sinkt müde herab. Mein Echsenhirn, der Überlebensinstinkt, bleibt aktiv. Es bleibt in Bereitschaft. Selbst während ich meinem Tagwerk nachgehe, sucht das Echsenhirn nach potenziellen (oder irrtümlich so wahrgenommenen) Feinden und Bedrohungen.

Ich bleibe im Verborgenen und beobachte die Tür des Malachy's. Ich habe Joggingkleidung und ein Sweatshirt mit Kapuze angezogen. Nein, es ist kein Kapuzenpullover. Es ist ein Sweatshirt mit Kapuze. Ich würde nie einen Kapuzenpullover tragen. Ich warte geduldig. Ich trage Kopfhörer. Ich höre mir eine Playlist an, die Kabir für mich erstellt hat, mit Meek Mill, Big Sean und 21 Savage. Nachdem ich anfangs über das, was ich nicht begriff, gespottet habe, ist mir im Laufe der letzten ein oder zwei Jahre das, was man Rap oder Hip-Hop nennt, ans Herz gewachsen. Ich weiß, dass diese Musik, genau wie Malachy's Pub, nicht für mich gemacht wurde, aber der zugrunde liegende Zorn gefällt mir. Ich mag auch den Humanismus, der sich hinter dem verzweifelten Posieren und der Angeberei verbirgt – sie wollen tough wirken, aber ihre Bedürftigkeit und Unsicherheit sind so offensichtlich. Ich denke, sie gehen einfach davon aus, dass wir den Witz verstehen.

Und genau in diesem Moment, als Kathleen und ein männlicher Barkeeper die Tür der Bar abschließen, klagt Meek Mill in meinem Ohr darüber, dass er Frauen nicht trauen könne, weil er Issues habe.

Ich bin ganz bei dir, mein problembeladener Freund.

Kathleen winkt dem Barkeeper zum Abschied. Er geht Richtung Westen zum Broadway, wahrscheinlich zur U-Bahn-Linie 1. Kathleen überquert die Columbus Avenue und folgt der 72nd Street zielstrebig weiter nach Osten. Sie wohnt, wie ich dank Kabirs Nachforschungen weiß, in der 68th Street in der Nähe der West End Avenue.

Kurz gesagt: Sie geht nicht nach Hause.

Ich folge ihr auf der anderen Straßenseite. Nach zwei Minuten kommt sie am Dakota Building vorbei, überquert die Straße und geht in den Central Park. Um diese Zeit ist der Park ziemlich menschenleer. Ich sehe sonst niemanden. Ich folge ihr immer noch. Was jetzt schwieriger wird. Schließlich besitzen wir alle Echsenhirne, oder? Und in einer solchen Situation, wenn Sie als Frau allein in einem Park sind und Ihnen ein Mann in einem Sweatshirt mit Kapuze folgt, so geschmackvoll dieses Sweatshirt mit Kapuze auch sein mag, fällt Ihnen das auf.

Als sie am See, der einfach *The Lake* heißt, entlang weiter nach Norden geht, wechsle ich auf einen parallel verlaufenden Weg etwas weiter westlich. Dieser Weg ist dunkel und nachts in diverser Hinsicht nicht der sicherste, aber erstens trage ich immer eine Waffe und zweitens würde ein erfahrener Straßenräuber sich hier nicht auf die Lauer legen, weil er tage-, wochen- oder monatelang warten müsste, bis ein lohnendes Opfer vorbeikommt.

Ich verliere Kathleen zwar immer wieder für ein paar Sekunden aus den Augen, aber alles in allem scheint das hier zu funktionieren. Sie geht weiter nach Norden zum Eingang des als The Ramble bekannten Gebiets am Nordufer des Lakes. The Ramble ist ein etwa achtzehn Hektar großes Naturschutzgebiet mit mäandernden Pfaden, alten Brücken, einer interessanten Landschaft und einer enorm vielfältigen Tier- und Pflanzenwelt. Ja, man kann hier Vögel beobachten, aber in weniger vorurteilsfreien Zeiten war The Ramble vor allem dafür bekannt, dass sich hier homosexuelle Männer trafen, zum »Cruisen«, wie wir damals zu sagen pflegten. Es war angeblich der sicherste Ort, wenn man vermeiden wollte, von Personen attackiert zu werden, die es auf einen abgesehen hatten – mit anderen Worten: Es war alles andere als ein sicherer Ort.

Kathleen bleibt auf der Brücke stehen, die über eine Bucht des Lakes ins Zentrum von The Ramble führt. Der Mond schimmert im Wasser, und ich sehe ihre Silhouette. Eine Minute vergeht. Sie bleibt dort stehen. Es gibt keinen Grund mehr für Heimlichtuerei.

Ich gehe auf sie zu. Als Kathleen mich hört, dreht sie sich erwartungsvoll um.

»Tut mir leid, Sie zu enttäuschen«, sage ich, als sie mich sieht.

Kathleen zuckt kurz zurück. »Moment, Sie kenn ich doch.« Ich antworte nicht.

»Was zum Teufel soll das? Sind Sie mir gefolgt?«

»Ja.«

»Was wollen Sie von mir?«

»Ry Strauss wird heute Nacht nicht kommen.«

»Was? Wer?« Aber ich sehe die Angst in ihren Augen. »Ich habe keine Ahnung, wovon Sie reden.«

Ich trete näher zu ihr, damit sie mein enttäuschtes Stirnrunzeln sieht. »Das können Sie besser.«

»Was wollen Sie?«

»Ich brauche Ihre Hilfe.«

»Wobei?«

»Ry wurde ermordet.«

Ich sage es viel zu sachlich. Schlechte Nachrichten überbringen gehört nicht zu meinen Stärken.

»Er wurde ...?«

»Ermordet, ja.«

Tränen schießen ihr in die Augen. Kathleen ballt eine Faust und drückt sich die Rückseite vor den Mund, um einen Schrei zu unterdrücken. Ich warte, lasse ihr etwas Zeit. Sie senkt die Faust und sieht blinzelnd ins Mondlicht.

»Haben Sie ihn umgebracht?«, fragt sie.

»Nein.«

»Werden Sie mich umbringen?«

»Wenn ich das vorhätte, wären Sie längst tot.«

Das scheint ihr kein großer Trost zu sein.

»Was wollen Sie von mir?«, fragt sie.

»Ich brauche Ihre Hilfe«, wiederhole ich.

»Wobei?«

»Bei dem Versuch, seinen Mörder zu fassen.«

DREIZEHN

Auf dem Rückweg Richtung 72nd Street und meiner Wohnung sagt Kathleen kein Wort. Das Metalltor im bogenförmigen Eingang des Dakota ist nachts verschlossen. Ich klingele. Tom kommt heraus und schließt mir auf. Er ist es gewohnt, dass ich zu jeder Tages- und Nachtzeit Frauen mitbringe, auch wenn es in den letzten Jahren weniger geworden sind, ich glaube aber, dass Kathleens fortgeschrittenes Alter ihn überrascht.

Wir durchqueren den Innenhof mit den beiden Springbrunnen und nehmen den Fahrstuhl zu meiner Wohnung mit Aussicht auf den Park. Manche Leute schüchtert dieser Ort ein. Sie nicht. Sie hat den Fußweg hierher genutzt, um sich zu sammeln. Sie geht direkt zum Fenster und blickt hinaus. Kathleen bewegt sich selbstbewusst, mit erhobenem Kopf und trockenen Augen. Ihre Kleidung ist von der langen Nacht zerknittert, die Bluse immer noch im klassischen Bardame-bei-der-Arbeit-Stil am Dekolleté einen Knopf zu weit geöffnet. Ich habe die Wohnung komplett möbliert von einem berühmten Komponisten gekauft, der hier dreißig Jahre lang gelebt hatte. Vielleicht haben Sie das Bild schon vor Augen – dunkles Kirschholz, hohe Decken, Holzintarsien, antike Schränke, Kristalllüster, ein übergroßer Kamin mit Messingkaminbesteck, kunstvoll gewebte Orientteppiche aus Seide und Sessel mit kastanienbraunem Samtbezug. Falls das so ist, liegen Sie richtig. Myron hat meine Wohnung als »Neuauflage von

Versailles« beschrieben, was einerseits den Gesamteindruck gut beschreibt, aber andererseits eigentlich in jeder Hinsicht falsch ist, da kein Teil aus dieser Region oder der entsprechenden Epoche stammt.

Ich schenke Kathleen einen Cognac ein und reiche ihn ihr.

»Woher wussten Sie es?«, fragt sie.

Ich gehe davon aus, dass sie von ihren wöchentlichen Stelldicheins mit Ry Strauss im Park spricht. Ich war mir natürlich nicht sicher. Ich bin einfach meiner Intuition gefolgt. »Erstens wurden Sie laut ihrem Vorstrafenregister zwölfmal festgenommen, immer wegen zivilen Ungehorsams bei diversen progressiven Kundgebungen.«

»Ist das alles?«

»Das war erstens.«

»Und was ist zweitens?«

»Sie haben mir erzählt, dass Sie 1978 im Malachy's angefangen haben. Frankie Boy hat mir erzählt, dass Sie schon 1973 als Aushilfe eingesprungen sind.«

»Frankie Boy hat eine große Klappe.« Sie nahm einen kräftigen Schluck. »Ist Ry wirklich tot?«

»Ja.«

»Ich habe ihn geliebt, wissen Sie. Ich habe ihn noch sehr lange geliebt.«

Das hatte ich mir schon gedacht. Kathleen hatte Lake Davies nicht »gerettet« – oder, falls doch, war es nur ein Nebeneffekt. Das eigentliche Ziel, das sie verfolgte, als sie Lake Davies überredete, sich zu stellen, war viel banaler: Sie wollte die Konkurrentin um Ry Strauss' Zuneigung aus dem Weg schaffen.

»Wer hat ihn ermordet?«, fragt sie.

»Ich hatte gehofft, Sie könnten mir bei der Beantwortung dieser Frage helfen.«

»Ich wüsste nicht, wie«, sagt sie. »Gibt es Verdächtige?«

»Nicht einen.«

Kathleen trinkt einen weiteren Schluck, dreht sich um und sieht wieder aus dem Fenster. »Die arme, gequälte Seele. Das gilt eigentlich für alle. Die Jane Street Six, meine ich. Sie wollten damals niemanden verletzen.«

»Das höre ich immer wieder.«

»Sie waren idealistische Jugendliche. Wie wir alle. Wir wollten die Welt verändern, sie besser machen.«

Ich will sie von dieser überstrapazierten Entschuldigungs- und Rechtfertigungsschiene abbringen und wieder auf einen für meine Ermittlungen ergiebigeren Weg bringen. »Haben Sie gewusst, wo Ry die ganze Zeit gewohnt hat?«

»Ja, natürlich. Im Beresford.« Sie sieht mich an. »Kennen Sie alte Fotos von ihm? Von Ry, als er jung war? Mein Gott, war er schön. Und dieses Charisma. Sexy wie nur irgendwas.« Ihr Lächeln spiegelt sich im Fenster. »Ich wusste, dass er ziemlich kaputt war – das habe ich sofort gemerkt –, aber ich hatte schon immer eine Schwäche für gefährliche Typen.«

»Wer wusste noch, dass er im Beresford wohnte?«

»Niemand.«

»Sind Sie sicher?«

»Absolut.«

»Haben Sie ihn je besucht?«

»Im Beresford? Nein. Dort hätte er niemals einen Gast empfangen. Ich weiß, dass das seltsam klingt. Na ja, Ry war halt seltsam. Und er wurde von Tag zu Tag seltsamer. Ein echter Einsiedler. Er hätte niemandem erlaubt, da reinzukommen. Dafür hatte er zu viel Angst.«

»Wovor genau?«

»Wer kann das schon genau sagen? Er war krank.« Dann, nachdem sie einen Moment überlegt hat, ergänzt sie: »Das dachte ich zumindest. Aber vielleicht, na ja, vielleicht hat er diese Angst ja völlig zu Recht gehabt.«

»Wie ist Ry dort reingekommen?«

»In den Turm, meinen Sie?«

Ich nicke.

»Nachdem Lake sich gestellt hatte, waren Ry und ich zusammen. Er ist bei mir eingezogen. Ich hatte eine Wohnung in der Amsterdam Avenue in der Nähe 79th Street. Ein altes Haus ohne Fahrstuhl über einem chinesischen Restaurant. Später war es ein Matratzenladen. Dann ein Schuhgeschäft. Dann ein Nagelstudio. Jetzt ist es ein Asian-Fusion-Bistro, was ja eigentlich auch nur ein hochtrabender Name für ein chinesisches Restaurant ist. Irgendwie dreht sich doch alles im Kreis, hab ich recht?«

»So sicher wie das Amen in der Kirche.«

»Wie meinen Sie das? So sicher ist das heute auch nicht mehr. Aber wie auch immer …«

»Wie auch immer.«

»Wie auch immer war da noch so ein Massagesalon auf derselben Etage wie meine Wohnung. Aber nicht das, was Sie denken. Die waren seriös. Billig, ohne Schnickschnack, aber seriös. Zumindest glaube ich, dass sie seriös waren. Aber wer weiß das schon? Dieser ganze Kram mit dem Happy End. Wen interessiert das schon. Sorry, ich plappere einfach nur so daher.«

Ich bemühe mich, möglichst freundlich zu klingen, und sage: »Schon okay«, um sie zum Weiterreden zu ermuntern.

»Wir waren glücklich, Ry und ich. Na ja, irgendwie jedenfalls. Ich wusste ja wie gesagt, worauf ich mich einlasse. Es sollte ja nicht für immer sein, aber ich steh auch nicht auf ›für immer‹. Meine Beziehungen zu Männern sind wie ein wilder Ritt bei einem Rodeo – es ist aufregend und irre, und ich weiß genau, dass ich am Ende diejenige bin, die abgeworfen wird und sich eine Rippe bricht, wenn ich auf den Boden knalle.«

Ich mag sie.

Jetzt dreht Kathleen sich um und schenkt mir ein wohlerprobtes, viel genutztes, schiefes Lächeln, das direkt einschlägt.

»Der Ritt ging länger, als ich erwartet hatte.«

»Wie lange?«

»Als Paar? Mit Unterbrechungen mehrere Jahre. Als Freunde? Tja ... bis heute.«

»Das tut mir leid.«

»Ich wette, die Staunches haben ihn gefunden.«

»Nero Staunch?«

»Die Familie wollte sich die ganze Zeit rächen, wissen Sie. Eins der Opfer damals war eine Nichte von Nero Staunch oder so. Ry dachte immer, dass sie auch die anderen erwischt haben.«

»Die Staunches?«

»Ja.«

»Ry dachte, die Staunches hätten die anderen Mitglieder der Jane Street Six getötet?«

»Ja, so etwas in der Art. Diese junge Staunch, die da gestorben ist? Ich glaube, ihr Bruder führt jetzt die Geschäfte der Familie.« Sie zuckt die Achseln. »Aber Ry ist mit der Zeit auch immer durchgeknallter und paranoider geworden. Er war unberechenbar, wenn nicht mehr. Manchmal war er ohne jeden Anlass plötzlich davon überzeugt, dass die Polizei oder die Staunches ihm auf den Fersen sind. Bloß weil er ein komisches Geräusch gehört oder jemand ihn schief angeguckt hat. Oder weil der Merkur rückläufig war. Wer konnte das schon sagen? Also ist Ry für eine Weile abgehauen. Manchmal ist er monatelang weggeblieben. Dann ist er eines Tages urplötzlich wieder aufgetaucht und wollte bei mir wohnen. Das ist mehrmals passiert – er ist von irgendwo zurückgekommen und bei mir eingezogen –, bis er dann die Wohnung im Beresford bekommen hat.«

»Wann war das?«

»In welchem Jahr? Oh, da muss ich kurz überlegen. Mitte der Neunziger oder so.«

Mitte der Neunziger. In der Zeit wurden auch die Bilder gestohlen.

»Haben Sie damals die wöchentlichen Treffen vereinbart?«, frage ich.

»Ja. Was auch immer mit Ry los war, es wurde immer schlimmer. Wenn man all seine Probleme zusammennimmt, die ja eigentlich auch eine Krankheit sind, so wie Krebs oder Herzschwäche, und vielleicht sogar unheilbar, das weiß ich nicht genau … aber wenn man das nimmt, seine Paranoia dazugibt und die Tatsache hinzufügt, dass wirklich Leute hinter ihm her waren – das FBI, die Staunches und was weiß ich, wer noch alles –, und schließlich noch die Schuldgefühle von dieser schrecklichen Nacht obendrauf legt, dann, kabumm, geht alles hoch wie so ein Molotowcocktail. Als Ry dann also in den Turm einzog, ist er mit dem Leben nicht mehr fertiggeworden. Er hat die Welt ausgeschlossen.«

»Nur Sie nicht.«

»Nur mich nicht.« Wieder dieses nicht jugendfreie Lächeln. »Aber ich bin auch was Besonderes.«

»Auf jeden Fall.«

Flirten wir?

Ich fahre fort: »Was haben Sie bei Ihren wöchentlichen Treffen im Park gemacht?«

»Hauptsächlich geredet.«

»Worüber?«

»Über alles Mögliche. In den letzten Jahren ergab das meiste, was er erzählt hat, nicht sehr viel Sinn.«

»Aber Sie haben sich trotzdem weiter mit ihm getroffen?«

»Natürlich.«

»Und geredet?«

»Gelegentlich habe ich ihm auch einen runtergeholt.«

»Nett von Ihnen.«

»Er wollte mehr.«

»Wer will das nicht?«

»Eben? Und ich habe es versucht. Um der alten Zeiten willen. Wie ich schon sagte, er war früher so verdammt hübsch, so wie Sie, aber, na ja, so um zweitausend herum oder vielleicht kurz danach hat er seine körperliche Anziehungskraft verloren. Zumindest auf mich.« Kathleen zog eine Augenbraue hoch. »Aber ein Handjob ist ja besser als nichts.«

»Ein wahres Wort«, stimme ich zu.

Kathleen blickt mir in die Augen, ohne zu blinzeln. Ich mag das. Ich gestehe, dass ich in Versuchung gerate. Sie mag zwar älter sein, aber sie hat diese angeborene sexuelle Anziehungskraft, die man nicht lernen kann – und ich bin am frühen Abend schon leer ausgegangen. Kathleen geht zur Kristallkaraffe und fragt mit einer kurzen Geste, ob sie sich noch einen einschenken darf. Ich schenke uns beiden ein Glas ein.

»Auf Ry«, sagt sie.

»Auf Ry.«

Wir stoßen an.

»Er hat auch Angst gehabt, dass man ihm seine Sachen klaut.«

»Was für Sachen?«

»Ich weiß es nicht. Irgendwelches Gerümpel, das er in seiner Wohnung hatte.«

»Hat er Ihnen je von seinem Gerümpel erzählt?«

»Gerümpel?«

»Ich meine von dem, was er in seiner Wohnung hatte.«

»Nein.«

»Haben Sie das von dem Vermeer gelesen, der wieder aufgetaucht ist?«

Ihre Augen glänzen wie Smaragde mit gelben Einsprengseln. Sie mustert mich über die bräunliche Flüssigkeit in ihrem Glas. »Wollen Sie sagen …?«

»Hing in seinem Schlafzimmer.«

»Heilige Scheiße.« Sie schüttelt den Kopf. »Das erklärt dann doch so einiges.«

»Zum Beispiel?«

»Zum Beispiel wie er an das Geld für die Wohnung gekommen ist. Da wurden doch noch mehr Bilder gestohlen, oder?«

»Ja.«

»Das war irgendwo in Philadelphia?«

»In der Umgebung.«

»Ry ist oft nach Philadelphia gefahren. Wenn er hier abgehauen ist. Ich glaube, er hatte Freunde da, oder vielleicht auch eine Freundin. Also könnte er es wirklich gewesen sein, ja. Vielleicht hat er ein oder zwei Bilder verkauft und ist so an das viele Geld gekommen.«

Das klingt logisch.

»Sind Ihnen in letzter Zeit irgendwelche Veränderungen an ihm aufgefallen?«, frage ich.

»Eigentlich nicht, nein.« Dann überlegt sie noch einen Moment und ergänzt: »Na ja, wenn ich so darüber nachdenke, doch, schon, ich glaube aber nicht, dass es etwas damit zu tun hat.«

»Lassen Sie hören.«

»Seine Bank wurde ausgeraubt. Zumindest hat Ry das behauptet. Er ist völlig durchgedreht deshalb. Ich hab gesagt, er soll sich keine Sorgen machen. Banken müssen ihre Kunden entschädigen, wenn sie ausgeraubt werden. Das stimmt doch, oder?«

»Im Großen und Ganzen schon.«

»Aber er hat sich überhaupt nicht wieder beruhigt.«

Ich lasse mir das durch den Kopf gehen. »Hat er sich das eingebildet, oder …«

»Nein, nein, es stand auch in der *Post*. Die Bank of Manhattan an der 74th Street. Er hat mir sogar erzählt – beim letzten Mal, als wir uns gesehen haben, wenn ich jetzt so darüber nachdenke –, dass die Bank eine Nachricht für ihn hinterlassen hat.«

»Auf seinem Handy?«

»Keine Ahnung. Darüber hab ich gar nicht nachgedacht.«

»Hatte er ein Handy?«

»Nur so ein billiges Einwegteil, das ich ihm bei Duane Reade gekauft habe. Bei denen kann man jahrelang die gleiche Nummer behalten. Mehr weiß ich darüber nicht.«

Ich wusste, dass am Tatort kein Handy gefunden worden war. Interessant.

»Er hat es nie lange angehabt«, fährt sie fort. »Er hatte Angst, dass man ihn sonst orten könnte. Er hat nur etwa ein- oder zweimal die Woche nachgesehen, ob ihm irgendjemand eine SMS geschickt hat.«

»Und die Bank hat ihm eine Nachricht hinterlassen?«

»Wahrscheinlich. Oder jemand hat etwas an der Rezeption abgegeben. Was auch immer. Er sollte in die Filiale kommen oder so etwas.«

»Ist er hingegangen?«

»Ich weiß es nicht.«

Ich überlege. »Ry Strauss hat das Beresford am Freitag im

Laufe des Tages verlassen. Dann ist er nach nicht einmal einer Stunde mit jemandem zurückgekommen.«

»In seine Wohnung? Mit einem Gast?«

»Es war ein kleiner, kahlköpfiger Mann. Sie sind zusammen durch den Keller ins Gebäude gegangen.«

»Das muss der Mörder gewesen sein.« Sie schüttelt den Kopf. »Der arme Ry. Ich werde ihn vermissen.«

Kathleen kippt den Rest ihres Drinks hinunter und kommt näher zu mir. Sehr nah. Ich trete nicht zurück. Sie legt ihre Hand auf meine Brust. Ihre Bluse ist zu eng. Sie sieht mit ihren smaragdgrünen Augen zu mir hoch. Dann gleitet ihre Hand langsam meinen Körper hinunter und legt sich um meine Eier.

»Ich möchte heute Nacht lieber nicht allein sein«, flüstert sie und drückt einmal sanft zu.

Also bleibt sie.

VIERZEHN

Ich schlafe – wobei das Wort »schlafen« für diese Nacht womöglich falsch gewählt ist – in einem barocken, mit Schnitzereien verzierten Mahagoni-Himmelbett mit einer Spitzentagesdecke. Ich muss gestehen, dass das Bett ein bisschen übertrieben ist, es dominiert den Raum in jeglicher Hinsicht und die vier Pfosten kratzen fast an der Decke, trotzdem schafft es sofort eine gewisse Stimmung.

Bei Sonnenaufgang gibt Kathleen mir einen Kuss auf die Wange und flüstert: »Finde das Schwein, das ihn umgebracht hat.«

Mich treibt nicht der Wunsch an, Ry Strauss zu rächen, zumal anzunehmen ist, dass er eines oder mehrere der folgenden Dinge getan hat (in chronologischer Reihenfolge): die Kunstwerke meiner Familie gestohlen, meinen Onkel ermordet, meine Cousine entführt und misshandelt.

Womit sich die Frage stellt: Was genau mache ich hier?

Ich stehe auf und dusche. Der Hubschrauber wartet. Als er in Lockwood landet, wartet mein Vater bereits auf mich. Er trägt einen blauen Blazer, eine khakifarbene Hose, Tassel Loafers und eine rote Ascot-Krawatte. Er trägt diese Kombination fast jeden Tag in sehr wenigen Variationen. Die dünnen Haare hat er mit Pomade glatt nach hinten an den Kopf geklebt. Er steht mit hochgezogenen Schultern und hinter dem Rücken verschränkten Händen vor mir. Ich sehe mich in dreißig Jahren vor mir – und der Gedanke sagt mir nicht unbedingt zu.

Wir begrüßen uns mit einem festen Händedruck und einer unbeholfenen Umarmung. Mein Vater hat durchdringende blaue Augen, die auch jetzt noch irgendwie allwissend wirken, selbst wenn sein Verstand inzwischen etwas getrübt und unberechenbar geworden ist.

»Schön, dich zu sehen, mein Sohn.«

»Dich auch«, sage ich.

Wir tragen beide den gleichen Namen, Windsor Horne Lockwood. Er ist der zweite, ich bin der dritte. Er wird Windsor genannt. Ich bin Win, so wie mein geliebter Großvater. Ich habe keinen Sohn, sondern nur eine leibliche Tochter. Wenn ich also nicht, um meinen Vater zu zitieren, »langsam in die Vollen gehe«, wird der Name Windsor Horne Lockwood mit der Nummer drei enden. Ich betrachte dies nicht als große Tragödie.

Wir gehen zurück zum Hauptgebäude.

»Ich habe gehört, dass der Vermeer gefunden wurde«, sagt mein Vater.

»Das ist richtig.«

»Wird etwas an dieser Geschichte ein schlechtes Licht auf die Familie werfen?«

Das mag eine eigenartige Einstiegsfrage sein, sie überrascht mich aber keineswegs. »Ich wüsste nicht, wie.«

»Wunderbar. Hast du den Vermeer mit eigenen Augen gesehen?«

»Das habe ich.«

»Ist er unbeschädigt?« Nachdem ich genickt habe, fährt er fort: »Das ist eine wunderbare Nachricht. Einfach wunderbar. Keine Spur vom Picasso?«

»Nein.«

»Schade.«

Der Pferdestall liegt links vor uns. Mein Vater würdigt ihn

keines Blickes. Sie fragen sich womöglich, warum ich ständig so viel Aufhebens um den Pferdestall mache, also sage ich es Ihnen ganz direkt: Ich sollte es nicht. Ich hatte unrecht. Ich habe meiner Mutter die Schuld gegeben, was ein Fehler war. Inzwischen weiß ich das. Fairerweise muss man dazusagen, dass ich damals erst acht Jahre alt war.

Wie kann man das erklären, ohne grob zu wirken ...?

Als ich acht Jahre alt war, nicht lange nach Großvaters Beerdigung, sind mein Vater und ich ahnungslos in diesen Stall geschlendert. Es war eine abgekartete Sache. Das weiß ich jetzt. Damals wusste ich es nicht. Aber damals wusste ich vieles nicht.

Um es auf den Punkt zu bringen: Wir haben meine Mutter nackt auf allen vieren überrascht, als ein anderer Mann sie von hinten bestieg.

Wie Pferde.

Ich sehe Sie wissend nicken. Dieser Vorfall erklärt so einiges, denken Sie und schnalzen kurz. Es erklärt, warum ich keine echte Nähe zu einer Frau aufbauen kann, warum ich sie nur als Sexualobjekt sehe, warum ich so große Angst habe, verletzt zu werden. Wenn ich aber an diesen Tag zurückdenke, sehe ich nicht das Bild meiner Mutter auf Händen und Knien und mit verdrehten Augen vor mir, während ihr Liebhaber ihr an den Haaren zieht. Nein, die klarste Erinnerung habe ich an das aschfahle Gesicht meines Vaters, der mit leicht geöffnetem Mund, fast wie jetzt nach seinem Schlaganfall, mit gebrochenen Augen ins Leere starrt.

Ich war, wie schon gesagt, acht Jahre alt. Ich habe es meiner Mutter nie verziehen.

Das erzürnt mich.

Ich weiß, dass meine Reaktion verständlich war, aber viele Jahre später, als ich meine Mutter im Krankenbett sterben sah, wurde mir klar, wie dumm und überflüssig das alles war. Hier passt das Klischee – das Leben ist tatsächlich kurz. Ich denke über das nach, was sie verloren hat, und auch über das, was ich verloren habe, wie viel besser ihr und mein kurzes Leben gewesen wäre, wenn ich ihr einfach verziehen hätte. Warum habe ich das damals nicht erkannt? Ich habe im Leben nur wenig bereut. Und genau dies, wie ich meine eigene Mutter behandelt habe, bereue ich am meisten. Nie habe ich in Betracht gezogen, dass meine Mutter womöglich ihre Gründe hatte, dass sie es vielleicht nicht besser wusste oder dass sie, wie wir alle es tun, einen schrecklichen, tragischen Fehler gemacht hat. Meine Mutter war sehr jung, erst neunzehn Jahre alt, als sie schwanger wurde und meinen Vater heiratete. Vielleicht hatte sie Bedürfnisse, die sie nicht ausdrücken konnte. Vielleicht ging es ihr wie ihrem Erstgeborenen, und die Monogamie war nichts für sie. Vielleicht haben mein Vater, der hinterher noch zweimal geheiratet hat, und das Drumherum auf Lockwood Manor sie gehemmt, erdrückt und ihr die Luft zum Atmen genommen. Vielleicht wollte meine Mutter die Familie nicht zerstören oder ihren Kindern wehtun, oder vielleicht hat sie diesen anderen Mann wirklich geliebt, aber wer kennt am Ende schon die Wahrheit, ich jedenfalls kenne sie nicht, denn ich habe sie nie gefragt, ihr nie die Chance gegeben, es zu erklären, ich habe mich geweigert, ihr zuzuhören, bis es zu spät war. Ich war zwar nur ein Kind, aber ich war stur.

Ursprünglich habe ich die Stallungen abreißen lassen, um mich von der schrecklichen Erinnerung an das, was mein Vater und ich erlebt hatten, zu befreien, inzwischen sehe ich das neue Gebäude aber eher als Denkmal für meine eigene Dummheit und Sturheit, als Denkmal für meinen überflüssigen, selbstgerechten Fehler.

Mein Vater ergreift meinen Arm, um sich etwas abzustützen. »Wann bekommen wir den Vermeer zurück?«, fragt er.

»Bald.«

»Gut, und dann werden keine Kunstwerke mehr verliehen«, raunzt er. »Wir sind ja auch keine großen Sammler. Unsere beiden Meisterwerke dürfen Lockwood nie wieder verlassen.«

Da bin ich anderer Ansicht, sehe aber keinen Grund, das Thema jetzt anzusprechen. Ich liebe meinen Vater von ganzem Herzen, obwohl es objektiv gesehen wenig Bewunderungswürdiges an ihm gibt. Er ist ein typischer Nichtsnutz, der nur dank seines Treuhandfonds überlebt hat. Er hat großen Reichtum geerbt, was ihm unzählige Möglichkeiten eröffnete, und er hat sich dafür entschieden, sein Leben ausschließlich mit den Dingen zu verbringen, die ihm Spaß machen – Golf und Tennis, Luxusclubs und Reisen, Lesen und Bildung. Er trinkt zu viel, wobei ich nicht recht weiß, ob ich ihn als Alkoholiker bezeichnen würde. An Arbeit hat er kein Interesse, aber warum sollte er auch? Wie so viele Reiche dilettiert er ein wenig in Wohltätigkeitsorganisationen, gibt genug, um großzügig zu erscheinen, aber nicht so viel, dass er dafür auch nur das geringste Opfer bringen müsste. Er legt sehr viel Wert auf Äußerlichkeiten und Reputation. Menschen, die großen Reichtum erben, ist eine seltsame psychologische Schwäche gemeinsam, denn tief im Innersten wissen sie, dass sie nichts dafür getan haben, sich diesen Wohlstand zu verdienen, dass sie in Wahrheit einfach nur Glück hatten. Doch wie sollte es möglich sein, dass sie nichts Besonderes sind? Mein Vater leidet an diesem Defizit. »Ich besitze all das«, beginnt der Gedankengang, »ergo muss ich irgendwie etwas Besonderes sein.« Dies führt zu einem ständigen inneren Kampf, da die falsche Sichtweise aufrechterhalten werden muss, dass dieser Reichtum doch irgendwie »verdient« ist, dass man dessen »würdig« ist. Man verdrängt die offensichtliche Wahrheit – dass glückliche Umstände und Zufall den Verlauf des eigenen Lebens stärker beeinflusst haben als »Brillanz« oder »Arbeitsethos« –, damit der selbst erschaffene Mythos nicht zerstört wird.

Aber mein Vater und seinesgleichen kennen die Wahrheit. Tief im Inneren. Wir alle kennen sie. Sie verfolgt uns. Wir müssen das kompensieren. Es zerfrisst uns.

»In den Nachrichten hieß es«, fängt mein Vater an, »der Vermeer sei in einer Wohnung in New York City gefunden worden.«

»Das stimmt.«

»Und der Dieb sei tot gewesen?«

»Wahrscheinlich war er mehr als nur ein Dieb«, erinnere ich ihn. »Aber ja, er wurde ermordet.«

»Kennst du den Namen des Mannes?«

»Ry Strauss.«

Mein Vater bleibt nicht wie angewurzelt stehen, verlangsamt aber seinen Schritt. Seine Lippen werden schmal.

»Kennst du ihn?«, frage ich.

»Der Name kommt mir bekannt vor.«

Ich erzähle ihm kurz von den Jane Street Six. Er stellt ein paar Fragen dazu. Dann erreichen wir den Eingang von Lockwood Manor. Eine Frau wischt im Salon Staub. Als wir hereinkommen verschwindet sie wortlos, wie es ihr beigebracht wurde. Das Hauspersonal trägt ein zur Holzvertäfelung passendes Braun, die für Garten und Tiere zuständigen Bediensteten ein zum Rasen passendes Grün, beides ist eine Art Tarnung, die meine Urgroßmutter eingeführt hat. Die Lockwoods behandeln ihre Bediensteten gut, aber es bleiben Bedienstete. Als ich zwölf Jahre alt war, bemerkte mein Vater, wie einer unserer Landschaftsgärtner eine Pause machte, um sich den Sonnenuntergang anzusehen. Mein Vater deutete auf den Horizont und fragte mich: »Siehst du, wie schön Lockwood ist?«

»Ja, natürlich«, antwortete mein junges Ich.

»Das tun sie auch.« Er gestikulierte in Richtung des Gärtners. »Dieser Arbeiter hat die gleiche Aussicht wie wir. Für ihn ist es nicht anders, oder? Er sieht genau dasselbe, wie du und ich – denselben Sonnenuntergang, hinter demselben Wald. Doch weiß er das zu schätzen?«

Ich glaube nicht, dass mir damals klar geworden ist, wie vollkommen ahnungslos mein Vater war.

Wir alle sind Meister der Selbstrechtfertigung. Wir suchen alle nach Wegen, unsere Lebenserzählung zu legitimieren. Wir alle verbiegen diese Erzählung mehr oder weniger, um uns sympathischer zu machen. Sie auch. Wenn Sie dies lesen, wurden Sie zweifelsohne in die obersten Prozent der Bevölkerung aller Zeiten hineingeboren. Sie haben einen Luxus erlebt, den sich nur erschreckend wenige Menschen im Laufe der Menschheitsgeschichte überhaupt vorstellen können oder konnten. Doch anstatt dies zu würdigen, anstatt mehr zu tun, um denen zu helfen, denen es schlechter geht, werfen wir denjenigen, die noch mehr Glück hatten vor, sie würden nicht genug tun.

Das ist selbstverständlich die Natur des Menschen. Wir sehen unsere eigenen Fehler nicht. Wie Ellen Bolitar, Myrons Mutter, gerne sagt: »Der Bucklige wird den Buckel auf seinem eigenen Rücken niemals sehen.«

Nigel schaut zu uns rein. »Benötigen Sie irgendetwas?«

»Nur etwas Privatsphäre«, faucht mein Vater. Nigel verdreht die Augen und salutiert meinem Vater spöttisch. Mir wirft er noch einen mahnenden Blick zu, bevor er die Tür hinter sich zuzieht.

Wir setzen uns in die roten Samtsessel am Kamin. Mein Vater bietet mir einen Cognac an. Ich lehne ab. Er will sich ein Glas einschenken, hat aber Probleme mit dem Arm, den er nicht richtig kontrollieren kann. Als ich ihm Hilfe anbiete, winkt er ab. Er schafft das schon. Es ist noch früh am Morgen. Sie müssen denken, dass er ein Alkoholproblem hat, aber das ist es nicht. Er hat einfach keine anderen Termine.

»Deine Cousine Patricia ist hier bei dir gewesen«, sagt er.

»So ist es.«

»Warum?«

»Sie gehört zur Familie«, sage ich.

Der Blick aus den blauen Augen meines Vaters durchbohrt mich förmlich. »Bitte, Win, beleidige nicht meine Intelligenz. Deine Cousine war seit über zwanzig Jahren nicht mehr in Lockwood, richtig?«

»Richtig.«

»Und es ist gewiss kein Zufall, dass sie an dem Tag, an dem der Vermeer gefunden wurde, wieder hier war, oder?«

»Das ist es nicht.«

»Daher will ich wissen, warum sie hier war.«

So ist mein Vater, der etwas herrische Fragesteller. Seit er einen Schlaganfall hatte, habe ich diese Seite von ihm kaum noch erlebt. Ich bin froh, ihn so zornig zu sehen, auch wenn sich dieser Zorn direkt gegen mich richtet. »Es könnte ein Zusammenhang zwischen dem Kunstraub und dem, was mit ihrer Familie passiert ist, bestehen«, sage ich.

Dad blinzelt erstaunt. »Ein Zusammenhang zwischen dem, was mit ihrer Familie …?« Seine Stimme verhallt. »Meinst du ihre Entführung?«

»Und Onkel Aldrichs Ermordung«, ergänze ich.

Als ich den Namen seines Bruders nenne, zuckt er zusammen. Wir schweigen. Er nimmt das Glas und starrt viel zu lange in die bernsteinfarbene Flüssigkeit. »Ich wüsste nicht, wie«, sagt er.

Ich schweige weiter.

»Die Bilder wurden doch vor dem Mord gestohlen, richtig?«

Ich nicke.

»Lange vorher, wenn ich mich recht entsinne. Monate? Jahre?«

»Monate.«

»Trotzdem siehst du einen Zusammenhang. Erzähl mir, warum.«

Ich will nicht ins Detail gehen, also wechsle ich das Thema. »Wie ist es zu dem Bruch zwischen dir und Onkel Aldrich gekommen?«

Er starrt mich über das Kristallglas an. »Was hat das mit dieser Angelegenheit zu tun?«

»Du hast es mir nie erzählt.«

»Unsere …«, er überlegt einen Moment, bis er das richtige Wort gefunden hat, »… unsere Lebenswege haben sich schon Jahre vor seiner Ermordung getrennt.«

»Ich weiß.« Ich starre ihm ins Gesicht. Die meisten Menschen behaupten, dass sie keine Ähnlichkeiten zu ihren Verwandten an sich selbst bemerken würden. Ich sehe sie. Fast schon zu viele. »Denkst du je daran?«

»Wie meinst du das?«

»Wenn dein und Aldrichs Lebensweg sich nicht …«, ich male mit den Fingern Anführungsstriche in die Luft, »… ›getrennt‹ hätten, glaubst du, dass er heute noch am Leben wäre?«

Mein Vater wirkt perplex und verletzt. »Mein Gott, Win, wie kannst du so etwas sagen?«

Mir wird klar, dass ich ihn vor den Kopf stoßen wollte – und offensichtlich ist mir das gelungen. »Hast du diese Möglichkeit je in Betracht gezogen?«

»Nie«, sagt er zu energisch. »Was ist bloß in dich gefahren?«

»Er war mein Onkel.«

»Und mein Bruder.«

»Und du hast ihn aus der Familie verstoßen. Ich will wissen, warum.«

»Das ist schon so lange her.«

Er führt das Glas an die Lippen, es zittert jetzt stark. Mein Vater ist alt geworden. Eine banale Beobachtung, leider. Aber wird uns nicht immer wieder erzählt, dass das Altern ein langsamer, gradueller Prozess ist. Das mag wahr sein, bei meinem Vater jedoch war es eher so, als wäre er von einer Klippe gestürzt. Er hatte sich lange an diese schöne Kante geklammert – gesund, kräftig, lebensfroh –, aber seit er einmal ins Rutschen gekommen ist, geht es steil und rapide bergab.

»Das ist schon so lange her«, sagt mein Vater noch einmal.

Der Schmerz in seiner Stimme ist sehr lebendig. Der »Thousand Yard Stare«, wie die Soldaten es nennen, der sich gar nicht so sehr von dem unterscheidet, den ich vor all den Jahren drüben im Pferdestall gesehen habe, ist wieder da. Ich sehe, wohin er blickt – auf eine weitere leere Stelle an der Wand. An dieser Stelle hing früher ein atemberaubendes Schwarz-Weiß-Foto von Lockwood Manor. Onkel Aldrich hatte es Ende der 1970er-Jahre gemacht. Genau wie mein Onkel war es schon seit Langem verschwunden. Bisher war mir nie richtig aufgefallen, dass mit Onkel Aldrichs Verbannung aus dem Familienkreis auch seine künstlerischen Arbeiten von Lockwood Manor entfernt worden waren.

»Du hast mir damals erzählt, dass es um eine finanzielle Sache ging«, sage ich. »Du hast angedeutet, dass Onkel Aldrich Geld veruntreut hat.«

Er antwortet nicht.

»Stimmte das?«

Er poltert wütend. »Was macht das für einen Unterschied?

Das ist das Problem mit deiner Generation. Immer müsst ihr irgendwelche Unannehmlichkeiten ausgraben. Ihr glaubt, sie würden sich in Luft auflösen, wenn ihr sie ans Tageslicht zerrt. Das tun sie aber nicht. Ganz im Gegenteil. So nährt man die Widerwärtigkeiten nur. Ich habe nie darüber gesprochen. Dein Onkel hat nie darüber gesprochen. Genau das bedeutet es, ein Lockwood zu sein. Wir wussten beide, dass viele Menschen Freude daraus ziehen würden, wenn es unserer Familie schlecht geht. Sie versuchen, jede Schwäche auszunutzen. Verstehst du das?«

Ich sage nichts.

»Als Mitglied dieser Familie liegt es in deiner Verantwortung, ihren guten Namen zu schützen.«

»Dad?«

»Verstehst du, Win? Wir Lockwoods hängen unsere Schmutzwäsche nicht an die frische Luft.«

»Was ist passiert?«

»Warum hast du plötzlich Kontakt zu Patricia?«

»Das ist nicht plötzlich, Dad. Wir standen die ganze Zeit in Kontakt.«

Er steht auf. Sein Gesicht ist tiefrot. Sein ganzer Körper zittert. »Ich werde dieses Thema nicht weiter diskutieren…«

Er regt sich zu sehr auf. Ich muss ihn beruhigen. »Ist schon okay, Dad.«

»…ich muss dich aber noch einmal daran erinnern, dass du ein Lockwood bist. Das bringt Verpflichtungen mit sich. Du hast nicht nur den Namen geerbt, sondern alles, was damit einhergeht. Wie auch immer dieser Kunstraub abgelaufen ist – was auch immer mit meinem Bruder und Patricia geschehen ist –, es hat nichts mit dem weit zurückreichenden Zerwürfnis zwischen Aldrich und mir zu tun. Verstehst du?«

»Ja, das tue ich«, sage ich möglichst ruhig und stehe auf. Ich hebe die Hände zu einer Geste, die zeigt, dass ich unbewaffnet bin und mich ergebe. »Ich wollte dich nicht verärgern.«

Die Tür wird geöffnet, und Nigel erscheint. »Ist hier alles in Ordnung?« Er sieht meinem Vater ins Gesicht. »Windsor?«

»Mir geht's gut, verdammt.«

Aber Dad sieht nicht gut aus. Sein Gesicht ist immer noch hochrot, als hätte er sich überanstrengt. Nigel wirft mir einen finsteren Blick zu.

»Es wird Zeit, dass Sie Ihre Medikamente nehmen«, sagt Nigel.

Dad packt mich am Ellbogen. »Vergiss nie, die Familie zu schützen.« Dann schlurft er aus dem Zimmer.

Nigel starrt mich an. »Danke, dass Sie ihn nicht aufgeregt haben.«

»Wie lange haben Sie schon mitgehört?«, frage ich. Dann hebe ich die Hand. Es spielt keine Rolle. »Wissen Sie, worum es bei dem Zerwürfnis ging?«

Nigel lässt sich Zeit. »Warum fragen Sie nicht Ihre Cousine?«

»Patricia?«

Er sagt nichts.

»Patricia weiß Bescheid?«

Dad steht jetzt am Fuß der Treppe. »Nigel?«, ruft er.

»Ich muss mich um Ihren Vater kümmern«, sagt Nigel Duncan. »Einen schönen Tag noch.«

FÜNFZEHN

Mein Jaguar XKR-S GT erwartet mich.

Als ich mich hineinsetze, vibriert mein Handy, weil eine SMS von Kabir ankommt. Darin teilt er mir mit, dass ich in einer Stunde einen Termin mit Professor Ian Cornwell habe, der zum Zeitpunkt des Kunstraubs als Wachmann gearbeitet hat. Kabir hat Cornwell nicht gesagt, worum es geht – sondern nur, dass ein Lockwood gern mit ihm reden würde. Perfekt. Außerdem hat Kabir eine Karte angehängt, auf der Cornwells Büro am Haverford College markiert ist. Roberts Hall. Ich kenne sie.

Als ich Lockwood Manor verlasse, rufe ich Cousine Patricia an. Sie meldet sich beim ersten Klingeln.

»Was gibt's?«

»Kein ›Ich höre‹?«, frage ich.

»Ich bin nervös. Weißt du was Neues?«

»Wo bist du?«

»Zu Hause.«

»Ich bin in zehn Minuten bei dir.«

Cousine Patricia wohnt immer noch in dem Haus, in dem sie gekidnappt und ihr Vater ermordet wurde. Es ist ein Haus im Cape-Cod-Stil am Ende einer Sackgasse. Sie ist geschieden und teilt sich das Sorgerecht für ihren zehnjährigen Sohn Henry mit ihrem Ex. Henry hat seinen Hauptwohnsitz interessanterweise jedoch bei seinem Vater, einem renommierten Neurochirurgen mit dem passenden Namen Don Quest.

Es heißt, Patricia würde nur für ihre Arbeit leben, aber selbst wenn diese Aussage ein Klischee bedient, liegt doch ein Körnchen Wahrheit darin. Sie reist viel für Abeona Shelters die von ihr gegründete Wohltätigkeitsorganisation, hält in aller Welt Vorträge und sammelt Spenden. Patricia hat diese etwas unkonventionelle Sorgerechtsregelung selbst vorgeschlagen, eine Tatsache, die von den »feinen Leuten« in ihrer Umgebung mit Missbilligung betrachtet wird, da sie darin eine Vernachlässigung ihrer mütterlichen Pflichten sehen wollen.

Als ich ankomme, stehen Patricia und ihre Mutter, meine Tante Aline, auf der Kieszufahrt vor dem Haus. Die beiden Frauen sehen sich sehr ähnlich und sind auch auf ähnliche Art atemberaubend, sie wirken eher wie Schwestern als wie Mutter und Tochter. Irgendwann in den Siebzigern hat Onkel Aldrich, der Progressive in unserer sonst recht biederen Familie, das College verlassen, um sich in Südamerika drei Jahre lang der Wohltätigkeitsarbeit und dem Fotojournalismus zu widmen. Das war noch vor diesen sanften, weichgekochten ehrenamtlichen Auslandspraktika-/Austauschstudent-/Ferienerfahrungen, die heute bei der Jugend so beliebt sind. Onkel Aldrich, der mit grotesken Privilegien auf Lockwood Manor aufgewachsen war, ging voller Eifer daran, seine Vergangenheit abzustreifen und unter ziemlich harten Bedingungen bei den Ärmsten der Armen zu leben. Die Familienlegende besagt, dass er dadurch gereift und gewachsen ist, um dann mithilfe von Lockwood-Geld in einer der ärmsten Gegenden von Fortaleza eine Schule zu gründen. Diese Schule gibt es heute noch. Sie wurde zu seinem Gedenken in Aldrich-Academy umbenannt.

Dort, an dieser neuen Schule in Fortaleza, lernte Onkel Aldrich eine schöne junge Vorschullehrerin namens Aline kennen und verliebte sich in sie.

Onkel Aldrich war damals vierundzwanzig Jahre alt, Aline erst zwanzig. Ein Jahr später kehrten die beiden gemeinsam nach Philadelphia zurück, nachdem sie von einem Schamanen des Yanomami-Stammes im Amazonas getraut worden waren. Die Lockwoods waren über diese Entwicklung nicht erfreut, trotzdem heiratete Onkel Aldrich Tante Aline noch einmal und machte sie so auch nach amerikanischem Recht zu seiner Ehefrau.

Bald darauf wurde Patricia geboren.

Als ich aussteige, kommt Tante Aline auf mich zu. Patricia schüttelt kurz den Kopf, vermutlich als Warnung, dass ich nichts verraten soll, und ich nicke im Gegenzug fast unmerklich.

»Win«, sagt Aline und umarmt mich.

»Tante Aline.«

»Es ist lange her. Zu lange.«

Tante Aline war es, die Onkel Aldrichs Leiche an jenem Abend im vorderen Foyer dieses Hauses gefunden hatte. Sie hatte den Notruf gewählt. Ich habe die Aufzeichnung dieses Anrufs gehört: Aline klang verzweifelt, hysterisch, ihre Stimme brach und rutschte zeitweise ins Portugiesische. Immer wieder rief sie Onkel Aldrichs Namen, als hoffte sie, sie könnte ihn wieder zum Leben erwecken. Zum Zeitpunkt dieses Anrufs wusste Aline noch nicht, dass ihre achtzehnjährige Tochter entführt worden war. Diese Erkenntnis – die Erkenntnis, dass der Albtraum, ihren Ehemann ermordet aufzufinden, erst der Anfang war – würde erst später folgen.

Ich frage mich oft, wie Aline damit fertiggeworden ist. Sie hatte weder Verwandte noch echte Freunde hier, und natürlich fand die Polizei es verdächtig, dass sie so spät noch alleine einkaufen gegangen war. Als Patricia an jenem Abend nicht nach Hause kam, tuschelten einige Leute hinter vorgehaltener Hand, dass Aline auch ihre eigene Tochter umgebracht und die Leiche versteckt hätte. Andere mutmaßten, dass Cousine Patricia irgendwie an der Sache beteiligt gewesen sein könnte – Mutter und Tochter hätten den Vater gemeinsam ermordet, und Patricia sei abgetaucht. Die Menschen wollen so etwas glauben. Sie wollen glauben, dass es Ursachen für solche Tragödien gibt, dass die Opfer in irgendeiner Weise Mitschuld tragen, dass es Strukturen unter dem Chaos gibt, und solche Tragödien ihnen selbst daher nicht widerfahren können. Es beruhigt uns zu glauben, dass wir unser Leben unter Kontrolle haben, auch und gerade, wenn es nicht stimmt.

Oder, wie Myron immer zitiert: Der mentsch tracht un got lacht.

»Ich weiß, dass ihr beiden in Ruhe reden müsst«, sagt Tante Aline, immer noch mit einem leichten brasilianischen Akzent, »daher mache ich einen Spaziergang.«

Aline geht in Joggingschuhen, einem engen Stretchoberteil und einer Yogahose in einer Art Powerwalk die Einfahrt hinunter. Ich sehe ihr einen Moment lang beeindruckt hinterher, als Patricia sich neben mich schiebt.

»Gaffst du meiner Mutter nach?«

»Sie ist auch meine Tante«, sage ich.

»Das ist keine Antwort auf die Frage.«

Ich gebe ihr einen Wangenkuss, und wir gehen hinein. Dann stehen wir in dem Foyer, in dem ihr Vater getötet wurde. Wir sind beide nicht abergläubisch, es geht also nicht um Geister, Ungemach oder welcher böse Zauber auch immer die Menschen von Orten wie diesen fernhält, trotzdem habe ich mir oft Gedanken über etwas viel Naheliegenderes gemacht – die Erinnerung. Patricia, die hier allein wohnt, hatte damals miterlebt, wie ihr Vater hier ermordet wurde. Meidet man solche Orte nicht eher?

Vor vielen Jahren habe ich sie das gefragt.

»Ich mag die Erinnerung. Sie spornt mich an.«

Ihre Hingabe für ihre Aufgaben überschreitet die Grenze zur Besessenheit, aber das gilt für die meisten Menschen, die lohnenswerte Ziele verfolgen. Cousine Patricia und die von ihr aufgebaute Organisation Abeona Shelters tun Gutes. Rechtmäßig. Ich kenne ihre Arbeit gut und unterstütze sie.

Ich erzähle ihr alles, was ich erfahren habe.

Eine Wand in diesem vorderen Foyer ist eine Art Schrein für Patricias Vater. Onkel Aldrich hat sich sehr intensiv mit Fotografie beschäftigt, und seine Arbeit gilt als bedeutend, wobei ich nicht recht weiß, nach welchen Maßstäben man das beurteilt. Das Foyer ist voller Schwarz-Weiß-Bilder, von denen die meisten während seines langen Aufenthaltes in Südamerika entstanden sind. Die Motive sind sehr unterschiedlich – Landschaften, städtische Verwahrlosung, indigene Stämme.

Wie um den Schreineffekt noch zu vervollständigen, umgeben gerahmte Fotos ein Regalbrett, auf dem sich nur ein einziger Gegenstand befindet: Onkel Aldrichs geliebte Kamera – eine rechteckige Rolleiflex mit Doppellinse, die man normalerweise vor die Brust hielt statt vors Auge. Dieses Bild habe ich von Aldrich am klarsten vor Augen, wenn ich an ihn zurückdenke – mit dieser Kamera, die selbst in ihrer Blütezeit schon veraltet wirkte, während er akribisch Familienporträts und, wie schon erwähnt, Bilder vom Lockwood-Anwesen machte.

»Und was steht als Nächstes an?«, fragt Patricia, als ich fertig bin.

»Ich fahre nach Haverford und rede mit dem Wachmann, der während des Raubs gefesselt war.«

Sie runzelt die Stirn. »Warum?«

»Wir wissen jetzt, dass eine Verbindung besteht zwischen dem Raub in Haverford und dem, was in diesem Raum passiert ist. Wir müssen das Ganze noch einmal von Anfang an durchgehen.«

»Klingt ziemlich logisch.«

Sie scheint nicht überzeugt zu sein. Ich frage sie, warum.

»Ich habe das, was hier passiert ist, natürlich nie ganz überwunden«, sagt sie und wägt jedes Wort ab, bevor sie es ausspricht. »Ich glaube aber, dass ich es im Lauf der Jahre erfolgreich kanalisiert habe.«

Ich bestätige ihr, dass sie das getan hat.

»Ich ... Ich will bloß nicht, dass gestört wird.«

»Nicht einmal durch die Wahrheit?«, frage ich und merke erst dann, wie übertrieben melodramatisch das klingt.

»Natürlich bin ich neugierig. Und ich will auch Gerechtigkeit. Aber ...« Sie verstummt.

»Interessant«, sage ich.

»Was?«

»Mein Vater will auch, dass ich die Sache auf sich beruhen lasse.«

»Hey, hey, Win, ich habe nicht gesagt, dass du es auf sich beruhen lassen sollst.« Nachdem sie einen Moment überlegt hat, fragt sie: »Macht dein Vater sich Sorgen, dass es ein schlechtes Licht auf die Familie werfen könnte?«

»Immer und jederzeit.«

»Und deshalb bist du hergekommen?«

»Ich bin hergekommen, weil ich dich sehen wollte«, sage ich, »und um zu erfahren, wie es zu dem Zerwürfnis zwischen unseren Vätern gekommen ist.«

»Hast du deinen Vater gefragt?«

»Er verrät es mir nicht.«

»Wie kommst du darauf, dass ich es weiß?«

Ich sehe ihr direkt in die Augen. »Erstens, weil du mich hinhältst.«

Sie wendet sich ab, geht zur Verandatür und blickt durch die Scheibe in den Garten hinaus. »Ich weiß einfach nicht, wieso das eine Rolle spielen sollte.«

»Oh, prima«, sage ich.

»Was?«, sagt Patricia.

»Du hältst mich noch immer hin.«

»Mach mal halblang.«

Ich warte.

»Erinnerst du dich an meinen sechzehnten Geburtstag?«

Ja, ich erinnere mich. Es war ein kostspieliges, aber geschmackvolles Ereignis in Lockwood. Ich sage geschmackvoll, weil einige unserer neureichen Freunde damals versuchten, sich gegenseitig mit teuren Autos, berühmten Rockbands, Zoo-Safaris, Auftritten von Prominenten und ähnlichen Peinlichkeiten zu übertreffen. Patricia hingegen hatte einfach ihre engsten Freundinnen und Freunde zu einer schlichten Gartenparty nach Lockwood eingeladen.

»Für uns Mädchen sollte es eine Übernachtungsparty werden«, sagt sie. »In Zelten, unten am Teich. Wir waren zu acht.«

Ich dachte an diesen Tag zurück. Beim Abendessen der Geburtstagsfeier war ich noch dabei gewesen, aber dann wurden die Jungs nach Hause geschickt. Ich bin ins Hauptgebäude zurückgegangen. Am besten erinnere ich mich an ein reizendes Mädchen namens Babs Stellman. Jemand hatte mir erzählt, dass sie in mich verknallt wäre. Natürlich habe ich versucht – wie nannte man das? –, bei ihr zu landen. Wir haben uns eine Zeit lang von den anderen entfernt und hinter einem Baum geknutscht. Sie roch wunderbar nach Pert-Shampoo. Ich erinnere mich noch, dass ich meine Hand unter ihren Pullover schob, worauf sie mich mit der ewig paradoxen Bemerkung »Ich mag dich wirklich, Win« davon abhielt weiterzumachen.

»Wir Mädchen haben uns alle im Pavillon umgezogen«, fährt Patricia fort. Sie senkt den Kopf. »Und dein Vater – er hat sich geirrt, Win, nur dass das klar ist –, aber dein Vater hat meinen Vater beschuldigt, uns durch ein Fenster zugesehen zu haben.«

Ich erstarre und traue meinen Ohren nicht. »Sag das noch mal?«

Patricia lächelt fast. »Wer hält hier jetzt wen hin?«

»Du meinst, mein Vater hat deinen Vater beschuldigt, ein Spanner zu sein?«

»Ja, genau das meine ich.«

»So etwas würde mein Vater sich niemals ausdenken«, sage ich.

»Nein, fairerweise muss ich sagen, dass er das nicht tun würde. Erinnerst du dich noch an Ashley Wright?«

Ich habe eine vage Vorstellung. »War sie bei dir im Feldhockeyteam?«

Patricia nickt. »Ashley ist völlig durchgedreht. Sie wollte uns nicht sagen, was los war. Sie hat angefangen zu heulen und wollte gehen. Das war alles ziemlich eigenartig. Jedenfalls haben ihre Eltern sie dann abgeholt. Zu Hause hat Ashley ihrem Vater erzählt, dass sie gesehen hat, wie Dad durchs Fenster geguckt hat, als sie nackt war. Ashleys Vater ist zu deinem Vater gegangen. Und als dein Vater meinen dann zur Rede gestellt hat, tja, da sind die Fetzen geflogen. Mein Vater hat es abgestritten. Dein Vater hat ihn unter Druck gesetzt. Und dann ist die Sache einfach immer weiter eskaliert. Dabei wurden auch viele alte Wunden aufgerissen.«

Ich überlege einen Moment lang. »Ashley Wright«, sage ich.

»Was ist mit ihr?«

»Hat sie gelogen?«

Patricia öffnet den Mund, macht ihn wieder zu und setzt noch einmal an. »Was für einen Unterschied macht das jetzt noch, Win?«

Da hat sie recht.

»Weißt du, wo sie jetzt wohnt?«

»Ashley Wright?« Sie wird blass. »Herrje, ich weiß es nicht. Wieso? Willst du mit ihr reden? Wirklich, Win? Angenommen mein Dad wäre... schlimmstenfalls... ein perverser Spanner gewesen, der sechzehnjährige Mädchen beobachtet hat. Was macht das jetzt noch für einen Unterschied?«

Noch ein guter Einwand. Worauf will ich gerade hinaus? Das ist zwei Jahre vor seiner Ermordung und Patricias Entführung gewesen. Ich sehe da absolut keinen Zusammenhang.

Trotzdem.

»Win?«

Ich sehe sie an. Patricias Blick ist auf die Wand mit der Kamera und den Fotos gerichtet.

»Ich vermisse meinen Vater furchtbar. Ich will Gerechtigkeit. Und die Tatsache, dass der Mann, der mich misshandelt hat und der diesen Mädchen all das angetan hat, dies immer noch tun könnte... das lässt mich seit über zwanzig Jahren nicht los.«

Ich warte.

»Aber inzwischen scheint doch ziemlich klar zu sein, dass Ry Strauss der Täter war, oder? Und in dem Fall wäre es wohl besser, wenn wir die Sache lieber nicht wieder ausbuddeln.«

Wieder klingt sie wie mein Vater. Ich nicke ihr zu.

»Was ist?«

»Du willst, dass es aus der Welt ist«, sage ich.

»Natürlich will ich das.«

»Das wird nicht klappen.«

Ich erinnere sie daran, dass die Welt in wenigen Stunden

von Ry Strauss' Tod, den Jane Street Six und ihrer Verbindung zu dem gestohlenen Vermeer erfahren wird. Es ist nur eine Frage der Zeit, bis das FBI die Verbindung zwischen ihr und dem Koffer hergestellt hat – oder bis ihre Verbindung zu diesem Fall auf andere Weise herauskommt. Während ich ihr das sage, sackt sie immer weiter in sich zusammen.

Patricia kommt zu mir und lässt sich auf die Couch fallen. Ich weiß, wie das ablaufen wird. Sie muss es nur erst verarbeiten. Schließlich sagt sie: »Ich konnte wieder zurück nach Hause. Ich werde es nie vergessen.«

Patricia beginnt, an ihrem Daumennagel zu kauen, eine Angewohnheit, die ich noch aus unserer Kindheit kenne.

»Ich konnte wieder zurück nach Hause«, wiederholt sie. »Die anderen Mädchen sind nie wieder zurückgekommen. Ihre… manche Leichen wurden noch immer nicht gefunden.«

Sie blickt auf und sieht mich an, aber was soll ich dem noch hinzufügen?

»Ich habe es mir zur Lebensaufgabe gemacht, Kinder in Not zu retten – und jetzt kauere ich hier im Dunkeln.«

Mir ist klar, dass sie ein paar besänftigende Worte von mir erwartet, wie »Ich versteh dich« oder »Das ist schon okay«. Stattdessen sehe ich auf die Uhr, überschlage kurz, wie lange ich zum Haverford College brauchen werde, und sage: »Ich muss los.«

Als sie mich zum Jaguar begleitet, sehe ich, dass sie wieder ihren Daumennagel bearbeitet.

»Was ist los?«, frage ich.

»Ich dachte immer, es hätte nichts damit zu tun. Und eigentlich glaube ich das immer noch.«

»Aber?«, hake ich nach, als ich auf den Fahrersitz rutsche.

»Aber du kommst immer wieder auf das Zerwürfnis zwischen unseren Vätern zurück.«

»Was ist damit?«

»Du hältst es für bedeutsam.«

»Korrektur: Ich weiß nicht, ob es bedeutsam ist. Ich weiß nicht, ob überhaupt irgendetwas von dem, mit dem wir uns gerade beschäftigen, bedeutsam ist. Aber mir wurde beigebracht, so zu ermitteln. Man stellt Fragen. Man stochert herum, und dadurch lockert sich vielleicht irgendetwas.«

»Sie haben noch ein letztes Mal miteinander gesprochen.«

»Wer hat noch ein letztes Mal miteinander gesprochen?«

»Unsere Väter. Hier. Im Haus.«

»Wann?«

Patricia zwingt sich, die Hand zu senken, um nicht wieder an ihrem Daumennagel zu kauen. »Am Abend vor der Ermordung meines Vaters.«

SECHZEHN

Das 1833 gegründete Haverford College ist eine kleine elitäre Hochschule für Bachelorstudiengänge in den schicken Main-Line-Vororten von Philadelphia, direkt neben meinen beiden exklusiven Lieblingsclubs, dem Merion Golf Club (ich spiele viel Golf) und dem Merion Cricket Club (ich spiele kein Cricket, das tun aber auch nur die wenigsten Mitglieder – fragen Sie nicht). In Haverford sind nicht einmal 1400 Studenten eingeschrieben, trotzdem hat das College mehr als fünfzig Gebäude, vorwiegend aus Stein, die auf einer sehr gepflegten, achtzig Hektar großen Fläche verteilt liegen, deren Baumbestand so spektakulär ist, dass das Gebiet offiziell als Arboretum eingestuft wurde. Die Lockwoods waren bereits an den ersten Konzepten zur Gründung des Colleges beteiligt. Windsor I. und II. haben dort ihren Bachelor gemacht, beide haben sich danach weiter engagiert und wurden später zu Vorsitzenden des Kuratoriums gewählt. All meine männlichen Verwandten haben Haverford besucht (Frauen wurden erst in den 1970er-Jahren zugelassen), bis – hmm, wenn ich jetzt so darüber nachdenke – Onkel Aldrich in den Siebzigerjahren als Erster aus der Reihe tanzte und sich für die New York University entschied. Ich war dann der Zweite, als ich nach North Carolina auf die Duke University ging. Ich habe Haverford immer geliebt und werde es auch weiterhin lieben, aber mir war es einfach zu nah an zu Hause und konnte so die Sehnsucht meines achtzehnjährigen Ichs nicht befriedigen.

Professor Ian Cornwells Büro in der Roberts Hall liegt am Founders Green gegenüber der Founders Hall, in der der Vermeer und der Picasso vorübergehend ausgestellt waren, bis sie gestohlen wurden. Ich wundere mich darüber, dass Cornwell direkt auf das Gebäude blickt, in dem er gefesselt worden war, während die beiden Räuber sich an die Arbeit machten. Denkt er noch oft daran, oder wird der Anblick nach einer Weile einfach zu einem Ausblick?

Ian Cornwell bemüht sich zu sehr, professoral auszusehen – widerspenstige Haare, ungekämmter Bart, Tweedjacke, senffarbene Cordhose. In den Regalen und auf dem Fußboden liegen unordentliche Papierstapel. Statt an einem richtigen Schreibtisch sitzt Cornwell an einem großen quadratischen Tisch, der Platz für bis zu zwölf Personen bietet, sodass er hier in einem intimeren Rahmen Seminare abhalten kann.

»Freut mich sehr, dass Sie Zeit für einen Besuch gefunden haben«, sagt er.

Er bietet mir einen Platz vor einem Haufen Broschüren des Fachbereichs Politikwissenschaft an. Ich blicke zu ihm auf. Seine Miene leuchtet erwartungsvoll, bereit, mich um finanzielle Unterstützung für eine Studie oder einen Kurs anzugehen. Um möglichst schnell einen Termin bei ihm zu bekommen, hat Kabir zweifelsohne angedeutet, dass ich eine Spende in Erwägung ziehen würde. Jetzt, wo ich hier bin, ersticke ich diese Andeutung im Keim.

»Ich bin wegen der gestohlenen Gemälde hier.«

Das Lächeln fällt aus seinem Gesicht wie der Amboss in einem Cartoon. »Ich hatte den Eindruck, Sie hätten Interesse daran …«

»Später vielleicht«, unterbreche ich ihn. »Im Augenblick habe ich jedoch erst einmal ein paar Fragen zu dem Kunstraub. Sie waren damals als Nachtwächter tätig.«

Er mag meine Schroffheit nicht. Das tun nur wenige Menschen.

»Es ist lange her.«

»Ja«, antworte ich, »darüber, wie die Zeit vergeht, bin ich bestens informiert, vielen Dank.«

»Ich verstehe nicht …«

»Sie wissen sicher, dass eins der beiden Gemälde gefunden wurde, oder?«

»Das habe ich gelesen.«

»Wunderbar, ich brauche Sie also nicht erst auf den neuesten Stand zu bringen. Ich habe die FBI-Akte über den Raubüberfall eingehend studiert. Und wie Sie sich sicher vorstellen können, habe ich an der Sache auch ein persönliches Interesse.«

Cornwell blinzelt leicht benommen, also fahre ich fort.

»Sie waren der einzige Wachmann, der in dieser Nacht Dienst hatte. Laut Ihrer Aussage haben zwei als Polizeibeamte verkleidete Männer an die Tür der Founders Hall geklopft. Sie hätten behauptet, es gäbe eine Beschwerde wegen Ruhestörung, der sie nachgehen müssten, worauf Sie den Summer gedrückt und sie hereingelassen haben. Dann hätten sie Sie überwältigt, in den Keller gebracht, Ihnen Klebeband über Augen und Mund geklebt und Sie mit Handschellen an einen Heizkörper gefesselt. Sie hätten Ihre Taschen durchsucht, Ihre Brieftasche herausgezogen, sich Ihren Ausweis angesehen und gesagt, sie wüssten jetzt, wo Sie wohnen und wie Sie zu finden wären. Das war wohl als Drohung gemeint. Habe ich das so weit richtig wiedergegeben?«

Ian Cornwell sinkt auf der gegenüberliegenden Seite des Tischs auf einen Stuhl. »Es war ein traumatisches Erlebnis.«

Ich warte.

»Ich möchte lieber nicht darüber sprechen.«

»Professor Cornwell?«

»Ja.«

»Meine Familie hat zwei unbezahlbare Meisterwerke verloren, die unter Ihrer Obhut standen.«

»Sie wollen mir die Schuld daran geben?«

»Das werde ich, wenn Sie sich weigern, mit mir zusammenzuarbeiten.«

»Ich weigere mich absolut nicht, Mr Lockwood.«

»Wunderbar.«

»Aber ich lasse mich auch nicht schikanieren.«

Ich lasse ihm einen Moment Zeit, um sein Gesicht zu wahren. Er wird einlenken. Das tun sie immer.

Ein paar Sekunden später sagt er zerknirscht: »Ich weiß nicht, wie ich Ihnen helfen könnte. Ich habe der Polizei doch schon alles hundertmal erzählt.«

Ich fahre unverzagt fort: »Sie haben einen der beiden Männer auf eins fünfundsiebzig und durchschnittlich kräftig geschätzt. Der andere war ihrer Aussage zufolge um die eins fünfundachtzig und etwas kräftiger gebaut. Beide Männer waren weiß, und Sie glaubten, dass sie falsche Schnurrbärte getragen haben.«

»Es war dunkel«, ergänzt er.

»Worauf wollen Sie hinaus?«

Er blickt nach links. »Das waren alles keine genauen Angaben. Die Größe, der Körperbau. Na ja, es könnte hinkommen. Aber es ging alles extrem schnell.«

»Und Sie waren jung«, füge ich hinzu, »und hatten Angst.«

Ian Cornwell greift nach diesen Argumenten, wie ein Ertrinkender nach einem Rettungsring. »Ja, ganz genau.«

»Sie waren nur ein Assistent, der sich ein paar Dollar dazuverdienen wollte.«

»Ja, das gehörte zu den Bedingungen für mein Stipendium.«

»Sie wurden nur flüchtig angelernt.«

»Ich will den Schwarzen Peter nicht weiterschieben«, sagt Cornwell, »aber das College hätte die Bilder und Ihre Familie besser schützen müssen.«

Das stimmt, obwohl mir bei der Angelegenheit und den Ermittlungen vieles nicht gefällt. Die Gemälde sollten nur für eine kurze Zeit verliehen werden, und die Termine waren erst wenige Wochen im Voraus festgelegt worden. Wir hatten zwar Überwachungskameras installiert, aber das war vor der Zeit, in der die Videos direkt in Clouds hochgeladen wurden, stattdessen wurden die Aufnahmen auf einer Festplatte gespeichert, die sich im ersten Stock hinter dem Büro des Präsidenten befand.

»Woher wussten die Räuber, wo die Festplatte war?«, frage ich.

Er schließt die Augen. »Bitte nicht.«

»Wie bitte?«

»Glauben Sie, das FBI hätte mir all diese Fragen damals nicht tausendmal gestellt? Die haben mich stundenlang vernommen. Die haben mir sogar einen Rechtsbeistand verweigert.«

»Die dachten, Sie stecken da mit drin.«

»Ich weiß es nicht. Sie haben sich jedenfalls so benommen. Also gebe ich Ihnen die Antwort, die ich denen damals gegeben habe – ich weiß es nicht. Sie haben mich mit Klebeband und Handschellen im Keller gefesselt. Ich hatte keine Ahnung, was sie hier gemacht haben. Ich war acht Stunden da unten eingesperrt – bis morgens endlich meine Ablösung kam.«

Ich weiß das natürlich alles. Ian Cornwell war aus diversen Gründen freigesprochen worden, in erster Linie jedoch, weil er nur ein zweiundzwanzigjähriger Hochschulassistent ohne

Vorstrafen war. Er hatte weder das Hirn noch die Erfahrung, so einen Raubüberfall durchzuziehen. Das FBI hat ihn trotzdem weiter überwacht. Und ich hatte Kabir den Auftrag gegeben, seine Kontoauszüge durchzusehen, um festzustellen, ob irgendwann später in seinem Leben noch ein Geldregen auf ihn niedergegangen war. Kabir hat nichts gefunden. Ian Cornwell scheint sauber zu sein. Trotzdem.

»Ich möchte, dass Sie einen Blick auf diese Fotos werfen.«

Ich schiebe die vier Fotos auf dem Tisch zu ihm hinüber. Die ersten beiden sind Ausschnittvergrößerungen vom berühmten Bild der Jane Street Six. Eins zeigt Ry Strauss. Das andere Arlo Sugarman. Dann folgen noch einmal die gleichen Ausschnitte, die jedoch mit einer Altersprogressions-Software bearbeitet wurden, sodass Strauss und Sugarman etwa zwanzig Jahre älter aussehen – wie Anfang vierzig –, so alt wie sie zur Zeit des Kunstraubs waren.

Ian Cornwell sieht sich die Bilder an. Dann blickt er zu mir auf. »Soll das ein Witz sein?«

»Was?«

»Das sind Ry Strauss und Arlo Sugarman«, sagt er.

»Glauben Sie, dass die etwas …«

»Glauben Sie es?«

Ian Cornwell blickt wieder nach unten und scheint die Fotos mit neuem Elan zu studieren. Ich beobachte ihn genau. Ich will seine Reaktion sehen, aber ungeachtet dessen, was Sie vielleicht gelegentlich lesen, ist der Mensch kein offenes Buch. Dennoch erkenne ich, dass etwas in seinen Augen vorgeht – oder ich bilde es mir zumindest ein.

»Einen Moment«, sagt er.

Er greift in einen Schrank in der Nähe des Bücherregals und nimmt einen schwarzen Filzstift heraus. Er deutet auf die Fotos. »Darf ich?«

»Nur zu.«

Sorgfältig malt er Schnurrbärte auf die Gesichter der Männer. Als er zufrieden ist, richtet er sich auf und legt den Kopf schräg wie ein Künstler, der sein Werk begutachtet. Ich sehe nicht auf die Fotos. Ich konzentriere mich auf sein Gesicht.

Was ich darin sehe, gefällt mir nicht.

»Ich könnte weder beschwören, dass sie es waren, noch, dass sie es nicht waren«, sagt er, nachdem er sich noch etwas Zeit gelassen hat. »Es wäre aber durchaus möglich.«

Ich sage nichts.

»Ist sonst noch irgendetwas, Mr Lockwood?«

»Nur die Verjährungsfrist«, sage ich.

»Wie bitte?«

»Sie ist abgelaufen.«

»Ich verstehe nicht…«

»Wenn Sie also etwas mit dem Raub zu tun hatten, droht Ihnen keine strafrechtliche Verfolgung mehr. Falls Sie den Dieben zum Beispiel Insiderinformationen gegeben haben – falls Sie sich auf irgendeine Art zum Komplizen gemacht haben –, ist das nicht mehr von Belang, weil es schon über zwanzig Jahre her ist. Die Verjährungsfrist für solche Straftaten beträgt in Pennsylvania nur fünf Jahre. Kurz zusammengefasst: Sie sind aus dem Schneider, Professor Cornwell.«

Er runzelt die Stirn. »Wobei bin ich aus dem Schneider?«

»Beim Lincoln-Attentat«, erwidere ich.

»Was?«

Ich schüttle den Kopf. »Verstehen Sie jetzt, wieso ich Probleme mit Ihnen habe?«

»Was wollen Sie…?«

»Sie haben gerade gefragt, wobei Sie aus dem Schneider sind, obwohl es offensichtlich ist, dass ich vom Kunstraub spreche.« Ich ahme seinen Tonfall nach und wiederhole: »›Wobei bin ich aus dem Schneider?‹ Das ist einfach zu viel des Guten, Ian. Es macht Sie verdächtig. Wenn ich es mir recht überlege, ist im Prinzip alles an Ihrer Aussage verdächtig.«

»Ich weiß nicht, wovon Sie reden.«

»Nehmen wir die beiden Räuber, die als Polizisten verkleidet waren.«

»Was ist mit denen?«

»Genauso ist es in Boston beim Raubüberfall auf das Gardner Museum abgelaufen. Zwei Männer, die genauso groß waren, wie von Ihnen beschrieben, die gleiche Statur hatten, die gleichen falschen Schnurrbärte trugen und sich mit der gleichen Behauptung, dass es eine Beschwerde wegen Ruhestörung gegeben hätte, der sie nachgehen müssten, Zutritt verschafft haben.«

»Finden Sie das seltsam?«, entgegnet er.

»Das tue ich, ja.«

»Das FBI hingegen glaubt, es wäre derselbe Modus Operandi gewesen.«

»Modus Operandi?«

»Dieselbe Vorgehensweise.«

»Ja, der Begriff ist mir bekannt. Danke.«

»Na ja, deshalb gibt es Ähnlichkeiten, Mr Lockwood. Die Arbeitshypothese des FBI lautete, dass beide Raubüberfälle von denselben Tätern durchgeführt wurden.«

»Oder«, sage ich, »dass jemand – vielleicht Sie – uns diesen Glauben nahebringen wollte. Und eine ›Ruhestörung‹? Ruhestörung? Ernsthaft? Spätnachts in dem geschlossenen Gebäude auf der anderen Seite des Greens? Sie waren ja vor Ort. Haben Sie etwas von einer Ruhestörung mitbekommen?«

»Äh, nein.«

»Nein«, wiederhole ich. »Haben Sie eine gemeldet? Auch nicht. Trotzdem haben Sie diesen beiden Männern mit ihren falschen Schnurrbärten einfach die Tür geöffnet. Finden Sie das nicht seltsam?«

»Ich habe sie für Polizisten gehalten.«

»Hatten sie ein Polizeifahrzeug?«

»Ich habe keines gesehen.«

»Und noch etwas. An den Ein- und Ausgängen zum Campus waren Überwachungskameras angebracht. Auf den Videos, die dort an diesem Abend aufgenommen wurden, waren keine als Polizisten verkleidete Männer zu sehen.«

Das ist gelogen – die Ein- und Ausgänge wurden damals nicht mit Kameras überwacht –, aber die Lüge zieht.

»Mir reicht's jetzt«, faucht Ian Cornwell und steht auf. »Ganz egal, wer Sie sind…«

»Psst.«

»Wie bitte? Haben Sie gerade…?«

Ich starre ihn nieder. Wenn Sie das Verhalten einer Person ändern wollen, beherzigen Sie einfach nur diesen Punkt: Menschen folgen immer ihrem Eigeninteresse. Immer. Das ist die einzige Motivation. Menschen tun nur dann »das Richtige«, wenn es diesem Eigeninteresse entspricht. Ja, das ist zynisch, aber es stimmt. Wenn Sie wollen, dass jemand seine Ansicht ändert, liegt das Geheimnis nicht etwa darin, sich nachsichtig, respektvoll oder versöhnlich zu geben oder unstrittige und überzeugende Fakten anzuführen, um aufzuzeigen, dass besagte Ansicht falsch ist. Und für die wahrhaft Naiven unter uns: Das Geheimnis besteht nicht darin, an »das Gute« in uns oder »die Menschlichkeit« zu appellieren. All das funktioniert nicht. Die einzige Möglichkeit, die Ansicht eines Menschen zu ändern, besteht darin, ihn glauben zu machen, dass es in seinem eigenen Interesse ist, sich auf Ihre Seite zu stellen. Punkt. Ende.

Ich weiß, was Sie jetzt denken: Ich bin ein zu einnehmendes

Geschöpf, um so zynisch zu sein. Hören Sie mir einfach noch einen Moment lang zu.

»Ich mache Ihnen folgenden Vorschlag«, sage ich zu Professor Cornwell. »Sie erzählen mir die Wahrheit über das, was in jener Nacht geschehen ist...«

»Ich habe Ihnen doch schon gesagt, dass...«

»Psst.« Ich lege den Zeigefinger auf meine Lippen. »Hören Sie zu, das ist der einzige Ausweg. Sie erzählen mir die Wahrheit. Die ganze Wahrheit. Nur mir. Im Gegenzug verspreche ich Ihnen, dass diese Wahrheit diesen Raum nie verlässt. Ich werde niemandem etwas davon sagen. Keiner Menschenseele. Es wird keine Konsequenzen nach sich ziehen. Es ist mir egal, ob der Picasso über Ihrer Toilette hängt oder ob Sie ihn als Kaminanzünder benutzt haben. Es ist mir egal, ob Sie der Drahtzieher waren oder nur eine Nebenrolle gespielt haben. Ist Ihnen klar, was ich Ihnen anbiete, Professor? Welche Vorteile darin liegen? Ich biete Ihnen die Chance, frei zu sein. Sie sagen mir einfach die Wahrheit – und die Last fällt Ihnen von den Schultern. Und nicht nur das, Sie gewinnen einen Verbündeten, der Ihr Leben lang an Ihrer Seite steht. Einen dankbaren, mächtigen Verbündeten. Einen Verbündeten, der Sie fördern oder ein akademisches – und ich verwende dieses Wort in all seiner Vieldeutigkeit – Traumprojekt finanzieren kann, das Ihnen am Herzen liegt.«

So viel zum Zuckerbrot. Jetzt kommt die Peitsche. Ich senke die Stimme, damit er sich anstrengen muss, mich zu verstehen. Er strengt sich an.

»Wenn Sie mein großzügiges Angebot jedoch ablehnen, werde ich Ihr Leben sezieren. Nach allen Regeln der Kunst. Wahrscheinlich glauben Sie, davor keine Angst haben zu müssen. Schließlich hat das FBI vor vierundzwanzig Jahren nichts gefunden. Sie fühlen sich sicher in Ihrem Lügengebäude. Aber diese Sicherheit ist jetzt nur noch eine Illusion. Der Vermeer ist wieder da. Und mindestens eine Leiche, die damit im Zusammenhang steht. Natürlich wird das FBI die Ermittlungen mit neuem Elan wieder aufnehmen. Viel wichtiger für Sie und Ihr Leben ist allerdings, dass ich das tun werde, was die Strafverfolgungsbehörden nicht tun können. Ich werde auf den Ermittlungen aufbauen und alle Ressourcen nutzen, die mir zur Verfügung stehen, um auf diese die Intensität der gegen Sie gerichteten Maßnahmen um die zehnte Potenz erhöhen. Haben Sie das verstanden?«

Er sagt nichts.

Zeit, ihm die Rettungsleine zuzuwerfen.

»Dies ist Ihre Chance, Professor Cornwell – Ihre Chance, den Betrügereien ein Ende zu setzen, die Ihnen seit über zwanzig Jahren zu schaffen machen. Dies ist Ihre Chance, sich dieser Bürde zu entledigen. Dies ist Ihre Chance, Professor, und wenn Sie sie nicht nutzen, gilt Ihnen und allen Cornwells, die vor Ihnen kamen und Ihnen nachfolgen werden, mein Bedauern.«

Ich verbeuge mich nicht, als ich zum Schluss komme, obwohl ich das Gefühl habe, dass es angemessen sein könnte.

Während ich auf seine Antwort warte und dabei aus dem Fenster auf das Grün blicke, über das mein Vater, mein Großvater und mein Urgroßvater als junge Männer geschlendert sind, geht mir plötzlich ein eigenartiger Gedanke durch den Kopf. Er lenkt mich ab und reißt mich aus dem gegenwärtigen Moment.

Ich denke an Onkel Aldrich, der sich gegen die Familientradition aufgelehnt hat und nicht hierhergekommen ist.

Warum denke ich daran? Ich weiß es nicht. Aber der Gedanke beschäftigt mich.

Ich höre einen Gong und drehe mich um. Die Standuhr

in der Ecke hat zur Viertelstunde geschlagen. Die Bürotür springt auf, Studenten strömen mit ihren Rucksäcken herein, und uns umgibt die übliche Kakophonie, die nach dem Mittagessen immer besonders laut ist. Ian Cornwell sagt zu mir: »Sie irren sich. Ich weiß nichts.«

Dann schüttelt er seinen entgeisterten Blick ab und begrüßt die hereinströmenden Studenten mit einem sanftmütigen Lächeln. Ich sehe, dass er sich hier zu Hause fühlt. Ich sehe, dass er glücklich und ein beliebter Dozent ist. Ich sehe, dass er gut ist in seinem Job.

Vor allem aber sehe ich, dass er mich belügt.

SIEBZEHN

M ein Vater schläft, als ich wieder in Lockwood ankomme. Ich überlege, ob ich ihn wecken soll – ich muss ihn nach dem Besuch bei seinem Bruder in der Nacht vor dessen Ermordung fragen –, aber Nigel Duncan erzählt mir, dass er Beruhigungsmittel genommen hat und kaum ansprechbar sein wird. Dann eben nicht. Vielleicht ist es auch besser, wenn ich erst noch mehr in Erfahrung bringe, bevor ich meinen Vater konfrontiere. Außerdem habe ich einen engen Zeitplan. Der Filialleiter der Bank of Manhattan hat sich bereit erklärt, in anderthalb Stunden mit mir zu reden.

Nigel begleitet mich zum Hubschrauber. »Wonach suchen Sie?«, fragt er.

»Soll ich eine Kunstpause machen, zu Ihnen herumfahren und ausrufen: ›Nach der Wahrheit, verdammt‹?«

Nigel schüttelt den Kopf. »Sie sind ein komischer Typ, Win.«

Der Hubschrauber setzt mich rechtzeitig wieder in Chelsea ab. Als Magda mich zur Bankfiliale an der Upper West Side fährt, entdecke ich einen Verfolger. Ein schwarzer Lincoln Town Car. Der Wagen war uns schon heute Morgen gefolgt. Amateure. Ich bin fast ein bisschen beleidigt, weil sie sich nicht mehr Mühe geben.

»Kleine Planänderung«, sage ich zu Magda.

»Aha?«

»Seien Sie so freundlich und machen Sie einen kleinen

Abstecher zum Büro in der Park Avenue, bevor wir zur Bank fahren.«

»Sie sind der Boss.«

Das bin ich tatsächlich. Mein nächster Schritt ist ziemlich einfach. Der innerstädtische Verkehr in Manhattan ist gnädigerweise gering. Als wir das Lock-Horne-Building erreichen, hält Magda an der Stelle, an der ich immer aussteige.

»Bleiben Sie im Wagen«, sage ich.

Mit der Kamerafunktion meines iPhones beobachte ich, was sich hinter meinem Rücken abspielt. Der schwarze Lincoln Town Car steht drei Wagen hinter uns in zweiter Reihe. Was für Amateure. Ich warte. Es wird nicht lange dauern. Ich sehe, wie Kabir sich dem Lincoln von hinten nähert. Er bleibt stehen und beugt sich nach unten, als müsste er sich einen Schuh zubinden. Das muss er nicht. Er hängt einen GPS-Sender mit Magnethalterung unter die Stoßstange.

Wie schon gesagt ist es ziemlich einfach.

Kabir richtet sich wieder auf, signalisiert mir mit einem kurzen Nicken, dass der Peilsender an der Stoßstange des Lincoln hängt, dreht sich um und entfernt sich in die andere Richtung.

»Okay«, sage ich zu Magda. »Wir können weiterfahren.«

Auf dem Weg nach Uptown rufe ich Kabir an. Er wird die Route des Wagens im Auge behalten. »Ich checke auch das Kennzeichen«, sagt er. Ich bedanke mich und lege auf. Als wir uns der Bank nähern, überlege ich, welche Vor- und Nachteile es hätte, den Verfolger abzuhängen – was kein Problem wäre –, und komme zu dem Schluss, dass es besser ist, sie nicht zu warnen. Sie dürfen ruhig sehen, dass ich in der Upper West Side in eine Bankfiliale gehe.

Was macht das schon?

Fünf Minuten später sitze ich in einem verglasten Büro mit Blick auf die Kassenhalle. Die Bank befindet sich in einem wunderschönen alten Gebäude an der Ecke Broadway und 74th Street. Vor langer Zeit war ebendieses Gebäude, tja, eine Bank – damals, als Banken noch kathedralenartige, Ehrfurcht einflößende Bauten waren und noch nicht die heute üblichen Ladenfronten hatten, die die Wärme einer Kettenmotellobby ausstrahlen. In dieser Filiale gibt es noch Marmorsäulen, Kronleuchter, Kassenschalter aus Eichenholz und eine riesige, runde Tresortür. Es ist eins der wenigen Gebäude dieser Art, die nicht zu einem Club oder einem Edelrestaurant umgebaut wurden.

Jill Garrity verkündet das Namensschild, das auf dem Schreibtisch der Filialleiterin steht. Ihre Haare sind zu einem so festen Knoten nach hinten gekämmt, dass ich befürchte, ihre Kopfhaut könnte jeden Moment zu bluten anfangen. Sie trägt eine Hornbrille. Der Kragen ihrer weißen Bluse ist so steif, dass man damit jemandem ein Auge ausstechen könnte.

»Es ist wundervoll, Sie persönlich kennenzulernen, Mr Lockwood.«

Wir machen viele Geschäfte mit der Bank. Sie erhofft sich von meinem Besuch, dass es noch mehr werden. Einerseits möchte ich ihr diese Hoffnung nicht nehmen, andererseits drängt die Zeit. Ich sage ihr, dass sie mir einen Gefallen tun könnte. Sie kniet sich voll rein, ist ganz erpicht darauf, mir einen Gefallen zu tun. Ich erkundige mich nach dem Banküberfall.

»Da gibt es nicht viel zu erzählen«, sagt sie.

»Sind die Täter einfach so reingestürmt? Waren sie bewaffnet?«

»O nein, nein. Die Bank war geschlossen. Der Einbruch fand um zwei Uhr morgens statt.«

Das überrascht mich. »Wie das?«

Sie fängt an, an ihrem Ring herumzufummeln. »Ich möchte nicht unhöflich sein …«

»Dann seien Sie es nicht.«

Mein Einwurf erschreckt sie. Ich sehe ihr in die Augen.

»Erzählen Sie mir von dem Überfall.«

Es dauert ein oder zwei Sekunden, aber dann wissen wir beide, wie es weitergeht. »Einer von unseren Wachmännern war beteiligt. Er war nicht vorbestraft – wir haben ihn gründlich überprüft –, aber der Ehemann seiner Schwester hatte irgendwelche Verbindungen zur Mafia. Die Einzelheiten kenne ich wirklich nicht.«

»Wie viel Geld wurde gestohlen?«

»Sehr wenig«, sagt Jill Garrity etwas zu defensiv. »Sie wissen wahrscheinlich, dass die meisten Filialen nicht viel Bargeld bereithalten. Wenn Sie, Mr Lockwood, wegen des gestohlenen Bargelds besorgt sind, kann ich Sie beruhigen. Keiner unserer Kunden war hinsichtlich seines Finanzportfolios betroffen.«

Das hatte ich mir schon gedacht. Ich komme nur einfach nicht dahinter, warum Ry Strauss wegen des Raubüberfalls so außer sich war. Natürlich kann das einfach auf seine Paranoia zurückzuführen sein, auf seine blühende Fantasie, allerdings kann ich mich des Eindrucks nicht erwehren, dass mehr dahintersteckt.

Und warum sieht Miss Garrity immer noch so aus, als würde sie mir etwas verheimlichen?

»Finanzportfolio«, wiederhole ich.

»Wie bitte?«

»Sie sagten, Ihre Kunden seien hinsichtlich ihrer Finanzportfolios nicht betroffen.«

Sie fummelt weiter am Ring herum.

»In welcher Hinsicht waren sie dann betroffen?«

Sie lehnt sich zurück. »Ich gehe davon aus, dass die Räuber auf Bargeld aus waren. Na ja, das wäre ja auch logisch. Als sie dann gemerkt haben, dass da nichts zu holen war, haben sie sich das Nächstbeste geschnappt.«

»Und das wäre?«

»Dies ist ein altes Gebäude. Tja, und wir haben unten im Keller noch Schließfächer.«

Ich höre förmlich, wie es in meinem Gehirn klickt. »Sie haben die Schließfächer aufgebrochen?«

»Ja.«

»Alle, viele oder nur ein paar ausgewählte?«

»Fast alle.«

Also nicht zielgerichtet. »Haben Sie Ihre Kunden benachrichtigt?«

»Es ist… kompliziert. Wir tun unser Bestes. Kennen Sie sich mit Schließfächern aus?«

»Ich weiß, dass ich nie eins nutzen würde«, sage ich.

Zuerst wirkt sie etwas vor den Kopf gestoßen, doch dann nickt sie. »In den neueren Filialen haben wir auch keine mehr. Um ehrlich zu sein, bereiten sie uns Kopfschmerzen. Sie sind teuer in Anschaffung und Unterhalt, die Gewinnspanne ist klein, sie brauchen sehr viel Platz… und es gibt viele Probleme.«

»Was für Probleme?«

»Die Leute lagern ihre Wertsachen darin – Schmuck, Papiere, Geburtsurkunden, Verträge, Pässe, Urkunden, Münz- oder Briefmarkensammlungen. Aber manchmal, tja, sie sind vergesslich. Sie kommen herein, öffnen ihr Fach und fangen plötzlich an zu schreien, dass eine wertvolle Diamantkette fehlt. Meistens haben sie einfach vergessen, dass sie sie selbst herausgenommen haben. Manchmal ist es schlicht Betrug.«

»Sie behaupten, es wäre etwas gestohlen worden, das gar nicht im Schließfach war.«

»So ist es. Und manchmal – sehr selten – unterläuft uns ein

Fehler, und es ist unsere Schuld. Aber das ist wirklich sehr selten.«

»Wie sieht so ein Fehler aus, der Ihnen da unterlaufen könnte?«

»Wenn ein Kunde nicht mehr für sein Fach zahlt, müssen wir es räumen. Natürlich schicken wir vorher viele Mahnungen, aber wenn die Mietgebühr dann weiterhin nicht eingeht, bohren wir das Schließfach auf und schicken den Inhalt an unsere Zentrale im Stadtzentrum. Einmal haben wir das falsche Fach aufgebohrt. Der Mann kam herein, öffnete sein Schließfach, und all seine Habseligkeiten waren verschwunden.«

Langsam erklärt sich alles. »Und wenn es einen Einbruch wie diesen gibt?«

»Das können Sie sich bestimmt vorstellen«, sagt sie.

Und das kann ich tatsächlich.

»Plötzlich behaupten alle Kunden, sie hätten teure Rolex-Uhren oder seltene Briefmarken im Wert von einer halben Million Dollar in ihren Schließfächern gehabt. Natürlich hat niemand das Kleingedruckte gelesen, in dem steht, dass die Haftung der Bank auf das Zehnfache der Jahresmiete für das Schließfach beschränkt ist.«

»Und was verlangen Sie für ein Schließfach?«

»Nur selten mehr als ein paar Hundert Dollar im Jahr.«

Ich finde, das ist nicht sehr viel. »Sie haben also Ihre Kunden informiert«, fahre ich fort. »Und viele behaupten, weit mehr verloren zu haben, als Sie laut Vertrag erstatten müssen, ist das richtig?«

»Ja, so ist es.«

Aber ich glaube jetzt, dass ich mir alles zusammengereimt habe. Ja, die Leute bewahren dort ihre Wertsachen auf, genau wie die Filialleiterin es beschrieben hat. Aber sie bewahren dort weit mehr auf als nur das.

Sie bewahren Geheimnisse auf.

»Wie groß ist Ihr größtes Schließfach?«

»In dieser Filiale? Zwanzig mal zwanzig Zentimeter. Und sechzig Zentimeter tief.«

Den Picasso kann man hier also nicht verstecken. Aber ich habe auch nicht angenommen, dass Strauss das getan hätte. Dafür hatte er das Schließfach nicht gemietet. Und es war nicht der Grund für seine Panik.

Ich hole einen Ausdruck vom Überwachungsvideo aus dem Beresford hervor – die beste Aufnahme, die ich von Ry Strauss vor seiner Ermordung habe. »Kennen Sie diesen Mann?«

Sie mustert das Foto. »Ich glaube nicht. Na ja, aber man sieht auch nicht viel.«

»Die Kunden, deren Schließfächer aufgebrochen wurden«, setze ich an.

»Was ist mit ihnen?«

»Wie haben Sie sie kontaktiert?«

»Per Einschreiben.«

»Haben Sie auch einige von ihnen angerufen?«

»Nein, ich glaube nicht. Das hätten wir sowieso nicht selbst gemacht. Wir haben eine Versicherungssparte in Delaware, die sich darum kümmert.«

»Es ist also ausgeschlossen, dass ein Mitarbeiter dort einen der Kunden angerufen und ihn gebeten hat hierherzukommen, um über den Diebstahl seiner Sachen zu sprechen?«

»Vollkommen ausgeschlossen.«

Ich stelle ihr noch ein paar Fragen, aber zum ersten Mal seit Beginn dieses Schlamassels habe ich den Eindruck, einen gewissen Einblick zu bekommen. Als ich die Bank verlasse, klingelt mein Handy. Ich stelle überrascht fest, dass es Jessica ist.

»Bist du beschäftigt?«, fragt sie.

»Müssten wir unser nächstes Rendezvous nicht über die App vereinbaren?«

»Du hast deine Chance vertan.«

»Du hättest es nicht durchgezogen«, sage ich.

»Wir werden es wohl nie erfahren. Aber deswegen rufe ich nicht an. Weißt du, dass gerade bekannt gegeben wurde, dass es sich bei dem Ermordeten um Ry Strauss handelt?«

»Ich wusste, dass es passieren würde, ja.«

»Tja, ich war vorbereitet. Ich habe dem *New Yorker* vorgeschlagen, eine Fortsetzung der Story über die Jane Street Six zu schreiben. Gewissermaßen ein Update meines alten ›Wo sind sie heute?‹-Artikels.«

»Ich denke, sie haben sofort zugeschlagen?«

»Wenn ich will, kann ich sehr charmant sein.«

»Oh, keine Frage.«

»Wie dem auch sei, ich werde gleich Vanessa Hogan interviewen, die Mutter des Opfers und auch die Person, die Billy Rowan zuletzt gesehen hat. Willst du mitkommen?«

* * *

Jessica sagt: »Einfach unglaublich, dass Windsor Horne Lockwood der Dritte U-Bahn fährt.«

Ich halte mich an der Stange über mir fest. Wir sind in der U-Bahn-Linie A und fahren Richtung Süden. »Ich bin ein Mann des Volkes«, sage ich zu ihr.

»Du bist alles Mögliche, aber kein Mann des Volkes.«

»Du musst wissen, dass ich vor Kurzem einen Linienflug genommen habe.«

Jessica runzelt die Stirn. »Nein, hast du nicht.«

»Nein, habe ich nicht. Aber ich habe es in Erwägung gezogen.«

Der Grund dafür, die U-Bahn zu nehmen, ist sehr einfach. Ich will nicht, dass meine Beschatter wissen, wohin wir fahren. Ich habe Magda aufgefordert, überraschend abzubiegen, sodass der Wagen für ein paar Sekunden außerhalb ihres Blickfelds war. Diese wenigen Sekunden habe ich genutzt, um auszusteigen und in der Lobby des Davenport Theatre in der 45th Street zu verschwinden. Über den Seitenausgang habe ich das Gebäude wieder verlassen und mich durch den Hintereingang ins Comfort Inn Times Square West begeben, um auf der 44th Street wieder herauszukommen, dann weiter Richtung Osten und die 8th Avenue bis zum U-Bahn-Eingang an der 42nd Street, an dem Jessica auf mich gewartet hat.

Den Rest meines Plans können Sie sich wahrscheinlich vorstellen.

Höchstwahrscheinlich verfolgt der schwarze Lincoln Town Car – kann man ein noch auffälligeres Fahrzeug wählen? – Magda durch den Lincoln-Tunnel nach New Jersey, während Jessica und ich mit der Linie A nach Queens fahren, wo uns ein anderer Fahrer abholen und zum Haus von Vanessa Hogan bringen wird.

Vanessa Hogan hat wieder geheiratet und ist aus dem bescheidenen Zweifamilienhaus im Kolonialstil, in dem sie Frederick großgezogen hat, in ein größeres und moderneres Haus im etwas eleganteren Kings Point umgezogen. Ihr Sohn Stuart, Fredericks Halbbruder, der acht Jahre nach dem Vorfall mit den Jane Street Six geboren wurde, öffnet uns die Tür und verzieht das Gesicht.

»Wir sind mit Vanessa verabredet«, sagt Jessica.

»Von Ihnen weiß ich«, sagt Stuart zu Jessica und beäugt mich skeptisch. »Aber wer ist das?«

»Miss Culvers Assistent«, erwidere ich. »Ich kann wunderbar Diktate aufnehmen.«

»Sie sehen nicht aus, als würden Sie Diktate aufnehmen.«

»Schmeichler.«

Stuart tritt zu uns vor die Tür und sagt leise. »Ich habe keine Ahnung, warum Mom sich bereit erklärt hat, sich mit Ihnen zu treffen.«

Er wartet auf eine Antwort. Er bekommt keine.

»Es geht ihr nämlich nicht gut. Mein Vater ist letztes Jahr gestorben.«

»Das tut mir leid«, sagt Jessica.

»Sie waren über vierzig Jahre verheiratet.«

Jessica legt den Kopf auf die Seite, nickt und verströmt Mitleid im Überfluss, was, in Verbindung mit ihrer Schönheit, dazu führt, dass Stuart weiche Knie bekommt. Ich versuche, aus dem Blickfeld zu verschwinden – das hier muss ich ihr überlassen.

»Das muss sehr schwer für Sie beide gewesen sein«, sagt Jessica mit genau dem richtigen Maß an Mitgefühl.

»Das war es auch. Und jetzt, na ja, Sie wissen doch, dass ich Frederick gar nicht kannte, oder?«

»Ja, selbstverständlich«, sagt Jessica.

»Mein Vater hat meine Mutter kennengelernt, nachdem … nachdem Frederick bei dem Unfall ums Leben gekommen ist. Aber mir wurde mein Leben lang von ihm erzählt. Es ist nicht so, dass Mom einfach wieder geheiratet und ihr Leben fortgesetzt hat.« Er blickt zur Seite und atmet langsam aus. »Na ja, es ist zwar schon lange her, dass Frederick gestorben ist, es bereitet ihr aber immer noch große Schmerzen.«

Jessica sagt: »Das muss sehr schwer für dich gewesen sein, Stuart.«

Ich versuche, nicht die Augen zu verdrehen.

»Passen Sie auf, dass sie sich nicht mehr als nötig aufregt, okay?«

Sie nickt. Er sieht mich an. Ich ahme ihr Nicken nach. Dann führt Stuart uns in ein Wohnzimmer mit hoher Decke, Oberlichtern und einem hellen Hartholzboden. Vanessa Hogan, die inzwischen über achtzig ist, sitzt verschrumpelt und von Kissen gestützt in einem Sessel. Ihre Haut ist fahl. Sie trägt ein Kopftuch, ein verräterisches Zeichen für eine Chemotherapie, eine Bestrahlung oder etwas ähnlich Strapaziöses. Ihre weit aufgerissenen, hellen und tiefblauen Augen wirken riesig in ihrem eingefallenen Schädel. Jessica geht mit ausgestreckter Hand auf sie zu, aber Vanessa fordert uns mit einer Geste auf, ihr gegenüber auf der Couch Platz zu nehmen.

Sie lässt mich nicht aus den Augen.

»Wer ist das?«, fragt sie.

Ihre Stimme klingt jung, ganz ähnlich wie bei ihrer »Ich vergebe ihnen«-Pressekonferenz vor so vielen Jahren.

»Das ist mein Freund Win«, sagt Jessica.

Vanessa Hogan sieht mich mit einem zweifelnden Blick an. Ich rechne mit weiteren Fragen, aber sie richtet ihre Aufmerksamkeit wieder auf Jessica. »Warum wollten Sie mich sprechen, Miss Culver?«

»Sie wissen sicher, dass Ry Strauss gefunden wurde.«

»Natürlich.«

»Ich würde gerne erfahren, wie Sie darüber denken.«

»Ich denke darüber nicht nach.«

»Es muss schwer sein«, sagt Jessica, »wenn plötzlich alles wieder zurückkommt.«

»Was kommt wieder zurück?«

»Der Tod Ihres Sohnes.«

Vanessa lächelt. »Glauben Sie, es würde auch nur ein Tag vergehen, an dem ich nicht an Frederick denke?«

Das ist, wie ich finde, eine ziemlich gute Antwort. Ich sehe Jessica an. Sie unternimmt noch einen Versuch.

»Als Sie gehört haben, dass Ry Strauss gefunden wurde …«

»Ich habe ihm vergeben«, unterbricht Vanessa Hogan sie. »Schon vor langer Zeit. Ich habe ihnen allen vergeben.«

»Verstehe«, sagt Jessica. »Und was glauben Sie, wo er jetzt ist?«

»Ry Strauss?«

»Ja.«

»Er schmort in der Hölle«, antwortet Vanessa, und ein diebisches Lächeln breitet sich auf ihrem Gesicht aus. »Ich mag ihm vergeben haben, glaube aber nicht, dass der Herr das auch getan hat.« Langsam wendet sie ihren Blick wieder zu mir. »Wie ist Ihr Nachname?«

»Lockwood.«

»Win Lockwood?«

»Ja.«

»Er hat Ihr Bild gestohlen.«

Ich antworte nicht.

»Sind Sie deshalb hier?«

»Zum Teil.«

»Ihnen hat Ry Strauss ein Gemälde gestohlen, mir einen Sohn.«

»Ich vergleiche nicht«, sage ich.

»Ich auch nicht. Warum sind Sie hier, Mr Lockwood?«

»Ich suche ein paar Antworten.«

Die Haut an ihren Händen ist dünn wie Pergamentpapier. Ich sehe die Blutergüsse an den Einstichstellen für die intravenösen Zugänge. »Es fehlt aber noch ein Gemälde«, sagt sie. »Das habe ich in den Nachrichten gehört.«

»Ja.«

»Suchen Sie das?«

»Zum Teil.«

»Aber nur zu einem kleinen Teil. Habe ich recht?«

Unsere Blicke begegnen sich, und wir beide sehen so etwas wie Verständnis füreinander.

»Erzählen Sie mir, wonach Sie wirklich suchen, Mr Lockwood.«

Ich sehe Jessica an. Sie überlässt mir die Entscheidung.

»Haben Sie je von Patricia Lockwood gehört?«, frage ich.

»Ich gehe davon aus, dass sie eine Verwandte von Ihnen ist.«

»Meine Cousine.«

Sie richtet sich auf und fordert mich mit einer Geste auf fortzufahren. Das tue ich.

»In den Neunzigern wurden ungefähr zehn Mädchen im Teenageralter entführt und gegen ihren Willen in einem Schuppen im Wald in der Umgebung von Philadelphia festgehalten. Sie wurden monatelang, vielleicht jahrelang brutal misshandelt, wiederholt vergewaltigt und dann ermordet. Einige wurden nie gefunden.«

Sie sieht mir weiter in die Augen. »Sie sprechen von der Hütte des Schreckens.«

Ich sage nichts.

»Ich gucke mir viele True-Crime-Serien im Kabelfernsehen an«, sagt Vanessa Hogan. »Wenn ich mich recht erinnere, wurde der Fall nie gelöst.«

»Das ist richtig.«

Sie versucht, sich noch weiter aufzurichten. »Dann glauben Sie also, dass Ry Strauss...?«

»Es gibt Beweise, die belegen, dass er zumindest daran beteiligt war«, sage ich. »Möglicherweise hat er aber nicht allein gehandelt.«

»Und ein Mädchen ist entkommen. War das...?«

»Meine Cousine, ja.«

»Oh mein Gott.« Ihre Hand fängt an zu zittern, sie legt sie

auf ihre Brust, wo sie zur Ruhe kommt. »Und deshalb sind Sie hier?«

»Ja.«

»Aber warum sind Sie zu mir gekommen?«

»Sie mögen vergeben ...«, sage ich.

»... aber Sie vergeben nicht?«, beendet sie den Satz für mich.

Ich zucke die Achseln. »Jemand hat meinen Onkel ermordet. Jemand hat meine Cousine entführt.«

»Sie sollten es in Gottes Händen legen.«

»Nein, Ma'am, das werde ich wohl nicht tun.«

»Römer 12,19.«

»Die Rache ist mein, ich will vergelten, spricht der Herr.«

»Ich bin beeindruckt, Mr Lockwood. Wissen Sie, was das bedeutet?«

»Es ist mir egal, was es bedeutet«, sage ich. »Ich weiß aber, dass Männer, die so etwas tun, nicht einfach aufhören. Sie töten wieder. Immer. Sie werden weder geheilt oder resozialisiert, noch, entschuldigen Sie, finden sie zu Gott. Sie morden einfach weiter. Wenn Sie also heute Abend in den Nachrichten hören, dass ein junges Mädchen vermisst wird – vielleicht sind es dann dieselben Mörder.«

»Es sei denn, Ry Strauss hat auf eigene Faust gehandelt«, sagt sie.

»Das wäre möglich, ist aber unwahrscheinlich. Meine Cousine sagte, dass sie von zwei Männern entführt wurde.«

Sie schenkt mir ein schwaches Lächeln. »Sie wirken sehr entschlossen, Mr Lockwood.«

»Ihr Sohn wurde ermordet. Der FBI-Agent Patrick O'Malley, Vater von sechs Kindern, wurde ermordet. Mein Onkel Aldrich wurde ermordet.« Ich mache eine Pause, vor allem um die Wirkung zu steigern.

»Und jetzt nehmen Sie noch die Brutalität und die Morde an den jungen Mädchen in der ›Hütte des Schreckens‹ hinzu, ein Begriff, der das damit verbundene Grauen nur unzureichend beschreibt.« Ich beuge mich theatralisch vor. »Ja, Miss Hogan, ich bin entschlossen.«

»Und wenn Sie die Wahrheit herausfinden?«, fragt sie.

Ich antworte nicht.

»Und wenn Sie die Wahrheit herausfinden, sie aber nicht beweisen können?« Vanessa Hogans Miene wirkt jetzt lebendiger, ihre Stimme begeisterter. »Sagen wir, Sie finden den Schuldigen, können aber vor Gericht nichts beweisen. Was würden Sie dann tun?«

Ich sehe Jessica an. Auch sie wartet auf die Antwort. Ich lüge nicht gerne, also weiche ich aus, indem ich eine Gegenfrage stelle. »Lautet Ihre Frage, ob ich einen Massenmörder und Vergewaltiger davonkommen lassen würde?«

Vanessa Hogan hält meinem Blick stand. Ich versuche, das Gespräch wieder auf das eigentliche Thema zu lenken.

»Billy Rowan hat Sie besucht«, sage ich.

Sie blinzelt, lehnt sich zurück. »Er wirkte so nett, als er bei mir in der Küche war, so voller Reue.« Dann, nachdem sie einen Moment darüber nachgedacht hat, schnauft sie kurz. »Glauben Sie, dass Billy Rowan etwas mit dieser schrecklichen Hütte zu tun hatte?«

»Ich weiß es nicht. Ich weiß aber, dass das alles irgendwie zusammenhängt. Die Jane Street Six. Die Ermordung Ihres Sohnes. Die gestohlenen Gemälde. Die Hütte des Schreckens.«

»Und deshalb sind Sie hier.«

»Ja.«

»Es geht mir nicht gut, Mr Lockwood.«

»Was hat Billy Rowan Ihnen erzählt, als er Sie besucht hat?«

»Er hat mich um Vergebung gebeten. Und ich habe ihm vergeben.«

Vanessa Hogan sieht mich ruhig an. Ihr Mund bewegt sich kaum, ich bin aber überzeugt, dass sie lächelt.

Dann sage ich: »Sie wissen, wo Billy Rowan ist, stimmt's?«

Sie rührt sich nicht. Sie blinzelt nicht einmal.

»Natürlich nicht«, sagt sie und versucht dabei nicht einmal, aufrichtig zu klingen. »Es ist schon spät. Ich möchte, dass Sie jetzt gehen.«

ACHTZEHN

Danach macht Vanessa Hogan dicht.

»Das haben wir irgendwie versiebt«, sagt Jessica, als wir zur Tür hinausgehen.

Haben wir nicht, aber darauf möchte ich jetzt nicht näher eingehen.

Als wir uns hinten in den Wagen setzen, klingelt mein Handy. Ich halte es ans Ohr und sage: »Ich höre.«

Jessica verdreht die Augen.

Kabir sagt: »Soll ich die Geschichte von Anfang an erzählen oder gleich auf den Punkt kommen?«

»O bitte, schmück sie aus und spar nicht an Details. Du weißt doch, wie ich das liebe.«

»Der schwarze Lincoln, der dich beschattet hat, gehört Nero Staunchs Leuten.«

Normalerweise würde ich ihn fragen, woher er das weiß, aber ich hatte ihn gebeten, gleich auf den Punkt zu kommen. Dieser Bitte war er nachgekommen. Doch dann erzählt er es mir trotzdem: »Er ist auf das Craft-Beer-Lokal zugelassen, das die Familie als Tarnung benutzt. Weißt du eigentlich, wer bei den Staunches jetzt der Boss ist?«

»Nein, das weiß ich nicht.«

»Leo Staunch.«

»Okay«, sage ich. »Und das muss ich wissen, weil …?«

»Leo Staunch ist Neros Neffe. Womit er, und das ist hier entscheidend, Sophia Staunchs kleiner Bruder ist.«

»Aha«, sage ich. »Interessant.«

»Um nicht zu sagen, gefährlich.«

»Wo ist der schwarze Lincoln jetzt?«

»Öffne die Karten-App auf deinem iPhone. Ich habe den Peilsender markiert, damit du ihn im Auge behalten kannst.«

»Okay, gut. Sonst noch etwas?«

»Du weißt doch noch, dass gestern jede Menge Anfragen von Journalisten wegen eines Interviewtermins mit dir reingekommen sind, weil euer Vermeer am Tatort eines Mordes gefunden wurde?«

»Ja.«

»Jetzt stell dir vor, was passiert, wenn es sich beim Mordopfer um Ry Strauss handelt.«

Das musste in der Tat mehr als ein gefundenes Fressen sein. »Was sagst du ihnen?«

»Ich kann inzwischen ›Kein Kommentar‹ in zwölf Sprachen sagen.«

»Danke.«

»*Ei kommenttia*«, sagt Kabir. »Das war Finnisch.«

»Sonst noch was?«

»Ema kommt morgen zum Frühstück.«

Der einzige Termin, den ich nie verpassen oder vergessen würde.

Ich lege auf. Jessica starrt aus dem Fenster.

»Hast du Lust auf ein frühes Abendessen?«, frage ich.

Sie überlegt einen Moment und sagt: »Wieso nicht?«

Wir fahren zum Lotos Club, einem eleganten Privatclub, zu dessen ersten Mitgliedern Mark Twain gehörte. Der Club befindet sich in einem französischen Renaissance-Stadthaus in der Upper East Side. Der Grillraum liegt im Untergeschoss. Er ist in dunklem Holz gehalten, die Wände sind mit burgunderrotem Stoff bezogen. Vorne und in der Mitte gibt es eine

Bar. Männer müssen Jackett und Krawatte tragen, eine Kleiderordnung, auf die man in Manhattan nur noch selten trifft. Manche Leute halten das für überholt, ich hingegen genieße diese Retroakzente.

Charles, der Oberkellner, empfiehlt die Sole Meunière, und wir beide bestellen sie. Ich nehme dazu einen Château Haut Bailly, einen Bordeauxwein aus der Appellation Pessac-Léognan. Die weißen von dort sind unterschätzt.

Mein Handy vibriert, und ich entschuldige mich. Im Lotos-Club nimmt man sein Handy nie heraus, man geht in eine private Telefonzelle, dem einzigen Ort, an dem man es benutzen darf. Wie erwartet ist es PT. Ich gehe ran.

»Ich höre.«

»Entschuldige, dass es so lange gedauert hat, bis ich mich melde«, sagt PT. »Wie du dir vorstellen kannst, war es ein chaotischer Tag.«

»Gibt's bei dir was Neues?«

»Nichts, über das sich zu sprechen lohnt. Hast du bei der Ergreifung meines Mörders Fortschritte erzielt?«

»Meiner Mörder«, sage ich. »Plural.«

»Glaubst du, dass es mehrere waren?«

»Glaubst du das nicht?«

»Ich interessiere mich eigentlich nur für den einen.«

PT spricht natürlich von Arlo Sugarman, dem Mann, der seinen Partner Patrick O'Malley erschossen hat. »In dem Punkt«, sage ich, »könnten sich unsere Interessen unterscheiden.«

»Das geht klar«, sagt er. »Was brauchst du von mir?«

»Vor vier Monaten wurde die Bank of Manhattan ausgeraubt«, sage ich.

»Okay, und?«

»Ich muss alles darüber wissen, vor allem, wer die mutmaßlichen Täter sind.«

»Die Bank of Manhattan«, wiederholt er. »Ich glaube, einen davon haben wir geschnappt.«

Das überrascht mich. »Wo ist er?«

»Woher weißt du, dass es keine Sie ist?«

»Wo ist sie?«

»Es ist ein Er. Ich wollte nur deine Wokeness testen und sicherstellen, dass du niemanden diskriminierst.«

Ich warte.

»Darum kümmere ich mich.«

»Habt ihr auch etwas über die Briefkastenfirma, die Strauss gegründet hat, um die Wohnung zu kaufen und seine Rechnungen zu bezahlen?«

»Das ist eine anonyme Firma. Gerade du müsstest doch wissen, wie schwer es ist, in so einem Fall an Informationen heranzukommen.«

Und wie ich das weiß. »Ihr könnt immerhin das Gründungsdatum feststellen, den Staat, in dem sie angemeldet ist, den Anwalt, der sie angemeldet hat, und vielleicht sogar die Bank, die die Rechnungen bezahlt hat. Schließlich hat ja jemand dafür bezahlt, dass Ry Strauss im Beresford wohnen konnte.«

»Wir sind dran.«

Ich gehe zurück zu Jessica. Die Weinflasche wurde geöffnet. Jessica ist, was mich nicht überrascht, eine hinreißende Gesprächspartnerin. Wir lachen viel. Wir leeren eine Flasche und bestellen eine zweite. Die Seezunge ist hervorragend.

»Komisch«, sagt sie.

»Was meinst du?«

»Waren wir je alleine?«

»Nein, ich glaube nicht.«

»Myron war immer mit dabei.«

»Kommt mir vor, als wäre er es noch immer«, sage ich.

»Ja, ich weiß.« Jessica blinzelt und greift nach ihrem Glas. »Ich hab's wirklich verbockt.«

Ich widerspreche ihr nicht.

»Meine Ehe läuft scheiße«, sagt sie.

»Das tut mir leid.«

»Tut es das?«

»Inzwischen schon.«

»Hast du mich gehasst, als ich Myron verlassen habe?«

»Gehasst ist wohl nicht das richtige Wort.«

»Sondern?«

»Verabscheut.«

Sie lacht und hebt ihr Glas. »Touché.«

»Das war ein Witz«, sage ich. »Ehrlich gesagt hast du mir nie etwas bedeutet.«

»Das ist ehrlich.«

»Ich habe dich nie als eigenständiges Wesen gesehen.«

»Nur als Teil von Myron?«

»Ja.«

»Als eins seiner Gliedmaße?«

»Ehrlich gesagt eher nicht. Wie einen Arm oder ein Bein? Nein. Nicht so wichtig.«

Sie versucht es noch einmal. »Wie ein kleiner Satellit, der ihn umkreist?«

»Das passt besser«, sage ich. »Am Ende hast du Myron Schmerzen zugefügt. Das war das Einzige, was mich interessiert hat. Was du in ihm angerichtet hast.«

»Weil du ihn liebst.«

»Das tue ich, ja.«

»Das ist süß. Dann verstehst du es jetzt vielleicht besser.«

»Das tue ich nicht«, sage ich. »Aber fahr fort, wenn du willst.«

»Myron war immer so unglaublich präsent«, sagt Jessica.

»Ist er immer noch.«

»Genau. Er entzieht Räumen die Luft. Er dominiert allein durch seine Anwesenheit alles. Als ich mit ihm zusammen war, hat mein Schreiben darunter gelitten. Wusstest du das?«

Ich bemühe mich, nicht die Stirn zu runzeln. »Und du gibst ihm die Schuld daran?«

»Ich gebe uns die Schuld daran. Er ist kein Planet, den ich umkreise. Er ist die Sonne. Wenn ich zu lange mit ihm zusammen war – mit dieser Intensität –, hatte ich Angst hineinzustürzen. Als würde die Schwerkraft mich zu nah an ihn heranziehen, bis ich in die Flammen gerate und ich in ihnen ertrinke.«

Jetzt runzle ich ganz vorbehaltlos die Stirn.

»Was ist?«, fragt sie.

»Selbst wenn ich die misslungene Metaphorik außer Acht lasse – ertrinkst du jetzt oder verglühst du? –, ist das absoluter Unsinn. Er hat dich geliebt. Er hat sich um dich gekümmert. Diese Intensität, die du als so überwältigend empfunden hast, war Liebe, Jessica. Die wahre Liebe, die man so nur selten findet. Wenn er dich angelächelt hat, durchströmte dich eine Wärme, wie du sie noch nie erlebt hast, weil er dich liebte. Du hast Glück gehabt. Du hast Glück gehabt und es weggeworfen. Und dass du es weggeworfen hast, lag nicht an irgendetwas, was er getan hat, sondern daran, weil du, wie so viele von uns, selbstzerstörerisch bist.«

Jessica lehnt sich zurück. »Wow. So siehst du das also.«

»Du hast ihn für einen langweiligen reichen Knacker namens Stone verlassen. Wieso? Weil du auf wahre Liebe gestoßen bist und sie dir Angst eingejagt hat. Du konntest nicht mit dem Kontrollverlust umgehen. Darum hast du ihm immer wieder das Herz gebrochen – damit du wieder die Oberhand gewinnst. Du hattest die Chance, etwas Großartiges zu erschaffen, hast sie aber aus lauter Angst nicht ergriffen.«

Jetzt glänzen ihre Augen. Sie wischt kurz mit Daumen und Zeigefinger darüber. »Wie wäre es«, sagt sie, »wenn ich versuchen würde, ihn zurückzubekommen?«

Ich schüttele den Kopf.

»Warum nicht? Glaubst du, dass er keine Gefühle mehr für mich hat?«

»Das wird nicht passieren. Das weißt du selbst so gut wie ich. So ist Myron einfach nicht.«

»Und was ist mit dir, Win?«

»Über mich reden wir nicht«, sage ich.

»Na ja, wir können ja das Thema wechseln. Du hast dich verändert, Win. Ich dachte immer, du und Myron, ihr wärt wie Yin und Yang – Gegensätze, die sich ergänzen.«

»Und jetzt?«

»Jetzt denke ich, dass du ihm ähnlicher bist, als du denkst.«

Darüber muss ich lächeln. »Glaubst du wirklich, dass es so einfach ist?«

»Nein, Win. Genau darauf will ich hinaus. So einfach ist es nie.«

* * *

Jessica will allein nach Hause gehen. Ich versuche nicht, sie umzustimmen. Vielmehr beschließe ich, obwohl der Wagen auf mich wartet, auch zu Fuß zu gehen. Sie wendet sich Richtung Süden. Ich gehe nach Westen über die 66th Street und durchquere den Central Park. Es ist ein schöner Abend, ein schöner Park, und der Spaziergang beruhigt mich für etwa drei Minuten – bis mein Handy vibriert. Sadie Fisher ruft von ihrem iPhone an.

Ich habe ein ungutes Gefühl.

Bevor ich meinen üblichen Gruß entbieten kann, faucht Sadie: »Wo bist du?«

Das Zittern in ihrer Stimme gefällt mir nicht. Es liegt Wut darin. Und Angst.

»Ich spaziere durch den Central Park. Gibt es irgendwelche Probleme?«

»Ja, die gibt es. Ich bin im Büro. Sieh zu, dass du so schnell wie möglich herkommst.«

Sie legt auf.

Auf der Central Park West steige ich in ein Taxi Richtung Süden. Um diese Zeit ist nicht viel Verkehr. Zehn Minuten später bin ich wieder am Lock-Horne-Building in der Park Avenue. Jim wacht am Eingang. Ich nicke ihm zu und gehe zu meinem Privatfahrstuhl. Es ist schon spät, nach zweiundzwanzig Uhr, aber in diesem Gebäude arbeiten vor allem Finanzberater jeder Art, von denen viele dann arbeiten müssen, wenn auf Auslandsmärkten gehandelt wird, und viele andere machen jede Menge sinnlose Überstunden, um mit anderen Typen mitzuhalten, die auf die gleiche Stelle befördert werden wollen. Ich drücke den Knopf für die dritte Etage, und gerade heute Abend, nach ein paar Drinks, mit den Bildern von Jessica Culver im Kopf und den Erinnerungen an MB Reps – das M stand für Myron, das B für Bolitar, Myron hat sich wegen des Mangels an Fantasie bei der Namensfindung immer wieder selbst gegeißelt –, schwirrt mir etwas der Kopf.

Als ich aus dem Fahrstuhl trete, begrüßt Sadie mich, wobei das Wort »begrüßen« eigentlich eine vollkommen andere Stimmung voraussetzt, als ich sie hier vorfinde. »Was hast du getan, Win?«

»Ich freu mich auch, dich zu sehen, Sadie.«

Sie schiebt ihre Brille hoch, und es kommt mir vor, als wäre das eher ein Statement als eine Notwendigkeit, aber wenn sie meint. »Seh ich aus, als ob ich mich freuen würde?«

»Warum erzählst du mir nicht, was los ist?«

Sadie tritt in ihr Büro. Ich stelle fest, dass Tafts Schreibtisch bis auf eine Kiste mit seinen Habseligkeiten leer ist. Als Sadie sieht, dass ich das bemerke, zieht sie eine Augenbraue hoch.

»Ich hatte heute Besuch.«

»Aha?«

»Sie haben mich auf der Straße zur Rede gestellt. Zwei Riesenkerle.«

Ich warte.

»Was hast du getan, Win?«

»Wer waren die beiden?«

»Die Brüder von Teddy Lyons.«

Ich warte.

»Win?«

»Haben sie dich bedroht?«

»Na ja, sie wollten mich nicht auf einen Drink einladen.«

»Was haben sie gesagt?«

»Sie haben mir vorgeworfen, dass ich einen Schläger auf Teddy gehetzt hätte.«

»Was hast du darauf gesagt?«

»Was könnte ich wohl gesagt haben?«

»Dass du es nicht getan hast.« Dann frage ich: »Haben sie dir geglaubt?«

»Nein, Win, sie haben mir nicht geglaubt.« Sie beugt sich zu mir. »Du warst bei diesem Basketballspiel.«

»Wie siebzigtausend andere Leute auch.«

»Willst du mich wirklich belügen?«

»Was soll ich denn deiner Meinung nach getan haben, Sadie?«

»Genau das ist meine Frage.«

»Es hat nichts mit dir zu tun.«

»Nein, Win, das ist nicht wahr.« Sadie deutet auf den leeren Schreibtisch. »Taft hat dir erzählt, was Teddy Lyons Sharyn angetan hat, oder?«

»Genau wie du.«

»Da lag er schon im Krankenhaus. Weißt du, dass Teddy Lyons vielleicht nie wieder laufen kann.«

»Sprechen scheint er aber zu können«, sage ich. »Du hast Taft gefeuert?«

»Ich mag keine Schnüffler bei mir im Büro.«

Verständlich.

»Muss ich mir neue Büroräume suchen?«

»Das liegt bei dir.«

»Das reicht mir so nicht, Win. Was hast du dir dabei gedacht?«

»Dass Sharyn Gerechtigkeit verdient hat.«

»Ist das dein Ernst?«

Ich warte.

»Wir halten uns an Recht und Gesetz«, sagt Sadie. »Wir versuchen, in die Herzen und Köpfe der Menschen vorzudringen, um so die Gesetze zu ändern.«

»Taft sagte, dass Teddy gerade eine andere Frau stalkt.«

»Höchstwahrscheinlich.«

»Er hätte nicht damit aufgehört, nur weil du die Gesetze ändern willst«, sage ich und stelle fest, dass ich die gleichen Argumente vorbringe wie schon bei Vanessa Hogan bezüglich der Hütte des Schreckens.

»Also hast du es selbst in die Hand genommen?«

Ich erspare mir die Antwort.

»Und jetzt sind uns diese Schläger auf den Fersen.«

»Um die kümmere ich mich.«

»Ich will nicht, dass du dich um sie kümmerst.«

»Pech.«

»Ist das die Welt, in der du leben willst?« Sadie schüttelt den Kopf. »Willst du wirklich, dass die Leute die Gesetze in die eigene Hand nehmen?«

»Die Leute? Um Himmels willen, nein. Ich? Ja.«

»Das soll doch wohl ein Witz sein.«

»Ich vertraue meinem Urteilsvermögen«, sage ich. »Dem Urteilsvermögen des Normalbürgers vertraue ich nicht.«

»Du hast uns geschadet. Ist dir das klar? Wir hatten die Chance, etwas zu verändern.«

»Die Chance«, sage ich.

»Was?«

»Die Chance hat Sharyn nicht geholfen. Wahrscheinlich würde sie auch Teddys nächstem Opfer nicht helfen. Ich finde es toll, was du tust, Sadie. Ich glaube an das, was du tust. Du musst damit kompromisslos weitermachen.«

»Und du machst mit dem weiter, was du tust?«

Ich zucke die Achseln. »Du bist auf der Makroebene tätig«, sage ich. »Deine Arbeit ist wichtig.«

»Und du hoffst, dass meine Arbeit deinen Job eines Tages überflüssig macht?«

Ich lächele freudlos. »Mein Job wird niemals überflüssig werden.«

Sie überlegt. »Du darfst mich nicht ausspionieren.«

»Da hast du recht.«

»Und was immer du tust, es darf weder mich noch meine Mandanten betreffen.«

»Auch da hast du recht.«

Sie schüttelt den Kopf. Wenn ich ehrlich bin, habe ich in dieser Hinsicht vielleicht tatsächlich Mist gebaut. Teddy Lyons ist mir egal. Er hat die Grenze überschritten und die Konsequenzen verdient. Ich betrachte das nicht als Selbstjustiz. Ich sehe es als Präventivschlag. Denken Sie an die Regeln auf dem Schulhof. Der Rüpel schlägt jemanden. Selbst wenn es jemand dem Lehrer erzählt, und selbst wenn der Lehrer den Rüpel bestraft, sollte er trotzdem noch damit rechnen müssen, dass jemand zurückschlägt.

Ich wusste, dass meine Aktion womöglich unerwartete, ja sogar katastrophale Folgen haben könnte, aber ich habe die Vor- und Nachteile abgewogen und mich entschlossen zu handeln. Vielleicht habe ich mich geirrt. Ich bin nicht unfehlbar.

Um ein Omelett zu machen, muss man ein paar Eier zerbrechen. Ob das so stimmt, kann ich nicht beurteilen, aber wenn die Eier schon einmal zerbrochen sind, soll man lieber ein Omelett draus machen als eine Sauerei.

Schluss mit den Analogien.

»Ich hätte fast die Polizei gerufen, nachdem die Brüder mich bedroht hatten«, sagt sie.

»Warum hast du das nicht getan?«

»Und was hätte ich sagen sollen? Dass du ihren Bruder krankenhausreif geprügelt hast.«

»Das können sie nicht beweisen. Aber wenn ich noch etwas dazu anmerken darf?«

Sie runzelt die Stirn und winkt, dass ich fortfahren soll.

»Du hast die Polizei nicht gerufen«, sage ich, »weil du erkannt hast, dass Recht und Gesetz dich nicht schützen können.«

»Und ich verfluche dich, weil du mich in diese Lage gebracht hast.« Sadie kneift die Augen zusammen. »Siehst du, was du getan hast? Ich habe Jura studiert. Ich habe einen Eid geschworen. Ich weiß, dass unser Rechtssystem nicht perfekt ist, aber ich glaube daran. Ich halte mich daran. Und du hast mich gerade gezwungen, meine Prinzipien und meine Integrität zu verraten.«

Sie atmet tief durch.

»Ich weiß noch nicht, ob ich in diesem Büro bleiben kann, Win.«

Ich sage nichts.

»Vielleicht muss ich unsere Vereinbarung aufkündigen.«

»Überleg es dir noch mal«, sage ich. »Du hast recht. Deine Wut…«

»Es ist nicht nur Wut, Win.«

»Wie auch immer du das, was du empfindest, auch nennen willst. Wut, Enttäuschung, Desillusionierung, Kompromiss. Dein Gefühl ist gerechtfertigt. Ich habe getan, was ich für das Beste hielt, aber vielleicht war es falsch. Ich lerne noch. Es war mein Fehler. Ich bitte um Entschuldigung.«

Meine Entschuldigung scheint sie zu überraschen. Mich überrascht sie auch.

»Und was machen wir jetzt?«, fragt sie.

»Du hattest die Gelegenheit, mit den Brüdern zu plaudern«, sage ich.

»Ja, und?«

»Glaubst du, dass sie uns einfach in Ruhe lassen?«

Sadie sagt leise. »Nein.«

»Also sind die Eier zerbrochen«, sage ich. »Die Frage lautet also: Wollen wir ein Omelett draus machen oder eine Sauerei veranstalten?«

NEUNZEHN

Ich gehe gerne zu Fuß.

Meistens gehe ich zur Arbeit und zurück. Der Weg von meinem Büro zu meiner Wohnung – vom Lock-Horne-Building zum Dakota Building – ist etwa drei Kilometer lang, sodass ich, wenn ich zügig gehe, etwas mehr als eine halbe Stunde brauche. Normalerweise gehe ich die 5th Avenue Richtung Norden, bis ich vor dem Plaza Hotel an der 59th Street den Central Park erreiche. Ich halte mich links vom Central Park Zoo und laufe diagonal Richtung Nordwesten, bis ich auf Strawberry Fields und das Dakota treffe, in dem ich wohne. Morgens auf dem Hinweg mache ich oft kurz im Le Pain Quotidien halt, das mitten im Park liegt, um einen Kaffee zu trinken. In diesem Gebiet laufen die Hunde frei herum, was ich gerne beobachte. Warum, weiß ich nicht. Ich hatte nie einen Hund. Vielleicht sollte ich das ändern.

Jetzt ist es dunkel und so still im Park, dass ich meine Schritte auf dem Pflaster höre. Es mag sicherer sein als früher, trotzdem schlendern die meisten Menschen nicht nachts durch den Central Park. Ich erinnere mich an meine ziemlich gewalttätige Jugend, als ich nachts durch die gefährlichsten Gegenden der Stadt »tourte«. Wie bereits erwähnt suche ich nicht mehr in den sogenannten Problemvierteln nach Ärger und giere danach, irgendein nicht näher definiertes Unrecht ins Lot zu bringen und dabei gewisse eigene Sehnsüchte zu befriedigen. Ich wähle jetzt sorgfältiger aus, wo ich Verwüstungen anrichte – auch wenn diese Auswahl, wie ich jetzt bei Teddy »Big T« Lyons sehe, offensichtlich alles andere als perfekt ist.

Ich gebe zu, dass ich nicht gut darin bin, langfristige Folgen abzuschätzen.

Ich überquere das Imagine-Mosaik und sehe die Giebel des Dakota Buildings bereits. Ich denke über zu viele Dinge auf einmal nach – die Jane Street Six, den Vermeer, die Hütte des Schreckens, Patricia, Jessica –, als mein Handy klingelt.

Wieder PT.

Ich melde mich: »Ich höre.«

»Ich hab mal alles zusammengefasst, was ich in der Eile über Strauss' Briefkastenfirma herausbekommen konnte. Zunächst einmal, dass sie Armitage LLC heißt.«

Guter Name, denke ich. Verrät absolut nichts. Das ist die erste Regel bei der Einrichtung einer anonymen Briefkastenfirma: Finde einen Namen, der absolut nichts mit dir zu tun hat.

»Und weiter?«

»Sie wurde in Delaware gegründet.«

Auch das ist keine Überraschung. Wenn man Wert auf Anonymität legt, stehen drei Staaten zur Auswahl – Nevada, Wyoming und Delaware. Da Philadelphia nicht weit von Delaware entfernt ist, haben die Lockwoods sich immer dafür entschieden.

»Es ist auch kein Einzelunternehmen«, sagt PT.

Wieder keine Überraschung.

»Die LLC scheint Teil eines Firmenverbunds zu sein. Wahrscheinlich kennst du dich damit besser aus als ich, aber der LLC X gehört die LLC Y, der die LLC Z gehört, der dann wiederum die Armitage LLC gehört. Das macht es wirklich schwierig, das Ganze zurückzuverfolgen. Die Schecks kommen von der Community Star Bank.«

Als ich den Namen der Bank höre, verlangsame ich meinen Schritt. Ich umklammere das Handy fester.

»Wer hat die Armitage LLC gegründet?«

»Der Name des Eigentümers wird nicht genannt. Das weißt du doch.«

»Ich meine, wer war der Anwalt, der den Antrag gestellt hat?«

»Moment.« Ich höre Papier rascheln. »Der Name des Anwalts ist nicht aufgeführt, nur der der Kanzlei. Duncan and Associates.«

Ich bleibe wie angewurzelt stehen.

»Win?«

Ich weiß, dass die Kanzlei Duncan and Associates nur aus einer Person besteht.

Nigel Duncan. Butler, vertrauter Freund, zugelassener Anwalt mit nur einem Mandanten.

Kurz, die Briefkastenfirma, die Ry Strauss' Rechnungen bezahlt hat, wurde von einem Mitglied meiner Familie gegründet.

Gerade will ich PT fragen, wann genau die LLC gegründet wurde, als etwas Hartes, vielleicht ein Montiereisen, seitlich auf meinen Schädel trifft.

Der Rest geschieht in zwei oder höchstens drei Sekunden.

Ich gerate, vom Schlag benommen, ins Taumeln, halte mich aber auf den Beinen.

Aus dem Handy ertönt PTs schwache Stimme: »Win?«

Das Montiereisen schlägt laut krachend auf der anderen Seite meines Schädels ein.

Der Schlag macht mich benommen. Das Handy fällt zu Boden. Die Kopfhaut platzt auf. Von meinem Ohr tropft Blut auf den Boden.

Ich sehe keine Sterne – ich sehe hektische Lichtblitze.

Ein dicker Arm legt sich um meinen Hals. Ich bin bereit, die antrainierte und automatisierte Bewegung auszuführen – Kopfstoß gegen die Nase des Mannes hinter mir –, als ein zweiter Mann mit einer Sturmhaube mir eine Waffe vors Gesicht hält.

»Keine Bewegung.«

Er steht gerade weit genug weg, sodass es selbst im Vollbesitz meiner Kräfte schwierig wäre, ihn mit einem Tritt zu entwaffnen. Trotzdem wäre es einen Versuch wert gewesen, hätte ich nicht die Schläge gegen den Kopf bekommen. Wenn eine Waffe auf Sie gerichtet ist, haben Sie zwei Möglichkeiten. Die eine – naheliegendere – ist kapitulieren. Geben Sie ihnen, was sie wollen. Leisten Sie keinerlei Widerstand. Das ist eine ausgezeichnete Strategie, wenn diese vorgehaltene Waffe zum Beispiel dazu dient, Sie auszurauben. Wenn die Täter ihr Portemonnaie oder Ihre Uhr haben wollen, um damit in der Dunkelheit zu verschwinden. Die zweite Möglichkeit, die ich normalerweise bevorzuge, ist, sehr schnell zuzuschlagen. Trainieren Sie, den kurzen Moment zu überspringen, in dem Sie vor Schreck gelähmt sind, und greifen Sie stattdessen sofort an. Für den Täter kommt das unerwartet. Der Waffenbesitzer rechnet im Normalfall damit, dass Sie gehorchen und sich vorsichtig verhalten, wenn Sie plötzlich mit einer Waffe konfrontiert werden – wenn Sie also sofort zurückschlagen, können Sie ihn unvorbereitet erwischen.

Diese zweite Möglichkeit birgt natürlich Risiken. Wenn Sie aber den Verdacht hegen, dass der Waffenbesitzer Ihnen erheblichen Schaden zufügen will, wie ich es in diesem Moment tue, scheint mir dies die beste aus einer Vielzahl schlechter Lösungen zu sein.

Damit die zweite Möglichkeit aber Wirkung zeigt, müssen Sie im Vollbesitz Ihrer Kräfte sein. Das bin ich nicht. Mein

Gleichgewichtssinn ist gestört. Ich habe wackelige Knie. Mein Bewusstsein ist getrübt – wenn ich nicht dagegen ankämpfe, könnte ich jeden Moment ohnmächtig werden.

Stattdessen beschließe ich, mich nicht zu bewegen. Um eine weitere Sportmetapher zu verwenden: Ich zähle mich selbst bis acht an und hoffe, dass ich in dieser Zeit wieder einen klaren Kopf bekomme.

Der Mann, der seinen Arm um meinen Hals gelegt hat, ist groß. Er presst mich fest an seine Brust, als neben uns ein Wagen mit quietschenden Bremsen hält. Ich werde hochgehoben. Ich wehre mich immer noch nicht, und nach wenigen Sekunden werde ich, wie ich vermute, in den Laderaum eines Lieferwagens geworfen. Ich lande hart. Meine beiden Kidnapper – beide mit Sturmhauben – springen zu mir in den Laderaum. Reifen quietschen. Der Lieferwagen ist schon wieder in Bewegung, bevor die Schiebetür an der Seite vollständig geschlossen ist.

Eine Chance.

Ehe die Entführer reagieren können, nehme ich all meine Kräfte zusammen und rolle auf die noch einen Spalt geöffnete und sich schnell schließende Schiebetür zu. Meine vage Hoffnung besteht einzig und allein darin, aus dem beschleunigenden Lieferwagen herauszufallen. Nein, die Vorstellung ist nicht toll, aber es ist die beste Möglichkeit, die mir gerade bleibt. Ich werde den Kopf mit den Armen schützen und versuchen, den Aufprall mit dem Körper abzufangen. Wenn ich Glück habe, komme ich mit ein bis drei gebrochenen Knochen davon.

Ein geringer Preis, der sich nicht umgehen lässt.

Kopf und Schultern habe ich aus dem Wagen bekommen. Der Fahrtwind peitscht mir in die Augen, die zu tränen beginnen. Ich schließe sie und ziehe das Kinn an die Brust, um mich so gut wie möglich vor dem Aufprall auf dem Asphalt New York Citys zu schützen.

Aber ich schlage nicht auf.

Eine starke Hand packt mich am Kragen und zieht mich hoch. Ich fliege wie eine Stoffpuppe durch die Luft. Die Tür des Lieferwagens fällt in dem Moment zu, als mein Rücken an die gegenüberliegende Wand knallt. Durch den Peitscheneffekt schlägt auch mein Kopf gegen Metall.

Wieder der Kopf.

Mit dem Gesicht nach unten sacke ich auf den kalten Boden des Lieferwagens.

Einer der beiden springt mir auf den Rücken und setzt sich auf mich. Ich überlege, ob ich etwas unternehmen soll – schnelle Drehung, Ellbogenschlag –, bin aber nicht sicher, ob ich das hinkriegen würde.

Ein weiteres Argument dagegen: Ich habe die Waffe wieder im Gesicht.

»Wenn Sie sich wehren, bring ich Sie um.«

Mit meinem umnebelten Blick sehe ich den Hinterkopf des Fahrers. Die beiden Entführer – einer sitzt auf meinem Rücken, der andere richtet eine Waffe auf mich – tragen noch immer ihre Sturmhauben. Ich klammere mich daran, weil es ein gutes Zeichen ist. Wenn sie mich umbringen wollten, bräuchten sie ihre Identität nicht zu verbergen.

Der Mann über mir unterzieht mich einer Leibesvisitation. Ich rühre mich nicht, hoffe die Zeit nutzen zu können, um mich zu sammeln. Mit dem Schmerz kann ich umgehen. Die Benommenheit – ich habe zweifelsohne eine Gehirnerschütterung – ist etwas anderes.

Er entdeckt meine Wilson Combat 1911 im Holster, zieht sie heraus und entfernt das Magazin, sodass ich nichts damit anfangen kann, selbst wenn ich sie irgendwie zurückbekomme.

Der Mann mit der Pistole sagt: »Guck auch an seinen Waden.«

Der, der auf mir sitzt, macht das. Es dauert einen Moment bis er die kleine Sig P365 im Knöchelholster findet. Er hebt sie in mein Blickfeld, und ich sehe mit verschwommenem Blick, dass er auch hier die Munition entfernt. Er bleibt auf mir sitzen, beugt sich aber zu meinem Kopf herunter, sodass ich seine Wollmaske auf meiner Wange spüre, und flüstert harsch: »Noch was?«

Wenn ich einen klaren Kopf hätte, könnte ich ihn jetzt beißen. So nah ist er bei mir. Durch die dünne Maske könnte ich einen Fetzen aus seiner Wange herausreißen, mich umdrehen und ihn in Richtung des Bewaffneten stoßen, um eine mögliche Kugel abzufangen.

»Denken Sie nicht einmal daran«, sagt der Bewaffnete.

Er sagt das ganz sachlich und tritt etwas zur Seite, um den Angriff zu verhindern, der mir gerade durch den Kopf gegangen ist.

Schlussfolgerung: Der Bewaffnete, der auch die Anweisungen gibt, ist gut. Ausgebildet. Vielleicht Paramilitär. Er hält genug Abstand, sodass ich keine Chance hätte, selbst wenn ich hundertprozentig fit wäre – im Moment sehe ich mich bei höchstens vierzig bis fünfzig Prozent.

Der Mann, der auf mir sitzt, ist größer, kräftiger, muskulöser, mir ist aber klar, dass der Ausgebildete mit der Waffe die größere Bedrohung darstellt.

Ich bleibe ruhig. Ich versuche, ein paar Nebelschwaden aus meinem Kopf zu vertreiben, was mir aber nicht richtig gelingt. Ich komme mir verloren vor, hilflos.

Dann versetzt mir der kräftige Mann einen Schlag in die Niere.

Der Schlag löst eine Schmerzexplosion in meinem Körper aus, eine Splitterbombe aus heißen Rasierklingen, die meine Organe zerfetzen. Einen Moment lang lähmt mich der Schmerz. Alles in mir tut weh, will in Deckung gehen, aufgeben.

Der kräftige Mann springt auf und sieht zu, wie ich mich vor Schmerz krümme. Ich rolle nach vorne an die Trennwand zwischen Vordersitzen und Ladefläche und blicke nach hinten auf meine beiden Entführer.

Als sie ihre Sturmhauben abnehmen, kommen mir zwei Gedanken gleichzeitig – beide sind übel.

Erstens: Wenn sie mir ihre Gesichter zeigen, haben sie nicht vor, mich am Leben zu lassen.

Zweitens – sie sind zweifelsohne die Brüder von Teddy »Big T« Lyons, die Ähnlichkeit ist unverkennbar.

Ich versuche, ruhig liegen zu bleiben, denn jede Bewegung ist eine Qual. Ich versuche, nicht zu atmen, weil, tja, aus demselben Grund. Ich schließe die Augen und hoffe, dass sie denken, ich sei ohnmächtig geworden. Im Moment kann ich nichts tun. Ich muss Zeit gewinnen. Ich muss Zeit gewinnen, ohne weitere Verletzungen zu erleiden, um mich so weit zu erholen, dass ich Ihnen etwas entgegensetzen kann.

Was genau ich ihnen entgegensetzen könnte, weiß ich nicht.

»Bring's zu Ende«, sagt der kräftigere Bruder, der auf meinem Rücken gesessen hat, zu seinem gut ausgebildeten, bewaffneten Bruder.

Der kleinere Bruder nickt und richtet die Waffe auf meinen Kopf.

»Warten Sie«, sage ich.

»Nein.«

Ich erinnere mich an eine andere Situation, in der Myron sich im Laderaum eines Lieferwagens befand, ganz ähnlich diesem hier, und er jemanden, der ihn angriff, bat zu warten.

Auch dieser Mann hat es abgelehnt. Ich war ihnen in meinem Wagen gefolgt und hatte über Myrons Handy mitgehört. Als der Entführer die Bitte abschlägig beantwortete und mir klar wurde, dass Myron sich nicht aus der Situation herausreden konnte, hatte ich Gas gegeben und den Lieferwagen gerammt.

Seltsam, welche Erinnerungen in solchen Stresssituationen hochkommen.

»Eine Million Dollar für Sie beide«, platze ich heraus.

Sie halten inne.

Der kräftigere Bruder jault: »Sie haben unseren Bruder krankenhausreif geschlagen.«

»Und er hat meine Schwester krankenhausreif geschlagen«, entgegne ich.

Sie sehen sich kurz an. Ich habe natürlich gelogen, sofern Sie keiner von den Kumbaya-Gestalten sind, die glauben, dass wir Menschen in einem höheren Sinne alle Brüder und Schwestern sind. Aber meine Lüge und mein Millionen-Dollar-Angebot bringen sie ins Wanken. Und mehr will ich im Moment nicht. Nur Zeit gewinnen.

Das ist meine einzige Chance.

Der kräftigere Bruder sagt: »Sharyn ist Ihre Schwester?«

»Nein, Bobby«, sagt der Bewaffnete und seufzt.

»Sie liegt im Krankenhaus«, sage ich. »Ihr Bruder hat vielen Frauen wehgetan.«

»Quatsch. Die Miststücke lügen alle wie gedruckt.«

Der Bewaffnete sagt: »Bobby…«

»Nein, Mann, er muss das wissen, bevor er stirbt. Das ist doch Blödsinn. Diese Schlampen baggern Teddy an. Er ist ein attraktiver Typ. Und dann wollen sie ihn unter die Haube kriegen, verstehst du, was ich meine? Unter den Pantoffel, ihn heiraten. Aber Teddy ist – oder er war es, bevor Sie sich wie ein Feigling von hinten auf ihn gestürzt haben – ein bisschen ein Schürzenjäger. Er will nicht häuslich werden. Und wenn die Schlampen dann den erhofften Ehering nicht kriegen, gehen sie plötzlich auf ihn los. Wieso beschweren sie sich am Anfang nicht? Die gehen doch alle freiwillig mit ihm aus?«

»Ich habe mich nicht von hinten auf ihn gestürzt«, sage ich.

»Was?«

»Sie sagten, ich hätte – ich zitiere – ›mich wie ein Feigling von hinten auf ihn gestürzt‹. Das habe ich nicht. Wir haben Mann gegen Mann gekämpft. Und er hat verloren.«

Big Bobby winkt spöttisch ab. »Aber klar doch. Gucken Sie sich doch mal an.«

»Wir könnten es auf die Art regeln«, sage ich.

»Was?«

»Wir halten irgendwo, wo wir unter uns sind. Sie wissen ja, dass ich unbewaffnet bin. Dann machen wir es unter uns aus, Bobby. Wenn ich gewinne, bin ich frei. Wenn Sie gewinnen, sterbe ich.«

Der muskelbepackte Bobby wendet sich dem Bewaffneten zu. »Trey?«

»Nein.«

»Ach, komm schon, Trey. Lass mich ihm den Kopf abreißen und ihm in den Hals scheißen.«

Trey sieht mich unverwandt an. Er lässt sich nicht täuschen. Er weiß, was ich bin. »Nein.«

»Und was ist mit der Million?«, fragt Bobby.

Ich sehe immer noch verschwommen. Mir ist schwindelig, und ich habe Schmerzen. Es geht mir kaum besser als vor ein paar Sekunden.

»Er lügt, Bobby. Das mit der Million ist nicht echt.«

»Aber …«

»Er kann uns nicht am Leben lassen«, sagt Trey, »genauso wenig, wie wir ihn am Leben lassen können. Sobald er frei ist, wird er hinter uns her sein. Vergiss die Polizei – wir hätten unser Leben lang keine ruhige Minute mehr. Er wird uns mit allen ihm zur Verfügung stehenden Mitteln jagen.«

»Wir können trotzdem versuchen, das Geld zu bekommen, oder? Lass ihn das Geld überweisen oder so was. Dann schießen wir ihm in den Kopf?«

Als Trey den Kopf schüttelt, wird mir klar, dass ich keine Zeit und keine Möglichkeiten mehr habe.

»Die Entscheidung ist in dem Moment gefallen, als wir ihn uns geschnappt haben, Bobby. Seitdem gilt, er oder wir.«

Trey hat natürlich recht. Wir können die Gegenseite auf keinen Fall am Leben lassen. Das wäre eine zu große Unbekannte. Ich könnte nie darauf vertrauen, dass sie mich nicht noch einmal attackieren. Und, wie Trey richtig erkannt hat, gilt umgekehrt für sie das Gleiche.

Jemand muss sterben.

Wir überqueren die George Washington Bridge und beschleunigen kurz darauf, dort, wo die Route 80 und die Route 95 aufeinandertreffen.

Ich wünschte wirklich, ich hätte einen besseren Plan, etwas weniger Gutturales, Primitives und Hässliches. Ich muss zugeben, dass die Chancen gering sind, aber ich bin nur noch Sekunden von meinem Tod entfernt.

Also jetzt oder nie.

Ich lasse die Schulter sinken, als gäbe ich mich geschlagen.

»Dann will ich Ihnen nur noch eins gestehen«, sage ich.

Sie entspannen sich ganz leicht. Ich weiß nicht, ob es mir hilft. Aber in diesem Stadium bleibt mir nur eine Möglichkeit.

Wenn ich Bobby angreife, wird Trey auf mich schießen.

Wenn ich Trey angreife, wird Trey auf mich schießen.

Wenn ich sie überrasche und den Fahrer angreife, habe ich vielleicht eine Chance.

Aus dem Nichts stoße ich einen markerschütternden Schrei aus. Heiße, quälende Stöße durchzucken meinen Kopf.

Das ist mir egal.

Wie erwartet schrecken beide zurück und rechnen damit, dass ich mich auf sie stürze.

Doch das tue ich nicht.

Ich fahre herum.

Mein Plan ist simpel, plump und nicht besonders gut. Ich werde mir auf jeden Fall schwere Verletzungen zuziehen. Ich könnte das Bild mit den zerbrochenen Eiern fürs Omelett noch einmal aufgreifen, aber mal ehrlich, was soll das bringen?

Trey hat die Pistole noch in der Hand. Sie ist nicht auf magische Weise verschwunden. Er ist zwar überrascht, fängt sich aber schnell – und drückt ab.

Ich hoffe, dass meine plötzliche Aktion ihn beim Zielen stört.

Das tut sie. Aber nicht ausreichend.

Die Kugel trifft mich von hinten, knapp unterhalb der Schulter.

Ich breche die Drehung nicht ab. Der Schwung trägt mich weiter. Ich habe eine dünne Rasierklinge in der Manschette meines rechten Ärmels. Bobby hat sie nicht bemerkt, als er mich abgetastet hat. Das tut fast niemand. Sie schießt jetzt heraus in meine Handfläche. Während der Fahrer den Lieferwagen mit hundertvierzehn Stundenkilometern fährt – ja, ich sehe die Zahl auf dem Armaturenbrett leuchten –, schneide ich ihm die Kehle so tief auf, dass er fast enthauptet wird.

Der Lieferwagen ruckt zur Seite. Aus der Halsschlagader spritzt Blut von innen an die Windschutzscheibe und bedeckt sie. Ich spüre, wie der warme Inhalt seines Halses – Gewebe, Knorpel, mehr Blut – sich auf meine Hand ergießt. Ich schiebe den linken Arm unter seinen Sicherheitsgurt, um mich

zumindest notdürftig auf den bevorstehenden Aufprall vorzu-
bereiten.

Ich höre einen weiteren Schuss.

Die Kugel streift meine Schulter und zertrümmert dann
die Windschutzscheibe. Ich ergreife das Lenkrad und reiße es
herum. Der Lieferwagen schleudert von der Straße und kippt
auf zwei Räder.

Ich schließe die Augen und klammere mich fest, als der
Wagen sich überschlägt, sich noch einmal überschlägt und
dann auf einen Pfosten prallt.

Und dann versinke ich in Dunkelheit.

ZWANZIG

Alle Superhelden haben eine Entstehungsgeschichte. Wenn man genauer darüber nachdenkt, hat sogar jeder Mensch eine. Hier folgt die Kurzfassung meiner Geschichte.

Ich bin privilegiert aufgewachsen. Das wissen Sie bereits. Einen Punkt sollten Sie dabei vielleicht in Erwägung ziehen: Jeder Mensch wird auf der Stelle nach seinem Aussehen beurteilt. Das ist keine wirklich weltbewegende Neuheit, und nein, ich will keine Vergleiche anstellen oder behaupten, dass ich es schlechter hatte als andere. Das wäre das, was wir eine »False Balance« nennen, ich würde also gewissermaßen Äpfel mit Birnen vergleichen. Jedenfalls ist es eine Tatsache, dass mich viele Menschen auf den ersten Blick verabscheuen. Sie sehen die flachsblonden Locken, den rötlichen Teint, die porzellanen Gesichtszüge, meine hochmütige Miene – sie wittern den unvermeidlichen Gestank alten Geldes, den ich unablässig verströme – und halten mich für einen selbstgefälligen, hochnäsigen, elitären, faulen, voreingenommenen Taugenichts, der seinen Reichtum nicht verdient hat und nicht nur mit einem goldenen Löffel im Mund geboren wurde, sondern auch noch ein achtundvierzigteiliges Silberbesteck mit Titan-Steakmessern in die Wiege gelegt bekommen hatte.

Ich verstehe das. Auch mir geht es manchmal so, wenn ich an diejenigen denke, die sich im gleichen sozioökonomischen Umfeld wie ich bewegen.

Wenn sie mich sehen, glauben sie, ich würde auf sie herabschauen. Sie begegnen mir mit Neid und Ressentiments. Sie sehen ihr eigenes Scheitern, ganz egal, ob es real oder nur eingebildet ist, und ihre Gefühle richten sich gegen mich.

Was noch schlimmer ist: Ich wirke verwöhnt und verweichlicht und scheine ein leichtes Ziel zu sein.

Die Teenager von heute würden mein Gesicht vielleicht als Opferfresse bezeichnen.

All das zog in meiner Kindheit unweigerlich hässliche Zwischenfälle nach sich. Um der Kürze willen werde ich nur einen erwähnen. Bei einem Besuch im Zoo von Philadelphia – ich war zehn Jahre alt und trug einen blauen Blazer mit dem Wappen der Schule auf der Brusttasche – habe ich mich von meiner gut behüteten Gruppe entfernt. Ein paar Schüler aus einem innerstädtischen Viertel – ja, Sie können da hineinlesen, was Sie wollen – haben mich umzingelt, ausgelacht und verprügelt. Ich bin im Krankenhaus gelandet, habe kurz im Koma gelegen und hätte, was plötzlich ein interessantes Licht auf den ewigen Kreislauf des Lebens wirft, beinah ebendie Niere verloren, auf die Bobby Lyons gerade eingeschlagen hat.

Der körperliche Schmerz dieser Prügel war schlimm. Die Scham, die der zehnjährige Junge empfunden hat, weil er so ängstlich, hilflos und feige war, war viel schlimmer.

Kurz gesagt, ich wollte so etwas nicht noch einmal erleben.

Damals hatte ich die Wahl. Ich konnte, wie mein Vater anregte, »unter meinesgleichen bleiben« – mich hinter den schmiedeeisernen Toren und den gepflegten Hecken verstecken –, oder ich konnte etwas dagegen tun.

Den Rest kennen Sie. Oder Sie glauben zumindest, ihn zu kennen. Menschen sind komplexe Wesen, wie Sadie einmal anmerkte. Ich hatte die finanziellen Mittel, die Motivation, das Trauma, die angeborenen Fähigkeiten, die Veranlagung und vielleicht, wenn ich ganz ehrlich zu mir selbst bin, die

lockere Schraube (oder einen primitiven Überlebensmecha-
nismus?), die es mir ermöglicht, Gewalttaten nicht nur erfolgreich auszuüben, sondern auch noch eine gewisse Freude
daran zu empfinden.

Nehmen Sie all diese Komponenten zusammen, werfen Sie
sie in einen Mixer, und voilà. Hier bin ich.

In einem Krankenhausbett. Bewusstlos.

Ich weiß nicht, wie lange ich schon hier bin. Ich weiß nicht,
ob ich das geträumt habe oder nicht, aber vielleicht habe ich
zwischendurch die Augen geöffnet und Myron am Bett sitzen
sehen. Ich habe an seinem gesessen, als wir seine Überreste
vom Asphalt gekratzt haben, nachdem unsere eigene Regierung ihn gefoltert hatte. Ein anderes Mal habe ich Stimmen
gehört – die meines Vaters, meiner leiblichen Tochter, meiner
verstorbenen Mutter –, da ich sicher weiß, dass mindestens
eine dieser Stimmen nicht real gewesen sein kann, habe ich
mir den Rest womöglich auch nur eingebildet.

Aber ich lebe.

Wie es mein »Plan« – ich nutze dieses Wort hier in ganz
allgemeinem Sinne – vorsah, war es mir gelungen, einen Teil
meines Körpers vor dem Aufprall unter den Sicherheitsgurt
des Fahrers zu schieben. Das hatte mir einen gewissen Halt
gegeben. Ich weiß nicht, was mit Teddys Brüdern passiert ist.
Ich weiß nicht, wie die Polizei das Geschehen einschätzt. Und
ich weiß nicht, wie viele Stunden oder Tage seit dem Unfall
vergangen sind.

Als ich allmählich wieder an die Oberfläche des Bewusst-
seins treibe, lasse ich die Gedanken schweifen. Ich habe angefangen, ein paar Puzzleteile dieses Falls zusammenzuset-
zen – zumindest kommt es mir so vor. Ganz sicher bin ich
momentan nicht. Ich bin immer noch nur phasenweise bei
Bewusstsein, wenn man diese Momente denn so bezeichnen

will, und daher erscheinen viele der vermeintlichen Erkenntnisse – über die Briefkastenfirma, den Banküberfall und Ry
Strauss' Ermordung – jetzt zwar plausibel, könnten sich aber,
wie so viele Träume, nach dem Aufwachen als absolut unsin-
nig erweisen.

Ich erreiche einen Zustand, in dem ich die Nähe des Be-
wusstseins spüre, zögere aber, den letzten Schritt zu machen.
Ich weiß nicht recht, warum. Es liegt wohl teilweise an der Erschöpfung, einer so tiefen Müdigkeit, dass mir schon das Öffnen der Augen als eine kaum zu bewältigende Herausforde-
rung erscheint. Ich komme mir vor, als wäre ich in einem dieser
Träume gefangen, in denen man durch tiefen Schnee rennt
und daher viel zu langsam ist. Ich versuche auch, mir selbst
zuzuhören und Informationen zu sammeln, aber die Stimmen
sind unverständlich und gedämpft, wie die von Charlie Browns
Eltern in den Cartoons oder als wären sie hinter dem akusti-
schen Gegenstück eines Duschvorhangs verborgen.

Als ich schließlich blinzelnd die Augen öffne, sitzt weder
ein Verwandter noch Myron am Bett. Es ist Sadie Fisher. Sie
beugt sich zu mir herunter – so nah, dass ich den Fliederduft
ihres Shampoos riechen kann – und flüstert mir ins Ohr.

»Kein Wort zur Polizei, bis wir miteinander geredet haben.«

Dann ruft Sadie: »Ich glaube, er ist aufgewacht«, und tritt
zur Seite. Medizinisches Personal erscheint, wie ich vermute.
Sie prüfen meine Vitalzeichen und geben mir Eis-Chips gegen
den Durst. Es dauert ein paar Minuten, doch dann bin ich in
der Lage, ihre einfachen medizinischen Fragen zu beantworten.
Sie erzählen mir, dass ich ein Schädeltrauma erlitten habe, dass
die Kugel keine lebenswichtigen Organe verletzt hat und dass
ich wieder gesund werde. Nach einer Weile wollen sie wissen,
ob ich irgendwelche Fragen habe. Ich sehe Sadie an. Sie schüttelt fast unmerklich den Kopf. Daraufhin schüttle ich meinen.

Vielleicht eine Stunde später – es fällt mir schwer, die Zeit zu schätzen – sitze ich aufrecht im Bett. Sadie bemüht sich, das Krankenzimmer zu räumen. Schließlich fügt sich das Personal zähneknirschend. Als alle das Zimmer verlassen haben, zieht Sadie einen kleinen Lautsprecher aus ihrer Handtasche, tippt etwas in ihr Handy, worauf Musik ertönt.

»Falls jemand mithört«, sagt Sadie und tritt näher zu mir.

»Wie lange bin ich schon hier?«, frage ich.

»Seit vier Tagen.« Sadie zieht sich einen Stuhl an das Bett. »Erzähl mir, was passiert ist. Alles.«

Das tue ich, obwohl mir die Schmerzmittel zu schaffen machen. Sie hört zu, ohne mich zu unterbrechen. Zwischendurch bitte ich sie um weitere Eis-Chips. Sie legt sie mir in den Mund.

Als ich fertig bin, sagt Sadie: »Der Fahrer ist tot, aber das wusstest du ja. Dasselbe gilt für einen der Angreifer, Robert Lyons. Er ist beim Aufprall durch die Windschutzscheibe geflogen. Der andere Bruder – sein Name ist Trey – hat ein paar Knochenbrüche erlitten, da aber nicht genug gegen ihn vorlag, um ihn zu verhaften, ist er nach West-Pennsylvania zurückgefahren, um zu Hause zu ›genesen‹.«

»Was hat Trey erzählt?«

»Herr Lyons hat sich entschieden, vorerst nicht mit den Behörden zu sprechen.«

»Was ist nach Ansicht der Polizei passiert?«

»Die halten sich bedeckt, haben sich aber zusammengereimt, dass du dem Fahrer die Kehle aufgeschlitzt hast. Sie haben eine Menge forensische Daten gesammelt, die dafürsprechen – die Position deines Körpers hinter der Leiche, die Führung für die Rasierklinge in deinem Ärmel, das Blut an deinen Händen und so weiter. Für eine Verurteilung würde es wahrscheinlich nicht reichen, die Cops wissen aber, woran sie sind.«

»Hast du ihnen von den Drohungen der beiden Brüder erzählt?«, frage ich.

»Noch nicht. Das kann ich ja immer noch. Wenn ich es ihnen jetzt erzähle, werden sie wissen wollen, warum die Brüder mich bedroht haben. Verstehst du?«

Ja, ich verstehe.

»Die Bullen suchen schon nach einer Verbindung zwischen dem, was Teddy Lyons in Indiana passiert ist, und dem, was in diesem Lieferwagen passiert ist. Da du mein Mandant bist, will ich ihnen nicht helfen.«

Logisch. »Dein Rat?«, frage ich.

»Die Cops sind hier. Sie wollen, dass du eine Aussage machst. Ich bin dafür, dass du das nicht tust.«

»Ich habe sowieso vergessen, was passiert ist«, sage ich. »Kopftrauma, weißt du.«

»Außerdem bist du noch zu schwach für eine Vernehmung«, ergänzt Sadie.

»Ja, das bin ich, obwohl ich weiterhin so schnell wie möglich entlassen werden möchte. Zu Hause kann ich mich besser erholen.«

»Mal sehen, ob ich das arrangieren kann.«

Sadie steht auf.

»Wir haben das unter Verschluss gehalten, Win. Vor den Medien.«

»Ich danke dir.«

»Es wollten noch ein paar Leute bei dir am Bett sitzen. Ich habe ihnen aber davon abgeraten, weil ich sichergehen wollte, dass du zuerst mit mir sprichst. Sie haben es verstanden.«

Ich nicke. Ich frage nicht, wer das war. Es spielt keine Rolle.

»Danke«, sage ich. »Und jetzt hol mich hier raus.«

* * *

Aber so einfach ist das nicht.

Zwei Tage später werde ich von der Intensivstation in ein Privatzimmer verlegt. Um drei Uhr morgens, als ich immer noch selig auf der Schwelle zwischen Schlaf und Morphinträumen dahinschwebe, spüre ich mehr, als dass ich es höre, wie die Zimmertür geöffnet wird.

Das ist natürlich nicht ungewöhnlich. Jeder, der einen längeren Aufenthalt in einer medizinischen Einrichtung durchgemacht hat, weiß, dass man dort zu den seltsamsten Tag- und Nachtstunden umgedreht und untersucht wird, fast so, als wollte man Sie vom echten Tiefschlaf abhalten. Vielleicht sind ja meine Spinnensinne aktiv, um eine weitere Superheldenanalogie zu bemühen, aber irgendwie weiß ich, dass es sich bei der Person im Zimmer weder um einen Pfleger noch um eine Reinigungskraft handelt.

Ich bleibe ganz ruhig. Ich habe keine Waffe bei mir, was töricht ist. Meine üblichen Reflexe, meine Kraft und mein Timing sind auch noch nicht zurück. Vorsichtig öffne ich die Augen ein ganz kleines bisschen, aber unter Medikamenten und im Halbschlaf sehe ich nur unscharf, wie durch einen Verband.

Ich erkenne jedoch Bewegungen.

Ich könnte die Augen noch etwas weiter öffnen, der Eindringling soll jedoch nicht merken, dass ich wach bin.

Ich erkenne aber, dass es ein Mann ist. Mein erster Gedanke treibt meinen Puls in die Höhe.

Trey Lyons.

Aber der Mann ist zu groß. Er bleibt in der Tür stehen. Ich spüre, wie sein Blick auf mir ruht. Ich überlege, was ich tun kann.

Der Rufknopf.

Natürlich gibt es in jedem Krankenhauszimmer einen Rufknopf, da ich aber nur sehr ungern um Hilfe bitte, habe ich den Erklärungen der Pflegerin nicht zugehört. Hat sie das Kabel nicht ums Bettgeländer gewickelt? Stand sie dabei rechts oder links von mir?

Links.

Ich versuche, die linke Hand unter der Bettdecke unbemerkt in Richtung Rufknopf zu schieben.

Eine Männerstimme sagt: »Lassen Sie das, Mr Lockwood.«

So viel dazu, sich schlafend zu stellen. Ich öffne die Augen ganz. Mein Blick ist immer noch verschwommen, außerdem ist es ziemlich dunkel, aber ich sehe diesen großen Mann – und er ist sehr groß –, der dort in der Tür steht. Er hat einen langen Bart und trägt eine Art Mütze auf dem Kopf. Ein anderer Mann – zurückgekämmte graue Haare, eleganter Anzug – tritt in den Raum. Er war es, der mir untersagt hat, den Rufknopf zu bedienen. Er nickt dem großen Mann zu. Der große Mann verlässt das Zimmer und schließt die Tür hinter sich. Der Grauhaarige nimmt sich einen Stuhl und setzt sich neben mein Bett.

»Wissen Sie, wer ich bin?«, fragt er mich.

»Die Zahnfee?«

Es ist nicht mein bester Spruch, aber der Grauhaarige lächelt immer noch. »Mein Name ist Leo Staunch.«

Das hatte ich vermutet.

»Meine Leute sind Ihnen gefolgt.«

»Ja, ich weiß.«

»Sie haben sie schnell entdeckt.«

»Sie haben sich wie Amateure benommen«, antworte ich. »Das war fast eine Beleidigung.«

»Verzeihung«, sagt Staunch. »Was haben Sie mit Ry Strauss zu tun?«

»Er hatte mein Bild.«

»Ja, das haben wir gehört. Was noch?«

»Das ist alles«, sage ich.

»Dann geht es bei Ihrer aufwendigen Schnüffelei nur um einen Kunstraub?«

»Es geht nur um einen Kunstraub«, wiederhole ich. »Und haben Sie wirklich gerade ›Schnüffelei‹ gesagt?«

Er lächelt und beugt sich näher zu mir. »Wir kennen Ihren Ruf«, flüstert er.

»Erzählen Sie.«

»Es heißt, Sie seien verrückt und gefährlich. Ein Psychopath.«

»Kein Wort über mein gutes Aussehen oder mein unglaubliches Charisma?«

Mir ist klar, dass meine etwas kläglichen Versuche, komisch zu sein, fehl am Platz sind. Wenn sich Ihnen dabei auch die Nackenhaare sträuben, müssen Sie unbedingt Myron kennenlernen. Aber sie erfüllen einen Zweck. Man zeigt keine Angst. Nie. Mir eilt der Ruf voraus, den ich sorgfältig kultiviert habe, dass ich ziemlich durchgeknallt bin. Das ist Absicht. In Momenten wie diesem dumme Sprüche zu bringen, zeigt Ihrem Gegenüber, dass Sie sich nicht so leicht einschüchtern lassen.

Staunch rückt mit seinem Stuhl etwas näher ans Bett. »Sie suchen Arlo Sugarman, richtig?«

Ich antworte nicht. Stattdessen frage ich: »Haben Sie Ry Strauss umgebracht?«

Wie erwartet antwortet er: »Ich stelle hier die Fragen.«

»Können wir das nicht einfach beide tun?«

Das gefällt Staunch, weiß Gott, warum. »Ich hatte nichts mit dem Mord an Ry Strauss zu tun, kann aber nicht behaupten, dass mich sein Tod traurig stimmt.«

Ich versuche, in seinem Gesicht zu lesen. Es gelingt mir nicht.

Staunch sagt: »Sie wissen, dass die meine Schwester ermordet haben, oder?«

»Das weiß ich, ja.«

»Also, wo ist Arlo Sugarman?«

»Warum?«, frage ich.

Sein Blick verfinstert sich. »Sie wissen ganz genau, warum.«

»Und trotzdem«, fahre ich fort, »soll ich Ihnen glauben, dass Sie nichts mit Ry Strauss' Tod zu tun hatten?«

»Haben Sie mir nicht gerade erzählt, dass es Ihnen nur um den Kunstraub geht?«

»Das habe ich, ja.«

Leo Staunch dreht die Handflächen zum Himmel und zuckt die Achseln. »Dann kann es Ihnen doch scheißegal sein, wer Strauss umgebracht hat.«

Da hat er mich.

Wir sitzen uns einen Moment lang schweigend gegenüber. In der Ferne piept etwas. Ich frage mich, wie er hier hereingekommen ist, kann mir aber vorstellen, dass die Sicherheitsmaßnahmen eines Krankenhauses für einen Mann wie Leo Staunch kein Problem darstellen.

Als er weiterspricht, höre ich den Schmerz in seiner Stimme. »Sie war meine einzige Schwester. Verstehen Sie?«

Ich warte.

»Sophia hatte noch ihr ganzes Leben vor sich. Und dann, puff, war alles vorbei. Unsere arme Mutter, die bis dahin die glücklichste Frau war, die man sich vorstellen kann, hat den Rest ihres Lebens jeden Tag geweint. Jeden. Einzelnen. Tag. Dreißig Jahre lang. Als Mama schließlich gestorben war, haben bei der Beerdigung alle gesagt: ›Wenigstens ist sie wieder bei ihrer Sophia.‹« Staunch sieht auf mich herunter. »Glauben Sie daran? Dass meine Mutter und meine Schwester irgendwo wieder vereint sind?«

»Nein«, sage ich.

»Ich auch nicht. Es gibt nur das Hier und Jetzt.« Er setzt sich gerade hin und legt seine Hand auf meinen Unterarm. »Also frage ich Sie noch einmal. Wissen Sie, wo Arlo Sugarman ist?«

»Nein.«

Die Tür wird geöffnet, und der große Kerl steckt seinen Kopf ins Zimmer. Leo Staunch nickt ihm zu und steht auf. »Wenn Sie ihn finden, sagen Sie zuerst mir Bescheid.«

Das ist keine Frage.

»Warum Sugarman?«, frage ich. »Was ist mit den anderen?« Leo Staunch geht zur Tür. »Wie ich schon sagte, kenne ich Ihren Ruf, Win. Wenn wir gegeneinander kämpfen, werden wahrscheinlich ein paar von meinen Männern auf der Strecke bleiben. Die Verluste würden mich allerdings nicht stören. Aber auch Sie sind nicht kugelfest. Kommen Sie mir nicht in die Quere. Der Preis wäre zu hoch.«

EINUNDZWANZIG

Drei Tage später werde ich mit dem Hubschrauber nach Lockwood Manor gebracht.

Natürlich geht es mir besser, mir ist aber auch klar, dass ich noch längst nicht wieder bei hundert Prozent bin. Ich würde schätzen, dass ich irgendwo im Bereich zwischen fünfundsechzig und siebzig Prozent meiner Möglichkeiten liege, und nur meine Bescheidenheit verbietet mir zu sagen, dass ich mit fünfundsechzig Prozent immer noch ein starker Kämpfer bin.

Nigel Duncan empfängt mich mit den Worten: »Sie sehen besser aus, als ich dachte.«

»Charmant«, antworte ich, und weil ich keine Zeit mehr zu verschwenden habe, fahre ich direkt fort: »Erzählen Sie mir alles über die Armitage LLC.«

Wir schlendern schweigend auf das Haus zu.

»Nigel?«

»Ich habe es gehört.«

»Und?«

»Und ich werde nicht antworten. Ich werde nicht einmal so weit gehen, Ihnen zu sagen, ob ich weiß, wovon Sie reden.«

»Loyal bis ins Grab.«

»Es geht nicht um Loyalität. Es geht um Legalität.«

»Das Anwaltsgeheimnis?«

»So ist es.«

»Nein, tut mir leid, das greift hier nicht. Sie sind ja bereits als Anwalt der Gesellschaft aufgeführt.«

»Bin ich das?«

»Duncan and Associates.«

»Es gibt sicher noch weitere Kanzleien dieses Namens.«

»Wissen Sie, wer der Nutznießer der Armitage LLC ist?«, frage ich.

Das Hauptgebäude erhebt sich drohend vor uns, als wir näher kommen. So kam es mir immer vor, schon als ich klein war. Ich starre Nigel an. Sein Unterkiefer ist angespannt. Seine Wangen hüpfen bei jedem Schritt.

»Ry Strauss«, sage ich. »Die Gesellschaft hat seine Rechnungen bezahlt.«

Nigels Miene verändert sich nicht.

»Sie müssen mir erzählen, was los ist«, sage ich.

»Nein, Win, das muss ich nicht. Selbst wenn ich es wüsste – und ich wiederhole noch einmal, dass ich nicht bestätigen werde, ob ich eine Ahnung habe, wovon Sie reden –, brauche ich Ihnen nichts zu sagen.«

»Es könnte mit Onkel Aldrichs Ermordung zu tun haben. Oder mit der Entführung von Cousine Patricia. Wir könnten eine Antwort auf die Fragen rund um die Hütte des Schreckens bekommen. Und Leben retten.«

Er lächelt fast. »Leben retten«, wiederholt er.

»Ja.«

»Normalerweise neigen Sie nicht zu Übertreibungen.«

»Das tue ich auch jetzt nicht.«

»Ach, Win, ich liebe Sie. Ich habe Sie Ihr Leben lang geliebt.« Er bleibt stehen und dreht sich für einen kurzen Moment zu mir um. »Wenn ich Ihnen aber einen Rat geben darf, ich würde mich da raushalten.«

»Dürfen Sie nicht.«

»Was darf ich nicht?«

»Mir einen Rat geben.«

Nigel senkt den Kopf und lächelt. »Sie wollen Unrecht wiedergutmachen, Win. Offensichtlich gibt es dabei jedoch immer wieder Kollateralschäden.«

»Alles hinterlässt Kollateralschäden.«

»Das mag stimmen. Darum halte ich mich letztendlich immer an das Recht.«

»Selbst wenn dies noch größere Kollateralschäden hinterlässt?«

»Selbst dann.«

»Ich könnte Druck auf meinen Vater ausüben, damit er es mir sagt.«

»Das könnten Sie, ja.«

»Ich nehme an, Windsor der Zweite war derjenige, der die Briefkastenfirma gegründet hat.«

»Sie können annehmen, was Sie wollen, Win.«

»Wo ist er?«

»Er ist auf dem Trainingsplatz.«

»Also fühlt er sich gut?«

Nigel beißt nicht an. »Ich habe die Suite im Ostflügel für Sie vorbereitet. Wir haben Pfleger und einen Physiotherapeuten im Haus, falls Sie sie brauchen.« Seine Augen sind feucht. »Ich bin froh, dass es Ihnen nach dieser Tortur wieder besser geht, wenn Sie allerdings darauf bestehen, dies weiter fortzusetzen, werde ich irgendwann ...«

Damit dreht er sich um und lässt mich stehen. Ich gehe auf mein Zimmer und packe aus. Vom Eckfenster habe ich einen Blick auf den Trainingsplatz. Es ist ein kleiner Golfplatz für kürzere Schläge – genauer gesagt für Schläge aus einer Entfernung von bis zu fünfzig Metern vom Loch. Darauf befindet sich auch ein überdimensionales Grün mit mehreren Löchern, auf dem man das Putten trainieren kann. Natürlich gibt es auch einen Bunker zum Üben von Schlägen aus dem Sand.

Das Gras um die Anlage herum ist auf unterschiedliche Längen geschnitten, um Chips und Pitches aus diversen Lagen zu kopieren.

Ich ziehe mir Golf-Khakis und ein Polohemd mit dem berühmten Logo des Merion Golf Clubs an – ein Weidenkorb an einer Golfstange dort, wo sich sonst die Flagge befindet. Ich werde Sie in ein Geheimnis einweihen, das die meisten Menschen nicht kennen. Viele exklusive Golfclubs verkaufen Besuchern und Gästen Hemden und andere Utensilien – mit diesen Merchandise-Artikeln wird viel Geld verdient –, wenn der Name des Clubs unter dem Logo steht, sieht man sofort, dass Sie ein Tourist sind. Am Logo ohne den Namen, so wie auch auf meinem Polohemd, erkennt man das Clubmitglied.

Klassenunterschiede. Es gibt sie überall.

Im Schrank steht ein Paar Golfschuhe. Ich schlüpfe hinein und gehe hinaus zu meinem Vater, der Pitches aus dreißig Metern Entfernung übt. Er dreht sich um und lächelt, als er mich sieht. Wir sparen uns das Hallo. So ist Golf. Worte werden überflüssig. Ich greife zu einem 60 Grad Vokey Wedge.

Mein Vater spielt als Erster bei unseren endlosen Runden von Annäherungsschlägen ans Loch. In seiner Jugend war mein Vater ein exzellenter Golfer. Schon mit einundzwanzig gewann er den Patterson Cup, Philadelphias wichtigsten Amateurtitel. Vieles an seinem Spiel hat sich mit steigendem Alter verschlechtert, aber ums Grün herum hat er immer noch diese gewisse Leichtigkeit. Er spielt mit seinem alten 52 Grad Pitching Wedge von Callaway. Er hält die Flugbahn des Balls flach. Der Ball landet vorn auf dem Grün, macht einen leichten Bogen in die Senke hinein und rollt bis auf einen guten halben Meter ans Loch heran.

Der Merion Golf Club liegt ein Stück die Straße hinunter um die Ecke. Früher gingen mein Vater und ich mit der Golftasche auf der Schulter zu Fuß dorthin, um zu spielen. Meine schönsten Kindheitserinnerungen haben alle mit dem Golfplatz zu tun, und meistens bin ich dann gemeinsam mit meinem Vater dort. Auf dem Weg zum Platz redeten wir nur wenig. Das war nicht nötig. Irgendwie waren mein Vater und das Golfspiel in der Lage, mir ohne Worte Lebenslektionen zu vermitteln – Geduld, Misserfolg, Bescheidenheit, Hingabe, Sportsgeist, Üben, kleine Verbesserungen, Fehlentwicklungen, Denkfehler, Schicksal, alles richtig machen und trotzdem nicht das gewünschte Ergebnis erzielen.

Man mag dieses Spiel lieben, aber wie im Leben kommt niemand – niemand – ungeschoren davon.

Jetzt bin ich an der Reihe. Ich lasse den Schlägerkopf offen, um einen hohen Ball mit starkem Backspin zu schlagen, den man gemeinhin als Lob bezeichnet. Der Ball fliegt in den Himmel, landet weich und rollt nur sehr wenig. Mein Schlag landet fünfzehn Zentimeter näher am Loch. Mein Vater lächelt.

»Hübsch.«

»Danke.«

»Aber ein flacher und dann rollender Pitch bringt prozentual die besseren Ergebnisse«, ermahnt er mich. »Auf dem Trainingsplatz ist der Lob großartig. Aber auf einer Bahn oder wenn man mehr Druck hat, ist er sehr riskant.«

Er fragt nicht, wie es mir geht. Allerdings weiß ich aber auch gar nicht, ob er von dem Vorfall im Lieferwagen vor ein paar Tagen weiß. Hätte Nigel es ihm erzählt? Wahrscheinlich nicht.

»Noch einen?«, fragt er.

»Klar.« Dann sage ich: »Aufgrund unseres letzten Gesprächs habe ich Cousine Patricia gefragt, warum Onkel Aldrich und du euch entfremdet habt.«

Das Lächeln rutscht aus seinem Gesicht. Mit dem Pitching Wedge zieht er einen weiteren Ball nach vorne und stellt sich in Position. »Was hat sie gesagt?«

»Sie hat von dem Spanner-Zwischenfall an ihrem sechzehnten Geburtstag erzählt.«

Dad nickt ein wenig zu langsam. »Sag mir, was genau Cousine Patricia dir erzählt hat.«

Das tue ich. Wir chippen weiter. Das Übungsgrün hat sechs Löcher, sodass wir nie zweimal den gleichen Schlag ausführen müssen. Denn davon hält Dad nichts. »Auf dem Platz schlägt man auch nie zweimal hintereinander den gleichen Schlag«, sagt er. »Warum sollten wir es auf dem Trainingsplatz tun?«

»Also«, sagt mein Vater, als ich fertig bin, »hat Cousine Patricia dir auch erzählt, dass Ashley Wrights Vater mit mir gesprochen hat?«

»Ja.«

»Mit Carson Wright bin ich befreundet, seit wir zwölf Jahre alt waren«, sagt Dad. »Wir haben zusammen im Juniorenteam gespielt.«

»Ich weiß.«

»Er ist ein ehrenwerter Mann.«

Ich weiß nicht, ob das stimmt, sage aber »Okay«, damit er weiterspricht.

»Es ist Carson nicht leichtgefallen.«

»Was?«

»Herzukommen. In dieses Haus. Mir diese Geschichte zu erzählen.«

»Die da wäre?«

»Dein Onkel hat weit mehr als nur gespannt.« Dad verharrt am Ende des nächsten Chips, prüft die Position seines Handgelenks und sieht dem rollenden Ball hinterher. »Ich weiß nicht, wie man es heutzutage nennt. Pädophilie. Vergewaltigung. Unangemessene Beziehung. Als es losging, war Aldrich vierzig. Ashley war fünfzehn. Und wenn du es verteidigen willst ...«

»Das will ich nicht.«

»Tja, selbst wenn du es tun würdest. Damals haben die Leute es jedenfalls getan. ›You're sixteen, you're beautiful, you're mine‹, ›Young girl, get out of my mind‹ und ähnliche Songs waren damals Hits.«

»Carson Wright ist also zu dir gekommen?«, versuche ich ihn wieder aufs Thema zu bringen.

»Genau.«

»Und was hat er gesagt?«

»Dass seine Tochter Ashley ein paar Monate vorher Pillen geschluckt hat, als dein Onkel sie nicht zurückgerufen hat. Man musste ihr den Magen auspumpen.«

»Und dann ist sie trotzdem zum sechzehnten Geburtstag gekommen?«

»Ja.«

»Warum?«

»Das weißt du nicht?«

Ich warte.

»Normalität. Ruhe und Anstand wurden gewahrt. So war das damals, Win.«

»Es wurde unter den Teppich gekehrt?«

Mein Vater sieht mich mürrisch an. »Ich habe diese Formulierung immer für unpassend gehalten. Es geht eher darum, dass man über etwas hinwegkommt. Man begräbt es so tief, dass es nie wieder zum Vorschein kommt.«

»Aber es hat nicht funktioniert.«

»An dem Abend nicht, nein.«

»Und was hast du nach Carsons Besuch getan?«

»Ich habe Aldrich zur Rede gestellt. Die ganze Sache wurde hässlich.«

»Hat er es abgestritten?«

»Er hat es immer abgestritten.«

»Immer?«

»Es war nicht das erste Mal«, sagt mein Vater.

Ich warte. Mein Vater dreht sich zu mir um. Er wartet. Dieses Spiel kennen wir beide nur zu gut.

»Wie viele gab es noch?«, frage ich ihn.

»Eine Zahl kann ich dir nicht nennen. Wenn ein Problem auftrat, haben wir ihn weggeschafft. Deshalb ist er nicht in Haverford geblieben, wie wir anderen.«

»Ich dachte, er wäre auf die New York University gegangen, weil er anders sein wollte.«

»Nein, dein Onkel hat sein Studentenleben in Haverford begonnen. Doch dann gab es einen Vorfall mit der vierzehnjährigen Tochter eines Professors. Keinen Geschlechtsverkehr, aber Aldrich hat sie spärlich bekleidet fotografiert. Es ist Geld geflossen…«

»Das heißt, ihr Vater wurde bestochen.«

»Gut, ja, wenn du es grob ausdrücken willst. Er wurde ausbezahlt, und Aldrich wurde nach New York City geschickt. Das ist ein Beispiel.«

»Kannst du mir noch eins nennen?«

»Deine Tante Aline.«

»Was ist mit ihr?«

Aber eigentlich wusste ich schon Bescheid, nicht wahr?

»Als Aldrich sie aus Brasilien mitbrachte, hat er erzählt, sie wäre zwanzig und hätte als Lehrerin an der von der Familie gegründeten Schule gearbeitet. Wir haben das überprüft. Sie war keine Lehrerin. Sie war eine Schülerin. Und sie war nicht die erste, die er dort verführt hat, aber die, die ihm am besten gefiel. Aline war nach unserer bestmöglichen Schätzung vierzehn oder fünfzehn, als sie mit ihm hier ankam – ganz genau konnte es auch der von uns beauftragte Privatdetektiv nicht herausbekommen.«

Ich schnappe nicht nach Luft. Ich stelle nicht die unsinnige Frage: *Und warum hat niemand Anzeige erstattet?* Wir sind eine einflussreiche Familie. Und, wie mein Vater schon sagte: »Es ist Geld geflossen.« Das ist oft von Drohungen begleitet, sowohl von subtilen als auch von sehr konkreten. Außerdem war es, wie mein Vater schon betont hatte, eine andere Zeit. Das ist keine Entschuldigung. Es stellt das Ganze in den richtigen Kontext. Das ist ein Unterschied.

»Und wo kommt die Armitage LLC ins Spiel?«, frage ich.

Mein Vater ist nicht gut darin, sich zu verstellen. Er ist weder ein Schauspieler noch ein Lügner. Als er mich nach meiner Frage mit aufrichtiger Verblüffung ansieht, bin ich sprachlos. »Das sagt mir nichts.«

»Eine von Nigel gegründete Briefkastenfirma.«

»Und du glaubst, dass ich dahinterstecke?«

»Es wäre naheliegend.«

»Das tue ich nicht.«

Es hat keinen Sinn, diesen Ansatz weiterzuverfolgen. Wenn er es abstreitet, streitet er es ab. »Wann hast du Onkel Aldrich das letzte Mal gesehen?«

»Das weiß ich nicht mehr genau. Es gab eine Familienfeier im Merion Club, so etwa sechs bis acht Monate vor seiner Ermordung. Da vielleicht. Aber wir haben nicht miteinander gesprochen.«

»Und was ist mit dem Abend vor seiner Ermordung?«

Dad hält mitten im Rückschwung inne. Das habe ich bei ihm noch nie gesehen. Niemals. Wenn er den Schwung einmal begonnen hat, müsste man auf ihn schießen, um ihn zu stoppen.

»Wie bitte?«

»Cousine Patricia sagt, du seist am Abend vor seinem Tod bei ihnen gewesen.«

»Wirklich?«

»Ja.«

»Aber ich habe dir doch gerade gesagt, dass ich Aldrich mindestens sechs bis acht Monate vor seiner Ermordung nicht mehr gesehen habe.«

»Das hast du.«

»Das bleibt dann wohl ein Rätsel.«

»So sehe ich das auch.«

Mein Vater schlendert zum Haus zurück. »Viel Glück damit.«

ZWEIUNDZWANZIG

Sir Arthur Conan Doyle sagt durch seinen legendären Privatdetektiv Sherlock Holmes: »Wenn man das Unmögliche eliminiert, muss das, was übrig bleibt, egal wie unwahrscheinlich es ist, die Wahrheit sein.«

Ich denke über das Zitat nach, auch wenn es nicht hundertprozentig auf die Situation passt. Auf Basis dessen, was ich erfahren habe – und sofern ich meinem Vater glaube, dass er die Wahrheit sagt und die Briefkastenfirma nicht gegründet hat –, liegt die Antwort auf die Frage nach dem Gründer von Armitage LLC auf der Hand.

Meine Großeltern.

Natürlich war Sexismus die Regel, wenn man aber eine Familie wie die unsere betrachtet, eine Familie, die es geschafft hat, über Generationen hinweg ihre Macht und ihr Ansehen zu erhalten, kann man davon ausgehen, dass der altehrwürdige, paternalistische Spruch zutrifft: »Hinter jedem erfolgreichen Mann steht eine starke Frau.« Als mein Großvater starb, war es nicht mein Vater, der seine führende Rolle in der Familie übernommen hat – außer vielleicht rein formal.

Meine Großmutter hat den Laden geschmissen.

Ich wünschte, ich könnte mit ihr sprechen. Sie wüsste, was zu tun ist. Großmutter lebt noch, ist aber achtundneunzig und hat seit einem Jahr kein Wort mehr gesagt. Trotzdem weiß ich, wo ich die Antwort finde – im Weinkeller.

Als ich die Treppe hinuntergehe, fragt Nigel hinter mir: »Wohin gehen Sie?«

»Das wissen Sie doch.«

»Ich hielte es für besser, wenn Sie die Finger davonließen, Win.«

»Ja, das sagt man mir ständig.«

»Aber Sie hören nicht darauf.«

Ich zucke die Achseln und zitiere Myron: »Liebe mich für all meine Fehler.«

Der Weinkeller auf Lockwood Manor ist dem des Château Smith Haut Lafitte nachempfunden. Die Wände sind aus Stein, die Decke gewölbt. Darin stehen Holzfässer und Eichenregale voller Flaschen. Die Raumtemperatur wird konstant bei dreizehn Grad Celsius, die relative Luftfeuchtigkeit bei sechzig Prozent gehalten.

Ich gehe an der Sammlung vorbei, einige der Weine sind Tausende Dollar wert. In der hinteren rechten Ecke greife ich ins oberste Regal und ziehe an einer Magnumflasche Krug Clos d'Ambonnay. Eine Tür öffnet sich, und ich betrete den hinteren Keller. Ja, es ist ein Geheimraum, wenn Sie so wollen, und die Geheimnistuerei mag Ihnen etwas übertrieben erscheinen, aber ich glaube, meine Großmutter wollte einfach nur einen anständigen Arbeitsplatz, abseits von neugierigen Blicken und doch nah am Wein.

Alle vier Wände sind von fast zwei Meter hohen Aktenschränken gesäumt.

Mich schüchtert die Unmenge an Papieren nicht ein. Ganz im Gegenteil, ich fühle mich hier zu Hause. Myron und ich sind unter anderem deshalb ein so gutes Team, weil er das große Ganze sieht, während ich die Details betrachte. Er ist ein Träumer. Ich bin Realist. Er hat auf eine verblüffende Weise das Ziel im Blick. Ich bin eher ein Arbeitstier. Ich arbeite alles sorgfältig nacheinander ab. Ein Großteil meiner beruflichen Tätigkeit besteht darin, mit einem präzisen Blick alle noch so kleinen Details der verschiedensten Unternehmen im Auge zu behalten, sämtliche Facetten ihres Geschäfts zu beobachten, das Für und Wider, die Vor- und Nachteile abzuwägen, bevor ich eine Kauf- oder Verkaufsempfehlung ausspreche.

Ungeachtet dessen, was einige Finanzgurus behaupten, kann man das nicht aus dem Instinkt heraus tun.

Deshalb bin ich ein großer Freund gebührender Sorgfalt.

Ein Großteil meiner Familie, besonders meine liebe Großmutter, dachte genauso. Sie hat akribisch über unsere Familie Buch geführt. Hier, in ihrem Heiligtum, befinden sich alle Geburtsurkunden, die alten Reisepässe, Familienstammbäume, Terminplaner, Kalender, Kontoauszüge, Tagebücher, Finanzunterlagen etc. seit 1958. Mitten im Raum steht ein quadratischer Tisch mit vier Stühlen, Schreibblöcken und gespitzten Bleistiften. Ich fange an, die Akten durchzugehen, und mache mir penibel Notizen. Ein Großteil der Unterlagen ist in Großmamas Handschrift geschrieben, und obwohl ich kein sentimentaler Mensch bin – ich zeige keine Familienfotos herum, und Sie werden mich kaum einmal in nostalgischer Stimmung erleben –, hat eine Handschrift, besonders die ihre, etwas so Persönliches, es liegt eine solche Schönheit in der Reinheit und Gleichförmigkeit ihrer Schreibschrift und diese verloren gegangene Kunstfertigkeit zeigt eine solche Individualität, dass ich ihre Gegenwart förmlich spüre.

Ich vertiefe mich in die Vergangenheit meiner Familie. Ich verliere mich darin. Mein Verstand will übereilte Schlüsse ziehen, aber ich widerstehe der Versuchung. Noch einmal, genau das wäre Myrons Stärke – spontan, unorganisiert, schlampig, brillant. Er kann Dutzende Ideen gleichzeitig in seinem

Kopf speichern. Ich nicht. Ich bremse mich. Ich muss alles dokumentieren. Ich muss ein Bild vor Augen haben, bevor das Ganze einen Sinn ergibt. Ich brauche einen Ablaufplan und eine Landkarte.

Doch im Laufe der Stunden fügen sich die Puzzleteile zusammen.

Hinter mir höre ich Schritte. Als Cousine Patricia den Raum betritt, blicke ich auf. »Nigel sagte, dass du hier unten bist.«

»Das bin ich ja auch.«

»Musst du dich nicht ausruhen?«

»Nein.«

»Dann geht's dir wieder gut?«

»Ja, prima. Können wir jetzt weitermachen?«

»Herrje, ich wollte nur höflich sein.«

»Was ich, wie du weißt, nicht ausstehen kann«, sage ich. Dann frage ich: »Weißt du, wie alt deine Mutter ist?«

Patricia verzieht das Gesicht. »Wie bitte?«

»Als deine Eltern aus Brasilien zurückkamen, hat die Familie nicht geglaubt, dass Aline schon zwanzig war, wie dein Vater behauptete. Nigels Vater hat eine Detektei in Fortaleza beauftragt, sich das einmal anzusehen. Ihre Untersuchungen haben ergeben, dass sie höchstwahrscheinlich vierzehn oder fünfzehn Jahre alt war.«

Patricia steht reglos da.

»Wusstest du das?«, frage ich.

»Ja.«

Ich weiß nicht, ob es mich überrascht.

»Es waren die Siebziger, Win.«

Dieselbe Rechtfertigung wie mein Vater. Faszinierend, das von seiner Nichte zu hören. »Ich will deinen Vater nicht verurteilen. Im Moment interessiere ich mich weder für rechtliche noch für ethische oder moralische Fragen.«

»Was interessiert dich dann?«

»Die Antworten.«

»Welche Antworten?«

»Wer die Gemälde gestohlen hat. Wer deinen Vater umgebracht hat. Wer Ry Strauss umgebracht hat. Wer dich und die anderen Mädchen misshandelt hat.«

»Warum?«

Das ist eine spannende Frage. Als Erstes fällt mir PT mit seinen fünf Jahrzehnte währenden Schuldgefühlen wegen seines toten Partners ein. »Ich hab es einem Freund versprochen.«

Patricias Miene ist skeptisch. Ehrlich gesagt kann ich ihr das nicht vorwerfen. Selbst in meinen eigenen Ohren klingt die Antwort hohl. Ich versuche es noch einmal.

»Es ist ein Unrecht, das wiedergutgemacht werden muss«, sage ich.

»Und du glaubst, dass die Antworten das bewirken?«

»Was bewirken?«

»Das so das Unrecht wiedergutgemacht werden kann.«

Das ist eine gute Frage. »Wir werden es merken, oder?«

Cousine Patricia streicht eine Haarsträhne hinter ihr Ohr und kommt zu mir. »Zeig mir, was du gefunden hast.«

* * *

Vielleicht müsste ich Cousine Patricia warnen, dass ihr das, was ich zu sagen habe, nicht gefallen wird.

Leider ist das unmöglich.

Ich möchte ihre unmittelbare, ungefilterte Reaktion sehen. Daher lege ich direkt mit der Zusammenfassung los.

»Dein Vater hat sich im September 1971 am Haverford College immatrikuliert.«

Sie zieht eine Augenbraue hoch. »Dein Ernst?«

»Was?«

»Du verwendest in Alltagsgesprächen das Wort ›immatrikuliert‹?«

Ich muss lächeln. »Ich bitte vielmals um Verzeihung«, sage ich. »Hast du gewusst, dass dein Vater zuerst nach Haverford gegangen ist?«

»Ja, das wusste ich. Wie dein Vater, ihre Väter und die Väter vor ihnen, so weit wir auch zurückgehen. Na und? Mein Vater wollte da nicht hin, meinte aber, keine Wahl zu haben. Also hat er es versucht, dann aber bald die Uni gewechselt.«

»Nein.«

»Was nein?«

»Das war nicht der Grund für den Wechsel.«

Ich lege ihr den Bericht über die Verletzung des Ehrenkodexes sowie das vom Disziplinarausschuss des Dekanats unterzeichnete Begleitschreiben vor. »Die sind vom 16. Januar 1972 – dem Beginn des zweiten Semesters deines Vaters.«

Wir sitzen am quadratischen Tisch in der Raummitte. Patricias Handtasche liegt auf dem Boden. Sie greift nach unten und nimmt eine Lesebrille heraus. Ich warte, während sie den Bericht überfliegt.

»Das ist alles ziemlich vage«, sagt sie.

»Absicht«, sage ich. »Offensichtlich hat dein Vater unangemessene Fotos von der minderjährigen Tochter seines Biologieprofessors Gary Roberts gemacht.« Ich reiche ihr den Beleg eines verrechneten Schecks. »Am zweiundzwanzigsten Januar hat Professor Roberts diesen Scheck, der von einer unserer Briefkastenfirmen ausgestellt wurde, auf sein Konto eingezahlt.«

Sie sieht ihn an. »Zehn Riesen?«

Ich sage nichts.

»Ziemlich billig.«

»Es war Anfang der Siebziger.«

»Trotzdem.«

»Und ich glaube nicht, dass er eine Wahl hatte. Skandale wie dieser sind damals nie ans Licht gekommen. Und wenn, dann hätte Professor Roberts wahrscheinlich Angst gehabt, dass seine kleine Tochter die Schuld bekommt und die Sache noch schlimmer wird.«

Patricia liest den Begleitbrief noch einmal. »Hast du ein Foto von ihr?«

»Von der Tochter?«

»Ja.«

»Nein. Wieso?«

»Dad mochte junge Frauen«, sagt sie. »Sogar Mädchen.«

»Richtig.«

»Es besteht jedoch ein Unterschied zwischen einer körperlich reifen Fünfzehnjährigen und, sagen wir, einer Siebenjährigen.«

Ich schweige. Patricia hat keine Frage gestellt, also sehe ich keinen Grund, etwas zu sagen.

»Na ja«, fährt sie fort, »entschuldige, dass das so Anti-*Metoo* klingt, ich will ihn auch nicht verteidigen, aber hast du die Fotos von meiner Mutter bei ihrer Hochzeit gesehen?«

»Das habe ich.«

»Sie ist … meine Mutter war wohlproportioniert.«

Ich warte.

»Sie hatte Kurven, oder? Was ich meine, ist …, ich glaube nicht, dass mein Vater pädophil war oder so etwas.«

»Du siehst ihn eher als parthenophil«, sage ich.

»Ich weiß gar nicht, was das ist.«

»Das Interesse an weiblichen Jugendlichen, die sich in der Pubertät befinden«, sage ich.

»Möglich.«

»Patricia?«

»Ja.«

»Lass uns nicht über Definitionen streiten. Das würde die ganze Sache nur vernebeln. Er ist tot. Ich sehe im Moment keinen Grund, weiterhin seine Bestrafung zu fordern.«

Sie nickt, lehnt sich zurück und atmet tief durch. »Dann sprich weiter.«

Ich blicke auf meine Notizen. »In den Tagebuchaufzeichnungen der folgenden Monate, soweit ich sie bisher eingesehen habe, wird dein Vater kaum erwähnt, mein Großvater hat jedoch sämtliche Scorekarten der Golfrunden aufbewahrt, die dein Vater gespielt hat.«

»Das ist nicht dein Ernst.«

»Doch, das ist er.«

»Er hat Scorekarten aufbewahrt?«

»Das hat er.«

»Dann vermute ich mal, dass auf einigen davon der Name meines Vaters steht.«

»So ist es. Ab April hat dein Vater ziemlich viel gespielt. Mit meinem Vater, unserem Großvater und anderen Verwandten. Sicher hat er auch noch mit seinen Freunden gespielt, aber die Scorekarten habe ich natürlich nicht.«

»Wie war sein Handicap?«

»Was?«

»Ich versuche, die Stimmung ein bisschen aufzulockern, Win. Was willst du damit sagen?«

»Dass er den ganzen Sommer in Philadelphia war. Oder zumindest, dass er hier Golf gespielt hat. Des Weiteren ist im Kalender vermerkt, dass ein Lockwood-Mitarbeiter Aldrich am 3. September 1972 nach Lipton Hall gefahren hat, seinem Studentenwohnheim am Washington Square in New York.«

»Wo er sein Studium an der New York University angefangen hat.«

»So ist es.«

»Und was dann?«

»Im Großen und Ganzen scheint sich die Situation für eine Weile beruhigt zu haben. Ich muss mir die Unterlagen noch einmal genauer ansehen, aber bisher ist mir bis zur Ankunft deines Vaters in São Paolo am 14. April 1973 nichts weiter aufgefallen.«

Ich zeige ihr den brasilianischen Einreisestempel in seinem alten Reisepass.

»Warte. Großmama hat seinen alten Pass behalten?«

»Alle unsere alten Pässe, ja.«

Patricia schüttelt ungläubig den Kopf. Sie blättert nach vorne und starrt das Bild ihres Vaters an. Der Reisepass wurde 1971 ausgestellt, als ihr Vater neunzehn Jahre alt war. Sie legt den Kopf etwas schräg, als sie das Schwarz-Weiß-Foto betrachtet. Sie streicht mit der Fingerspitze sanft über das Gesicht ihres Vaters. Aldrich war ein gut aussehender Mann. Das gilt für die meisten Lockwood-Männer.

»Dad hat mir erzählt, dass er drei Jahre lang in Südamerika war«, sagt sie wehmütig.

»Das kommt wohl hin«, sage ich. »Wenn du den Pass durchblätterst, wirst du sehen, dass er außerdem in Bolivien, Peru, Chile und Venezuela war.«

»Das hat ihn verändert«, sagt sie.

Auch das ist keine Frage, also sehe ich keinen Grund, etwas dazu zu sagen.

»Er hat da gute Arbeit geleistet. Unter anderem hat er eine Schule gegründet.«

»Sieht so aus, ja. Laut seinem Reisepass ist er erst am 18. Dezember 1976 in die Vereinigten Staaten zurückgekehrt.«

»Dezember?«

»Ja.«

»Mir hat man erzählt, dass er früher zurückgekehrt ist.«

»Natürlich hat man dir das erzählt.«

»Also war meine Mutter schwanger mit mir«, sagt Patricia.

»Wusstest du das nicht?«

»Nein, das wusste ich nicht. Aber es macht keinen Unterschied.« Patricia seufzt und lehnt sich in ihrem Stuhl zurück. »Gibt es einen Grund dafür, dass du mir das alles erzählst, Win?«

»Den gibt es.«

»Wir befinden uns im Jahr 1976. Die Bilder wurden Mitte der Neunziger gestohlen. Ich sehe immer noch keinen Zusammenhang.«

»Ich schon.«

»Dann raus damit.«

»Der Schlüssel ist das Abreisedatum deines Vaters von New York City nach São Paolo.«

»Was ist damit?«

»Dein Vater war noch Student an der New York University. Er hatte noch keinen Abschluss. Es schien alles ganz gut zu laufen. Aber plötzlich, im April, es waren keine zwei Monate mehr bis zum Semesterende, entscheidet er sich, auf eine Auslandsmission zu gehen. Ich finde das seltsam, du nicht?«

Sie zuckt die Achseln. »Vater war reich und impulsiv. Vielleicht hat er in dem Semester keine guten Noten bekommen. Oder vielleicht wollte er auch einfach aussteigen.«

»Vielleicht«, sage ich.

»Aber?«

»Aber er ist am 14. April 1973 abgereist.«

»Und?«

Ich habe den alten Zeitungsartikel auf meinem Handy. Selbst

mir läuft ein kalter Schauer über den Rücken, als ich ihn auf-
rufe, um ihn ihr zu zeigen. »Und die Jane-Street-Six-Morde
haben zwei Tage vorher stattgefunden, am 12. April 1973.«

* * *

Patricia ist aufgesprungen und geht auf und ab. »Ich verstehe
nicht, was du mir sagen willst, Win.«

Sie versteht es. Ich warte.

»Es könnte Zufall sein.«

Ich verziehe keine Miene. Ich runzele nicht die Stirn. Ich
warte einfach ab.

»Sag was, Win.«

»Das ist kein Zufall.«

»Warum denn nicht, zum Teufel noch mal?«

»Dein Vater flieht unmittelbar nach den Jane-Street-Six-
Morden nach Brasilien. Zwanzig Jahre später werden uns
wertvolle Gemälde gestohlen und landen in den Händen des
Anführers der Jane Street Six. Willst du noch mehr hören?
Gut. Am Tatort von Ry Strauss' Ermordung finden wir den
Koffer, den du packen musstest, als du nach der Ermordung
deines Vaters entführt wurdest. Oh, und das i-Tüpfelchen:
Nigel hat eine Briefkastenfirma gegründet, von deren Geld
Ry Strauss' Wohnung – der Tatort seiner Ermordung – ge-
kauft und sein Unterhalt beglichen wurde. Reicht das?«

Patricia geht weiter auf und ab. »Was willst du damit sagen?
Dass mein Vater ein Mitglied der Jane Street Six war?«

»Ich weiß es nicht. Im Moment präsentiere ich einfach nur
die Fakten.«

»Gibt es noch mehr?«

»Ich habe eine Bardame kennengelernt, die in einem Pub
namens Malachy's arbeitet. Sie hatte eine Beziehung mit Ry

Strauss. Sie hat mir erzählt, dass Ry oft nach Philadelphia gefahren ist.«

»Wenn ich dich richtig verstehe, glaubst du also, dass mein Vater Mitglied der Jane Street Six war. Er ist entkommen. Und dann hat unsere Familie Ry Strauss wohl dafür bezahlt, dass er den Mund hält. Haben wir die anderen auch bezahlt?«

»Das weiß ich nicht.«

»Sagtest du nicht, dass du mit einer von ihnen gesprochen hast? Lake irgendwas.«

»Lake Davies.«

»Müsste sie es nicht wissen?«

»Möglich, ich weiß aber nicht, ob sie es mir erzählen würde, besonders wenn sie Schweigegeld bekommen hat. Sie hat aber auch behauptet, dass die Frauen innerhalb der Jane Street Six eher kleine Lichter waren, also wusste sie es womöglich gar nicht.«

»Aber mein Vater ist tot«, sagt sie.

»Das ist richtig.«

»Warum sollte dann immer noch jemand dafür zahlen, dass sein Ruf keinen Schaden nimmt?«

Jetzt verziehe ich das Gesicht. »Du bist gerade durchs Tor von Lockwood Manor getreten. Meinst du diese Frage wirklich ernst?«

Sie überlegt einen Moment lang. »Gehen wir mal davon aus, dass du recht hast. Nehmen wir an, dass mein Vater irgendwie ein Mitglied der Jane Street Six war.«

Ich habe das bisher weder behauptet noch diese Schlussfolgerung gezogen, lasse es aber vorerst dabei bewenden.

»Was hat das mit dem Vermeer und dem Picasso zu tun, die erst so viele Jahre später gestohlen wurden? Was hat es mit der Ermordung meines Vater zu tun oder…«, Patricia bricht ab. »Oder mit dem, was mit mir passiert ist?«

»Das weiß ich nicht«, gebe ich zu.

»Win?«

»Ja?«

»Vielleicht wissen wir inzwischen genug.«

»Wie bitte?«

»Ich habe diese Wohltätigkeitsorganisation auf unserer Familiengeschichte aufgebaut. Diese Geschichte besagt im Wesentlichen, dass mein Vater in Südamerika war, um den Armen zu helfen, und dass es mein großer Wunsch ist, sein Vermächtnis weiterzuführen. Angenommen, es stellt sich heraus, dass die ganze Geschichte ein Lügengebilde ist.«

Ich denke darüber nach. Das ist ein ausgezeichnetes Argument. Nehmen wir an, dass das, was ich herausfinde, letztlich dem Namen Lockwood und besonders Patricias lohnender Sache schadet.

»Win?«

»Es ist besser, wenn wir es sind, die die Wahrheit ans Licht bringen«, sage ich.

»Warum?«

»Weil wir sie, wenn es wirklich schlimm kommt«, sage ich, »jederzeit wieder begraben können.«

DREIUNDZWANZIG

Als Kabir aus dem Hubschrauber springt, hält er seinen Turban mit einer Hand fest, damit er im Luftstrom des langsamer werdenden Rotors nicht vom Kopf geweht wird. Er trägt ein schwarzes Seidenhemd, eine fluffige grüne Daunenweste, eine abgetragene Jeans und strahlend weiße Keds-Sneaker. Ich drehe den Kopf und sehe meinen Vater oben am Fenster seines Zimmers, wie er mit gerunzelter Stirn auf den – seiner Ansicht nach – ausländischen Eindringling herabblickt.

Ich winke Kabir heran, führe ihn die Treppe hinunter in den Weinkeller und weiter in Großmutters Hinterzimmer. Als wir ankommen, sieht Kabir sich um, nickt und sagt: »Voll krass.«

»Auf jeden Fall.«

Als die Presse erfuhr, dass es sich bei dem Mordopfer, bei dem der gestohlene Vermeer gefunden wurde, um Ry Strauss handelt, machte die Story, wie Sie sich vorstellen können, gewaltige Schlagzeilen. Früher hätte so ein Vorfall Tage, Wochen oder sogar Monate die Titelseiten beherrscht. Diese Zeiten sind vorbei. Heutzutage ähnelt unsere Aufmerksamkeitsspanne der eines Kindes, das ein neues Spielzeug bekommt. Wir spielen einen oder zwei Tage lang intensiv damit, dann langweilt es uns, wir entdecken ein neues Spielzeug, werfen das »alte« unters Bett und vergessen es.

Den größten Teil des Medienrummels um Ry Strauss habe ich verpasst, weil ich im Krankenhaus lag. Im Endeffekt ist jede Nachrichtenstory – und ja, die Bilder werden hier etwas schräg, wenn nicht gar völlig absurd – ein loderndes Feuer: Wenn niemand einen Scheit nachlegt, erlischt es. Bisher gab es nichts Neues zu berichten. Ein gestohlenes Gemälde, die Jane Street Six, ein Mord – alles schon für sich genommen delikat und in Kombination ein berauschender Cocktail, aber das war schon elf Tage her.

Vom Koffer mit meinen Initialen, der am Tatort gefunden wurde, und der Verbindung dieses Koffers zu Cousine Patricia und der Hütte des Schreckens hatten die Medien noch nichts erfahren. Mir passt das gut. So ist es einfacher, meine Ermittlungen in Angriff zu nehmen.

Kabir platziert die Aktenmappen sorgfältig auf Großmutters altem Tisch. Die wichtigste Voraussetzung für die gute Zusammenarbeit mit einem Topassistenten ist eine gemeinsame Vision. Kabir versteht, dass ich die Dinge vor Augen haben muss und es mag, wenn Fakten und Beweise in klaren Mustern dargestellt werden. Die Mappen haben alle die gleiche Größe (gemäß gesetzlicher Vorschriften: dreiundzwanzig mal fünfunddreißig Zentimeter) und die gleiche Farbe (hellgelb). Jedes Etikett ist in seiner akkuraten Handschrift beschriftet.

»Die Mitglieder der Jane Street Six«, sagt Kabir.

Die sechs Ordner liegen ordentlich in einer Reihe nebeneinander. Ich lese die Namen auf den Etiketten von links nach rechts: Lake Davies, Edie Parker, Billy Rowan, Ry Strauss, Arlo Sugarman, Lionel Underwood. Alphabetisch geordnet. Um Ihre Frage zu beantworten: Ich leide nicht an einer Zwangsneurose, aber ähnlich wie bei der Kinsey-Skala glaube ich, dass wir alle uns stärker innerhalb einer gewissen Bandbreite bewegen, als wir wahrhaben wollen.

»Soll ich anfangen?«, fragt Kabir.

»Bitte.«

»Das Schicksal von Ry Strauss und Lake Davies kennen wir«, sagt er und schiebt die beiden Aktendeckel zur Seite, sodass nur noch vier übrig sind. »Ich möchte dich bei den anderen auf den aktuellen Stand bringen.«

Ich warte.

»Angefangen bei Edie Parker. Ihre Mutter lebt noch. Sie wohnt in Basking Ridge, New Jersey. Sie behauptet, ihre Tochter seit jener Nacht weder gesehen noch von ihr gehört zu haben. Sie hat sich auch geweigert, mit den Medien zu reden, mit dir würde sie aber sprechen.«

»Wieso das?«

»Weil ich ihr gesagt habe, dass das bei Ry Strauss gefundene Gemälde dir gehört. Eventuell habe ich auch kurz angedeutet, dass du mehr über den Verbleib der Jane Street Six weißt, als in den Medien berichtet wurde.«

»Tss, tss, Kabir.«

»Ja, du hast einen schlechten Einfluss auf mich, Boss. Machen wir mit Billy Rowan weiter, okay?«

Ich nicke.

»Es scheint, als wäre die Beziehung zwischen Billy und Edie etwas Ernsteres gewesen, als allgemein angenommen wurde. Billy Rowans Vater lebt noch, seine Mutter ist vor zwölf Jahren gestorben. Aber hier ist der Clou: Rowans Vater ist vor zehn Jahren in Rente gegangen und von Holyoke, Massachusetts, in eine Einrichtung für betreutes Wohnen in Bernardsville, New Jersey, gezogen.«

Ich überlege. »Bernardsville liegt gleich neben Basking Ridge.«

»Richtig.«

»Also wohnen Mrs Parker und Mr Rowan jetzt nur wenige Kilometer voneinander entfernt.«

»Eins Komma neun Kilometer, um genau zu sein.«

»Das kann kein Zufall sein«, sage ich.

»Das kann ich mir auch nicht vorstellen«, sagt Kabir. »Glaubst du, dass sie es machen?«

»Machen?«

»Ob sie es miteinander machen? Es miteinander treiben, poppen, Nummern schieben, vögeln, Liebe machen …«

»Ja«, sage ich, »danke für die Flut an Synonymen.«

»Natürlich müssen beide auf die neunzig zugehen.« Kabir verzieht das Gesicht, als wäre ihm etwas Eurotrash-Parfüm in die Nase geweht. Er schüttelt sich kurz. »Jedenfalls habe ich William Rowan – so heißt er – nicht ans Telefon bekommen, aber Mrs Parker sagte, dass sie und Rowans Vater sich morgen Mittag um eins in seiner Wohneinrichtung mit dir treffen würden, sofern du dazu in der Lage bist.«

»Ich bin dazu in der Lage. Noch etwas?«

»Über Parker und Rowan? Nein.«

Er nimmt Parkers und Rowans Akten und legt sie auf den Stapel zu Strauss' und Davies'. Bleiben nur noch zwei.

»Und wenn ich den hier einmal außer der Reihe nehmen darf, denn über Lionel Underwood habe ich nichts Neues herausbekommen.«

Er legt Underwoods Mappe auf den Stapel. Jetzt ist nur noch eine übrig.

Arlo Sugarmans.

Ich sehe Kabir an. Er lächelt.

»Bingo«, sagt Kabir.

»Erzähl.«

»Wie du weißt, gibt es seit Jahren nicht das geringste Lebenszeichen von Arlo Sugarman – absolut nichts seit der FBI-Razzia, bei der ein Agent getötet wurde. Aber du hast natürlich von Lake Davies schon neue Informationen bekommen.«

»Dass er in Tulsa gewohnt hat«, sage ich.

»Genau. Noch wichtiger war jedoch, dass Lake dir erzählt hat, dass Arlo Sugarman sich als Student der Oral Roberts University ausgegeben hat. Davon hast du PT doch nichts gesagt, oder?«

Ich schüttle den Kopf.

»Richtig, da Lake in dieser Zeit noch auf der Flucht war, bin ich davon ausgegangen, dass sich ihre und Rys Wege irgendwann zwischen 1973 und 75 mit Arlos gekreuzt haben müssten. Um ganz sicherzugehen, habe ich diese Phase noch bis 1977 ausgedehnt – für den eher unwahrscheinlichen Fall, dass Arlo sich als Student im ersten Semester ausgegeben hat und volle vier Jahre dort geblieben ist.«

»Und?«

»Und dann habe ich angefangen zu graben. Die Oral Roberts University hat eine ziemlich beeindruckende Ehemaligen-Website. Da habe ich angefangen.« Er legt den Kopf schräg. »Wusstest du, dass Kathie Lee Gifford ihren Abschluss an der Oral Roberts gemacht hat?«

Ich sage nichts.

»Jedenfalls habe ich eine Photoshop-App verwendet, um die Bilder von Arlo Sugarman zu verändern. Auf den berühmten Fotos von damals hat er lange Haare und einen mächtigen Bart – fast so wie ich, das ist mal sicher?«

»So sicher wie das Amen in der Kirche.«

»Das wäre eigentlich auch eine gute Verkleidung gewesen.«

»Was wäre eine gute Verkleidung gewesen?«

»Ein Turban. Nur dass es von euch keiner hinkriegt, ihn ordentlich zu wickeln. Wie auch immer, mit der App habe ich es jedenfalls so hingekriegt, dass Arlo aussieht, als wäre er glatt rasiert und hätte kurze Haare. Immerhin reden wir von der Oral Roberts University. Das ist nicht unbedingt ein Hort für Linksradikale. Dann bin ich mit ein paar ehemaligen Studenten aus der Zeit in Kontakt getreten, die damals Kurssprecher waren oder so was. Die haben ziemlich aktive Gruppen auf Facebook. Ich habe eine ganze Menge Antworten erhalten. Mit den meisten war nichts anzufangen, zwei der angefragten Personen meinten aber, der Typ auf dem Bild sähe aus wie Ralph.«

»Ralph wer?«

»Das ist es ja. Sie wussten es nicht. Das war alles sehr vage, und ich dachte, genau das würde man anstreben, wenn man unerkannt bleiben muss. Aber immerhin hatte ich einen Vornamen. Und ich wusste, von wann bis wann er ungefähr auf dem Campus war. Jetzt musste ich mir also die Jahrbücher aus diesen Jahren besorgen.«

»Und das hast du getan?«

»Ja.«

»Wie?«

»Über E-Yearbook. Das ist eine Website. Darauf sind Tausende Jahrbücher von Anfang bis Ende eingescannt. Sowohl von Highschools als auch von Universitäten. Gegen eine Gebühr kann man sie sich ansehen. Gegen eine etwas höhere Gebühr bekommt man einen Scan seines gesamten Jahrbuchs.«

Kabir strapaziert meine Geduld. »Und darin hast du dann nach dem Namen Ralph gesucht?«

»Richtig, ich habe die Porträtbilder durchgesehen. Es gab mehrere Ralphs, aber keiner sah aus wie Arlo Sugarman.«

»Er war wohl klug genug, an dem Tag zu fehlen, an dem die Fotos gemacht wurden.«

»Ja, wahrscheinlich. Sind dir meine Ausführungen zu langatmig?«

»Ich hielte es für angebracht, das Tempo etwas zu erhöhen.«

»Okay, dann komme ich direkt zur Sache. Es klingt vielleicht etwas kompliziert, aber ich habe eine Gesichtserkennungssoftware über die eingescannten Jahrbücher laufen lassen. Und das hier ist dabei rausgekommen.«

Kabir öffnet Arlo Sugarmans Aktenmappe und nimmt ein Schwarz-Weiß-Foto heraus.

»Dies sind die Seiten 138 und 139 des Jahrbuchs der Oral Roberts University aus dem Jahr 1974.«

Er reicht mir den Scan. Der Titel lautet »Theaterszenen«. Auf der Doppelseite sind fünf Fotos zu sehen. Eins zeigt eine Frau mit Engelsflügeln. Ein anderes zeigt etwas, das aussieht wie die Balkonszene aus *Romeo und Julia*. Auf einem weiteren sind vier Männer in mittelalterlichen Gewändern zu sehen, die Musikinstrumente spielen und singen.

Der zweite von rechts spielt eine Mandoline. Es ist Arlo Sugarman.

»Holla«, sage ich laut.

Auf dem alten Foto trägt Sugarman eine Brille mit schwarzem Gestell, die ich von den früheren Fotos nicht kenne. Er ist glatt rasiert. Die lockigen Haare sind kürzer. Man würde ihn nicht erkennen, wenn man nicht ganz genau hinsieht, was die Gesichtserkennungssoftware offenbar getan hat.

»Lange Rede, kurzer Sinn, ich habe den Studenten ausfindig gemacht, der in diesem Stück Regie geführt hat. Er heißt Fran Shovlin. Er arbeitet in einer Megachurch in Houston. Netter Kerl. Ralph heißt, soweit er sich erinnert, Ralph Lewis. Interessant daran ist, dass es in diesem Jahrgang tatsächlich einen Ralph Lewis gab, der aber ziemlich krank war und offenbar keine Seminare besuchte. Ich gehe daher davon aus, dass Arlo einfach seinen Namen benutzt hat.«

»Klingt logisch.«

»Das Einzige, was Shovlin noch über Ralph weiß, ist, dass er mit einer Frau namens Elena zusammen war. Ich habe ihre

Daten herausgesucht. Sie heißt jetzt Elena Randolph, ist geschieden und besitzt einen Schönheitssalon in Rochester, New York. Ich habe sie angerufen, aber sie hat sofort aufgelegt, als ich den Namen Ralph Lewis erwähnte. Ich habe noch einmal angerufen, aber sie weigert sich, mit mir zu reden.«

»Interessant«, sage ich. »Und ich gehe davon aus, dass du in allen erdenklichen Medien nach dem Namen Ralph Lewis gesucht hast?«

Kabir nickt. »Mir ist nichts aufgefallen.«

Kein Wunder. Wahrscheinlich hat Sugarman im Lauf der Jahre mehrmals die Identität gewechselt. Und Ralph Lewis war womöglich nie eine echte Identität, sondern einfach nur ein Name, den er benutzt hatte, weil er wusste, dass eine Verwechslung mit dem echten Ralph Lewis genug Verwirrung stiften würde, und er so unter dem Radar bleiben konnte. Heutzutage wäre es schwierig, das so durchzuziehen – die Universitäten achten viel genauer auf ihre Studenten, nicht zuletzt wegen der strengeren Sicherheitsmaßnahmen –, aber damals, in den Siebzigern, hätte wohl jeder auf den Campus gehen und die Vorlesungen anhören können, ohne dass jemand eine Frage gestellt hätte.

Kabir und ich machen einen Zeitplan. Ich werde morgen um ein Uhr Parkers Mutter und Rowans Vater im Crestmont Assisted Living Village besuchen. Am einfachsten ist es, mit dem Auto dorthin zu fahren – die Fahrt dauert nur rund anderthalb Stunden –, und wenn ich es dann für sinnvoll halte, kann ich vom nahe gelegenen Flughafen Morristown mit einem Privatflugzeug nach Rochester fliegen, um mit Elena Randolph zu reden. Kabir wird sich um die Details kümmern.

»Du weißt, was bei Elena Randolph zu tun ist«, sage ich.

»Bin schon dran«, sagt Kabir und steht auf.

»Willst du zum Abendessen bleiben?«, frage ich.

»Nee. Hab ein heißes Date.«

»Wie heiß?«, frage ich.

»Ich steh auf sie, Mann.«

»Du kannst den Heli für die Nacht haben«, sage ich.

»Was?«

»Behalt den Heli. Flieg mit ihr zu meinem Strandclub auf Fishers Island. Ich kann euch einen Tisch am Meer besorgen.«

Kabir antwortet nicht. Stattdessen zeigt er auf die Aktenstapel auf dem Tisch. »Soll ich dir die hierlassen?«

»Ja.«

»Danke für das großzügige Angebot, Boss. Aber ich verzichte lieber.«

Ich warte einen Moment. Dann sage ich: »Darf ich fragen, warum?«

»Wenn ich bei unserem vierten Date so eine Show abziehe«, antwortet Kabir mit einem Achselzucken, »was mach ich dann beim fünften?«

»Weiser Entschluss«, sage ich.

Mein Handy vibriert. Als ich sehe, dass es Angelica Wyatt ist, spüre ich einen Stich und tippe in schwindelerregender Geschwindigkeit auf den grünen Button. Bevor ich mein übliches »Ich höre« weglassen kann, sagt Angelica: »Ema geht's gut.«

Erstaunlich, wie gut Angelica mich kennt, besonders wenn man bedenkt, wie wenig sie mich eigentlich kennt. Und ja, es ist Angelica Wyatt. *Die* Angelica Wyatt, der Filmstar.

»Was gibt's?«, frage ich.

»Ema hat nach dir gefragt.«

Ema ist eine Schülerin im letzten Highschool-Jahr. Außerdem ist sie meine leibliche Tochter.

»Ich bin mit ihr zum Krankenhaus gefahren, damit sie dich sehen kann«, sagt Angelica.

Das gefällt mir nicht. »Das hättest du nicht tun dürfen.«
Ich werfe Kabir einen finsteren Blick zu, spreche aber weiter mit Emas Mutter. »Woher wusste sie überhaupt, dass ich …?«

»Du warst doch am nächsten Morgen mit ihr zum Frühstück verabredet«, antwortet Angelica.

»Oh«, sage ich. »Richtig.«

»Sie macht sich Sorgen, Win.«

Ich sage nichts. Mir gefällt das alles nicht.

»Wann kann sie dich sehen?«, fragt Angelica.

»Wäre morgen okay?«

»Bei dir?«, fragt Angelica. »Zum Abendessen?«

»Ja.«

»Ich bring sie vorbei.«

»Wenn du willst, kannst du auch mitkommen.«

»So machen wir das nicht, Win.«

Angelica hat natürlich recht. Wir machen eine Uhrzeit aus. Ich lege auf und mustere Kabir finster.

»Ema hat angerufen und dich gesucht«, erklärt Kabir, »und du hättest sicher nicht gewollt, dass ich sie belüge.«

Ich runzele die Stirn, weil er recht hat, und auch das gefällt mir nicht. »Wie viel weiß sie?«

»Nur, dass du im Krankenhaus warst. Ich habe ihr gesagt, dass du wieder gesund wirst. Sie hat mir nicht geglaubt. Sie wollte bei dir im Zimmer bleiben.«

Ich weiß nicht recht, wie ich damit umgehen soll. Wenn es um Ema geht, bin ich meist hilflos und unsicher. In dieser neuen Beziehung, wenn wir es so nennen wollen, gerate ich oft ins Trudeln und bekomme weiche Knie.

Wobei mir einfällt …

»Trey Lyons«, sage ich.

»Was ist mit ihm?«

»Sadie sagte, er wäre zu Hause, um sich dort zu erholen.«

»In West-Pennsylvania«, sagt Kabir. »Auf irgendeine Ranch oder so.«

»Ich will, dass wir ihn rund um die Uhr im Auge behalten.«

»Geht klar.«

»Zwei Männer. Ich will jederzeit wissen, wo er ist. Und mach auch einen Background-Check.«

Irgendwann später – Kabir sitzt bereits im Helikopter zu seinem heißen, aber ernsthaften Date in Manhattan – bin ich wieder auf dem Übungsplatz, arbeite an meinem Putt und versuche den Kopf frei zu bekommen, als Cousine Patricia über den Hügel kommt. Sie steuert mit nach hinten gezogenen Schultern und grimmiger Miene auf mich zu, und man braucht kein Experte für Körpersprache zu sein, um zu erkennen, dass etwas nicht stimmt.

Da ich eine schnelle Auffassungsgabe habe, sage ich: »Stimmt irgendetwas nicht?«

»Du hast mich als feigen Schisser dastehen lassen«, sagt sie.

»Redundant«, sage ich.

»Was?«

»Ein Schisser ist per Definition feige. Entweder bezeichnest du dich als Schisser oder als feige. Aber feiger Schisser?«

Sie verschränkt die Arme. »Wirklich, Win?«

Ich überlege, ob ich ihr raten soll, mich für meine Fehler zu lieben, sehe aber davon ab.

Patricia nimmt sich einen Golfschläger – ein Neuner-Eisen für alle, die es interessiert – und geht auf und ab. »Nach unserem Gespräch bin ich zurück ins Heim, in dem wir misshandelten Teenagern helfen. Das ist mein Job, Win. Das ist dir schon klar, oder?«

Sie klingt ziemlich verärgert. Ich antworte nicht.

»Na ja, in letzter Zeit kommt es mir so vor, als würde ich

nur irgendwelchen Unsinn machen – Geld sammeln –, aber letztlich geht es um die Teenager, denen wir helfen, weil sie sonst niemanden haben, und das ist Abeonas Mission. Wir helfen Kindern, die in Schwierigkeiten stecken. Das verstehst du doch, oder?«

»Das tue ich, ja.«

»Und weißt du, wer oder was mich auf diesen Weg gebracht hat?«

»Ja«, sage ich, »ich habe deine Broschüre gelesen.«

Sie geht immer noch auf und ab, aber bei dem Wort »Broschüre« bleibt sie stehen. »Was?«

»Du hast eine ganz schöne Tortur hinter dir. Und das hat dir die Augen für die Notlage anderer geöffnet.«

»Ja.«

»Trotz all des Horrors, den du durchgemacht hast, bist du eine der Glücklichen. Du hattest die Mittel und die Unterstützung, um diese Tragödie hinter dir zu lassen. Und du hast es dir zur Aufgabe gemacht, das auch denjenigen zu ermöglichen, die weniger Glück hatten.«

»Ja«, sagt Patricia noch einmal.

Ich breite die Hände aus, als wollte ich sagen: *Siehst du.*

»Und was sollte der Mist mit der Broschüre?«

»Ich glaube nicht, dass das die ganze Geschichte ist«, sage ich.

»Soll heißen?«

»Es steckt mehr dahinter, als dass du die Notlage der anderen erkannt hast.«

»Und das wäre?«

»Zum Beispiel ein Überlebensschuld-Syndrom«, sage ich. »Du konntest aus dieser Hütte fliehen. Die anderen Mädchen nicht.«

Sie sagt nichts. Ich fahre fort.

»Du glaubst daher, dass du diesen Mädchen etwas schuldig bist. Einfach gesagt, diese Mädchen verfolgen dich, weil du die Kühnheit besessen hast weiterzuleben. Und darin liegt dein eigentlicher Antrieb, Patricia. Es geht nicht so sehr darum, dass du die Mittel hattest, die andere nicht hatten. Das Entscheidende ist, dass du überlebt hast, und so irrational das auch ist, gibst du dir selbst die Schuld daran.«

Patricia sieht mich stirnrunzelnd an. »Das Psychologiestudium an der Duke University hat sich ja gelohnt.«

Ich warte.

»Weißt du, warum ich gerade so wütend bin?«, fragt sie.

»Darf ich eine Vermutung äußern?«

»Nur zu.«

»Nach unserem Gespräch bist du zum Abeona Shelter zurückgefahren. Statt dich oben in dein Managerbüro zu setzen, hast du die Ärmel hochgekrempelt und Basisarbeit gemacht, weil du das Bedürfnis verspürt hast, eine Verbindung zu deinen Schützlingen aufzubauen oder zu deinen Wurzeln zu finden oder etwas ähnlich Banales. Vielleicht hast du den Kleinbus genommen und bist ein paar Rettungseinsätze gefahren. Vielleicht hast du ein junges Mädchen beraten, das vor Kurzem misshandelt wurde. Irgendwann hast du aufgeblickt und hast dir diese ziemlich beeindruckende Zuflucht, die du, Patricia, aufgebaut hast, mal richtig angesehen. Und dann hast du feuchte Augen bekommen und dir sind irgendwelche Gedanken durch den Kopf gegangen wie: Diese Mädchen sind so tapfer, und ich trau mich nicht zum FBI zu gehen, weil ich ein redundant feiger Schisser bin.«

Patricia fängt fast an zu lachen. »Nicht übel.«

»Bin ich nah dran?«

»Nah genug. Ich muss damit an die Öffentlichkeit gehen, Win. Das verstehst du doch, oder?«

»Ist doch völlig egal, ob ich das verstehe. Ich bin hier, um dich zu unterstützen.«

»Gut, aber in einem Punkt liegst du falsch«, ergänzt sie.

»Oh, raus damit.«

»Diese Mädchen, die es nicht geschafft haben, wieder nach Hause zu kommen«, sagt sie. »Sie verfolgen mich nicht. Sie erwarten von mir, dass ich das Richtige tue.«

VIERUNDZWANZIG

W ir sehen keinen Grund, damit zu warten. Ich rufe PT
an und informiere ihn, dass Patricia bereit ist, mit ihm
zu reden.

»Freut mich, dass ihr euch entschieden habt, uns anzurufen«, sagt PT.

»Wieso?«

»Weil wir auf dem Weg zu euch waren. Wir sehen uns in
einer Stunde.«

Er legt auf, aber sein Ton gefällt mir nicht. Nach einer
Stunde – man kann PT nicht vorwerfen, dass er nicht pünktlich wäre – landet ein FBI-Hubschrauber in Lockwood. Wir
tauschen ein paar Höflichkeitsfloskeln aus, bevor wir in den
Salon gehen, wo der leere Rahmen des Vermeers größer als
sonst wirkt. PT hat einen jungen Agenten mitgebracht, den er
als Special Agent Max vorstellt. Special Agent Max trägt eine
hippe Brille mit neonblauem Gestell. Ich weiß nicht, ob Max
sein Vor- oder Nachname ist, es ist mir aber auch egal.

PT und Max setzen sich auf die Couch. Patricia nimmt den
alten Stuhl unseres Großvaters. Ich bleibe stehen und lehne
mich lässig an den Kaminsims wie Sinatra an einen Laternen-
pfahl. Das angemessene Wort dafür, das Ihnen gerade nicht
einfällt, ist »nonchalant«.

PT kommt direkt zur Sache. »Win hat mir erzählt, dass der
Koffer, der am Tatort gefunden wurde, Ihnen gehört. Ist das
richtig?«

»Ja«, sagt Patricia.

»Von dem Mord wissen Sie natürlich.«

»Natürlich.«

»Kannten Sie das Opfer? Ry Strauss?«

»Nein.«

»Sie sind ihm nie begegnet?«

»Soweit ich weiß, nicht.«

»Waren Sie je in seiner Wohnung im Beresford?«

»Nein, natürlich nicht.«

»Waren Sie überhaupt je im Beresford?«

»Nein, ich glaube nicht.«

»Sie glauben nicht?«

»Ich könnte vielleicht mal zu irgendeiner Veranstaltung dort gewesen sein.«

»Eine Veranstaltung?«

»Eine Benefizveranstaltung, eine Party oder sonst irgendeine Gesellschaft.«

»Dann waren Sie also bei solch einer Veranstaltung im Beresford?«

Mir gefällt das nicht.

»Nein«, sagt Patricia, die es auch merkt, »ich glaube nicht. Ich erinnere mich nicht daran. Es wäre aber möglich. Ich war bei vielen Benefizveranstaltungen in den alten Apartmenthäusern an der Upper West Side, konkret kann ich mich aber nicht an eine im Beresford erinnern.«

PT nickt, als würde ihn diese Antwort vollauf zufriedenstellen. »Wo waren Sie am fünften April?«

Das ist der Tag, an dem der Mord geschah. Mir gefällt es nicht, wie das hier abläuft – es ist kein kooperatives Gespräch, er feuert eine Frage nach der anderen heraus wie bei einem Verhör. Ich beschließe, seinen Rhythmus zu unterbrechen. »Was genau ist hier los?«, frage ich.

PT weiß, was ich tue, also ignoriert er meine Frage. »Miss Lockwood?«

»Nennen Sie mich Patricia.«

»Patricia, wo waren Sie am fünften April?«

»Das ist kein Geheimnis«, sagt sie.

»Ich habe nicht behauptet, dass es ein Geheimnis ist. Ich habe Sie gefragt, wo Sie waren.«

Ich sage: »Stopp.«

Jetzt dreht PT sich zu mir um. »Ich stelle hier die Fragen, Win.«

»Ist schon okay«, sagt Patricia. »Das ist ja allgemein bekannt. An dem Abend war ich bei einer Spendengala im Cipriani.«

Ich muss gestehen, dass mich diese Information überrascht.

»Im Cipriani in Midtown?«, fragt PT.

»In der 42nd Street. An der Grand Central Station.«

»Sie waren also in New York City?«

»Wenn Grand Central Station und die 42nd Street noch in New York City liegen«, antwortet Patricia mit einem Anflug von Verärgerung, »dann lautet die Antwort ›Ja‹.«

»Wann sind Sie denn in New York City angekommen?«

Sie lehnt sich zurück und blickt nach oben. »Ich war für zwei Nächte im Grand Central Hyatt. Ich bin am Freitag mit dem Amtrak-Zug hingefahren und am Sonntag wieder abgereist.«

Aufgrund der naheliegenden Schlussfolgerungen wird es still im Raum. Patricia bricht das Schweigen.

»Ach, kommen Sie. Wir haben erst kürzlich ein Abeona Shelter in East Harlem eröffnet, daher schätze ich mal, dass ich im letzten halben Jahr fast genauso viel Zeit in New York City verbracht habe wie in Philadelphia. Wenn es Ihnen hilft, kann ich Ihnen meinen Dienstkalender geben.«

»Das wäre nett«, sagt PT.

Wieder gehe ich dazwischen. »Worauf willst du hinaus?«

»Win«, sagt Patricia. Ihre Stimme klingt schneidend, allerdings ohne rechte Schärfe. »Lass mich das machen.«

Sie hat natürlich recht.

Patricia konzentriert sich auf PT und Max. »Also, wie darf ich mir Ihre Theorie vorstellen? Ein Vierteljahrhundert nachdem mein Vater ermordet und ich entführt wurde, habe ich herausbekommen, dass... aber was genau? Dass der Täter als Einsiedler in New York City lebt? Und dann habe ich ihn umgebracht?«

»Kein Grund für Rechtfertigungen«, sagt PT.

»Ich rechtfertige mich nicht.«

»Es klingt aber so. Ihr Koffer ist eine Verbindung zwischen Ihnen und dem Tatort. Es wäre fahrlässig, wenn ich nicht alle Möglichkeiten ausloten würde. Womit ich wieder auf den Abend zurückkomme, an dem Ihr Vater ermordet und Sie entführt wurden.«

»Was ist damit?«, fragt sie.

Special Agent Max zieht einen Aktenordner aus seiner Tasche und reicht ihn PT.

»Ich bin die Aussagen aus dieser Zeit noch einmal durchgegangen und würde gern ein paar Punkte verifizieren.«

Patricia sieht mich mit einem fragenden »Was ist los?«-Blick an. Meine Antwort besteht aus einem leichten Achselzucken.

»Ihre Mutter, Aline Lockwood, hat die Leiche Ihres Vaters gefunden, als sie vom Einkaufen nach Hause kam. Daraufhin hat sie die Polizei gerufen.«

PT wartet kurz. Wieder macht er eine kleine Pause und wartet, ob die Verdächtige nicht das unangenehme Schweigen bricht. Patricia tut es nicht.

»Warum war Ihre Mutter nicht zu Hause bei Ihnen und Ihrem Vater?«, fragt PT.

Patricia stößt einen gequälten Seufzer aus. »Das steht doch im Bericht, oder nicht?«

»Da steht, dass sie im Supermarkt war.«

Wir warten.

»Es war fast zehn Uhr abends«, fährt er fort.

»Agent...« Patricia hält inne. »Soll ich Sie Agent PT nennen?«

»PT reicht.«

»Nein, das klingt falsch. Agent PT, als meine Mutter zurückkam, lag ich gefesselt und mit verbundenen Augen im Kofferraum eines Autos. Ich kann wirklich nichts darüber sagen, was meine Mutter getan hat.«

»Ich frage nur, ob Ihre Mutter häufig um diese Zeit zum Einkaufen in den Supermarkt ging?«

»Häufig? Nein. Manchmal? Ja. Das FBI hat das Alibi meiner Mutter überprüft, nicht wahr?«

»Das haben wir.«

»Und sie war im Supermarkt, richtig?«

»Ja.« PT rutscht auf dem Sofa etwas vor. »Kam Ihnen das nie merkwürdig vor? Ich meine, sie geht in den Supermarkt einkaufen. Das dauert nicht einmal eine Stunde. Das ist ein ziemlich enges Zeitfenster – und trotzdem erscheinen die Mörder genau in diesem Moment. Sehr passend, finden Sie nicht auch?«

Patricia schüttelt den Kopf. »Wow.«

»Wow?«

»Glauben Sie, ich hätte mich im Lauf der Jahre nicht mit meiner eigenen Entführung beschäftigt?«, fragt sie, hält ihr Temperament dabei immer noch im Zaum, aber das Quecksilber steigt. »Meine Mutter, also, obwohl Ihre Leute ihr diesen ganzen Mist vorgeworfen haben, hat sie sich nie beklagt. Natürlich dachte das FBI, dass sie es war. Die Agenten haben sie ausgequetscht und ihre Finanzen durchforstet. Sie haben jeden vernommen, der ihr je begegnet ist. Und sie haben nichts gefunden.«

»Damals vielleicht nicht.«

»Was soll das heißen?«

»Wollten Sie an diesem Abend zu Hause sein, Patricia?«

»Wie meinen Sie das?«

»Als die Mörder kamen. Sie waren eine beliebte und attraktive Achtzehnjährige. Es war Freitagabend. Wären Sie da nicht normalerweise unterwegs gewesen? Wahrscheinlich hätte Ihr Vater allein im Haus sein sollen. Laut der Akte waren Sie in Ihrem Schlafzimmer. Sie haben erst Geräusche und dann einen Schuss gehört. Darauf sind Sie aus Ihrem Zimmer gekommen und haben zwei maskierte Männer gesehen und Ihren Vater, der tot auf dem Boden lag.«

»Worauf wollen Sie hinaus?«, faucht Patricia.

»Wenn die Sache geplant war, frage ich mich, woher die Mörder hätten wissen sollen, dass Sie zu Hause waren? Es war ein Freitagabend. Sie hatten doch kein Auto, oder?«

»Nein«, sagt sie.

»Also stand nur das Auto Ihres Vaters in der Einfahrt. Die Killer kommen, sie sehen es. Das Auto Ihrer Mutter ist nicht da. Sie brechen ein, bringen ihn auf der Stelle um, und dann – peng – stehen Sie plötzlich vor ihnen. Das wäre doch möglich, oder?«

»Möglich«, gesteht Patricia zu.

»Und was ist dann passiert?«

»Das wissen Sie doch. Es steht in der Akte. Ich bin in mein Schlafzimmer gerannt.«

»Die Täter sind Ihnen gefolgt und haben die Tür eingetreten?«

»Ja.«

»Und dann?«

»Dann haben sie mir befohlen, eine Tasche zu packen und mitzukommen.«

»Warum sollten Sie eine Tasche packen?«

»Das weiß ich nicht.«

»Aber sie haben Sie ausdrücklich aufgefordert, eine Tasche zu packen?«

»Ja.«

»Und das haben Sie getan?«

Patricia nickt benommen.

»Das ist der Teil, den wir vom FBI«, PT nickt in die Richtung von Special Agent Max, »nie ganz begriffen haben. Wir haben es damals nicht begriffen, als Ihr Vater ermordet wurde. Und wir begreifen es auch heute nicht, über zwanzig Jahre später.«

Patricia wartet.

»Diese ganze Koffersache. Ich will Ihnen keinen Vorwurf machen oder so etwas, aber das hat nie ganz gepasst. Wissen Sie, zu welchem Schluss meine Kollegen damals gekommen sind? Ich meine, als sie festgestellt haben, dass ein Koffer gepackt worden war. Ach ja, Ihre Mom hat es dem FBI damals nicht erzählt. Ihr war es wohl nicht aufgefallen. Einer unserer Agenten hat Ihr Zimmer durchsucht, und dabei ist ihm aufgefallen, dass auf einigen Bügeln keine Kleidungsstücke hingen.«

Patricia rührt sich nicht.

»Wir begreifen das mit dem Koffer nicht, Patricia, und Sie?«

Patricia schießen Tränen in die Augen. Ich überlege, ob ich dazwischengehen soll, aber sie wirft mir einen strengen Blick zu, der sagt: »Wag es bloß nicht!«

»Begreifen Sie es?«, hakt PT nach.

»Ja, das tu ich.«

»Dann erklären Sie es mir. Warum hätten die Täter Sie bitten sollen, einen Koffer zu packen?«

Patricia beugt sich ein wenig vor und sagt leise: »Sie wollten mir Hoffnung geben.«

Keiner sagt etwas dazu. Die Standuhr schlägt. In der Ferne schaltet ein Gärtner einen Rasenmäher an.

»Wie meinen Sie das, Hoffnung geben?«, fragt PT schließlich.

»Der eine Mann«, erwidert Patricia, »der Anführer, ist in meinem Schlafzimmer. Er spricht mit beinah freundlicher Stimme. Er sagt, dass ich in einer schönen Hütte an einem See wohnen werde. Er möchte, dass ich meine eigene Kleidung habe. ›Vergiss nicht einen Badeanzug einzupacken‹, das hat er tatsächlich gesagt – damit ich mich wohlfühle. Er sagte, ich würde nur ein paar Tage weg sein, höchstens eine Woche. Das hat er oft gemacht.«

PT beugt sich weiter vor. »Was hat er oft gemacht?«

»Mir Hoffnung gegeben. Ich glaube, es hat ihm Spaß gemacht. Nachdem er mich in der Hütte vergewaltigt hatte, hat er manchmal zu mir gesagt: ›Ach, Patricia, bald wirst du wieder zu Hause sein.‹ Er sagte, dass meine Familie endlich bereit sei, das Lösegeld zu zahlen. Einmal hat er mir erzählt, dass er das Geld endlich bekommen hätte. Er hat ein Paar Handschellen und eine Augenbinde in die Hütte geworfen. Ich sollte sie für die Fahrt anlegen. ›Du kommst endlich wieder nach Hause, Patricia‹, sagte er. Er hat mich zu einem Auto geführt. Er hat mir beim Einsteigen geholfen. Er hat seine Hand auf meinen Kopf gelegt. ›Stoß dir nicht den Kopf, Patricia.‹ Ich weiß noch, wie behutsam er mir den Sicherheitsgurt angelegt hat. Als ob er plötzlich zu anständig gewesen wäre, mich zu berühren. Dann hat er sich neben mich gesetzt, auf die Rückbank. Ein anderer ist gefahren – vielleicht der Mann vom ersten Abend, das weiß ich nicht. ›Du kommst wieder nach Hause‹, hat mein Vergewaltiger immer wieder zu mir gesagt. ›Was wirst du als Erstes tun, wenn du frei bist? Was würdest du dann gerne essen?‹ Und so weiter. Die ganze Zeit. Sie können es sich nicht vorstellen. Stundenlang… dann hielt das Auto endlich an. Die beiden haben meine Ellbogen genommen. Sie haben mich, wie ich hoffte, in die Freiheit geführt. Ich konnte natürlich nichts sehen. Meine Augen waren ja immer noch verbunden und die Hände in Handschellen. ›Deine Mutter ist direkt vor uns‹, flüstert er. ›Ich sehe sie.‹ Aber da weiß ich es schon.«

Einen Moment lang rührt sich niemand.

»Was wussten Sie?«, fragt PT.

Doch Patricia scheint ihn nicht zu hören. »Sie führen mich durch eine Tür.«

Es ist vollkommen still im Raum, als würden selbst die Wände den Atem anhalten.

»Und ich bin mir ganz sicher«, sagt sie.

»Was wussten Sie?«, fragt PT noch einmal.

»Derselbe Gestank.«

»Ich kann Ihnen nicht folgen.«

»Diesen Gestank vergisst man nicht.« Patricia hebt den Kopf und sieht ihn an. »Ich war wieder im gleichen Schuppen. Sie haben mich einfach im Kreis herumgefahren. Ich habe ihr Lachen noch in den Ohren. Ich bin wieder in der Hütte, hab die Handschellen noch an, meine Augen sind immer noch verbunden, und dann kommen die beiden rein…«

Sie wischt sich über die Augen, zuckt die Achseln, ringt sich ein Lächeln ab.

Eine Zeit lang sagt niemand etwas. Selbst das alte Haus verkneift sich sein übliches Knarzen.

Nach einer Weile fordert PT Max mit einer kurzen Geste auf fortzufahren, worauf dieser ein Blatt Papier aus der Tasche zieht.

»Könnte das der Mann sein, der Sie vergewaltigt hat?«, fragt PT sanft.

Er schiebt einen Zettel mit sechs verschiedenen Fotos von Ry Strauss zu ihr hinüber. Das erste ist eine Ausschnittvergrößerung aus dem berühmten Bild der Jane Street Six. Das letzte zeigt den toten Ry Strauss. Die vier dazwischen wurden wahrscheinlich mit einer Alterungssoftware erstellt. Das erste Bild zeigt, wie Ry Strauss mit dreißig ausgesehen haben mag, das nächste mit vierzig, dann mit fünfzig und mit sechzig. Auf einigen trägt Strauss einen Bart, auf anderen nicht.

Patricia starrt auf die Fotos. Ihre Augen sind jetzt trocken. Ich versuche immer noch, die verschiedenen Möglichkeiten gedanklich zu ordnen. Kannte Ry Strauss meinen Onkel Aldrich? Davon gehe ich aus. Hat Ry Strauss Aldrich oder meine Familie erpresst oder genötigt, ihm eine erhebliche finanzielle Unterstützung zukommen zu lassen? Auch hier gehe ich davon aus, dass die Antwort »Ja« lautet. Aber was ist dann geschehen? Wie kam es zu dem Kunstraub? Warum haben sie Aldrich umgebracht? Warum Patricia entführt?

Was übersehe ich?

»Ich weiß es nicht«, sagt Patricia und schüttelt den Kopf. »Vielleicht habe ich diesen Mann vor Jahren schon einmal gesehen. Der Entführer hat immer eine Maske getragen, aber er könnte es sein.«

PT legt die Bilder beiseite. »Nach Ihrer Flucht haben Sie einen Weg gefunden, Ihre persönliche Tragödie in etwas Gutes zu verwandeln.«

Das ist natürlich ein Kompliment. Solange man nur die Worte betrachtet. Der Tonfall besagt jedoch etwas anderes.

Wir scheinen zum Ende der Vernehmung zu kommen, aber irgendetwas liegt noch in der Luft. Ich habe die Erfahrung gemacht, dass es unter diesen Umständen am besten ist, nichts zu erzwingen.

»Nur um das klarzustellen«, sagt PT, »ich meine die Gründung von Abeona Shelters.«

Sie will die Sache zum Ende bringen, also sagt sie: »Danke.«

»Darf ich fragen, wie Sie auf den Namen gekommen sind?«

»Den Namen?«

»Abeona.«

Ich stöhne: »Was soll das, PT?«

Ich bereue es sofort. PT ist kein Dummkopf. Er stellt keine dummen oder sinnlosen Fragen. Ich habe keine Ahnung, inwiefern der Name ihrer Heime eine Rolle spielen könnte, weiß aber, dass diese Vernehmung für ihn nicht alltäglich ist.

»Abeona ist eine römische Göttin und wacht über die ersten Schritte kleiner Kinder«, erklärt Patricia. »Wenn Kinder ihr Zuhause verlassen, ist Abeona da, um sie zu beschützen und zu führen.«

PT nickt. »Und Ihr Logo, dieser Schmetterling mit der Flügelzeichnung, die wie zwei Augen aussieht.«

»Ein *Tisiphone abeona*«, sagt Patricia, als hätte sie diese Frage schon tausendmal beantwortet, was sie wahrscheinlich tatsächlich getan hat.

»Ja«, sagt PT. »Aber wie sind Sie darauf gekommen?«

»Worauf gekommen?«

»Die Idee, die römische Göttin Abeona und als Logo einen Tisiphone-abeona-Schmetterling zu verwenden. War das Ihre Idee?«

»Das war es.«

»Haben Sie altrömische Mythologie studiert? Oder waren Sie, was weiß ich, Schmetterlingssammlerin?« PT beugt sich vor, und plötzlich klingt seine Stimme einladend, freundlich. »Was hat Sie dazu inspiriert?«

Ich versuche, Patricias Gesichtsausdruck zu lesen, sehe aber widersprüchliche Signale. Sie ist blass. Ich sehe Verwirrung. Ich sehe Angst. Ich sehe etwas, das ich als Dämmern einer Erkenntnis deuten würde, aber wer kann das schon so genau sagen?

»Ich weiß es nicht«, sagt Patricia in einem distanzierten Tonfall, den ich bei ihr noch nie gehört habe.

PT nickt, als würde er sie verstehen. Ohne den Blick von Patricia abzuwenden, streckt er Max die Hand entgegen. Max hat nur darauf gewartet und legt ein Foto hinein. Langsam und beinah zärtlich reicht PT es ihr. Ich sehe über seine Schulter. Das Foto zeigt einen Unterarm. Und auf dem Unterarm befindet sich ein Tattoo – es ist ein Tisiphone abeona.

»Das ist Ry Strauss' Arm«, sagt PT. »Es ist seine einzige Tätowierung.«

FÜNFUNDZWANZIG

Der Abend ist deutlich fortgeschritten, es ist mindestens Ein-Cognac-zu-viel-Uhr, um genau zu sein, als Patricia schließlich sagt: »Ich erinnere mich an das Tattoo.«

Wir sind allein in Großvaters Salon. Ich liege auf der Couch, den Kopf nach hinten geneigt, und starre die mit Intarsien verzierte Art-déco-Decke an. Patricia sitzt in Großvaters Sessel. Ich warte darauf, dass sie weiterspricht.

»Schon komisch, was man alles vergisst«, fährt sie leicht lallend fort. »Oder was man verdrängt. Wobei man es wohl nie ganz vergisst, oder? Man will es vergessen, und man vergisst es auch, aber irgendwie doch nicht so richtig. Macht das, was ich gerade erzähle, irgendeinen Sinn?«

»Bisher nicht«, sage ich, »aber erzähl trotzdem weiter.«

Mit einem Klirren fallen ein paar Eiswürfel in ihren Schwenker. Es ist ein mittelschweres Verbrechen speziell diesen Cognac auf Eis zu trinken, aber ich bin nicht hier, um zu richten. Ich starre weiter zur Decke und warte. Als Patricia wieder in Großvaters Sessel sitzt, sagt sie: »Man schiebt die Erinnerungen beiseite. Man drückt sie weg. Man verdrängt. Es ist wie...« Das Lallen scheint zuzunehmen. »Es ist, als ob ich im Gehirn einen Keller hätte, und irgendwie hab ich diesen ganzen schrecklichen Dreck in einen Koffer gestopft, so einen ähnlichen Koffer wie das verdammte Ding mit dem Monogramm, das du mir geschenkt hast. Diesen Koffer habe ich dann die Kellertreppe runtergeschleppt und ganz hinten in eine modrige Ecke gestopft, und dann bin ich wieder nach oben gerannt, hab die Tür hinter mir abgeschlossen und gehofft, dass ich den Koffer nie wieder sehe.«

»Und jetzt«, sage ich, »um in deiner bildhaften Analogie zu bleiben, steht dieser Koffer offen oben im Zimmer.«

»Ja«, sagt sie. Dann fragt sie: »Moment, war das eine Analogie oder eine Metapher?«

»Eine Analogie.«

»Ich bin echt furchtbar mit diesem Kram.«

Ich möchte meiner Cousine die Hand auf den Arm legen oder ihr auf irgendeine andere unverfängliche Art Trost zukommen lassen, aber es ist sehr bequem auf der Couch, ich genieße meinen Rausch und bin zu weit von ihrem Sitzplatz in Großvaters Sessel entfernt, also spare ich mir die Mühe.

»Win?«

»Ja?«

»Die Hütte hatte einen Lehmboden.«

Ich warte.

»Ich erinnere mich also noch, wie er auf mir lag. Am Anfang hat er mir die Arme heruntergedrückt. Ich habe die Augen geschlossen und einfach versucht, es über mich ergehen zu lassen. Nach einer Weile ... na ja, man kann die Augen nicht ewig geschlossen halten. Man kann es versuchen, aber es geht nicht. Also habe ich nach oben gesehen. Er trug die Sturmhaube, daher habe ich nur seine Augen gesehen. Und das wollte ich nicht. Ich wollte ihm nicht in die Augen sehen. Also habe ich den Kopf zur Seite gedreht. Ich wollte nur, dass es zu Ende geht. Und er war auf mir ... und ich erinnere mich an seinen Arm, und da ... da war dieser Schmetterling.«

Jetzt hält sie inne. Ich versuche, mich aufzusetzen, aber es klappt nicht.

»Also habe ich ihn angestarrt. Verstehst du? Ich habe mich

auf die Flügel konzentriert. Und wenn er zustieß und sein Arm wackelte, habe ich mir vorgestellt, dass der Schmetterling mit den Flügeln schlägt und wegfliegt.«

Wir bleiben im Dunkeln. Wir schlürfen noch etwas Cognac. Ich bin betrunken, also fange ich an, über existenziellen Unsinn nachzudenken, über die conditio humana, vielleicht weil ich gerade, wie Patricia, zu verdrängen versuche, was ich eben gehört habe. Eigentlich kenne ich Patricia gar nicht besonders gut. Und sie kennt mich auch nicht besonders gut. Kennen wir alle uns eigentlich überhaupt? Wow, bin ich betrunken. Ich genieße das Schweigen. Viel zu viele Leute begreifen nicht, welch eine Schönheit im Schweigen liegt. Es schweißt die Menschen zusammen. Die Verbindung zu meinem Vater habe ich aufgebaut, indem wir schweigend Golf gespielt haben. Die Verbindung zu Myron habe ich aufgebaut, indem wir uns schweigend alte Filme oder Fernsehserien angeguckt haben.

Trotzdem sehe ich mich gezwungen, dieses Schweigen zu brechen: »Als Ry Strauss ermordet wurde, warst du in New York City.«

Patricia sagt: »Ja, war ich.«

Ich warte.

»Ich habe deinem Freund PT die Wahrheit gesagt, Win. Ich bin ständig in New York City.«

»Und da rufst du mich nicht an.«

»Manchmal schon. Du bist einer der größten Unterstützer des Shelters. Aber du würdest nicht wollen, dass ich dich jedes Mal anrufe, wenn ich in der Stadt bin.«

»Das stimmt«, sage ich.

»Glaubst du, dass ich Ry Strauss umgebracht habe?«

Das habe ich mir in den letzten Stunden durch den Kopf gehen lassen. »Ich wüsste nicht, wie.«

»Das ist ja mal ein überzeugender Vertrauensbeweis.«

Ich richte mich leicht auf. Der Alkohol steigt mir zu Kopf, und mir wird schwindelig. »Darf ich ganz offen sprechen?«

»Sprichst du je anders?«

»Mal rein hypothetisch, wenn du Ry Strauss getötet hättest…«

»Hab ich nicht.«

»Ergo die Verwendung des Begriffs ›hypothetisch‹.«

»Okay. Sprich weiter.«

»Wenn du ihn getötet hättest, ganz egal ob hypothetisch oder nicht, würde ich dir das absolut nicht vorwerfen. Ich würde es sogar gern wissen, damit wir der Sache voraus sind.«

»Der Sache voraus sind?«

»Dafür sorgen, dass man es auf keinen Fall zu dir zurückverfolgen kann.«

Patricia lächelt noch einmal und hebt das Glas. Auch sie ist ziemlich betrunken.

»Win?«

»Ja?«

»Ich hab ihn nicht umgebracht.«

Ich glaube ihr. Ich glaube auch, dass sie mir nicht alles erzählt. Doch andererseits könnte ich mich auch in beiden Punkten irren.

»Darf ich dir jetzt eine hypothetische Frage stellen?«, fragt Patricia.

»Klar doch.«

»Wenn du an meiner Stelle gewesen wärst und die Chance gehabt hättest, Ry Strauss zu töten, hättest du es getan?«

»Ja.«

»Da musstest du aber nicht lange überlegen«, sagt sie.

»Nein.«

»Beinah so, als wärst du schon einmal in so einer Situation gewesen.«

Ich sehe keinen Grund, darauf zu antworten. Wie ich schon sagte, kenne ich Patricia nicht besonders gut, und sie kennt mich auch nicht besonders gut.

* * *

Vor Jahren war ich auf einem privaten Wochenendtreffen mit einer Reihe von Angehörigen des Politzirkus aus Washington, DC, zu denen auch Senator Ted Kennedy gehörte. Der Ort dieser Zusammenkunft ist vertraulich, daher kann ich Ihnen nur sagen, dass es in der Umgebung von Philadelphia stattfand. Am letzten Abend gab es eine Party, bei der – kein Scherz – die Senatoren der Vereinigten Staaten reihum Karaokenummern zum Besten gaben. Ich muss zugeben, dass ich sie dafür bewundert habe. Die Senatoren haben sich zum Narren gemacht – so wie wir es alle tun, wenn wir Karaoke singen –, und es war ihnen völlig egal.

Aber zurück zu Ted Kennedy.

Ich habe vergessen, welchen Song Ted – obwohl wir uns gerade erst kennengelernt hatten, bestand er darauf, dass ich ihn so nenne – präsentiert hat. Es war etwas aus dem Motown-Bereich. Vielleicht *Ain't No Mountain High Enough*. Oder hat das Barbara Boxer gesungen? Oder haben Ted und Barbara es im Duett aufgeführt, wie Marvin Gaye und Tammi Terrell? Ich weiß es nicht mehr. Wie auch immer, obwohl wir in vielen Punkten unterschiedlicher Ansicht waren, blieb Ted unglaublich charmant und witzig. Er trank auf der Party. Viel. Er hat »getanzt«, oder wie immer man das im Takt der Musik Herumtorkeln bezeichnen will, und wenn er sich keinen Lampenschirm auf den Kopf gesetzt hat, lag das nur daran, dass er zu betrunken dafür war. Am Ende musste Ted von einem Freund gestützt werden, um durch die Tür zu kommen und sein Zimmer zu finden.

Warum erzähle ich Ihnen das?

Weil ich die Veranstaltung am nächsten Morgen sehr früh verlassen musste. Ich bin um 5.30 Uhr aufgestanden und war um sechs im Frühstücksraum. Als ich ankam, war nur eine weitere Person auf den Beinen ... Sie haben es erraten.

»Guten Morgen, Win!«, rief Ted mir zu. »Setzen Sie sich zu mir.«

Er hatte eine Tasse Kaffee und einen mit Speisen gefüllten Teller vor sich und las die *Washington Post*. Teds Blick war klar, er war frisch geduscht und hellwach. Wir unterhielten uns angeregt über eine Vielzahl von Themen, die Quintessenz ist jedoch diese: Ich habe noch nie jemanden gesehen, der Alkohol so gut verträgt, und ich weiß nicht, ob das positiv oder negativ ist.

Ich denke, es ist eher negativ.

Die Quintessenz meiner Namedropping-Episode? Ich vertrage Alkohol gut. Aber ich bin kein Ted Kennedy. Als ich aufwache, habe ich Kopfschmerzen. Ich stöhne leise, und wie aufs Stichwort klopft es an der Tür.

»Guten Morgen!«

Es ist Nigel. Ich stöhne noch einmal.

»Wie geht's uns denn heute Morgen?«

»Ihre Stimme«, stoße ich hervor.

»Was ist damit?«

»Sie wirkt so beruhigend wie ein Presslufthammer auf einem Hirnnerv.«

»Sind wir verkatert, Master Win? Danken Sie mir. Ich habe Ihnen mein Geheimrezept mitgebracht.«

Er lässt zwei Pillen in meine Handfläche fallen und reicht mir ein Glas.

»Das sieht aus wie Aspirin und Orangensaft«, sage ich.

»Pst, ich erwäge, es zum Patent anzumelden. Soll ich die Vorhänge öffnen?«

»Nur wenn ich auf Sie schießen soll.«

»Cousine Patricia kleidet sich gerade an.«

Nigel verlässt den Raum. Ich dusche sehr lange und ziehe mich an. Als ich die Treppe herunterkomme, ist Patricia schon weg. Ich frühstücke kurz mit meinem Vater. Das Gespräch verläuft etwas spröde, was mich nicht überrascht. Als ich fertig bin, mache ich mich auf den Weg zu Edie Parkers Mutter und Billy Rowans Vater im Crestmont Assisted Living Village in New Jersey.

Mrs Parker hat ihren Vornamen genannt, ich habe ihn aber schon wieder vergessen. Wenn ich mich mit Älteren unterhalte, verwende ich gerne die klassischen Anreden wie Mister oder Missis. Ich wurde so erzogen. Wir treffen uns in Mr Rowans Zimmer, das die Wärme einer Hautarztpraxis ausstrahlt. Die Farbgestaltung beschränkt sich auf mehr als fades Beige und Golfclub-Grün, die Einrichtung ist zeitgenössisch evangelikal gehalten – schlichte Holzkreuze, ruhige religiöse Drucke von Jesus auf Leinwand, Holzschilder mit Bibelzitaten wie »Setze Gott an erste Stelle«, was Matthäus 6,33 zugeschrieben wird, und eines, das mir besonders ins Auge sticht, aus Micha 7,18:

VERGEBEN UND VERGESSEN

Eine interessante Wahl, nicht wahr? Glaubt Mr Rowan das wirklich, oder muss er sich täglich dazu ermahnen? Blickt er jeden Tag auf diese Wand und denkt an seinen Sohn? Hat er sich damit abgefunden? Oder ist es eher die Kehrseite der Medaille? Hat Mr Rowan sich gerade diese Passage zu eigen gemacht – in der Hoffnung, dass die Opfer der Jane Street Six sie beherzigen?

Mr Rowan sitzt in einem Rollstuhl. Mrs Parker sitzt neben ihm. Sie halten sich an den Händen.

»Er kann nicht sprechen«, erklärt Mrs Parker mir. »Wir kommunizieren trotzdem.«

Ich nehme an, dass ich fragen soll, wie sie das machen, es interessiert mich aber nicht sonderlich.

»Er drückt meine Hand«, erklärt sie dessen ungeachtet.

»Verstehe«, sage ich, obwohl ich das nicht tue. Wie kann man mittels Drückens einer Hand echte Kommunikation herstellen? Drückt er einmal für Ja und zweimal für Nein? Drückt er eine Art Morsecode? Ich würde ja fragen, sehe aber wieder nicht, inwiefern es für mich oder das, was ich hier suche, von Bedeutung wäre. Also fahre ich fort.

»Wie haben Sie und Mr Rowan sich kennengelernt?«

»Durch meine Edie und seinen Billy.«

»Darf ich fragen, wann das war?«

»Wann …« Sie ballt eine Faust und hält sie sich vor den Mund. Wir beide blicken zu Mr Rowan. Er starrt mich an. Ich weiß nicht, was er sieht, ob er überhaupt irgendetwas sieht. Von seinen Nasenlöchern läuft ein Schlauch zu einer Sauerstoffflasche, die rechts an seinem Rollstuhl hängt. »Als Edie und Billy verschwanden.«

»Billy und Edie waren ein Paar, oder?«

»Oh, mehr als das«, sagt Mrs Parker. »Sie waren verlobt.«

Sie reicht mir ein gerahmtes Foto. Die Farben sind von der Zeit und der Sonne verblasst, doch es zeigt die Studenten Billy Rowan und Edie Parker Wange an Wange. Sie sind am Strand, das Meer im Rücken, und auf ihren – so wie es scheint – überglücklichen vor Schweiß glänzenden Gesichtern erscheint ein Lächeln so strahlend wie die Sonne.

Mrs Parker sagt: »Sie sehen unglaublich verliebt aus, finden Sie nicht auch?«

Das tun sie wirklich. Sie sehen jung, verliebt und unbeschwert aus.

»Sie sind wunderschön, oder?«

Ich nicke kurz.

»Sie waren einfach nur dumme Kinder, Mr Lockwood. Das sagt William hier auch immer, nicht wahr, William?«

William blinzelt nicht.

»Und natürlich idealistisch. Aber wer ist das nicht, wenn er jung ist? Billy war ein großer, liebenswerter Trottel, und meine Edie konnte keiner Fliege etwas zuleide tun. Sie hat nur jeden Abend die Nachrichten geguckt und gesehen, wie die Jungs in Leichensäcken zurückkamen. Ihr Bruder, mein Aiden, hat in Vietnam gedient. Wussten Sie das?«

»Nein, das wusste ich nicht.«

»Das haben sie in den Nachrichten auch nicht gesagt, was?« Sie klingt jetzt bitter. »Für die war meine Edie nur eine verrückte Terroristin, so wie diese Girls von Charles Manson.«

Ich bemühe mich nach bester Kraft, mitfühlend auszusehen, aber wieder wird meine hochmütige Miene zum Problem. Myron kann so etwas unglaublich gut. Er würde in dieser Situation so viel Mitgefühl zum Ausdruck bringen, dass Al Pacino sich Notizen machen würde.

»Wann haben Sie das letzte Mal von Edie oder Billy gehört?«

Mrs Parker stutzt, als sie die Frage hört. »Warum fragen Sie das?«

»Ich wollte nur…«

»Nie. Ich meine, seit jener Nacht nicht.«

»Nicht ein einziges Mal?«

»Nicht ein einziges Mal. Ich verstehe das nicht ganz, Mr Lockwood. Warum sind Sie hier? Uns wurde gesagt, Sie könnten uns helfen.«

»Ihnen helfen?«

»Unsere Kinder zu finden. Sie waren es doch, der Ry Strauss gefunden hat.«

Ich nicke. Das stimmt zwar nicht, aber ich muss wohl mitspielen.

»Als William und ich Rys Bild in den Nachrichten gesehen haben, wollte ich… soll ich Ihnen etwas Komisches erzählen?«

Ich versuche, interessiert und offen auszusehen.

»Als Sie Ry Strauss gefunden haben…« Wieder dreht sie sich um und sieht Mr Rowan an. Er sieht sie nicht an und zeigt auch sonst keine Reaktion. Ich weiß nicht, ob er uns hört oder nicht. Er könnte an einer Sprachstörung leiden, völlig weggetreten sein, oder er hat einfach ein tolles Pokerface. Ich weiß es nicht. »Wissen Sie, was das Eigenartigste daran war?«

»Erzählen Sie«, sage ich.

»Ry war inzwischen ein alter Mann. Wissen Sie, was ich meine? Natürlich nicht so alt wie William und ich. Wir sind über neunzig, aber aus irgendeinem Grund sehen wir Edie und Billy immer noch als junge Leute, wenn wir an sie denken, obwohl wir es natürlich besser wissen. Als ob die Zeit mit ihrem Verschwinden stehen geblieben wäre. Als ob sie immer noch ganz genauso aussehen würden wie hier.« Mrs Parker nimmt mir das gerahmte Foto aus der Hand. Sanft streicht sie mit dem Finger über das Bild ihrer Tochter und neigt dabei zärtlich den Kopf. »Finden Sie das nicht seltsam, Mr Lockwood?«

»Nein.«

Sie tippt Mr Rowan auf die Hand. »William hier, war Golfer. Spielen Sie auch?«, fragt sie.

»Das tue ich, ja.«

»Dann werden Sie den Witz verstehen. William hat immer gescherzt, dass wir beide auf den ›Back nine‹ des Lebens sind – jetzt sagt er, wir sind auf dem Fairway vom achtzehnten Loch. Sehen Sie, wir nennen Edie und Billy immer noch ›unsere Kinder‹. Aber sein Billy wäre gerade fünfundsechzig geworden. Und meine Edie vierundsechzig.«

Sie schüttelt ungläubig den Kopf.

Normalerweise fände ich all das belanglos und ermüdend, aber genau genommen bin ich deshalb hier. Ich gehe nicht davon aus, dass ich von Mr Rowan oder Mrs Parker irgendwelche nützlichen Informationen bekomme. Darum geht es mir auch gar nicht. Ich will nur etwas Unruhe stiften und gucken, was passiert. Lassen Sie mich das erklären.

Wären Edie Parker und Billy Rowan noch am Leben, so hätten sie sich wahrscheinlich irgendwann bei ihren Verwandten gemeldet. Vielleicht nicht in den ersten ein oder zwei Jahren, solange die Polizei ihnen auf den Fersen war. Aber inzwischen sind über fünfundvierzig Jahre vergangen, seit die Jane Street Six untergetaucht sind. Wenn »ihre« Edie und »sein« Billy noch leben würden, wären sie mit ihnen in Kontakt getreten.

Das bedeutet natürlich nicht, dass Mrs Parker (lassen wir den schweigsamen Mr Rowan erst einmal außen vor) mir das erzählen würde. Ganz im Gegenteil. Sie würde alles in ihrer Macht Stehende tun, um mich davon zu überzeugen, dass sie ihre Tochter in all den Jahren nicht zu Gesicht bekommen hat, selbst wenn es doch so gewesen wäre. Erzählt Mrs Parker mir also die Wahrheit, oder spielt sie mit mir?

Genau das versuche ich herauszufinden.

»Wie haben Sie damals von dem …«, wie sagt man das taktvoll, »… Vorfall mit den Jane Street Six erfahren?«

»Würde es Ihnen etwas ausmachen, wenn wir sie nicht so nennen?«

»Entschuldigung?«

»Die Jane Street Six«, sagt Mrs Parker. »Das klingt so, als wären sie die Manson Family.«

»Ja, kein Problem.« So viel zu meinem Versuch, taktvoll zu sein. »Wie haben Sie von dem Vorfall erfahren?«

»Ein Haufen FBI-Agenten ist in mein Haus gestürmt. Man hätte meinen können, sie suchen Al Capone, so wie sie da reingeplatzt sind. Haben mich und Barney beinah zu Tode erschreckt.«

Das weiß ich schon. Ich habe mir die Akte angesehen. Noch mal: Ich versuche nicht, Informationen zu sammeln. Ich versuche, den Wahrheitsgehalt einzuschätzen und vielleicht, wie Sie gleich merken werden, eine Reaktion zu provozieren.

Mit größtmöglichem Pathos in der Stimme sage ich: »Und Sie haben Ihre Tochter nie wieder gesehen?«

Sie nickt ein Mal. Ohne Worte. Ohne große Emotion. Nur ein kurzes Nicken.

»Und auch nie wieder mit ihr gesprochen?«

»Doch ich habe mit ihr gesprochen«, sagt sie.

Ich warte.

»In jener Nacht. Etwa eine Stunde, bevor das FBI kam.«

»Was hat sie gesagt?«

»Edie hat geweint.« Sie sieht Mr Rowan an. Er rührt sich immer noch nicht, hat jetzt aber Tränen in den Augen. »Sie sagte, etwas wäre schrecklich schiefgelaufen.«

»Hat sie gesagt, was?«

Mrs Parker schüttelt den Kopf.

»Und hat sie sonst noch etwas gesagt?«

»Dass sie und Billy weggehen müssten, vielleicht für eine lange Zeit, vielleicht auch für immer.«

Eine einzelne Träne läuft Mr Rowan die Wange hinunter. Ich blicke auf ihre Hände. Sie umklammern einander so fest, dass ihre Haut jetzt schneeweiß statt durchsichtig und pergamentartig ist.

»Und dann?«

»Das war alles, Mr Lockwood.«

»Edie hat aufgelegt?«

»Edie hat aufgelegt.«

»Und?«

»Und ich habe nie wieder etwas von ihr gehört. Und William hat nie wieder etwas von Billy gehört.«

»Was ist Ihrer Ansicht nach mit ihnen passiert?«, frage ich.

»Wir sind ihre Eltern. Wir sind die Letzten, die man das fragen kann.«

»Ich frage Sie trotzdem.«

»Wir haben angenommen, dass sie tot sind.« Mrs Parker beißt sich für einen Moment auf die Lippe. »Ich glaube, deshalb haben William und ich zusammengefunden. Nachdem unsere Ehepartner gestorben waren, natürlich. Vorher hätten wir das nie getan. Aber so war es, als wäre unsere Beziehung ein Nachhall der Beziehung unserer Kinder, als würde ein kleines Stück ihrer Liebe weiterleben und hätte uns beide zusammengebracht.« Dann sagt Mrs Parker genau das, was ich schon die ganze Zeit über denke: »Wenn meine Edie und sein Billy all die Zeit am Leben gewesen wären, hätten sie einen Weg gefunden, es uns mitzuteilen. Das haben wir jedenfalls immer gedacht.«

»Und jetzt denken Sie es nicht mehr?«

Sie schüttelt den Kopf. »Jetzt wissen wir nicht mehr, was wir denken sollen, Mr Lockwood. Weil wir auch die ganze Zeit dachten, dass Ry Strauss tot ist. Und jetzt, na ja, deshalb sind Sie ja hier.«

Mrs Parker ergreift meine Hand. Ich will sie wegziehen – ein Impuls, es tut mir leid –, zwinge mich aber stillzuhalten.

Jetzt hält sie mit ihrer Linken meine Hand und mit ihrer Rechten Mr Rowans. So bleiben wir für eine oder vielleicht zwei, drei Sekunden sitzen, es kommt mir viel länger vor.

»Jetzt haben William und ich wieder Hoffnung«, sagt sie voller Rührung. »Wenn Ry Strauss all die Jahre überlebt hat, leben unsere Kinder vielleicht auch noch. Vielleicht sind Edie und Billy gemeinsam durchgebrannt und haben geheiratet. Vielleicht haben sie selbst Kinder und sogar schon Enkelkinder, und vielleicht, nur ganz vielleicht, können wir uns alle noch einmal sehen, bevor, na ja, bevor William und ich das achtzehnte Loch beendet haben.«

Ich weiß nicht, was ich sagen soll.

»Mr Lockwood«, fährt sie fort, »glauben Sie, dass Edie und Billy noch leben?«

Ich überlege genau, wie ich meine Lüge formuliere. »Ich weiß es nicht. Aber wenn es so ist, werde ich sie finden.«

Sie sieht mir in die Augen. »Ich glaube Ihnen.«

Ich warte.

»Sagen Sie uns Bescheid, wenn Sie die Wahrheit erfahren?«, fragt Mrs Parker. »Ganz egal, wie sie aussieht. Wir warten schon so lange auf einen Abschluss. Wissen Sie, wie das ist?«

»Nein, das weiß ich nicht«, gebe ich zu.

»Versprechen Sie uns, dass Sie es uns sagen, wenn Sie die Wahrheit erfahren. Egal, wie schlimm sie ist. Versprechen Sie es uns beiden.«

Also tue ich das.

SECHSUNDZWANZIG

Ich sitze auf dem Beifahrersitz eines am Straßenrand geparkten Abschleppwagens, der von einem Mann namens Gino gefahren wird. Seinen Namen kenne ich, weil er in roter Schreibschrift auf sein Arbeitshemd gestickt ist.

»Und jetzt?«, fragt Gino.

Durch das Schaufenster ihres Schönheitssalons im City-Gate Plaza in Rochester, New York, beobachte ich Elena Randolph, die Frau, die an der Oral Roberts University angeblich mit Arlo Sugarman zusammen war. Im CityGate Plaza haben außerdem ein Hellseher, ein Steuerberatungsbüro, ein Dollar Palace (Schauder) und ein Subway (Doppelschauder) Geschäftsräume gemietet. Laut dem blinkenden Neonschild heißt Elena Randolphs Schönheits- oder Friseursalon – oder wie auch immer man heutzutage solche Etablissements nennt – Shear Lock Combs. Wow, darauf muss man erst mal kommen, auch wenn ich absolut nicht verstehe, was Sherlock Holmes mit einem Friseursalon zu schaffen hat? Ich weiß nicht, ob ich applaudieren oder eine Kugel durch das Schild jagen soll. Das Kennzeichen von Elena Randolphs 2013er Honda Odyssey lautet *DO-OR-DYE*. Ich wünschte, Myron wäre hier. Er mag diese Art Wortspiele. Zweifelsohne würde er sich gut mit Miss Randolph verstehen.

»Sitzen wir hier einfach nur rum?«, fragt Gino.

Mein Handy klingelt. Kabir.

»Ich höre«, sage ich.

»Keine Telefonate«, sagt er.

Das überrascht mich nicht. Wir haben Mrs Parker und Mr Rowan überwacht, seit ich sie vor etwas mehr als einer Stunde verlassen habe. Meine Hoffnung war, dass sie mich belogen haben und sofort zum Telefon greifen würden, um Edie und Billy zu warnen, nachdem ich das Zimmer verlassen hatte. Leider ist das nicht passiert. Also weiter im Text.

»Sonst noch etwas?«

»Ich habe ein paar Nachforschungen über Trey Lyons angestellt. Du hattest recht. Ex-Militär. Arbeitet in der Sicherheitsbranche, auch im Ausland.«

Ich denke darüber nach. »Setz zwei weitere Männer auf ihn an.«

Trey Lyons wird zu einem schwärenden Problem werden, wenn ich mich nicht bald um ihn kümmere. Wie hatte er es im Lieferwagen formuliert? Er kann mich nicht am Leben lassen, genauso wenig wie ich ihn.

Ich sehe auf die Uhr. Es ist halb vier, und Shear Lock Combs – der Name wächst mir langsam ans Herz – schließt erst um fünf. So verlockend die Aussicht auch sein mag, die nächsten anderthalb Stunden mit Gino abzuhängen, verzichte ich doch lieber auf das Vergnügen und lege los.

»Warten Sie auf mein Zeichen«, sage ich zu Gino.

»Sie sind der Boss.«

Ich steige aus dem Abschleppwagen und gehe zur Tür des Salons. Als ich eintrete, richten sich alle Augen auf mich, einige als Reflexion im Spiegel. Alle drei Kosmetikstühle im Salon sind besetzt. Drei Kundinnen auf schwarzen Stühlen, drei Kosmetikerinnen. Zwei weitere Frauen sitzen im Wartebereich. Auf dem Couchtisch liegen Klatschmagazine, aber die wartenden Frauen beschäftigen sich lieber mit ihren Handys.

Bis auf eine lächeln alle Damen dem männlichen Eindringling zu. Elena Randolph ist groß und schlank. Obwohl sie schon fünfundsechzig Jahre alt ist, trägt sie eine enge Hose und ein ärmelloses Oberteil, was ihr ziemlich gut steht. Die grauen Haare sind zu einer Igelfrisur gestylt, ihr Gesicht ist vogelartig, der Ausdruck hart. Eine Lesebrille hängt an einer Kette um ihren Hals.

»Kann ich Ihnen helfen?«, fragt sie.

»Wir müssen reden«, sage ich.

»Ich habe gerade eine Kundin.«

»Es ist wichtig.«

»Wir schließen um fünf.«

»Nein, tut mir leid, da kann ich nicht.«

Es entsteht das, was viele Leute als unangenehmes Schweigen bezeichnen würden, aber wie wir inzwischen wohl festgestellt haben, empfinde ich Schweigen nicht als unangenehm.

Die mollige rothaarige Kosmetikerin, die am Stuhl neben Elena arbeitet, sagt: »Äh, ich kann Gertie übernehmen.«

Elena Randolph starrt mich nur an.

Die Rothaarige beugt sich zu einer alten Frau hinunter, deren Haarsträhnen in Alufolie gewickelt sind. »Ich darf Sie doch übernehmen, oder, Gertie?«

Gertie ruft: »Hä?«

Elena Randolph legt Kamm und Schere aus der Hand, stützt die Hände auf Gerties Schultern, beugt sich zu ihr hinunter und sagt: »Ich bin gleich zurück, Gertie.«

»Hä?«

Elenas Blicke durchbohren mich. Ich wehre sie mit einem Lächeln ab, das man wahrlich als entwaffnend bezeichnen könnte. Sie marschiert zur Tür hinaus, sodass wir beide vor dem Schaufenster ihres Salons stehen. Weiterhin sehen uns alle an. Niemand macht sich wieder an die Arbeit.

»Und Sie sind?«, fragt Elena.

»Windsor Horne Lockwood der Dritte«, sage ich.

»Müsste ich Sie kennen?«

»Soweit mir bekannt ist, haben Sie mit meinem Assistenten Kabir telefoniert.«

Sie nickt, als hätte sie die Antwort erwartet. »Ich habe Ihnen nichts zu sagen.«

»Es wäre wunderbar, wenn wir diesen Teil einfach überspringen könnten«, sage ich.

»Wie bitte?«

»Den Teil, in dem Sie sagen, dass Sie nicht mit mir reden wollen, und ich Sie dann mit Fragen unter Druck setze. Es ist eine ungeheure Zeitverschwendung, und am Ende werden Sie sowieso nachgeben.«

Sie stützt die Hände in ihre schmalen Hüften. »Sind Sie ein Cop?«

Ich runzle die Stirn. »In diesen Klamotten?«

Das entlockt ihr fast ein Lächeln.

»Erzählen Sie mir von Ralph Lewis.« Ich reiche ihr den Ausdruck des Scans mit der Mittelalterband aus dem Jahrbuch. »Sie waren an der Oral Roberts University mit ihm zusammen.«

Elena würdigt die Seite keines Blickes. »Ich weiß nicht, wovon Sie reden.«

Ich seufze theatralisch. Ich hatte gehofft, das vermeiden zu können, aber meine Geduld ist am Ende. Ich hebe die Hand und schnippe mit den Fingern. Zwei Sekunden später fährt der Abschleppwagen auf den Parkplatz und hält hinter Elenas Honda Odyssey. Gino springt heraus, streift sich ein dickes Paar Handschuhe über und zieht einen Hebel, um die Ladefläche abzusenken.

»Hey«, schreit Elena. »Was glauben Sie, was Sie da tun?«

»Das ist mein Kumpel Gino«, sage ich. »Er pfändet ihr Auto.«

»Er kann doch nicht…«

Ich reiche ihr die Unterlagen. »Sie sind hoch verschuldet, Miss Randolph. Ihr Fahrzeug ist belastet. Ihr Haus auch.« Ich zeige auf den Salon. »Und ihr Geschäft.«

»Ich habe Vereinbarungen getroffen«, sagt sie.

»Ja, mit dem alten Inkassobüro. Aber ich habe Ihre Verbindlichkeiten gekauft, und daher sind Sie jetzt meine Schuldnerin. Darüber hinaus habe ich Ihre finanzielle Situation geprüft und bin zu dem Schluss gekommen, dass das Risiko zu hoch ist, ergo mache ich meine Rechte geltend und pfände Ihr Vermögen umgehend. Gino kümmert sich um den Honda. Zwei Leute von mir sichern in diesem Moment die Eingangstür Ihres Hauses mit einem Vorhängeschloss. In zehn Sekunden werde ich die Tür Ihres Salons öffnen und Ihren Kundinnen mitteilen, dass sie die Räumlichkeiten unverzüglich zu verlassen haben.«

Mit weit aufgerissenen Augen überfliegt Elena Randolph die erste Seite. »Das können Sie nicht machen.«

Ich seufze, diesmal allerdings einen Hauch weniger theatralisch. »Ihre ewigen Widerworte ermüden mich.« Ich strecke die Hand zur Tür des Salons aus. Elena stellt sich mir in den Weg.

»Ich weiß nicht, wo Ralph ist, ich schwöre es.«

»Das habe ich auch nicht behauptet.«

»Was wollen Sie dann von mir?«

»Ich würde ja die Hand auf die Brust legen und sagen: ›Die Wahrheit‹, halte das aber für ein wenig übertrieben.«

Elena ist nicht in Stimmung für so etwas. Ich kann ihr das nicht verdenken. Ich quäle die Menschen nicht gerne, aber auch das habe ich von Myron gelernt. Diese kleinen Nadelstiche bringen deinen Kontrahenten aus dem Gleichgewicht. »Und wenn ich nicht mit Ihnen kooperiere?«, fragt sie.

»Ist das Ihr Ernst? Habe ich das nicht deutlich genug gesagt? Ihr Auto, Ihr Haus, Ihr Geschäft – alles wird mir gehören. Ach übrigens, wie heißt die Rothaarige? Die werde ich zuerst feuern.«

»Es gibt Gesetze.«

»Ja, das ist mir bewusst. Sie sind auf meiner Seite.«

»Ich kenne meine Rechte. Ich muss Ihnen nichts sagen.«

»Das ist korrekt.«

Die Ladefläche trifft auf den Boden. Gino sieht mich an. Ich nicke, dass er weitermachen soll.

»Sie können doch nicht…« Elena steigen Tränen in die Augen. »Das ist Schikane. Sie können doch nicht…«

»Doch, natürlich kann ich.«

Ich genieße das nicht, es macht mir aber auch nichts aus. Früher haben uns die Menschen die »Wir sind doch alle gleich«-Propaganda abgenommen, die wir Amerikaner im Laufe unserer hochverehrten Geschichte so brillant zu einem Credo erhoben haben, in letzter Zeit erkennen jedoch mehr und mehr Menschen, was schon immer offensichtlich war: Geld gibt immer den Ausschlag. Geld ist Macht. Dies ist kein John Grisham-Roman, in dem ein Mann das System besiegt – in der Realität kann der kleine Mann nicht dagegen aufbegehren. Wie ich Elena Randolph von Anfang an prophezeit habe, wird sie letztlich nachgeben.

Das klingt nicht, als wäre ich der Held dieser Geschichte, oder?

Ist es in Ordnung, dass die Reichen eine solche Macht über Sie haben? Nein, natürlich nicht. Das System ist nicht fair. Die Realität ist eine lästige Angelegenheit. Ich habe kein Interesse daran, Elena Randolph wehzutun, es wird mir aber auch nicht den Schlaf rauben. Womöglich gewährt sie einem Flüchtigen Unterschlupf. Zumindest aber hat sie Informationen, die ich benötige. Je eher sie sie mir gibt, desto eher kann sie ihr eigenes Leben fortsetzen.

»Sie werden keine Ruhe geben, oder?«, fragt sie.

Mein entwaffnendes Lächeln ist wieder da.

»Setzen wir uns in das Subway.«

»In das Subway?« Ich reagiere angemessen entsetzt. »Da würde ich mir lieber die Niere mit einem Grapefruitlöffel entfernen lassen. Wir können hier reden, also kommen wir zur Sache, okay? Sie kannten Ralph Lewis von der Oral Roberts University, richtig?«

Elena wischt sich die Augen trocken und nickt.

»Wann haben Sie ihn zuletzt gesehen?«

»Vor über vierzig Jahren.«

»Wenn wir die Lügen überspringen…«

»Ich lüge nicht. Aber bevor wir fortfahren, muss ich Sie etwas fragen.«

Mir gefällt das nicht, aber es könnte länger dauern, dieses Missfallen zum Ausdruck zu bringen. »Fragen Sie.«

»Sie sind kein Polizist.«

»Das haben wir bereits geklärt.«

»Was wollen Sie von Ralph?«

Manchmal hält man sich bedeckt. Manchmal geht man sich direkt an die Gurgel. In diesem Fall entscheide ich mich für die Gurgel. »Sie meinen Arlo Sugarman, richtig?«

Ein Wirkungstreffer. Schlussfolgerung: Elena Randolph wusste, dass Ralph Lewis in Wirklichkeit Arlo Sugarman war.

»Woher wollen Sie…?« Sie bricht ab, erkennt, dass es keinen Sinn hat, und schüttelt den Kopf. »Vergessen Sie's. Er hat nichts getan, wissen Sie.«

Ich warte.

»Warum sind Sie hinter ihm her? Nach all den Jahren.«

»Sie wissen, dass Ry Strauss gefunden wurde.«

»Ja, natürlich.« Sie kneift die Augen zusammen. »Moment, ich habe Ihr Foto in den Nachrichten gesehen. Ihnen gehörte das Gemälde.«

»Gehört«, korrigiere ich. »Gegenwart.«

»Ich verstehe trotzdem nicht, warum Sie Arlo suchen.«

»An dem Kunstraub war nicht nur eine Person beteiligt«, sage ich.

»Und Sie glauben, dass Arlo Ihr anderes Gemälde hat?«

»Möglicherweise.«

»Das hat er nicht.«

»Sie haben ihn seit über vierzig Jahren nicht mehr gesehen.«

»Trotzdem. Arlo würde bei so einer Sache nicht mitmachen.«

Ich versuche, die Bombe platzen zu lassen: »Würde er bei der Entführung und Ermordung junger Mädchen mitmachen?«

Ihr Unterkiefer fällt hinunter.

»Höchstwahrscheinlich«, fahre ich fort, »haben Ry Strauss und ein Komplize meinen Onkel ermordet und meine Cousine entführt.«

»Sie glauben doch nicht…«

»Haben Sie Ry Strauss kennengelernt, als er Arlo auf dem Campus besucht hat?«

»Hören Sie«, sagt Elena. »Arlo war ein guter Mensch. Er war der beste Mensch, den ich je kennengelernt habe.«

»Cool«, sage ich. »Und wo ist er?«

»Das habe ich Ihnen doch schon gesagt. Ich weiß es nicht. Hören Sie, Ralph … Ich meine Arlo … Wir waren zwei Jahre lang zusammen, als wir auf der Oral Roberts waren. Ich

komme aus schwierigen Verhältnissen. Als Kind war ich…«
Tränen steigen ihr in die Augen, sie versucht aber, dagegen an-
zukämpfen. »Sie wollen bestimmt nicht meine ganze Lebens-
geschichte hören.«

»Nein, um Himmels willen.«

Es gelingt ihr, darüber zu lachen, obwohl ich es gar nicht
witzig gemeint habe. »Ralph – ich habe ihn immer so genannt – war freundlich.«

»Wann haben Sie erfahren, wer er wirklich ist?«

»Schon bevor wir zusammen waren.«

Das überrascht mich. »Er hat sich Ihnen anvertraut?«

»Ich war seine Kontaktperson aus dem Campus-Unter-
grund. Ich habe ihm geholfen, sich dort einzuleben, das Pseudonym für ihn gesucht und auch sonst alles Notwendige für
ihn getan.«

»Und weiter? Sie sind sich nähergekommen?«

Sie kommt auf mich zu. »Arlo war in jener Nacht nicht dabei.«

»Wenn Sie von ›jener Nacht‹ sprechen…«

»In der Nacht, in der die Molotowcocktails flogen und so
viele Menschen umgekommen sind.«

»Hat Arlo Sugarman Ihnen das erzählt?« Ich unterstrei-
che meinen skeptischen Blick mit einer perfekt hochgezogenen Augenbraue, und ohne unbescheiden sein zu wollen – es
ist ein wahres Kunstwerk. »Das Foto der Jane Street Six kennen Sie?«

»Das berühmte Foto im Keller? Natürlich. Es war das letzte
Mal, dass er mit ihnen zusammen war. Er hat es für einen Witz
gehalten und ist nie davon ausgegangen, dass sie wirklich Kerosin in die Flaschen füllen würden. Als er merkte, dass sie es
ernst meinten, hat er einen Rückzieher gemacht.«

»Hat Arlo Ihnen das erzählt?«

»Er hat mir erzählt, dass Ry übergeschnappt sei. Daher ist er an dem Abend nicht hingegangen.«

»Es gibt Fotos von jener Nacht.«

»Aber keins von ihm. Man sieht zwar sechs Personen. Aber sein Gesicht ist nirgends zu sehen, oder?«

Ich überlege einen Moment. »Wie kommt es dann, dass Arlo Sugarman das nie der Polizei erzählt hat?«, frage ich.

»Das hat er. Meinen Sie, man hätte ihm geglaubt?«

»Möglicherweise hat er Sie belogen.«

»Er hatte keinen Grund, mich zu belügen. Ich war sowieso auf seiner Seite.«

»Und Special Agent Patrick O'Malley hat er dann wohl auch nicht erschossen.«

Elena Randolph blinzelt und sieht zu ihrem Honda.

»Wissen Sie das von Special Agent O'Malley?«, frage ich.

»Natürlich.«

»Haben Sie ihn danach gefragt?«

»Ja.«

»Und?«

»Sagen Sie dem Arschloch zuerst, dass er von meinem Auto weggehen soll.«

Ich wende mich Gino zu und neige den Kopf. Er tritt einen Schritt zurück.

»Arlo hat nie über die Schießerei gesprochen. Er hat einfach dichtgemacht.«

Ich runzle die Stirn und versuche, wieder zur Sache zu kommen. »Und dann sind Sie und Arlo miteinander ausgegangen?«

»Ja.«

»Haben Sie ihn geliebt?«

Elena lächelt. »Was für eine Bedeutung hat das schon?«

Touché.

»Wo ist er jetzt?«

»Das habe ich Ihnen schon gesagt. Ich weiß es nicht.«

»Wann haben Sie Arlo das letzte Mal gesehen?«

»Bei der Abschlussfeier.«

»Waren Sie da noch mit ihm zusammen?«

Sie schüttelt den Kopf. »Wir hatten uns getrennt.«

»Darf ich fragen, warum?«

»Er hatte jemand anderen gefunden.«

Ich habe den Eindruck, sagen zu müssen, dass es mir leidtut, lasse es aber.

»Auf der Abschlussfeier haben Sie ihn also gesehen?«

»Ja.«

»Und das war das letzte Mal?«

»Das war das letzte Mal.«

»Wissen Sie, wohin er dann gegangen ist?«

»Nein. Das waren die Regeln im Untergrund. Je weniger Leute Bescheid wussten, desto sicherer war er. Meine Rolle in seinem Leben hatte sich erledigt.«

Sackgasse.

Es kam mir aber nicht wie eine Sackgasse vor.

»Ich habe kein Interesse daran, ihm zu schaden«, sage ich.

Elena blickt in den Salon. Noch immer starren uns alle an. »Wie konnten Sie meine Schulden so schnell kaufen?«, fragt sie.

»Das ist nicht schwer.«

»Sie besitzen einen Vermeer.«

»Der gehört meiner Familie.«

Sie sieht mir in die Augen. »Sie sind superreich.«

Ich sehe keinen Grund, darauf zu antworten.

»Ich habe Ihnen gesagt, dass Arlo mich wegen jemand anderem verlassen hat.«

»Das haben Sie.«

»Unter zwei Bedingungen verrate ich Ihnen den Namen.«

Ich lege die Fingerspitzen aneinander. »Ich bin ganz Ohr.«

»Erstens: Versprechen Sie mir, ihn anzuhören, wenn Sie ihn finden. Wenn er Sie davon überzeugt, dass er nichts getan hat, lassen Sie ihn laufen.«

»Abgemacht«, sage ich.

Es ist nicht so, dass dieses Versprechen für mich bindend ist. Ich glaube an ein gewisses Maß an Loyalität und den »Mein Wort gilt«-Kram. Aber ich glaube nicht alles davon. Ich fühle mich nur an das gebunden, was ich für das Beste halte, nicht irgendein falsches Versprechen oder falsche Loyalität. Aber in einer solchen Situation ist es am einfachsten »abgemacht« zu sagen, ganz egal, ob ich es ernst meine oder nicht.

»Und die zweite Bedingung?«

»Sie erlassen mir alle meine Schulden.«

Geständnis: Ich bin beeindruckt. »Ihre Schulden«, sage ich, »belaufen sich insgesamt auf über hunderttausend Dollar.«

Elena zuckt die Achseln. »Sie sind superreich.«

Ich muss zugeben, dass mir das gefällt. Es gefällt mir sogar sehr.

»Wenn sich herausstellt, dass der Name, den Sie mir geben, erfunden ist ...«, setze ich an.

»Ist er nicht.«

»Halten Sie es für möglich, dass die beiden noch zusammen sind?«

»Das tue ich. Sie schienen sehr verliebt zu sein. Ist die Sache abgemacht?«

Es wird mich eine sechsstellige Summe kosten, aber diesen Betrag gewinne oder verliere ich während der Börsenhandelszeiten in jeder Minute. Außerdem bin ich ein Menschenfreund, vor allem weil ich es mir leisten kann, einer zu sein. Elena Randolph und ihr Salon scheinen es wert zu sein.

»Abgemacht«, sage ich.

»Was dagegen, wenn wir das noch einmal mündlich bestätigen?«

»Wie bitte?«

Sie zieht ihr Handy aus der Tasche und nimmt mein Versprechen auf. »Ich will es nur festhalten«, sagt Elena.

Fast hätte ich ihr gesagt, dass mein Wort gilt, aber wir wissen beide, dass das Unsinn ist. Sie gefällt mir immer besser. Als sie die Aufnahme beendet hat, steckt sie das Handy wieder ein.

»Okay«, sage ich. »Also, für wen hat Arlo Sugarman Sie verlassen?«

»Ich habe das damals nicht verstanden«, sagt sie.

»Wie bitte?«

»Es war in den Siebzigern. Wir waren auf einer evangelikalen Uni. Es war einfach nicht…«

»Was war es nicht?«, frage ich. »Für wen hat er Sie verlassen?«

Elena Randolph hält den Ausdruck mit der mittelalterlichen Band aus dem alten Jahrbuch hoch. Sie zeigt auf eine Person – aber nicht auf Arlo. Sondern auf den Leadsänger ganz links. Ich blinzle kurz, um das verschwommene Schwarz-Weiß-Foto besser erkennen zu können.

»Calvin Sinclair«, sagt sie.

Ich blicke zu ihr auf.

»Deshalb haben wir uns getrennt. Arlo ist bewusst geworden, dass er schwul ist.«

SIEBENUNDZWANZIG

Ich kann es nicht ausstehen, dass ich mir solche Sorgen um Ema mache.

Deshalb wollte ich keine Kinder, weil ich dieses Gefühl nie haben wollte, das Gefühl, so entsetzlich verletzlich zu sein, weil mich das Wohlergehen einer anderen Person zerstören kann. Mir kann man nicht wirklich etwas antun – außer über meine leibliche Tochter Ema. Dass sie jetzt ein Teil meines Lebens ist – sie sitzt mir gegenüber, während wir in meiner Wohnung mit Blick auf den Central Park zu Abend essen – bedeutet, dass Sorgen und Schmerz allgegenwärtig sind. Manche Leute würden wohl sagen, dass diese Gefühle, diese elterliche Sorge, mich menschlicher machen. Egal. Wer will schon menschlich sein? Es ist furchtbar.

Ich hatte keine Kinder, weil ich keine Ängste wollte. Ich hatte keine Kinder, weil Bindung ein Hindernis ist. Ich habe das analytisch aufgearbeitet, kann es Ihnen also erklären: Ich habe sämtliche potenziellen Vorteile aufgelistet, die es mit sich bringt, Ema in meinem Leben zu haben – Liebe, Gesellschaft, jemanden, um den ich mich kümmern kann, und so weiter –, und ich habe die Nachteile aufgelistet – was ist, wenn ihr etwas zustößt?

Wenn ich das gegenüberstelle, überwiegt das Negative.

Ich will nicht in Angst leben.

»Geht's dir gut?«, fragt Ema.

»Groovy«, erwidere ich.

Sie verdreht die Augen.

Eigentlich heißt sie Emma, da sie aber immer schwarze Klamotten, schwarzen Lippenstift und silbernen Schmuck trägt und in der Mittelstufe irgendein dummer Junge angemerkt hat, dass sie wie ein Grufti oder »Emo« aussieht, haben ihre Klassenkameraden angefangen, sie »Ema« zu nennen, weil sie es clever und vielleicht auch ein wenig boshaft fanden, doch Ema hat den Spieß umgedreht und sich den Namen zu eigen gemacht. Ema ist jetzt in der letzten Klasse der Highschool, besucht aber außerdem ein paar Kunst- und Designkurse in der Stadt.

Als Emas Mutter, Angelica Wyatt, schwanger wurde, hat sie mir nichts davon gesagt. Auch nach Emas Geburt hat sie mich nicht informiert. Ich war nicht das kleinste bisschen verärgert, als Angelica es mir schließlich sagte. Sie verstand, wie ich über Kinder dachte, und akzeptierte es. Trotzdem hat sie mir vor ein paar Jahren aus drei Gründen gewissermaßen reinen Wein eingeschenkt. Erstens war sie der Ansicht, dass genug Zeit verstrichen war (dämlicher Grund), zweitens meinte sie, ich hätte es verdient, die Wahrheit zu erfahren (ätzender Grund – ich habe überhaupt nichts verdient), und drittens hatte sie Angst, dass ihr etwas zustoßen könnte, sie fürchtete damals, Brustkrebs zu haben. Ich könnte dann für Ema da sein, falls sie mich brauchen würde (anständiger Grund).

Warum erzähle ich Ihnen das?

Ich habe diese Beziehung zu Ema nicht verdient. Ich war nicht da, als es wichtig war, und wäre auch nicht für sie gewesen, wenn man mir die Wahl gelassen hätte. Deshalb bezeichne ich sie, auch in meinen Gedanken, als meine »biologische« Tochter. Ema ist in jeder Hinsicht großartig, und das ist nicht mein Verdienst. Ich habe nicht das Recht, mich im elterlichen Glanz ihrer Großartigkeit zu sonnen.

Ich habe nicht um diese Beziehung gebeten. Eigentlich will ich sie auch nicht – das Für und Wider habe ich Ihnen erklärt –, aber im Moment ist es Emas Entscheidung, und die muss ich respektieren.

Ob es Ihnen also gefällt oder nicht, wir treffen uns regelmäßig so zum Essen.

Nachtrag: Ema versteht mich.

»Ich habe einen Freund«, sagt sie.

»Das will ich nicht wissen.«

»Sei doch nicht so.«

»So bin ich nun mal.«

»Keine Ratschläge?«

Ich lege meine Gabel zur Seite. »Jungs«, sage ich, »und mit Jungs meine ich alle Jungs – Jungs sind gruselig.«

»Pah, das ist doch nichts Neues. Wie stehst du zu Sex zwischen Teenagern?«

»Hör bitte auf.«

Ema verkneift sich das Lachen. Sie ärgert mich gerne. Ich weiß nicht, wie ich mich in ihrer Nähe verhalten soll, weil ich manchmal den Eindruck habe, dass mir das Blut aus dem Hirn läuft. Irgendwann hatte Angelica beschlossen, Ema von mir zu erzählen. Sie hatte das nicht von langer Hand geplant. Vielleicht hatte Ema ein bestimmtes Alter erreicht. Vielleicht hatte Ema einfach gefragt, wer ihr Vater ist. Ich weiß es nicht, und es steht mir auch nicht zu, diese Frage zu stellen.

Angelica ist eine tolle Mutter.

Man hört oft Folgendes: Mit der Geburt deines Kindes ändert sich das Leben ein für alle Mal. Deshalb habe ich vermieden, Vater zu werden. Ich will nichts in meinem Leben haben, das mir wichtiger ist als ich selbst. Ist das falsch? Als Ema mir schließlich sagte, dass sie Bescheid wüsste – als sie mich auf Myrons Hochzeit zum Tanzen aufforderte –, brachte mich das aus dem Gleichgewicht. Ich konnte kaum atmen. Auch nach dem Tanz verschwand das Gefühl nicht komplett.

Und es ist immer noch nicht verschwunden.

Um es in der Sprache eines Teenagers zu sagen: Es nervt total.

Ich denke jetzt an meine eigenen Eltern, vor allem an meine Mutter, und daran, was sie durchgemacht haben muss, als ich sie aus meinem Leben ausschloss, aber es hilft niemandem, über die Fehler der Vergangenheit zu brüten, also fahre ich fort. Ema legt ihre Gabel aus der Hand und sieht mich an, und obwohl das offensichtlich eine Art Projektion ist, schwöre ich, dass ich die Augen meiner Mutter sehe.

»Win?«

»Ja?«

»Warum warst du im Krankenhaus?«

»Keine große Sache.«

Ema verzieht das Gesicht. »Echt jetzt?«

»Ja, echt.«

»Du belügst mich?« Sie starrt mich an. Als ich nichts sage, fährt sie fort: »Mom sagt, du wolltest nie Vater werden, stimmt das?«

»Ja, das stimmt.«

»Dann fang jetzt auch nicht an, dich wie einer zu benehmen.«

»Ich kann dir nicht folgen.«

»Du lügst, um mich zu schützen, Win.«

Ich sage nichts.

»Das ist genau das, was ein Vater tun würde.«

Ich nicke. »Stimmt.«

»Du weißt einfach nicht, wie du mit mir umgehen sollst, Win.«

»Stimmt auch.«

»Also hör auf damit. Ich brauche keinen Vater, du brauchst keine Tochter. Und jetzt sag es mir einfach: Warum warst du im Krankenhaus?«

»Drei Männer haben versucht, mich umzubringen.«

Wenn ich erwartet hätte, dass sie vor Entsetzen aufspringen würde, wäre ich enttäuscht gewesen.

Ema beugt sich vor. Ihre Augen – die Augen meiner Mutter – leuchten auf. »Erzähl. Alles.«

* * *

Also erzähle ich.

Ich beginne mit meinem Angriff auf Teddy Lyons nach dem Basketballspiel und meinen Beweggründen dafür. Dann erzähle ich vom ermordeten Ry Strauss, den Jane Street Six, der Wiederentdeckung des Vermeers, dem Koffer mit dem Monogramm, Onkel Aldrich, Cousine Patricia, der Hütte des Schreckens, Trey und Bobby Lyons Angriff auf mich. Ich rede eine volle Stunde lang. Ema sitzt die ganze Zeit wie gebannt da. Ich muss gestehen, dass ich kein so guter Zuhörer bin. Ich werde nach einer Weile unkonzentriert und drifte ab. Außerdem langweile ich mich schnell, und das sieht man mir am Gesicht an. Bei Ema ist es das Gegenteil. Sie ist eine großartige Zuhörerin. Ich weiß nicht, was ich ihr ursprünglich erzählen wollte – ich will ehrlich zu ihr sein, weil, na ja, wieso nicht –, aber irgendetwas in ihrem Verhalten, ihren Augen, ihrer Körpersprache, führt dazu, dass ich offener rede, als ich beabsichtigt hatte.

Wenn ich es mir recht überlege, ist es bei ihrer Mutter ganz ähnlich.

Als ich fertig bin, fragt Ema: »Hast du Papier und was zum Schreiben?«

»Im Rollladenschreibtisch, warum?«

Sie steht auf und geht hin. »Ich will das alles noch mal genauer durchgehen und mir ein paar Sachen notieren. Es hilft mir, wenn ich das vor Augen habe.« Sie öffnet den Rollladen des Schreibtischs. Als sie die Notizblöcke und die mittelharten Bleistifte entdeckt, hellt sich ihre Miene auf.

»Hey, nett«, sagt Ema, schnappt sich einen Block und drei perfekt gespitzte Bleistifte. Auf dem Weg zurück bleibt sie stehen. »Was ist?«

»Nichts.«

»Und warum grinst du dann so dämlich?«

»Tu ich das?«

»Hör auf damit, Win. Das ist unheimlich.«

Wir gehen es noch einmal durch. Sie macht sich Notizen, genau wie, na ja, Sie wissen schon. Sie reißt Blätter ab und legt sie auf den Tisch. Wir verlieren die Zeit aus den Augen. Ihre Mutter ruft an. Es ist schon spät, sagt Angelica. Sie könne Ema abholen.

»Jetzt nicht, Mom.«

Ich sage: »Sag ihr, dass ich dich nach Hause bringe.«

Ema gibt die Information weiter und legt auf. Wir fahren fort. Nach einer Weile sagt Ema: »Wir müssen einen strukturierteren Plan machen.«

»Was hast du im Sinn?«, frage ich.

»Lass uns zuerst über Ry Strauss reden.«

Ich lehne mich zurück und sehe sie an.

»Was ist?«, fragt sie.

»Du hast so etwas schon mal gemacht.«

Ema lehnt sich auch zurück und – das ist kein Witz – legt die Fingerspitzen aneinander.

»Als Myron seinen Bruder gefunden hat«, sage ich. »Und du mit Mickey zusammen warst. Da war ich nicht für dich da. Das tut mir leid.«

»Win?«

»Ja?«

»Es wäre gut, wenn wir uns jetzt auf dich konzentrieren. Mit meiner Vergangenheit können wir uns ein andermal beschäftigen.«

Ich zögere kurz, doch dann willige ich ein. »Okay.«

»Zurück zu Ry Strauss.«

»Okay.«

»Wir müssen uns ansehen, wer ihn umgebracht hat.« Ema löst die Hände voneinander und fängt an, ihre Zettel zu sortieren. »Ry Strauss wurde von der Überwachungskamera im Keller zusammen mit einem Glatzkopf aufgenommen.«

»Ja.«

»Und selbst die FBI-Techniker finden keine weiteren Details?«

»So ist es. Schlechte Auflösung oder so. Außerdem hielt er die ganze Zeit den Kopf gesenkt.«

Ema überlegt. »Aber die Glatze dürfen wir sehen.«

»Wie bitte?«

»Warum trägt er keine Baseballkappe?«, fragt sie. »Vielleicht hat er eigentlich gar keine Glatze. Bei der Talentshow im letzten Jahr haben ein paar Jungs sich als die Blue Man Group verkleidet.«

»Als was?«

»Spielt keine Rolle. Jedenfalls haben sie sich diese dünnen Kappen gekauft, mit denen man aussieht, als ob man eine Glatze hätte. Also könnte das bloß eine Verkleidung sein. Vielleicht will er, dass wir einen Glatzkopf suchen.«

Ich überlege.

»Außerdem…«, Ema fingert in ihren Zetteln herum, »…diese Bardame aus dem Malachy's…«

»Kathleen«, sage ich.

Kurze Klarstellung: Ich habe Ema zwar von meiner Unterhaltung mit Kathleen im Central Park erzählt, nicht aber, dass Kathleen danach mit mir in diese Wohnung gekommen ist. Man kann ehrlich sein – und man kann eklig sein.

»Richtig. Kathleen.« Ema hat den entsprechenden Abschnitt in ihren Notizen gefunden. »Kathleen hat dir also erzählt, dass Ry wegen eines Banküberfalls in Panik geraten ist.«

»Korrekt.«

»Wir wissen aber, dass Ry da gar kein Geld hatte. Er bekam sein Geld über die Briefkastenfirma deiner Großmutter.«

»Deiner Urgroßmutter«, ergänze ich.

»Hey.« Ema hebt den Kopf und lächelt mich an. »Stimmt.« Ich lächle auch.

»Jedenfalls…«, das Lächeln verschwindet, und Ema ist wieder voll bei der Sache, »…zurück zu deinem Gespräch mit Kathleen. Wir wissen, dass Ry seine Wohnung sonst nur nachts verlassen hat, um sich im Park mit Kathleen zu treffen, und plötzlich geht er mitten am Tag raus.«

»Und zwar«, ergänze ich, »an dem Tag, an dem er ermordet wird.«

»Genau. Also hast du…«, Ema greift sich einen gelben Zettel von der oberen rechten Tischecke, »…deinen Einfluss als Mister Superreich genutzt und diese Bank besucht. Der Manager hat dir erzählt, dass die Räuber die Schließfächer aufgebrochen haben.«

»Ja.«

»Was seltsam ist, findest du nicht auch?«

Ich zucke die Achseln. »In solchen Schließfächern sind jede Menge Wertsachen.«

»Ja, das wäre natürlich ein Grund…«, sagt Ema bedächtig.

»Aber?«

»Aber ich habe eine andere Theorie.«

Ich lehne mich zurück, breite die Hände aus und fordere sie so auf fortzufahren.

»Ry Strauss hatte sich in der Bank ein Schließfach gemietet, wahrscheinlich unter einem falschen Namen.«

»Das wäre logisch«, sage ich, ohne mir anmerken zu lassen, dass ich das auch schon herausgefunden habe. »Irgendeine Idee, was da drin gewesen sein könnte?«

»Etwas, anhand dessen man ihn identifizieren konnte«, sagt Ema und klopft mit dem Radiergummi des Bleistifts auf die Tischplatte. »Pass auf, wahrscheinlich hat Ry Strauss im Laufe der Zeit mehrere Identitäten benutzt, oder was meinst du?«

»Klingt plausibel.«

»Also brauchte er einen Ort, an dem er die verschiedenen Ausweise sicher aufbewahren konnte, und – wer weiß – in dem vielleicht auch sein echter Reisepass und seine Geburtsurkunde lagen. So etwas wirft man doch wohl nicht weg.«

»Nein«, sage ich, »wohl nicht.« Ich lasse mir das durch den Kopf gehen. »Willst du damit sagen, dass die Bankräuber eigentlich gar nicht hinter dem Geld her waren, sondern die Schließfächer aufgebrochen haben, weil sie Ry Strauss gesucht haben?«

»Wäre möglich«, sagt Ema.

»Aber unwahrscheinlich?«

»Ziemlich unwahrscheinlich«, bestätigt Ema. »Meine Theorie sieht anders aus.«

Ich gestehe, dass ich dieses Gespräch außerordentlich genieße. »Sprich weiter.«

»Dein FBI-Mentor, PT.«

»Was ist mit ihm?«

Ema checkt die Uhrzeit auf ihrem Handy. »Ist es zu spät, ihn anzurufen?«

»Es ist nie zu spät, ihn anzurufen. Aber worum geht's?«

»PT hat doch gesagt, dass sie einen der Räuber geschnappt haben.«

»Das stimmt.«

»Kommst du an ihn ran?«

»Rankommen?«

»Kannst du ihm Fragen stellen«, sagt Ema. »Ihn verhören. Kriegst du als Mr Superreich irgendwie Zugang zu diesem Bankräuber?«

Ich runzle die Stirn. »Ich werde so tun, als hättest du diese Frage nicht gestellt.«

»Dann ist das der erste Schritt, Win.« Ihre Miene verwandelt sich in ein Lächeln, das mir bis ins Herz geht. »Ruf PT an, und mach das Treffen mit dem Räuber klar.«

ACHTUNDZWANZIG

Wenn Sie davon ausgehen, dass ein Vernehmungsraum beim FBI so aussieht, wie Sie ihn aus dem Fernsehen kennen, liegen Sie richtig. Wir befinden uns in einem engen fensterlos-stickigen Raum, in dessen Mitte ein sehr gewöhnlicher Tisch steht. An ihm stehen drei sehr gewöhnliche Metallstühle, von denen zwei besetzt sind. Ich sitze auf der einen Seite des Tisches. Steve, der gefasste Räuber, und sein Anwalt Fred sitzen mir gegenüber.

»Bezüglich des vermeintlichen Banküberfalls hat mein Mandant bereits einen Deal gemacht«, fängt Fred an.

»Ich raff das nicht«, sagt Steve. Steve ist klein und zierlich gebaut und hat die Hände eines Pianisten oder vielleicht eines Safeknackers, wer weiß das schon so genau? Sein riesiger, buschiger Schnurrbart dominiert sein winziges Gesicht und zieht alle Aufmerksamkeit auf sich. »Wer zum Teufel ist der Typ?«

Fred legt ihm eine Hand auf den Unterarm. »Schon okay, Steve.«

Steve starrt auf die Hand hinab. »Vielleicht könnten Sie...?«

Fred nimmt seine Hand weg.

»Was wollen Sie?«

»Informationen.«

»Sie sehen nicht aus wie ein Staatsanwalt.« Er spricht mit einem starken Bronx-Akzent und sein th klingt wie ein weiches d.

»Das bin ich auch nicht«, sage ich. »Mir ist es auch egal, ob Sie schuldig oder unschuldig sind oder sonst irgendetwas. Mich interessiert nur eins.«

Steves Augen verengen sich. Er hat fast keine Augenbrauen, was bei einem Mann mit einem so markanten Schnurrbart seltsam wirkt. »Und was soll das sein?«

»Der Inhalt eines bestimmten Bankschließfachs.«

Ich mustere ihn, als ich das sage, und erkenne sofort, dass er genau weiß, was ich meine.

»Ich weiß nicht, wovon Sie reden«, sagt er.

»Sie pokern nicht oft, was Steve?«

»Hä?«

»Ich habe wirklich keine Zeit dafür, also lassen Sie mich ein Angebot machen. Sie können dann ›angenommen‹ oder ›abgelehnt‹ sagen.« Das meiste von dem, was ich anführe, hat Ema sich zusammengereimt. Wenn ich auf diese Weise an die Informationen herankomme, wird sie zu Recht stolz sein. »Ich möchte, dass Sie mir alles über den Inhalt eines bestimmten Schließfachs erzählen. Das ist alles. Nur über den Inhalt dieses einen Fachs. Im Gegenzug bekommen Sie von mir fünftausend Dollar, und ich bringe Ihren Deal mit der Staatsanwaltschaft, der Ihnen einen Straferlass gewährt, nicht zum Platzen.«

»Der Straferlass ist in Stein gemeißelt«, sagt Fred. »Den bringen Sie nicht einfach so …«, in die Luft gemalte Anführungszeichen, »… zum Platzen.«

Ich sehe ihn nur lächelnd an.

»Kann er das?« Steves Schnurrbart wippt beim Sprechen wie der von Yosemite Sam.

»Ja, Steve, das kann ich. Angenommen oder abgelehnt?«

»Abgelehnt«, sagt er, aber ich höre die Angst in seiner Stimme. »Ich will das Geld nicht.«

Er fängt an, den Schnurrbart zu streicheln wie einen Schoß-hund.

Das hatte ich mir einfacher vorgestellt. »Natürlich wollen Sie es.«

»Es ist gesünder für mich, wenn ich den Mund halte.«

»Verstehe.«

»Wenn es rauskommt, dass ich was gesagt habe, bin ich ein toter Mann.«

»Aber wenn Sie nichts sagen«, erwidere ich, »wird es herauskommen.«

Steve runzelt die Stirn. »Was?«

»Genau«, sagt Anwalt Fred und setzt sich auf. »Wovon reden Sie?«

»Das ist ganz einfach.« Ich lehne mich zurück und lege die Fingerspitzen aneinander. »Wenn Steve beschließt, mir nichts zu sagen, werde ich alle davon in Kenntnis setzen, dass er es getan hat.«

Die beiden sind einen Moment verwirrt.

Dann faucht Steve: »Aber Sie wissen doch gar nichts.«

»Ich weiß genug.«

»Wenn Sie schon wissen, was ich sagen werde, warum wollen Sie mich dann zum Reden bringen?«

Ich seufze. »Da haben Sie mich erwischt, Steve. Ich habe eine Theorie. Wollen Sie sie hören?«

Fred sagt: »Das gefällt mir nicht. Wir haben uns aus Höflichkeit bereit erklärt, mit Ihnen zu reden, und jetzt werfen Sie hier mit Drohungen um sich. Das gefällt mir nicht. Es gefällt mir ganz und gar nicht.«

Ich sehe ihn an und lege einen Finger auf meine Lippen. »Psst.«

Steve lehnt sich zurück und streichelt weiter seinen Schnurr-bart. Es sieht aus, als würde er sich mit ihm beraten. »Okay, Sie

Schönling, dann lassen Sie mal hören, wie Ihre Theorie aussieht.«

»Also, eigentlich ist es nicht meine Theorie. Sie ist…« Fast hätte ich »von meiner Tochter« gesagt, ich will aber nicht, dass Ema in irgendeiner Weise in diesem stickigen Raum erscheint. Außerdem entscheide ich mich, direkt mit der Tür ins Haus zu fallen: »Beim Knacken der Schließfächer sind Sie auf Informationen über den aktuellen Aufenthaltsort eines gewissen Ry Strauss gestoßen.«

Das Zucken des Schnurrbarts verrät mir, dass ich einen Volltreffer gelandet habe.

»Stopp«, sagt Fred und seine Augen weiten sich. »*Der Ry Strauss*? Wenn es hier um…«

»Psst«, sage ich wieder zu ihm, ohne Steve aus den Augen zu lassen. »Diese Informationen haben Sie dann an eine Person verkauft oder weitergegeben – das weiß ich noch nicht ganz genau –, die Mr Strauss umgebracht hat. Und damit sind Sie, mein schnauzbärtiger Freund, ein Mordkomplize.«

»Was?« Steve und sein Schnurrbart sind angemessen still, aber Fred ist bereit, für seinen Mandanten in eine vermeintliche Schlacht zu ziehen.

»Sie können nicht beweisen…«

»Steve, im Moment bin ich der Einzige, der das weiß. Ich werde den Behörden kein Wort davon sagen. Niemals. Ich werde es nicht öffentlich machen. Ich werde nicht zulassen, dass derjenige, den Sie so sehr fürchten, etwas davon erfährt. Sie werden mir sagen, was Sie wissen, und dann werden wir alle unser Leben fortsetzen, als wäre das nie passiert. Die einzige Veränderung in Ihrem Leben wird sein, dass Sie um fünftausend Dollar reicher sind.«

Keine Antwort.

»Wenn Sie beschließen, mein Angebot abzulehnen, mich

anzulügen oder zu behaupten, Sie wüssten nicht, wovon ich rede, werde ich den Korridor entlang zu meinen Freunden von den Strafverfolgungsbehörden gehen und ihnen sagen, dass Sie Beihilfe zu einem Mord geleistet haben. Fred hier kann Ihnen bestätigen, dass ich Freunde in diesen Behörden habe. Viele Freunde. Ohne solche Freunde hätte ich nicht die Möglichkeit, hier hereinzukommen und allein mit einem Bankräuber zu plaudern, der in Untersuchungshaft sitzt. Das stimmt doch, Fred?«

»Sie können nicht…«

»Psst.« Ich sehe Steve an.

Steve rutscht auf seinem Stuhl nach vorne. »Was genau wollen Sie denn wissen?«

»Ich will wissen, was in diesem Schließfach war. Und ich will wissen, wer alles weiß, was in diesem Schließfach war.«

Steve sieht Fred an. Fred zuckt die Achseln. Steve kümmert sich wieder um seinen Schnurrbart. »Wie wäre es mit zehn Riesen?«

Das könnte ich mir natürlich locker leisten, aber wo bliebe dann der Spaß? »Das verstehe ich dann als ›abgelehnt‹.« Ich stütze zwei Fäuste auf den Tisch, als wollte ich aufstehen. »Einen schönen Tag wünsche ich Ihnen noch, meine Herren.«

Steve winkt mit seinen kleinen Händen. »Ach… hören Sie schon auf damit, okay? Sie versprechen mir, dass es diesen Raum nicht verlässt? Ich meine, die Cops interessieren mich nicht. Aber wenn es rauskommt, dass ich geredet habe…«

»Das tut es nicht«, sage ich.

»Versprochen?«

Ich bekreuzige mich stumm über dem Herzen.

Fred sieht aus, als wolle er Widerspruch einlegen, aber Steve winkt ab.

»Ja, okay, wir sind da eingebrochen. Das wissen wir doch

sowieso alle. Aber da war nichts zu holen. Einer von unseren Jungs hat was falsch verstanden. Er dachte, der Transport wäre… egal, tut nichts zur Sache. Aber weil wir schon drin sind – und Reinkommen ist ja das Schwierigste an der Nummer, schlage ich vor, dass wir uns die Schließfächer angucken. Das Werkzeug dafür haben wir dabei. Interessieren Sie sich für die technischen Einzelheiten?«

»Dafür, wie Sie die Fächer geknackt haben?«

»Ja.«

»Nicht im Geringsten«, sage ich. »Fahren Sie fort.«

»Okay, klar, also wie auch immer, wir bringen das Zeug zurück zu unserem Stützpunkt. Der ist in Millbrook. Sind Sie da schon mal gewesen? Wunderschöner Ort. Ganz in der Nähe von Poughkeepsie.«

Ich starre ihn an.

»Okay, richtig, tut nichts zur Sache. Jedenfalls haben wir eine Menge gutes Zeug gefunden. Die Leute bewahren alle möglichen Wertsachen in diesen Fächern auf. Uhren, Diamanten.«

Mit einer Geste fordere ich ihn auf, schneller zu machen. »Und Ry Strauss?«

»Richtig, 'tschuldigung. Ja, ich hab dann diese Geburtsurkunde gefunden. Sah ganz offiziell aus. Ich wollte sie schon wegwerfen, denk mir dann aber, dass einer von den Fälschern das Papier vielleicht brauchen kann. Es war sogar so ein geprägtes Siegel drin. Also zeig ich sie Randy, das ist mein Schwager. Egal, Randy liest sie und sagt plötzlich: ›Heilige Scheiße, zeig mir mal den Rest von dem Zeug aus dem Fach.‹ Aber das ist nur noch mehr Papierkram, gefälschte Ausweise, eine Eigentumsurkunde für eine Wohnung und so weiter. Ich frage ihn: ›Was soll das Trara? Wer ist Ryker Strauss?‹

Wissen Sie, das war der Name, der in der Geburtsurkunde

stand. Ryker. Also sagt Randy: ›Du Idiot, das ist Ry Strauss‹, und ich: ›Wer?‹, und dann erklärt er mir, wie berühmt der ist und dass er vermisst wird und so weiter. Wollen Sie wissen, was wir erst vorhatten?«

Ich bin mir nicht sicher, antworte aber: »Ja, will ich.«

»Wir wollten das ganze Zeug an einen Fernsehsender verkaufen.«

»Einen Fernsehsender?«

»Sie wissen schon, an eins von diesen Magazinen oder die Cable-News-Sendungen wie *60 Minutes* oder *48 Hours*. Das wäre eine Riesenstory. Aber ich hab auch gleich an Geraldo gedacht.«

»Geraldo?«

»Geraldo Rivera? Kennen Sie den?«

Ich lasse ihn wissen, dass ich das tue.

Steve sieht wehmütig aus. »Ich mochte Geraldo von Anfang an. Er sagt, wie es ist. Und ich glaube, er hat nur wegen dieser Al-Capone-Sache einen schlechten Ruf, wissen Sie noch?«

Ich lasse ihn wissen, dass ich das tue.

»Also hab ich mir vorgestellt, wie die Fernsehsender sich für dieses Zeug gegenseitig überbieten, oder vielleicht, ich weiß nicht, ich bewundere Geraldo wirklich, bin ein echter Fan von ihm, also hab ich mir auch gedacht, dass wir den Deal vielleicht einfach gleich mit ihm machen. Mit dem würde ich mich auch gerne mal treffen. Geraldo scheint echt ein cooler Typ zu sein. Sagt, wie es ist.«

»Außerdem haben Sie beide den gleichen Schnurrbart«, sage ich, weil ich nicht anders kann.

»Genau.« Er ist jetzt voll bei der Sache. »Sehen Sie? Und vielleicht, wer weiß, aber vielleicht kriege ich sogar ein Selfie von Geraldo und mir oder so. Ich meine, gucken Sie doch einfach mal, was ich ihm da anbringe. Geraldo ist echt ein cooler

Typ. Er wäre dankbar dafür. Und wo wir gerade von Wiedergutmachung reden. Wenn er dann derjenige ist, der Ry Strauss findet, ich meine, wow, dann vergessen die Leute doch auch, dass der blöde Capone-Tresor leer war, oder?«

Ich sehe Fred an. Fred zuckt die Achseln.

»Aber Randy gibt mir einen Schlag auf den Kopf. Nicht doll. Nur so ein Klaps. Randy und ich sind echt gute Freunde. Deshalb müssen Sie seinen Namen da raushalten. Jedenfalls sagt Randy, dass wir es nicht an einen Fernsehsender verkaufen können, weil es eine Riesenstory wäre und jede Menge Aufmerksamkeit erregen würde. Die Bullen wären überall und würden Druck auf den Fernsehsender oder was auch immer machen, und dann ist es aus mit uns. Ich hab gesagt, dass Geraldo uns nie verraten würde. Auf keinen Fall. Er ist einfach nicht so ein Typ. Aber Randy sagt, selbst wenn er uns nicht verrät, machen die ihm so viel Druck, dass irgendwas rauskommt. Ich find das schade – ich meine, ich dachte wirklich, das könnte Geraldo helfen –, also fange ich an, Geraldo zu verteidigen, aber dann sagt Randy, dass es aus einem anderen Grund zu gefährlich ist.«

»Und dieser Grund ist?«

»Na ja, in gewissen Kreisen ist es ziemlich bekannt, dass die Staunch-Familie schon seit Langem hinter diesem Ry Strauss her ist. Das hat Randy mir erzählt. Hinter dieser ganzen Gruppe. Es gibt Gerüchte, dass sie vor Jahren einen von denen gefunden haben, und der alte Mann, also Nero, hat ihm bei lebendigem Leib die Haut abgezogen. Wortwörtlich. Es hat Wochen gedauert, bis der Typ tot war. Echt gruselige Geschichte. Darum geht's. Darum dürfen Sie nichts davon sagen, okay?«

Steve streichelt seinen Schnurrbart wie eine lange vermisste Geliebte.

»Okay«, sage ich. »Ich werde nichts sagen.«

»Also meine Leute … wir arbeiten nicht für die Staunches. Wir halten Abstand zu denen, wenn Sie wissen, was ich meine? Wir wollen keinen Ärger. Aber Randy sieht die Chance, ihnen einen Gefallen zu tun und dabei vielleicht auch noch ein paar Dollar zu verdienen.«

»Also hat Randy die Informationen an die Staunches verkauft?«

»Das war der Plan, ja.«

»Der Plan?«

»Na ja, ich nehm ja an, dass das alles gut gelaufen ist, aber ich wurde vor einem Monat festgenommen. Und da konnte ich Randy ja schlecht fragen.«

NEUNUNDZWANZIG

Die Staunch Craft Brewery ist randvoll mit – ich soll keine billigen Stereotype verwenden – nervigen Hipstern. Die Bar befindet sich in einem schicken Lagerhaus in Williamsburg, dem Epizentrum des Hipstertums, und hat eine Menge Leute im Alter von Mitte zwanzig bis etwa Anfang dreißig angezogen, die sich so sehr bemühen, nicht wie der Mainstream zu erscheinen, dass sie einfach die neue Definition des Mainstreams sind. Die Männer tragen Hipsterbrillen (die kennen Sie), asymmetrische Gesichtsbehaarung, hauchdünne, locker um den Hals drapierte Schals, an strategischen Stellen zerrissene Jeans mit Hosenträgern, Konzert-T-Shirts im Retrodesign, die unbedingt ironisch sein wollen, Männerdutts oder ein Potpourri grauenvoller Kopfbedeckungen, wie die Strickbeanie mit Zopfmuster, die flache Zeitungsjungenmütze und natürlich den sorgfältig schief aufgesetzten Filzhut (ungeschriebene Hipsterregel: pro Tisch immer nur ein Filzhut), und natürlich Stiefel, die hoch, kurz und in jeder erdenklichen Farbe daherkommen können, aber doch irgendwie immer als Hipsterstiefel erkennbar sind. Die weiblichen Exemplare präsentieren ein breiteres Spektrum – Vintagekleidung aus Secondhandläden, wie Flanellhemden, Strickjacken, nicht zusammenpassende und wallende Kleidungsschichten, säuregewaschene Shirts, Netzstrümpfe –, wobei die Regel lautet, dass nichts Mainstream sein darf, sodass es wiederum verzweifelt nach Mainstream aussieht.

Ich bin zu streng.

Die unglaublich vielen verschiedenen Fassbiersorten – IPAs, Stout, Lager, Pilsener, Porter, Herbst-, Winter-, Sommer- (Biere haben jetzt Jahreszeiten), Orangen-, Kürbis-, Wassermelonen- und Schokoladenbiere (ich wollte schon nach einem Froot-Loops-IPA mit Aromahopfen fragen) – werden in Einmachgläsern statt in Trinkgläsern oder Krügen serviert. Am Eingang eines Raums hängt ein Schild mit der Aufschrift *Brauereiführung*. Vor einem anderen, mit dem Schild *Verkostungen*, drängen sich die Gäste an schmierigen Kickertischen. Auf dem Weg durch die Menge, höre ich folgende Begriffe durch den Raum schwirren: Bro!, Schatzi!, essbar, glutenfrei, FOMO, Smoothie, vegan, Session, Selbsthilfe, Nice!, Skript, Kombucha, safe ist das so, echtes Problem.

Klarstellung: Es ist nicht so, dass ich all diese Begriffe tatsächlich höre, ich meine aber, es zu tun.

Früher hingen die Gangster in Bars, Restaurants oder Stripteaseclubs ab. Die Zeiten ändern sich. Als ich den Kopf einziehe und eintrete, kommt eine hübsche junge Bardame mit Zöpfen in abgeschnittenen Shorts auf mich zu.

»Hey, Mann, du musst Win sein«, sagt sie. »Komm mit.«

Wir gehen durch einen schwach beleuchteten Raum mit Zementboden. Rechts hinten in der Ecke legt jemand Schallplatten auf. Links sind umweltfreundliche Yogamatten ausgelegt, die etwa so bequem aussehen wie Tweed-Unterwäsche. Ein biegsamer Mann mit einem Bart in der Größe eines Hummerlätzchens leitet die leicht Berauschten zu einem Sonnengruß an. Dann führt die Bardame mich einen mit Bierfässern und Merchandise-Produkten gesäumten Flur entlang zu einer großen Metalltür. Die Bardame klopft und sagt: »Warte hier.«

Bevor ich ihr ein Trinkgeld geben kann, schlendert sie davon. Die Tür wird geöffnet. Ich meine, dem großen Mann gegenüberzustehen, der mit Leo Staunch in meinem Krankenzimmer war, ganz sicher bin ich mir aber nicht. Sicher ist hingegen, dass er an die zwei Meter groß und breitschultrig ist und sein sehr dichtes Haar direkt über den Augenbrauen anzusetzen scheint. Auch er präsentiert die obligatorische Gesichtsbehaarung und einen Filzhut, der bei ihm viel zu klein wirkt, fast wie bei einem dieser Maskottchen mit Baseballkopf und einer winzigen Mütze.

»Kommen Sie rein«, sagt er.

Ich trete durch die Tür. Er schließt sie hinter mir. In dem Raum befinden sich vier weitere Hipster, die mich mit strengen Hipsterblicken durch ihre Hipsterbrillen begutachten.

»Geben Sie mir Ihre Waffen«, sagt der große Hipster, der die Tür geöffnet hat.

»Die habe ich im Auto gelassen.«

»Alle?«

»Alle.«

»Und was ist mit dem Rasiermesser in ihrem Ärmel?«

Der große Hipster grinst mich an. Ich grinse zurück.

»Alle«, wiederhole ich.

Der große Hipster will mein Handy haben. Ich vergewissere mich, dass es gesperrt ist und gebe es ihm. Dann nickt er einem anderen Hipster zu. Der zweite Hipster nimmt einen tragbaren Metalldetektor und fährt damit über meinen Körper, bis eine Stimme sagt: »Lasst gut sein. Wenn er irgendwelche Dummheiten macht, schießt ihr alle auf ihn. Okay?«

Ich erkenne Leo Staunch von seinem Besuch im Krankenhaus. Er winkt mich zu sich, und ich trete in ein Büro, das ich, wenn ich mich in diesen Sphären besser auskennen würde, wohl als Zen oder Feng-Shui bezeichnen würde. Es ist weiß, auf dem Boden liegen ein paar große Kugeln, und man blickt durch das riesige Fenster auf einen Brunnen im Innenhof. Außerdem fallen mir der Handlauf für Gehbehinderte und eine Rollstuhlrampe auf.

Als die Tür hinter mir geschlossen wird, höre ich die Geräusche von der Brauereigaststätte nicht mehr. Es ist, als befänden wir uns in einer anderen Welt. Er bietet mir einen Platz an. Ich setze mich. Er geht um den durchsichtigen Plexiglasschreibtisch herum und setzt sich mir gegenüber auf einen Stuhl. Sein Stuhl ist ein paar Zentimeter höher als meiner, und ich bin versucht, ob dieses banalen Einschüchterungsversuchs die Augen zu verdrehen, sehe aber aus folgendem Grund davon ab:

Bei seinem Krankenbesuch hatte Leo Staunch in einem Punkt recht. Ich bin nicht kugelfest. Ich bin auch nicht lebensmüde, und obwohl ich hinsichtlich meiner persönlichen Sicherheit insgesamt schon viel zu viele Risiken eingegangen bin, bin ich doch der Ansicht, dass ich dabei im Großen und Ganzen eine gewisse Umsicht walten lasse.

Kurz gesagt, ich muss hier vorsichtig sein.

»Also«, beginnt Leo Staunch, »wissen Sie, wo Arlo Sugarman ist?«

»Noch nicht.«

Leo Staunch runzelt die Stirn. »Aber am Telefon...«

»Ja, ich habe gelogen. Da bin ich leider nicht der Einzige.«

Er nimmt sich Zeit. »Seien Sie vorsichtig, Mr Lockwood.«

»Warum?«

»Was?«

»Ach, kommen Sie, Sie sind doch nicht der Typ, der eine geschönte Version der Ereignisse hören will, also werde ich es ganz direkt sagen. Bei Ihrem Besuch im Krankenhaus haben Sie mir versichert, dass Sie nichts mit Ry Strauss' Tod zu tun haben.«

Ich weiß nicht, welche Reaktion ich von Leo Staunch erwarte. Vielleicht, dass er es abstreitet. Oder Überraschung heuchelt. Aber er wartet nur ab, bis ich fortfahre.

Ich ergänze: »Das entspricht nicht der Wahrheit, oder?«

»Wie kommen Sie darauf?«

»Ich bin auf neue Informationen gestoßen.«

»Verstehe«, sagt Staunch und breitet die Hände aus. »Dann lassen Sie hören.«

»Haben Sie Ry Strauss umgebracht?«

»Das ist eine Frage«, sagt er, »keine neue Information.«

»Haben Sie das?«

»Nein.«

»Haben Sie gewusst, dass Ry Strauss im Beresford wohnte?«

»Auch nicht.« Er fährt sich mit der Hand durch die Haare und streicht sie nach hinten. Seine Haut ist wächsern, was auf die Verwendung gewisser kosmetischer Präparate aus der Botox-Familie hindeutet. »Welche neuen Informationen haben Sie erhalten, Mr Lockwood?«

»Kurz vor dem Mord«, sage ich, »wurde Ihnen mitgeteilt, dass Ry Strauss im Beresford wohnt.«

Er schlägt die Beine übereinander und fängt an, sich mit dem Zeigefinger aufs Kinn zu tippen. »Ist das Fakt?«

Ich warte.

»Erzählen Sie mir, woher Sie das wissen.«

»Das Woher spielt keine Rolle.«

»Für mich schon.« Leo Staunch versucht, mich mit einem durchdringenden Blick zu mustern, was aber nicht richtig klappt. »Sie kommen unter einem falschen Vorwand zu mir ins Büro. Sie bezeichnen mich als Lügner. Ich finde, Sie sind mir eine Erklärung schuldig, meinen Sie nicht?«

Ich will Steve nicht in Schwierigkeiten bringen, aber was soll ich machen. »Es gab einen Banküberfall«, sage ich.

Seine Miene ist undurchschaubar und kalt wie Stein. In den nächsten ein oder zwei Minuten erzähle ich ihm vom Banküberfall und Ry Strauss' Schließfach. Ich nenne keine Namen, aber mal ehrlich, wie schwer wäre es für einen Mann wie Leo Staunch herauszubekommen, wer meine Quelle ist?

»Ihre Kontaktperson behauptet also«, sagt Leo Staunch, als ich fertig bin, »dass er mir die Informationen über Ry Strauss verkauft hat.«

»Oder überlassen hat.«

»Oder überlassen hat.« Staunch nickt, als wäre es plötzlich nachvollziehbar. »Und was wollen Sie von mir?«

Die Frage irritiert mich. »Ich will wissen, ob Sie Ry Strauss umgebracht haben.«

»Wieso?«

»Entschuldigung?«

»Ist das wichtig?«, fährt Staunch fort, aber ich spüre eine Art atmosphärischer Veränderung. »Gehen wir mal davon aus, Ihre Quelle hätte Ihnen die Wahrheit gesagt. Sagen wir, er hätte uns diese Information gegeben. Sagen wir, rein hypothetisch, ich hätte beschlossen, sie zu benutzen, um meine Schwester zu rächen. Was dann? Wollen Sie mich dann verhaften?«

Ich halte das für eine rhetorische Frage und warte ab. Er wartet auch. Nach ein paar Sekunden sage ich schließlich: »Nein.«

»Werden Sie mich anzeigen?«

Ich bin wieder an der Reihe: »Nein.«

»Also müssen wir beide, Sie und ich, uns auf das konzentrieren, was jetzt wichtig ist.«

»Und was wäre das?«, frage ich.

»Arlo Sugarman zu finden.« Seine Stimme klingt jetzt seltsam distanziert. Etwas im Raum hat sich definitiv verändert, ich weiß aber nicht recht, wie ich das einordnen soll. Staunch dreht sich plötzlich mit seinem Stuhl um, sodass er mir den Rücken zuwendet. Dann fragt er leise: »Welchen Unterschied macht es schon, ob ich Ry Strauss umgebracht habe?«

Ich finde das Ganze befremdlich. Da ich nicht genau weiß, was ich tun soll, beschließe ich, seine vorherige Warnung zu beherzigen und vorsichtig zu sein. »Es steckt noch mehr dahinter.«

»Hinter Ry Strauss' Tod?«

»Ja.«

»Meinen Sie den Kunstraub?«

»Unter anderem.«

»Und was noch?«

Will ich mit ihm über Cousine Patricia und die Hütte des Schreckens reden? Nein, das will ich nicht.

»Es wäre für mich hilfreich«, fahre ich so behutsam fort, wie ich kann, »wenn ich die ganze Wahrheit erfahren würde. Sie haben Ihre Schwester gerächt. Das verstehe ich.«

Ich höre ein Glucksen. »Sie verstehen überhaupt nichts.«

In seiner Stimme liegt eine schwere, tief empfundene Traurigkeit, die mich überrascht. Leo Staunch steht auf, immer noch, ohne sich mir zuzuwenden, und geht zum deckenhohen Fenster. »Sie glauben, Sie sollen Arlo Sugarman finden, damit ich ihn töten kann.«

Es war keine Frage, also beschließe ich, nicht zu antworten.

»Das stimmt absolut nicht.«

Er steht immer noch mit dem Rücken zu mir. Ich warte schweigend.

»Ich werde Ihnen jetzt etwas erzählen, das diesen Raum nie verlassen wird«, sagt er. Schließlich dreht er sich um und sieht mich an. »Habe ich Ihr Wort?«

Heute wurden schon so viele Versprechen gemacht. Zwei

der größten Illusionen unserer Zeit sind, dass es sich bei »loyal sein« und »seine Versprechen halten« um bewundernswürdige Eigenschaften handelt. Das sind sie nicht. Oft genug ist ein solches Verhalten nur eine Ausrede, um etwas Falsches zu tun oder die falsche Person zu schützen, weil man angeblich »ein Mann ist, der zu seinem Wort steht« oder man einer Person nahesteht oder sich ihr verpflichtet fühlt, die weder das eine noch das andere verdient. Loyalität muss viel zu oft als Ersatz für Moral oder Ethik herhalten, und ja, ich weiß, wie seltsam es klingen mag, wenn ausgerechnet ich Sie diesbezüglich belehre, aber es ist so.

»Natürlich«, lüge ich leichthin (aber nicht unmoralisch). Und dann, weil Worte so unglaublich leicht dahingesagt sind, lege ich noch etwas nach: »Ich gebe Ihnen mein Wort.«

Leo Staunch steht mit dem Gesicht zum Fenster. »Wo soll ich anfangen?«

Ich sage nicht »Am Anfang«, denn erstens wäre das ein Klischee, und zweitens wäre es mir eigentlich lieber, wenn er schnell zur Sache kommt.

»Ich war sechzehn, als Sophia getötet wurde.«

Seufz. So viel zum Schnell-zur-Sache-Kommen.

»Sie war vierundzwanzig. Wir waren die einzigen Kinder. Nach ihrer Geburt hatten die Ärzte meiner Mutter gesagt, dass sie keine weiteren Kinder bekommen könnte, aber acht Jahre später, Überraschung, war ich da.« Sein Spiegelbild lächelt im Fenster. »Sie können sich nicht vorstellen, wie ich von allen Seiten verwöhnt wurde.« Leo Staunch schüttelt den Kopf. »Ich weiß nicht, warum ich Ihnen das erzähle.«

Ich sehe keinen Grund, etwas dazu zu sagen, also schweige ich.

»Sie wissen, wer wir sind, oder?«

Seltsame Frage. »Sie meinen, Ihre Familie?«

»Ja. Die Staunches. Ich gebe Ihnen kurz ein paar Informationen. Onkel Nero und mein Vater waren Brüder. Sie standen sich extrem nahe. Für diese Art von – sagen wir, Unternehmen – braucht man einen Anführer. Onkel Nero war älter und bösartiger, und mein Dad, von dem alle sagen, er sei ein sanftmütiger Mann gewesen, blieb gern im Hintergrund. Das hat ihm allerdings nicht viel genützt. Als mein Vater 1967 umgebracht wurde, na ja, vielleicht wissen Sie ja, wie das ausgegangen ist.«

Ja, im Großen und Ganzen weiß ich es. Es gab einen Bandenkrieg. Die Staunches gewannen ihn.

»Also wurde Onkel Nero für mich eine Art Ersatzvater. Das ist er immer noch. Wissen Sie, dass er ein paarmal die Woche herkommt? In seinem Alter. Beeindruckend. Er hatte einen Schlaganfall, deshalb fällt es ihm schwer. Er sitzt im Rollstuhl.«

Ich sehe den Handlauf an und denke an die Rampe an der Tür.

»Ich springe jetzt etwas in der Zeit, okay?«, sagt er.

»Bitte.«

»Als diese College-Kids meine Schwester umgebracht haben, brauchte niemand etwas zu sagen, weil es uns allen sofort klar war: Die Familie wollte Sophias Tod rächen. In Onkel Neros Augen war dieser Vorfall schlimmer als das, was meinem Vater passiert war. Das war zumindest irgendwie eine geschäftliche Angelegenheit gewesen. Für uns waren die Jane Street Six ein Haufen verwöhnter, neunmalkluger, friedensbewegter, linker Kriegsdienstverweigerer. Und das machte Sophias Tod in unseren Augen noch sinnloser.«

Das verstand ich. Nero Staunch hätten diese reichen, verwöhnten Jugendlichen, diese Studenten, die auf Leute wie ihn herabblickten, sodass er sich minderwertig fühlte, nur noch wütender gemacht.

»Also hat Onkel Nero alle Hebel in Bewegung gesetzt. Er hat sie suchen lassen. Er hat ziemlich deutlich gemacht, dass jeder, der uns Informationen über ein Mitglied der Jane Street Six zukommen lässt – oder beweisen kann, dass er eines von ihnen getötet hat –, eine großzügige Belohnung erhalten würde.«

»Ich wette, dass Sie darauf eine Menge Hinweise bekommen haben«, sage ich.

»Das haben wir. Aber soll ich Ihnen etwas Überraschendes verraten?«

»Klar.«

»Keiner davon hat uns weitergebracht. Wir haben volle zwei Jahre lang nicht einen einzigen brauchbaren Hinweis bekommen.«

»Und dann?«

»Dann wurde Lake Davies festgenommen, oder sie hat sich gestellt oder was auch immer. Lake wusste, was Sache ist. Sobald sie irgendwo im Gefängnis landet, kommen wir an sie ran. Und wenn wir durch irgendeinen Zufall nicht an sie rankommen sollten – wenn man sie zum Beispiel in Schutzhaft nimmt, dann kriegen wir sie, wenn sie wieder rauskommt. Also hat sich ihr Anwalt bei uns gemeldet, um zu verhandeln.«

»Davies hat Ihnen Informationen zukommen lassen«, sage ich.

»Genau.«

Das klang logisch. Lake Davies hat den Staunches einen Deal angeboten, um sich selbst zu schützen. Als sie dann aus dem Gefängnis entlassen wurde, nahm sie eine neue Identität an und tauchte kurz darauf wieder ab – wohl für den Fall, dass die Staunches sich nicht mehr an den Deal gebunden sahen.

Ich erinnerte mich an das, was Lake Davies zu mir gesagt hatte, als wir uns an ihrem Hundehotel, dem Ritz Hunde-

SPAss, getroffen hatten. Ich habe sie gefragt, ob sie in West Virginia untergetaucht wäre, weil sie fürchtete, dass Ry Strauss sie finden könnte. Ihre Antwort:

»Nicht nur Ry.«

»Und wen hat Davies Ihnen geliefert?«, frage ich.

Ein Schatten fällt auf sein Gesicht. »Lionel Underwood.«

Es wird still im Raum.

Ich frage: »Wo war er?«

»Ist das wichtig?«

»Nein, eigentlich nicht.«

»Ich habe bis dahin gedacht, sie verstecken sich in Hippie-Kommunen oder so etwas. Aber Lionel hat, vielleicht weil er schwarz war, was weiß ich, unter dem Namen Bennett Leifer in Cleveland, Ohio, gelebt. Er hat als Trucker gearbeitet. Er war verheiratet. Seine Frau war schwanger.«

»Wusste seine Frau, wer er wirklich war?«

»Das weiß ich nicht. Spielt doch auch keine Rolle, oder?«

»Nein«, sage ich. »Wohl nicht.«

»Den Rest können Sie sich vermutlich denken.«

»Sie haben ihn getötet?«

Leo Staunch sagt nichts, was alles sagt. Er fällt so hart auf seinen Stuhl zurück, als hätte ihm jemand in die Kniekehlen getreten. Wir sitzen einen Moment lang schweigend da. Schließlich sagt Leo leise:

»Uns gehören sämtliche Lagerhäuser auf dieser Straßenseite. Das Gebäude zwei Türen weiter… Jetzt ist eine Auspuffwerkstatt drin, aber damals…« Er schließt die Augen. »Es hat drei Tage gedauert.«

»Waren Sie dabei?«

Seine Augen sind immer noch geschlossen. Er nickt. Ich weiß nicht recht, was ich davon halten soll, also gehe ich erst einmal vom Naheliegendsten aus: Lionel Underwood ist tot.

Damit kenne ich jetzt das Schicksal von drei Mitgliedern der Jane Street Six – Ry Strauss ist tot, Lionel Underwood ist tot, Lake Davies lebt. Mir fehlen noch drei: Arlo Sugarman, Billy Rowan und Edie Parker.

Es gibt allerdings noch ein weiteres Problem, ein größeres Problem, das mir gerade lodernd unter den Nägeln brennt: Warum hat Leo Staunch mir das erzählt? Manche mögen glauben, dass es ein sehr schlechtes Zeichen für mich ist – weil Leo Staunch jetzt, wo ich die Wahrheit kenne, keine andere Wahl hat, als mich zu töten. Ich glaube das nicht. Selbst wenn ich so töricht wäre, damit zum FBI zu gehen, was sollten die nach all den Jahren tun? Was könnten sie beweisen?

Außerdem – falls Leo Staunch plant, mich umzubringen, hätte er keinen Grund, mir das vorher mitzuteilen.

»Ich gehe davon aus«, fahre ich fort, »dass Sie oder Ihr Onkel Mr Underwood nach dem Aufenthaltsort der anderen Mitglieder der Jane Street Six gefragt haben.«

Er starrt an mir vorbei in die Ferne. Seine Augen sehen aus wie zersprungene Murmeln. »Wir haben mehr als nur gefragt.«

»Und?«

»Und er wusste es nicht.«

»Hat er Ihnen sonst irgendetwas erzählt?«

»Am Ende«, sagt Leo Staunch mit hohler Stimme, »hat Lionel Underwood uns alles erzählt.«

Offensichtlich denkt er an die Zeit in der Auspuffwerkstatt. Sein Gesicht wird leichenblass.

»Zum Beispiel?«

»Dass er keinen Molotowcocktail geworfen hat.«

»Glauben Sie ihm?«

»Ja, das tue ich. Er ist zusammengebrochen. Völlig. Schon am zweiten Tag hatte er uns angefleht, ihn zu töten.« Er hat

Tränen in den Augen und blinzelt sie weg. »Sie wollen sicher wissen, warum ich Ihnen das erzähle.«

Ich warte.

»Eine Zeit lang hab ich mir eingeredet, dass ich das okay finde. Ich habe Rache für meine Schwester genommen. Selbst wenn Lionel Underwood den Brandsatz womöglich nicht geworfen hat, war er, wie mein Onkel mich erinnerte, trotzdem schuldig. Aber ich konnte nicht mehr schlafen. Selbst jetzt, viele Jahre später, habe ich nachts immer noch Lionels Schreie in den Ohren. Ich habe sein schmerzverzerrtes Gesicht vor Augen.« Er sieht mich an. »Ich habe keine Angst vor Gewalt, Win. Aber diese Art von … was weiß ich … Selbstjustiz …« Er wischt sich mit dem Zeigefinger durchs Auge. »Sie wollen wissen, warum ich Ihnen das erzähle? Weil ich nicht will, dass Arlo Sugarman dasselbe passiert. Was auch immer er getan hat, ich will, dass er verhaftet und vor Gericht gestellt wird. Ich habe keine Lust mehr auf Rache.« Er beugt sich näher zu mir. »Ich bitte Sie darum, Arlo Sugarman zu suchen, damit ich ihn beschützen kann.«

Ob ich ihm das glaube?

Ja, das tue ich.

»Ein Problem«, sage ich.

»Oh, ich sehe mehr als nur eins«, sagt Leo und kichert traurig.

»Meine Quelle, der Bankräuber, hat unerschütterlich an seiner Aussage festgehalten. Er hätte die Information über Ry Strauss' Aufenthaltsort an Sie verkauft.«

»Und Sie glauben ihm?«

»Ja.«

Leo Staunch überlegt. »Hat Ihre Quelle gesagt, dass er mir die Informationen verkauft hat – oder dass er sie an einen Staunch verkauft hat?«

Ich will gerade antworten, als mein Blick an dem Handlauf für Gehbehinderte hängenbleibt. Ich starre eine Sekunde lang darauf, bevor ich mich wieder an Leo wende. »Glauben Sie, er hat sie an Onkel Nero verkauft?«

»Ich weiß es nicht.«

»Ihr Onkel hatte einen Schlaganfall. Er sitzt im Rollstuhl.«

»Das stimmt.«

»Das heißt aber nicht, dass er nicht jemanden anheuern könnte, der für ihn den Job erledigt.«

»Ich glaube nicht, dass er das getan hat.«

»Sondern?«, frage ich.

»Suchen Sie einfach Arlo Sugarman.«

»Was ist mit den anderen?«

»Wenn Sie Arlo Sugarman finden«, sagt Leo Staunch und geht zur Tür, »haben Sie die Antworten auf all Ihre Fragen.«

Reverend Calvin Sinclair, Absolvent der Oral Roberts University und, wenn man Elena Randolph Glauben schenken darf, früherer Liebhaber von Ralph Lewis alias Arlo Sugarman, tritt aus der Tür der St. Timothy's Episcopal Church. Er führt eine Englische Bulldogge an einer ausgefransten Leine spazieren. Man sagt, Tierbesitzer sehen oft aus wie ihre Haustiere, und hier trifft das zu. Sowohl Calvin Sinclair als auch seine Bulldogge sind gedrungen, korpulent, aber kräftig mit faltigen Gesichtern und eingedrückten Nasen.

Die St. Timothy's Episcopal Church befindet sich auf einem überraschend großen Grundstück in Creve Coeur, Missouri, einem Vorort von St. Louis. Das Schild vor der Kirche verrät mir, dass die Gottesdienste samstags um 17.00 Uhr und sonntags um 7.45, 9.00 und 10.45 Uhr stattfinden. Darunter steht in kleinerer Schrift, dass die Gottesdienste von »Father Calvin« oder »Mother Sally« abgehalten werden.

Reverend Sinclair bemerkt mich, als ich hinten aus einem schwarzen Auto aussteige. Mit seiner freien Hand schirmt er seine Augen ab. Er sieht seinem Alter entsprechend wie fünfundsechzig aus und hat nur wenige dünne Strähnen auf dem Kopf. Beim Öffnen der Kirchentür trug er ein einstudiertes breites Lächeln im Gesicht, wie man es für den Fall aufsetzt, dass jemand in der Nähe sein könnte und man nett und freundlich wirken will, was – wie soll ich das beurteilen – Calvin Sinclair durchaus sein kann. Als er mich sieht, zerfällt dieses Lächeln jedoch zu Staub. Er rückt seine Drahtbrille zurecht.

Ich gehe auf ihn zu. »Ich heiße …«

»Ich weiß, wer Sie sind.«

Ich ziehe eine Augenbraue hoch, um meine Überraschung zu zeigen. Calvin Sinclairs Stimme hat ein schönes Timbre. Ich bin überzeugt, dass sie von der Kanzel himmlisch klingt. Ich habe nicht angerufen oder mein Kommen anderweitig angekündigt. Kabir hatte einen hiesigen Privatdetektiv kontaktiert, der uns versicherte, dass Sinclair in der Kirche sei. Hätte Sinclair die Kirche verlassen, während ich unterwegs war, wäre besagter Privatdetektiv ihm gefolgt, sodass ich ihm an einem anderen Ort hätte gegenübertreten können.

Die Englische Bulldogge watschelt auf mich zu.

»Wer ist das?«, frage ich.

»Reginald.«

Reginald bleibt stehen und mustert mich misstrauisch. Ich beuge mich hinunter und kraule ihn hinter den Ohren. Reginald schließt die Augen und genießt es.

»Was wollen Sie hier, Mr Lockwood?«

»Nennen Sie mich Win.«

»Was wollen Sie hier, Win?«

»Ich denke, das wissen Sie.«

Er nickt widerwillig. »Wahrscheinlich schon.«

»Woher kennen Sie meinen Namen?«, frage ich.

»Als Ry Strauss' Leiche gefunden wurde«, fängt er an, »war mir klar, dass neues Interesse an …« Calvin Sinclair bricht ab und blinzelt entweder in die Sonne oder zu seiner Version von Gott hinauf. »Sie waren öfter in den Nachrichten.«

»Aha«, sage ich.

»Ry Strauss hat Ihre Bilder gestohlen.«

»Sieht so aus.«

»Die Geschichte habe ich natürlich mit großem Interesse verfolgt.«

»Mit großem persönlichem Interesse?«

»Ja.«

Ich bin froh, dass Reverend Sinclair nicht so tut, als wüsste er nicht, was ich hier will, oder als hätte er nie von Arlo Sugarman gehört – so bleiben mir die verbalen Scharmützel erspart, mit denen ich gerechnet habe.

»Komm, Reginald.«

Er zieht mit einem sanften Ruck an der Leine. Ich höre auf, Reginald hinter den Ohren zu kraulen. Die beiden gehen los. Ich begleite sie.

»Wie haben Sie mich gefunden?«, fragt er.

»Lange Geschichte«, sage ich.

»Nach allem, was ich gelesen habe, sind Sie ein sehr reicher Mann. Vermutlich sind Sie es gewohnt, Ihren Willen zu bekommen.«

Ich erspare mir die Antwort.

Reginald bleibt stehen und uriniert an einen Baum.

»Trotzdem«, fährt Sinclair fort. »Ich bin neugierig. Welche Lebensphase hat uns verraten?«

Ich sehe keinen Grund, es ihm zu verschweigen. »Die Oral Roberts University.«

»Ah. Unsere Anfänge. Damals waren wir noch sorgloser. Sie haben Ralph Lewis gefunden?«

»Ja.«

Er lächelt. »Das ist drei Pseudonyme her. Aus Ralph Lewis wurde erst Richard Landers und dann Roscoe Lemmon.«

»Immer dieselben Initialen«, sage ich.

»Gut erkannt.«

Wir sind jetzt hinter der Kirche und gehen einen Pfad entlang auf den Wald zu. Ich frage mich, warum. Ich frage mich, wohin wir gehen, ob wir auf ein Ziel zusteuern, oder ob Reverend Sinclair nur den täglichen Spaziergang mit seinem imposanten Reginald macht. Ich frage aber nicht nach. Er redet ja, und mehr will ich gar nicht.

»Nach unseren Abschlüssen«, sagt Sinclair, »sind Ralph und ich als Missionare in das damalige Rhodesien gegangen. Eigentlich sollte es nur für ein Jahr sein, da die Polizei aber immer noch hinter ihm her war, sind wir letztlich zwölf Jahre in Afrika geblieben. Wir hatten durchaus unterschiedliche Interessen. Ich war religiös orientiert, wenn auch auf eine sehr viel liberalere Art, als wir es auf der Oral Roberts gelernt hatten. Ralph verachtete jede Art von Religion. Er wollte niemanden bekehren. Er wollte die klassischen Dinge tun: die Armen ernähren und kleiden, ihnen Zugang zu sauberem Wasser und medizinischer Versorgung verschaffen.« Er sieht mich an. »Sind Sie ein religiöser Mensch, Win?«

»Nein«, antworte ich.

»Darf ich fragen, woran Sie glauben?«

Ich sage ihm dasselbe, was ich jedem Gläubigen sage – ob Christ, Jude, Muslim oder Hindu: »Alle Religionen sind abergläubischer Unsinn, abgesehen natürlich von der Ihren.«

Er gluckst. »Der war gut.«

»Reverend …«, fange ich an.

»Oh, nennen Sie mich nicht so«, sagt Sinclair. »In der episkopalen Tradition verwenden wir ›Reverend‹ deskriptiv, als Attribut. Es ist kein Titel.«

»Wo ist Arlo Sugarman?«, frage ich.

Wir sind jetzt im Wald. Wenn man gerade nach oben blickt, kann man die Sonne sehen, aber auf beiden Seiten des Weges stehen die Bäume dicht an dicht. »Es besteht nicht die Möglichkeit, Sie zu überzeugen, das Ganze auf sich beruhen zu lassen und einfach wieder nach Hause zu fahren, oder?«

»Absolut nicht.«

»Das dachte ich mir schon.« Er nickt, resigniert. »Deshalb bringe ich Sie zu ihm.«

»Zu Arlo?«

»Zu Roscoe«, korrigiert er. »Wissen Sie, was komisch ist? Ich habe ihn nie Arlo genannt. Nicht ein einziges Mal in den über vier Jahrzehnten, die wir zusammen waren. Nicht einmal, wenn wir unter uns waren. Ich glaube, das lag daran, dass ich immer Angst hatte, es zu vermasseln und ihn auch vor anderen Leuten mit diesem Namen anzusprechen. Und das war natürlich immer unsere große Angst – dass dies eines Tages passieren würde.«

Wir gehen immer tiefer in den Wald hinein. Der Pfad verengt sich und führt einen steilen Hang hinunter. Reginald, die Bulldogge, bleibt wie angewurzelt stehen. Sinclair seufzt und nimmt den Hund mit einem lauten Grunzen auf den Arm und trägt ihn den Hang hinunter.

»Wohin gehen wir?«, frage ich.

»Er hat es nicht getan, wissen Sie. Arlo – ja, ich werde ihn so nennen – hat einen Rückzieher gemacht. Er wollte die Aufmerksamkeit auf den Krieg lenken, indem er einen Gegenstand warf, der wie ein Molotowcocktail aussah. In den Flaschen befand sich aber nur rot gefärbtes Wasser, das an Blut erinnern sollte. Es war nur ein symbolischer Akt. Als Arlo merkte, dass Ry echte Brandbomben werfen wollte, kam es zwischen ihnen zum Zerwürfnis.«

»Und trotzdem«, sage ich, »ist er geflohen und untergetaucht.«

»Wer hätte ihm schon geglaubt?«, kontert Sinclair. »Wissen Sie, wie gruselig und verrückt es in den ersten Tagen danach war?«

»Eigenartig«, sage ich.

»Was meinen Sie?«

»Werden Sie auch behaupten, dass er keinen FBI-Agenten getötet hat?«

Sinclairs Miene wirkt verschlossen, er geht aber weiter. »Patrick O'Malley.«

Ich warte.

»Nein, das werde ich nicht behaupten. Arlo hat Special Agent O'Malley erschossen.«

Vor uns öffnet sich eine Lichtung. Dahinter liegt ein See.

»Wir sind fast da«, sagt er.

Der See ist wunderschön, klar, still, fast zu still, die Oberfläche ist spiegelglatt und reflektiert perfekt den blauen Himmel. Calvin Sinclair bleibt einen Moment stehen, atmet tief durch und sagt: »Da drüben.«

Links vor uns steht eine Holzbank, die so rustikal ist, dass sich die Rinde noch am Stamm befindet. Sie ist dem See zugewandt, wichtiger ist jedoch, dass sie einem kleinen Grabstein zugewandt ist. Ich gehe hin und lese die Inschrift:

Zum Gedenken an
R.L.
»Das Leben währt nicht ewig. Die Liebe schon.«
* 8. Januar 1952 – † 15. Juni 2011

»Lungenkrebs«, sagt Calvin Sinclair. »Und nein, er hat nie geraucht. Wir haben es im März des Jahres gemerkt. Keine drei Monate später war er tot.«

Ich starre auf den Grabstein. »Er ist hier begraben?«

»Nein. Hier habe ich seine Asche verstreut. Die Gemeinde hat die Bank und die Gedenkstätte gebaut.«

»Wusste die Gemeinde, dass Sie beide ein Liebespaar waren?«

»Wir haben es nicht an die große Glocke gehängt«, sagt er. »Sie müssen das verstehen. Als wir uns in den Siebzigern ineinander verliebt haben, war Homosexualität absolut nicht akzeptiert. Da wir damals seine wahre Identität und unsere sexuelle Orientierung verbergen mussten, waren wir es gewohnt, Menschen zu täuschen. Wir haben unser ganzes Leben so verbracht.« Calvin Sinclair führt die Hand ans Kinn und sieht nach oben. »Aber am Ende … ja, ich glaube, die meisten Mitglieder der Gemeinde haben es gewusst. Aber vielleicht ist das auch nur Wunschdenken.«

Ich blicke auf den See. Ich versuche mir vorzustellen, wie Arlo Sugarman sein Leben als jüdisches Kind in Brooklyn begonnen hat und hier im Wald hinter dieser Kirche gelandet ist. Ich sehe es beinah wie eine Filmmontage vor mir, einschließlich des passenden melodramatischen Soundtracks.

»Warum haben Sie das nicht gesagt?«, frage ich.

»Ich habe darüber nachgedacht. Na ja, er war tot. Ihm konnte niemand mehr etwas anhaben.«

»Aber?«

»Aber ich bin nicht tot. Ich habe einem Flüchtigen Unterschlupf gewährt. Was hätte das FBI wohl davon gehalten?«

Er hat nicht ganz unrecht.

»Und noch etwas«, sagt Sinclair, »auch wenn ich bezweifle, dass Sie mir glauben werden.«

Ich drehe mich zu ihm um. »Versuchen Sie's.«

»Arlo wollte den FBI-Agenten nicht töten.«

»Na ja, das wird gewiss stimmen.«

»Aber der Agent«, fährt Sinclair fort, »hat zuerst geschossen.«

Es läuft mir kalt den Rücken hinunter. Ich möchte ihn bitten, das näher auszuführen, verkneife es mir aber, da ich keine Richtung vorgeben will. Also warte ich ab.

»Special Agent O'Malley ist durch die Hintertür hereingekommen. Allein. Ohne Partner. Ohne Verstärkung. Er hat
Arlo keine Chance gelassen, sich zu ergeben. Er hat sofort
geschossen.« Sinclair legt den Kopf schief. »Kennen Sie alte
Fotos von Arlo?«

Ich nicke benommen.

»Er trug damals diesen riesigen Afro. Die Kugel, so hat
Arlo es mir erzählt, ist direkt durch seine Haare hindurchge-
gangen. Hat ihm buchstäblich einen Scheitel gezogen. Dann –
und erst dann – hat Arlo zurückgeschossen.«

Zwei Gesprächsfetzen kommen mir in den Sinn und fangen
an widerzuhallen.

Zuerst Leo Staunchs Worte über seinen Onkel:

*»Er hat ziemlich deutlich gemacht, dass jeder, der uns Infor-
mationen über ein Mitglied der Jane Street Six zukommen
lässt – oder beweisen kann, dass er eines von ihnen getötet
hat –, eine großzügige Belohnung erhalten würde.«*

Und dann mein Gespräch mit PT, als das alles anfing:

*»Wir haben nur zwei Agenten zu dem
Brownstone-Haus geschickt.«*
»Ohne Verstärkung anzufordern?«
»Ja.«
»Sie hätten warten müssen.«

Warum hatten sie nicht auf Verstärkung gewartet?

Jetzt scheint die Antwort auf der Hand zu liegen.

Ohne ein weiteres Wort drehe ich mich um und gehe den
Weg zurück.

Jetzt weiß ich alles. Leo Staunch hatte so etwas schon

angedeutet. Wenn ich Arlo Sugarman gefunden hätte, würde ich die Antworten auf all meine Fragen finden, hatte er gesagt. Jetzt weiß ich, dass er recht hatte. Was die Jane Street Six betrifft, muss ich noch ein paar Dinge klären, aber ich bin hergekommen, um Antworten zu finden, und die habe ich jetzt.

Calvin Sinclair ruft. »Win?«

Ich gehe weiter.

»Werden Sie es erzählen?«

Aber ich bleibe nicht stehen.

Als ich wieder in meinem Jet bin, bekomme ich drei Anrufe.

Der erste, der auf dem Display angezeigt wird, ist von PT. Ich will noch nicht mit ihm sprechen, nicht so kurz vor dem Ziel, also lasse ich die Mailbox rangehen. PT wird das zweifelsohne missfallen, denn er wird schnell zu dem Schluss kommen, dass ich ihn hinhalte, aber damit kann ich leben.

Der zweite Anruf ist von Kabir.

»Ich höre«, sage ich und öffne den Browser auf meinem Laptop. Normalerweise schickt Kabir mir alle wichtigen Unterlagen per E-Mail, weil ich, wie meine Tochter, visuell veranlagt bin.

Seine Worte überraschen mich: »Ich habe Pierre-Emmanuel Claux in der Leitung. Er klingt verärgert.«

Ich brauche einen Moment, um mich an den Namen des Kunstkurators und Restaurators zu erinnern, an den ich das FBI verwiesen habe, damit er die Echtheit des Vermeers bestätigt und ihn vorsichtig untersucht. Ich sage Kabir, dass er das Gespräch durchstellen soll.

»Mr Lockwood?«

»Am Apparat.«

»Hier ist Pierre-Emmanuel Claux vom Institute of Fine Arts der NYU.« Ich höre die unterdrückte Panik in seiner Stimme. »Sie haben mich gebeten, ein Gemälde zu untersuchen, das das FBI vor Kurzem sichergestellt hat, um seine

Echtheit zu überprüfen und den Zustand zu begutachten – das *Mädchen am Klavier* von Johannes Vermeer.«

»Ja, selbstverständlich.«

»Wann können Sie im Institut sein, Mr Lockwood?«

»Ist es dringend?«

»Das ist es, ja.«

»Gibt es Probleme mit dem Vermeer?«

»Ich halte es für besser, wenn wir das persönlich besprechen.« Ich höre das Zittern in seiner Stimme. »So bald wie möglich, bitte.«

Ich sehe auf die Uhr. Je nach Verkehrslage müsste es etwa drei Stunden dauern.

»Sind Sie so lange da?«, frage ich.

»Das Institut ist dann geschlossen, aber ich warte hier auf Sie.«

Der dritte Anruf ist von Ema.

Nach meiner üblichen Begrüßung fragt Ema: »Gibt's was Neues?«

Ich erzähle ihr, was im Lauf des Tages passiert ist. Ich halte nichts zurück. Ich beschönige nichts. Ich spüre, wie mir das Herz aufgeht, aber ach, was soll's? Oder, wie Ema vielleicht sagen würde: »Komm damit klar.« Am Ende erwähne ich, dass ich direkt zum New York University Institute of Fine Arts' Conservation Center gehe, das gegenüber vom Dakota auf der anderen Seite des Central Park liegt.

»Oh, prima«, sagt Ema. »Deshalb rufe ich an.«

»Erzähl.«

»Ich habe mir die Zeugenaussagen des Haverford-Kunstraubs angesehen«, fährt sie fort.

»Und?«

»Und die Ermittler schienen anfangs überzeugt zu sein, dass es sich um einen Insiderjob handelte, und hatten besonders den Nachtwächter, Ian Cornwell, in Verdacht. Im Endeffekt haben sie keine Beweise gefunden und die Sache daher fallen lassen.«

Ich sage ihr, dass ich das alles weiß.

Ema sagt: »Du hast Cornwell doch befragt, oder?«

»Hab ich. Er ist jetzt Professor für Politikwissenschaft in Haverford.«

»Ja, hab ich gesehen. Was hältst du von ihm?«

Ich will ihrer Antwort nicht vorgreifen. »Was hältst du von ihm?«

»Ich denke, der Anfangsverdacht der Ermittler war richtig. Es ist einfach unmöglich, dass es so abgelaufen ist, wie Ian Cornwell behauptet.«

»Und trotzdem«, sage ich, »konnten diese Ermittler den Fall nicht lösen.«

»Was aber nicht heißt, dass er es nicht doch getan hat.«

»Das heißt es nicht«, stimme ich ihr zu. Im Hintergrund höre ich Straßenlärm. »Wo bist du?«

»Auf dem Weg zur U-Bahn und dann nach Hause.«

»Ich schicke dir einen Wagen.«

»Ich würde lieber so fahren, Win. Aber wir müssen Ian Cornwell zum Reden bringen, auch wenn ich nicht weiß, wie. Er ist der Schlüssel. Oh, und lass mich irgendwie wissen, was der Restaurator gesagt hat.«

Ema legt auf. Ich gehe das Telefonat im Kopf noch einmal durch, und mir ist klar, dass ich dabei lächle. Ich schließe die Augen und versuche, den Rest des Flugs zu schlafen. Das klappt aber nicht. Ich bin unruhig, mein ganzer Körper kribbelt, und ich weiß auch warum. Ich nehme mein Handy aus der Tasche und öffne meine Lieblings-App. Ich mache für heute um Mitternacht ein Rendezvous mit dem Benutzernamen Helena aus. Mitternacht ist später als für mich sonst üblich, ich habe aber den Eindruck, als lägen heute noch ein paar hektische Stunden vor mir.

Das Institute of Fine Arts der NYU befindet sich im James B. Duke House, einem im französischen Stil erbauten Gebäude an der 5th Avenue, bei dem es sich um eine der wenigen erhaltenen »Millionärsvillen« aus New Yorks Gilded Age handelt. James Duke – ja, meine geliebte Alma Mater, die Duke University, ist nach seinem Vater benannt – hat sein Vermögen als Mitbegründer der American Tobacco Company gemacht und die Herstellung und Vermarktung von Zigaretten modernisiert. Ein alter Spruch besagt, dass hinter jedem großen Vermögen ein großes Verbrechen steht – oder wenn es, wie in diesem Fall, nicht auf einem großen Verbrechen basiert, so wurde es doch auf einem großen Leichenberg aufgebaut.

Aus leicht verständlichen Gründen ist das Institut mit jeder Menge Security ausgestattet. Nachdem ich das hinter mich gebracht habe, treffe ich Pierre-Emmanuel Claux in der zweiten Etage des Conservation Center, in dem er allein auf und ab geht. Er trägt einen weißen Laborkittel und Latexhandschuhe. Als er sich zu mir umdreht, sehe ich fast so etwas wie Entsetzen in seinem Gesicht.

»Gott sei Dank, dass Sie gekommen sind.«

Das Conservation Center ist eine Mischung aus altem Herrenhaus und modernem Forschungslabor. Ich sehe lange Tische, Speziallampen, Wandteppiche, Pinsel, Skalpelle und Geräte, die wie Mikroskope, zahnmedizinische Werkzeuge und medizinische Testgeräte aussehen.

»Entschuldigen Sie die Dramatik, aber ich glaube…«

Seine Stimme verklingt. Den Vermeer, das Bild des Mädchens am Klavier, sehe ich nicht. Auf dem längsten Tisch liegt ein Gegenstand mit der Rückseite nach oben, bei dem es sich möglicherweise um ein Gemälde handeln könnte. Die Größe könnte auch passen. Daneben liegen ein Kreuzschlitzschraubenzieher und mehrere Schrauben.

Pierre-Emmanuel geht darauf zu. Ich folge ihm.

»Zunächst einmal«, sagt er jetzt etwas ruhiger, »das Gemälde ist echt. Es handelt sich tatsächlich um das *Mädchen am Klavier* von Vermeer, das wahrscheinlich 1656 entstand.« In seiner Stimme liegt eine Art gedämpfte Ehrfurcht. »Ich kann Ihnen gar nicht sagen, was für eine Ehre es für mich ist, ihm so nahe zu sein.«

Ich gönne ihm einen Moment der Stille, als sei dies ein Gottesdienst, was für ihn vielleicht ein stimmiger Vergleich ist. Als ich ihn ansehe, räuspert sich Pierre-Emmanuel. »Ich zeige Ihnen, weshalb ich Sie so dringend sprechen musste.« Er deutet auf die Rückseite des Gemäldes. »Erstens: Die gesamte Rückseite Ihres Vermeers war mit einer Masonitplatte bedeckt. Das ist natürlich nicht original, aber Masonitplatten sind nicht ungewöhnlich. Sie schützen das Gemälde vor Staub und physische Einwirkungen.«

Er sieht mich an. Ich nicke, um zu zeigen, dass ich zuhöre.

»Die Rückwand war verschraubt, also habe ich die Schrauben vorsichtig entfernt und die Masonitplatte abgenommen, um das Gemälde genauer untersuchen zu können. Die Rückwand liegt da drüben.«

Er zeigt auf etwas, was wie eine dünne Schultafel aussieht. Am Rand sehe ich das verblasste Lockwood-Familienwappen. Pierre-Emmanuel Claux konzentriert sich wieder auf die Rückseite des Vermeers. »Hier sehen Sie den Keilrahmen auf den die Leinwand aufgezogen ist. Auch das ist nicht ungewöhnlich, aber natürlich muss man erst die Rückwand abnehmen, um sie sehen zu können. Dann muss man unter den Keilrahmen sehen. Das ist nicht so einfach. Aber genau dort hat ihn jemand versteckt – er war hinter einer verschraubten

Rückwand mit Packband zwischen Keilrahmen und Leinwand geklebt.«

»Was hat da jemand versteckt?«, frage ich.

Er hält ihn in der behandschuhten Hand. »Diesen Umschlag.«

Wahrscheinlich war er ursprünglich einmal weiß, jetzt ist er allerdings so stark vergilbt, dass er fast wie ein brauner Umschlag aussieht.

»Im ersten Moment«, fährt Claux jetzt in einem sich überschlagenden Wortschwall fort, »war ich furchtbar aufgeregt. Ich dachte, womöglich wäre es ein Brief von historischer Bedeutung. Ach, und er war nicht verschlossen. Ansonsten hätte ich ihn nicht aufgeschlitzt oder hineingeschaut. Dann hätte ich ihn einfach zur Seite gelegt.«

»Und was war drin?«, frage ich.

Pierre-Emmanuel führt mich zu einem Schreibtisch und zeigt darauf. »Die.«

Ich schaue auf die braunen, durchsichtigen Fotos hinunter.

»Es sind Fotonegative«, fährt Pierre-Emmanuel fort. »Ich weiß nicht, wie alt sie sind, aber heutzutage machen die meisten Leute ja Digitalfotos. Und die Schrauben an der Rückwand des Gemäldes hatte auch seit vielen Jahren niemand mehr entfernt.«

Die Form der Negative wirkt auf mich als Laie seltsam. Normalerweise erwartet man rechteckige Negative. Diese jedoch sind quadratisch.

Ich blicke Pierre-Emmanuel an. Seine Lippen zittern.

»Ich vermute, Sie haben sie sich angesehen.«

Jetzt flüstert er vor Schreck. »Nur drei«, stößt er hervor. »Mehr habe ich nicht ausgehalten.«

Er bietet mir zwei Latexhandschuhe an. Ich ziehe sie über und schalte eine Lampe ein. Vorsichtig nehme ich ein Negativ zwischen Daumen und Zeigefinger und halte es gegen das Licht. Pierre-Emmanuel ist einen Schritt zurückgetreten, ich weiß aber, dass er mich beobachtet. Ich lasse mir nichts anmerken, aber der Schreck fährt mir in alle Glieder. Vorsichtig lege ich das Negativ zurück und nehme das zweite. Dann ein drittes. Und ein viertes. Ich lasse mir immer noch nichts anmerken, doch in mir ist alles in Aufruhr. Aber ich werde nicht die Kontrolle verlieren. Noch nicht.

Kalte Wut erfasst mich. Ich werde einen Weg brauchen, sie zu kanalisieren.

Nachdem ich mir zehn Negative angesehen habe, sage ich zu ihm: »Es tut mir leid, dass Sie das ansehen mussten.«

»Wissen Sie, wer die Mädchen sind?«

Ich weiß es. Mehr noch, ich weiß, wo die Fotos entstanden sind.

In der Hütte des Schreckens.

Als ich an den Fakultätswohnungen des Haverford College ankomme, ist es schon dunkel.

Ich bin vom Flughafen selbst gefahren, weil ich niemanden dabeihaben will. Ich fahre schnell. Ich fahre mit Wut im Bauch. Als Ian Cornwell mich so spät vor seiner Tür sieht, weiß er nicht recht, wie er reagieren soll. Einerseits fürchtet er meinen Namen und die Bedeutung, die meine Familie für diese Universität hat, aber in erster Linie will er wohl nichts mehr mit der schrecklichen Vergangenheit zu tun haben, die in meiner Person immer wieder auf seiner Türschwelle erscheint.

»Es ist schon spät«, sagt Ian Cornwell, als er mir öffnet. Er bleibt jedoch in der Tür stehen, sodass ich nicht eintreten kann. »Ich habe Ihnen alles gesagt, was ich weiß.«

Ich nicke. Dann schlage ich ihm hart und ohne Vorwarnung in den Bauch. Er klappt zusammen, als hätte er ein Scharnier in der Taille. Ich stoße ihn ins Haus, trete ein und schließe die Tür hinter mir. Der Schlag war gut platziert und hat ihm die Luft genommen. Er ringt mit vor Angst geweiteten Augen um Atem. Ich weiß, dass ich mich schlecht fühlen müsste, aber wie ich bereits erklärt habe, versetzt mich Gewalt in einen Rausch. Es wäre dumm, zu lügen und etwas anderes zu behaupten.

Er geht zu Boden. Nach einem solchen Schlag auf den Solarplexus kann man nicht mehr atmen, weil sich das Zwerchfell vorübergehend verkrampft. Dieser Zustand hält jedoch nicht lange an. Ich nehme mir einen Stuhl und setze mich neben ihn. Ich warte, bis er wieder atmen kann.

Durch die zusammengebissenen Zähne raunt Cornwell: »Raus hier.«

»Gucken Sie sich die an.«

Pierre-Emmanuel hat mir geholfen, einfache Abzüge von zwei der Negative zu machen. Ich lege sie neben ihn. Er sieht sie an und mustert mich voller Entsetzen.

»Die waren im Rahmen des Vermeers versteckt«, erkläre ich.

»Ich versteh nicht…«

»Diese Mädchen…«, fahre ich fort, »…sind Opfer aus der Hütte des Schreckens.«

Wieder weiten sich seine Augen in einer Mischung aus Angst und völliger Verwirrung. Er begreift es nicht. Noch nicht. »Was hat das mit mir…«

»Ich habe keine Zeit für so etwas, Ian, also frage ich ein letztes Mal. Was ist in der Raubnacht wirklich geschehen?«

Er legt eine Hand auf den Bauch und richtet sich so weit auf, dass er auf dem Boden sitzt. Sein Bauch wird noch ein paar Tage schmerzen. Ich sehe, wie sein Verstand nach einem Ausweg sucht, und das nimmt mir fast die letzten Zweifel daran, dass Ian Cornwell mehr weiß, als er sagt. Ich sage »fast die letzten Zweifel« und nicht »auch noch die allerletzten Zweifel«, weil ich mich natürlich ebenso gut irren kann wie jeder andere. Die dümmsten Menschen sind diejenigen, die glauben, dass sie sich nicht irren können. Die dümmsten Menschen sind die, die sich am sichersten sind. Die dümmsten Menschen sind die, die nicht wissen, was sie nicht wissen.

Aber wenn ich im Moment eine Hypothese aufstellen müsste, würde sie lauten, dass Professor Ian Cornwell mich hinhält, damit er sämtliche Möglichkeiten durchgehen kann.

Dass ich ihm zwei ekelerregende Bilder des fünfzehnjährigen Opfers, das wir Jane Doe nennen wollen – auf beiden liegt sie nackt und mit Stacheldraht gefesselt auf dem Bauch – gezeigt habe, sollte ihn natürlich schockieren, damit er die Wahrheit sagt. Jetzt frage ich mich allerdings, ob ich zu weit gegangen bin und die Bilder ihn eher lähmen als zum Reden verleiten. Jetzt fürchte ich, dass sein Gehirn auf folgende Art arbeiten könnte: Angenommen, könnte er sich fragen, er würde etwas gestehen, das mit dem Kunstraub zu tun hat – würde man ihn dann auch mit diesem unaussprechlichen Verbrechen in Verbindung bringen? Könnte er am Ende als Mittäter angeklagt werden? Bisher hat Schweigen für ihn gut funktioniert. Schließlich hat sein Schweigen das FBI dazu gebracht, ihn in Ruhe zu lassen. Das Schweigen hat ihn vor dem Gefängnis bewahrt.

Die Rädchen in seinem Kopf drehen sich. Ich lasse ihm noch ein, zwei Sekunden, dann sieht er mit flehendem Blick zu mir herauf.

»Ich wünschte, ich könnte Ihnen helfen«, fängt Ian Cornwell wie erwartet an, »aber ich sage die Wahrheit. Ich weiß nichts.«

Viele Kampfkünste legen großen Wert auf die Kenntnis dessen, was wir gemeinhin als Druckpunkte bezeichnen, denn der Kämpfer kann durch Druck oder Schläge auf diese empfindlichen Nervenbündel starke Schmerzen verursachen. Ich würde dennoch davon abraten, sie in einem echten Kampf anzuwenden. In einem echten Kampf sind Sie und Ihr Gegner ständig in Bewegung. Das sind zwei bewegliche Ziele, wodurch die extreme Genauigkeit, die für diese Techniken erforderlich ist, praktisch unerreichbar wird. Wenn man gekonnt auf die Druckpunkte einwirkt, kann man auf diese Weise tatsächlich unerträgliche Schmerzen hervorrufen. Jedoch kennen Sie die Schmerzempfindlichkeit Ihres Gegners natürlich nicht. Und Gegner entwickeln in dieser Situation oft urplötzlich eine erschreckende Kraft und können sich aus einem solchen Griff herauswinden.

Auf welchen – verzeihen Sie das Wortspiel – (Druck-)Punkt will ich hinaus?

Druckpunkte lassen sich am besten in eher passiven Situationen einsetzen. Es sind, wenn man so will, Techniken, durch die man den Gegner steuern oder beeinflussen kann. Wenn man zum Beispiel einen betrunkenen Gast sicher, aber effektiv aus einer Kneipe eskortieren oder einen Haltegriff brechen will, können sie nützlich sein. Wenn Sie, um ein anschaulicheres und unmittelbareres Beispiel zu nennen, genug Schmerz verursachen wollen, um jemanden zu bewegen, mit Ihnen zu kooperieren, kann das Wissen um Druckpunkte erschreckend effizient sein.

Ich werde nicht ins Detail gehen, aber ich greife mit einer Hand in seine Haare, um ihn festzuhalten. Den Daumen der anderen drücke ich ihm tief in den Hals, genauer gesagt in den oberen Stamm des Armnervengeflechts knapp über dem Schlüsselbein, auf einen der sogenannten Erb-Punkte. Ian Cornwells Körper zuckt, als hätte ich ihn mit einem Elektroschocker berührt, den ich, wenn ich jetzt darüber nachdenke, hätte mitbringen sollen. Er versucht, einen markerschütternden Schrei auszustoßen. Plötzlich ziehe ich den Daumen zurück, was ihm einen Moment der Erleichterung verschafft, aber dabei lasse ich es nicht bewenden. Ich wechsle schnell zu einem anderen Druckpunkt unter dem Bizeps, drücke fest zu, und lege ihm die andere Hand fest auf den Mund. Dann gehe ich zurück zum Erb-Punkt und drücke noch fester als beim ersten Mal auf das Nervenbündel. Ian Cornwell schlägt und tritt machtlos um sich, wie ein gerade gefangener Fisch auf einem Steg. Jetzt setze ich mich breitbeinig auf ihn, drücke ihn zu Boden und bearbeite den Druckpunkt unten am Kiefer. Sein Körper erstarrt. Ich greife zu den Schläfen, dann wieder an den Hals. Dann greife ich zu den Schläfen hinauf und wieder zurück zum Hals. Ich lege die Finger zusammen, forme gewissermaßen zwei Speerspitzen und stoße diese tief in die Mulde unter den Ohren. Als ich seinen Schädel mit einem kräftigen Ruck nach hinten ziehe, zuckt sein Kopf und die Augen drehen sich nach innen.

Natürlich könnte ich mich irren. Das haben wir schon geklärt. Ian Cornwell könnte von Anfang an die Wahrheit gesagt haben – dass er nichts davon wusste, dass er unschuldig ist, dass er tatsächlich von zwei maskierten Männern gefesselt wurde. Wenn das der Fall ist, werden wir bald Gewissheit darüber haben. Und ja, dann werde ich mich schlecht fühlen wegen dem, was ich ihm angetan habe. Gewalt versetzt mich in einen Rausch, aber ich bin kein Sadist. Das mag sich anhören, als würde ich mich auf einem schrecklich schmalen Grat bewegen, aber ich empfinde durchaus Mitleid, und wenn ich einem Unschuldigen wehtue, werde ich mich deswegen schlecht fühlen. Aber das Leben ist eine Aneinanderreihung knapper Entscheidungen, ein Abwägen von Vor- und Nachteilen, und wenn sowohl Ema als auch ich (ganz zu schweigen von den ursprünglichen FBI-Ermittlern) glauben, dass Ian Cornwell nicht die Wahrheit gesagt hat, dann überwiegen die Vorteile des Überschreitens dieser speziellen Grenze.

Und so setze ich meinen Angriff fort, methodisch, ausdruckslos, bis er zerbricht und mir alles erzählt.

* * *

Okay, das war sehr interessant.

Professor Ian Cornwell hat mir Folgendes erzählt:

Drei Monate vor dem Vermeer- und Picasso-Raub lernte der junge Ian Cornwell, damals Forschungsassistent am Haverford College, der ein Jahr vor seinem Abschluss stand, in einer örtlichen Pizzeria ein hübsches Mädchen namens Belinda Evans kennen. Belinda war, laut Ian Cornwell, ein »Hammer« – lange blonde Haare, sonnengebräunte Haut. Er verliebte sich Hals über Kopf in sie.

Belinda behauptete anfangs, Studentin an der Villanova University zu sein, im Laufe der Beziehung gestand sie ihrem neuen Verehrer jedoch, dass sie noch die nahe gelegene Radnor High School besuchte und dort in die zehnte Klasse gehe. Ihre Eltern, sagte sie, seien sehr streng, deshalb müsse sie ihre Beziehung geheim halten. Ian Cornwell sah das genauso. Er wollte nicht, dass seine Beziehung zu einer Schülerin bekannt wurde – noch dazu zu einer Zehntklässlerin – und seine Chancen auf ein akademisches und berufliches Weiterkommen womöglich beeinträchtigte.

Natürlich war das für die aufkeimende Romanze ein Problem – allein schon, weil sie nicht wussten, wo sie sich ungestört treffen konnten. Das Haus ihrer strengen Eltern war ebenso tabu wie Ians Suite auf dem Campus, die er sich mit drei anderen Forschungsassistenten teilte, die auf jeden Fall darüber reden würden.

Belinda schlug eine Lösung vor.

Ian arbeitete nachts allein als Wachmann in der Founders Hall. Die Arbeit verlief, um es milde auszudrücken, ereignisarm. Haverford war ein ziemlich verschlafener Campus. Die meisten Nächte verbrachte Ian allein am Schreibtisch des Sicherheitsdiensts, wo er las und lernte. Wie wäre es, schlug Belinda vor, wenn er sie heimlich in die Founders Hall lassen würde, sodass sie dort des Nachts ein paar gemeinsame Stunden verbringen könnten?

Ian stimmte bereitwillig und freudig erregt zu.

Die jungen Turteltäubchen hatten sich, schätzte Ian, innerhalb von drei Monaten etwa zehnmal getroffen. Ians Liebe für Belinda wurde immer größer. Der Ablauf war einfach: Belinda ging zum verschlossenen Hintereingang. Davor hing damals eine einfache Überwachungskamera. Ian sah seine Geliebte auf dem Monitor an seinem Schreibtisch. Sie winkte und lächelte. Er ging nach hinten, ließ sie herein, und den Rest können Sie sich denken.

Als Ian aber in einer speziellen Nacht die Hintertür aufschloss, nachdem er Belinda auf dem Monitor gesehen hatte – gemeint ist natürlich die Nacht des Raubes –, stürmte ein Mann mit einer Sturmhaube herein und bedrohte ihn mit einer Pistole. Ian dachte zuerst, der Mann hätte Belinda mit vorgehaltener Waffe dazu gezwungen, erkannte aber schnell, dass das nicht der Fall war. Die beiden, Belinda und der Mann mit der Sturmhaube, arbeiteten zusammen. Er richtete die Waffe auf Ian, während Belinda mit völlig ruhiger Stimme, die Ian vorher nie bei ihr gehört hatte, die Situation erläuterte – sie würde Ian fesseln, Ian würde den Behörden sagen, dass zwei Männer ihn getäuscht hätten, indem sie sich als Polizisten ausgaben, damit alles wie beim Raubüberfall auf das Gardner Museum in Boston aussähe, und die Polizei so auf eine falsche Spur gelenkt würde. Belinda übernahm das Reden. Der Mann mit der Sturmhaube hielt nur die Waffe auf ihn gerichtet.

Belinda erklärte Ian Cornwell, dass sie, falls er etwas verriete, den Behörden erklären würde, dass der Raubüberfall Ians Idee gewesen sei. Schließlich sei er der Insider. Außerdem wies sie Ian darauf hin, dass er der Polizei ohnehin nicht viel sagen könne. Er könne den Mann mit der Sturmhaube nicht identifizieren, und was sie selbst angehe, entspreche nichts von dem, was sie ihm erzählt habe, der Wahrheit. Sie gehe nicht auf die Radnor High School. Sie heiße nicht Belinda, und er würde sie nach diesem Abend nie wiedersehen. Selbst wenn er der Polizei die Wahrheit sagen würde, gäbe es kaum irgendwelche Spuren, und Ian würde sich im Prinzip nur selbst belasten. Immerhin habe er über einen Zeitraum von drei Monaten eine Schülerin in die Founders Hall geschmuggelt. Selbst im besten Fall würde Ian für diesen Fehltritt der Uni verwiesen werden, was seine akademische Laufbahn erheblich beeinträchtigen würde.

Um ihre Entschlossenheit zu demonstrieren, versicherte Belinda Ian, dass sie zurückkommen und ihn umbringen würden, wenn er redete. Bei diesen Worten hatte der Mann mit der Sturmhaube Ian am Hals gepackt und ihm den Pistolenlauf ins Auge gedrückt.

Als Ian am Morgen nach dem Kunstraub gefesselt aufgefunden wurde, überlegte er, ob er die Wahrheit sagen sollte. Aber die FBI-Agenten waren so aggressiv, so sicher, dass er in die Sache verwickelt war, dass Ian fürchtete, dass alles, was Belinda ihm erzählt hatte, eintreffen könnte. Das FBI würde ihm das Ganze anhängen. Was wäre, wenn er ihnen alles haarklein erzählen würde und sie weder Belinda noch den Mann mit der Sturmhaube fänden. Würde das FBI sich damit zufriedengeben? Oder würden sie einen Sündenbock suchen, einen Mann, der bestenfalls ein so schlechtes Urteilsvermögen bewiesen hatte, dass er der Täterin wiederholt unbefugten Zutritt in die Räumlichkeiten gewährt hatte?

Ian war schnell klar, dass er schweigen und die Sache aussitzen musste. Solange er sich nicht selbst ein Bein stellte, hatte das FBI nichts gegen ihn in der Hand – schließlich war er unschuldig. Und genau da lag die feine Ironie in der Geschichte: Das FBI konnte Ian nur dann etwas anhängen, wenn er wahrheitsgemäß berichtete, dass er nichts getan hatte.

Ich habe Ian gefragt: »Haben Sie Belinda Evans jemals wiedergesehen?«

Als er kurz zögerte, formte ich meine Finger zu einer Speerspitze.

Ja, sagte er. Viele Jahre später. Er behauptete, sich nicht sicher gewesen zu sein, ob es wirklich Belinda war, was ich allerdings für eine Lüge halte.

Er war sich sicher.

* * *

Der mitternächtliche Sex mit Benutzername Helena ist nicht sehr gut.

Als ich aus Ian Cornwells Wohnung komme, ist es zu spät, um weiter herumzuschnüffeln. Ich bin mir sowieso nicht sicher, ob ich vorerst noch mehr tun muss.

Ich weiß jetzt alles.

Ein paar lose Fäden gibt es noch, aber wenn ich all die neuen Erkenntnisse ein paar Stunden sacken lasse – und Kabir und mein Team im Laufe der Nacht noch ein paar Details klären –, bin ich überzeugt, dass es morgen früh keine Fragen mehr gibt.

Mit diesem Gedanken im Hinterkopf gehe ich also zu meinem Sex-App-Rendezvous mit Benutzername Helena. Sie ist willig und enthusiastisch, und ich bin enttäuscht und überrascht, dass ich nicht gleichermaßen reagiere. Ich stelle fest, dass ich gedanklich abwesend bin. Ich weiß, dass es den Anschein hat, als würde ich Sex auf die leichte Schulter nehmen, eigentlich ist aber genau das Gegenteil der Fall. Sex ist mir heilig. Er ist für mich das, was religiöser Ekstase am nächsten kommt. Vielen Menschen ergeht es in der Kirche so, oder bei einem Runner's High, oder, wie Myron, wenn Springsteen im Livekonzert *Meeting Across the River* und *Jungleland* hintereinander spielt. Ich erlebe so etwas nur beim Sex. Sex ist das große Abenteuer, die große Reise, die erst in dem Moment endet, in dem wir aus dem Bett schlüpfen. Für mich ist Sex dann am besten, wenn man – um einen Begriff aus der Geschäftswelt zu verwenden, den ich absolut verabscheue – eine »gemeinsame Vision« hat. Heute Abend herrschte einfach zu viel statisches Rauschen, um eine gute Verbindung zu bekommen. Es war nicht mehr als eine Entspannungsübung, der Selbstbefriedigung ganz ähnlich.

Als wir uns schweigend zurücklehnen, und die Augen zur Decke gerichtet nach Luft schnappen, sagt Helena: »Das war nett.«

Ich sage nichts. Ich denke über eine zweite Runde nach – vielleicht komme ich dann in den Tunnel –, aber ich bin nicht mehr so jung wie früher, und es ist schon spät. Ich überlege beiläufig, wie wir beide uns auf den Absprung vorbereiten können, als mein Handy klingelt.

Kabir. Um zwei Uhr nachts.

Das kann nichts Gutes bedeuten. »Ich höre«, sage ich.

»Wir haben ein Problem.«

Sie haben Arlo Sugarman gefunden.«

Seit Kabirs Anruf sind zwölf Stunden vergangen. Mein Adrenalinschub ist abgeklungen, wahrscheinlich falle ich also jeden Moment in ein Loch. Ich habe die ganze Nacht nicht geschlafen und spüre, wie ich an den Rändern ausfranse. Ausdauer ist ein wichtiger Teil meines Trainings, genetisch fehlt mir jedoch die entsprechende Veranlagung. Außerdem werde ich älter, was das Durchhaltevermögen natürlich beeinträchtigt, außerdem habe ich im Leben nur wenige Situationen erlebt, in denen ich darauf angewiesen war. Ich musste nur selten die ganze Nacht Wache stehen – wie man es zum Beispiel beim Militär müsste – und war auch sonst nicht gezwungen, tagelang ohne Schlaf auszukommen. Ich kämpfe – und dann ruhe ich mich aus.

Die alte Frau, mit der ich mich jetzt unterhalte, ist Vanessa Hogan.

Ich bin wieder in ihrem Haus in Kings Point. Wir sind allein. Jessica hat dieses Treffen für mich eingefädelt. Zuerst war Vanessa Hogan nicht bereit, mich ein zweites Mal zu empfangen. Erfolgreich geködert habe ich sie dann – wie ich gehofft hatte – mit dem Versprechen, dass ich ihr Arlo Sugarmans Aufenthaltsort verraten würde, wenn wir uns alleine treffen.

»Was halten Sie davon, wenn Sie anfangen?«, frage ich.

Wie bei meinem ersten Besuch sitzt Vanessa Hogan von

Kissen gestützt in einem Sessel. Ihre Haut ist rosiger als bei unserem ersten Treffen. Sie wirkt weniger gebrechlich. Sie trägt immer noch ein Kopftuch. Das Haus ist leer. Ihren Sohn Stuart hat sie in den Supermarkt geschickt.

»Ich weiß wirklich nicht, was Sie meinen.«

»Ich war vor Kurzem bei Billy Rowans Vater«, sage ich. »Wussten Sie, dass er und Edie Parkers Mutter ein Paar sind?«

»Nein, das wusste ich nicht«, sagt Vanessa mit allzu klebrig-süßer Stimme. »Wie schön für sie.«

»Ja. William Rowan lebt in einem Heim für betreutes Wohnen. Sein Zimmer ist voll von christlichen Bildern. An den Wänden hängen gerahmte Bibelzitate. Ein auffälliger Kontrast, wie ich fand.«

»Was für ein Kontrast?«

»Zu Ihrem Haus«, sage ich und hebe die Hände. »Hier sehe ich nicht einmal ein Kreuz.«

Sie zuckt die Achseln. »Was die machen, ist doch Show-Religiosität«, antwortet Vanessa mit einem Hauch von Bitterkeit. »Das hat nichts zu bedeuten.«

»Für sich genommen nicht, da haben Sie recht. Aber ich habe ein paar Nachforschungen angestellt. Soweit mir bekannt ist, haben Sie nie etwas mit einer Kirchengemeinde zu tun gehabt. Sie haben nie einer religiösen Organisation Geld gespendet. Bevor Frederick getötet wurde, haben Sie sogar …«

»Ermordet«, unterbricht Vanessa Hogan mich mit einem ebenfalls klebrig-süßen Lächeln im Gesicht. »Mein Sohn wurde nicht getötet. Er wurde ermordet.«

Ich versuche, das Lächeln zu erwidern. »Jetzt kommen wir langsam auf den Punkt, Miss Hogan, nicht wahr?«

»Was soll das heißen?«

»Mein bester Freund wurde einer Profi-Basketballkarriere beraubt, weil ein Mann namens Burt Wesson ihn absichtlich schwer verletzt hat. Er hat ihm das Knie ruiniert. Irgendwann habe ich Burt einen Besuch abgestattet. Seitdem ist er nicht mehr derselbe. Einige Männer, die meinen Weg kreuzten, haben großes Unrecht begangen. Ich bin auf nächtliche Touren gegangen. Manche haben überlebt, andere nicht, aber keiner war hinterher derselbe wie vorher. Zuletzt, kurz bevor Ry Strauss' Leiche gefunden wurde, habe ich dafür gesorgt, dass ein Stalker und Frauenschänder nie wieder jemandem etwas antun kann.«

Vanessa Hogan mustert mein Gesicht. »Haben Sie Ihr Handy bei sich, Mr Lockwood?«

»Das habe ich.«

»Geben Sie es mir.«

Ich tue, was sie verlangt. Sie sieht aufs Display.

»Haben Sie etwas dagegen, dass ich es ausschalte?«

Ich signalisiere ihr, dass sie fortfahren soll.

Vanessa Hogan hält den Knopf an der Seite gedrückt. Das Display wird dunkel. Sie legt das Handy auf den Couchtisch. »Was wollen Sie damit sagen, Mr Lockwood?«

»Das wissen Sie doch«, sage ich. »Wir haben es bei unserem ersten Treffen beide gespürt. Unser ganzes Gerede über Rache und Vergeltung.«

»Ich habe gesagt, man soll die Rache in Gottes Hände legen.

»Aber Sie haben es nicht so gemeint. Sie wollten mich testen, meine Reaktion beobachten. Das habe ich Ihrem Gesicht angesehen. Der Schläger und Frauenschänder, dem ich letzte Woche diese Verletzungen zugefügt habe, war eine Gefahr. Jetzt ist er das nicht mehr. So einfach ist das. Ich habe ihn neutralisiert, weil die Behörden ihn nicht aufgehalten haben.«

Sie nickt. »Sie sagten, mit den Männern, die Ihren Onkel getötet haben, würden Sie dasselbe tun wollen.«

»Das stimmt.«

»Und mit denen, die die armen Mädchen getötet haben.«

Ich nicke. »Sie haben mich verstanden«, sage ich. »Sie können das nachfühlen.«

»Selbstverständlich.«

»Weil Sie das Gleiche getan haben.«

Ich lehne mich zurück. Ich stecke eine Hand in die Hosentasche.

»Wo ist Arlo Sugarman?«, fragt sie.

»Ich könnte ihn einfach anzeigen«, sage ich.

»Das könnten Sie, ja.«

»Ihnen wäre es aber lieber, wenn ich das nicht täte.«

Es wird still im Raum. Jetzt stehen wir genau auf der Schwelle.

Ich sage: »Sie wissen, was mit Lionel Underwood geschehen ist, stimmt's?«

Sie antwortet nicht.

»Für Leo Staunch war es zu viel. Er wollte nicht, dass noch jemand das durchmachen musste, was Lionel Underwood durchgemacht hat. Daher hat er mich gebeten, ihm zu helfen, Arlo Sugarman zu beschützen. Ich fand das seltsam.«

»Das finde ich auch«, sagt sie.

»Nein, nicht, dass er Arlo nichts antun wollte – das konnte ich verstehen.« Ich beuge mich näher an sie heran und senke die Stimme. »Aber warum hat Leo mich nur nach Arlo gefragt?«

»Ich kann Ihnen nicht folgen.«

»Warum«, fahre ich fort, »hat er sich nicht auch nach Billy Rowan und Edie Parker erkundigt?« Ich lehne mich zurück. »Es hat mich eine ganze Weile beschäftigt, aber eigentlich lag die Antwort auf der Hand.«

»Und die wäre?«

»Leo Staunch hat sich nicht nach Billy und Edie erkundigt«, sage ich, »weil er wusste, dass sie schon tot waren.«

Wieder erfüllt Stille den Raum, verdrängt die Luft, droht alles zu ersticken.

»Es ist schon komisch, dass sich so viele der frühen Theorien am Ende als richtig erwiesen haben«, sage ich. »Nehmen Sie die Jane Street Six. Nachdem Lake Davies sich gestellt hatte, waren es nur noch fünf. Wie, so fragten sich alle, konnten sich die übrigen Mitglieder so viele Jahre verstecken? Eine Person? Ja. Zwei? Unwahrscheinlich, aber möglich. Aber dass alle fünf leben und nie wieder gesehen wurden? Für so lange Zeit? Jetzt kennen wir die Antwort, oder? Lionel Underwood ist seit über vierzig Jahren tot. Darum hat Nero Staunch sich gekümmert. Und Billy und Edie sind sogar noch länger tot. Dafür haben Sie gesorgt, Miss Hogan.«

Vanessa antwortet nicht. Sie sitzt einfach nur da, mit ihrem klebrig-süßen Lächeln.

»Sie sind dreiundachtzig Jahre alt«, sage ich. »Sie sind krank. Sie wollen jemandem die Wahrheit sagen, und Sie sehen in mir einen verwandten Geist. Sie haben mein Handy – ich hätte sowieso keine Beweise. Fürchten Sie, dass ich das, was Sie mir sagen, dem FBI erzähle?«

Vanessa Hogan sieht mir fest in die Augen. »Ich fürchte mich vor nichts, Mr Lockwood.«

Daran hege ich keinen Zweifel.

»Sie haben mir mein Leben gestohlen.« Ihre Stimme ist ein harsches, schmerzerfülltes Flüstern. Sie atmet tief durch. Ich sehe, wie sich ihr Brustkorb hebt und senkt, wie sie Sauerstoff aufsaugt, Kraft sammelt. »Mein einziger Sohn, mein Frederick … Als ich die Nachricht von seinem Tod zum ersten Mal hörte, hatte ich das Gefühl, man hätte mich mit einem Baseballschläger niedergeschlagen. Ich sank zu Boden. Ich bekam keine Luft. Ich konnte mich nicht rühren. Mein Leben war zu Ende. Einfach so. Aber all die Liebe, die ich für den Jungen empfunden habe, diesen wunderbaren, hübschen Jungen, sie ist nicht gestorben. Sie hat sich in Wut verwandelt. Auf einen Schlag.« Sie schüttelt den Kopf, ihre Augen sind trocken. »Ohne diese Wut wäre ich vermutlich nie wieder auf die Beine gekommen.«

Neben ihr steht eine Wasserflasche mit einem Strohhalm. Sie führt ihn an die Lippen und schließt die Augen, als sie trinkt.

»Die Suche nach Vergeltung hat mich aufgezehrt. Sie, Mr Lockwood, kümmern sich um böse Menschen, stoppen sie, bevor sie weitere Verbrechen begehen. Was Sie tun, ist bewundernswert und sogar sinnvoll – Sie verhindern Verbrechen. Sie verhindern, dass noch mehr Menschen den Horror erleben müssen, der Frederick und mir widerfahren ist. Aber meine Motivation war das nicht. Mir war es egal, ob die Jane Street Six so etwas noch einmal tun würden. Ich hatte diese Wut in mir. Ich hatte diese Wut in mir – und musste sie irgendwo loswerden.«

»Erzählen Sie mir, was Sie gemacht haben«, sage ich.

»Nachforschungen«, antwortet sie. »Stellen Sie Nachforschungen über Ihre Feinde an, Mr Lockwood?«

»Das tue ich.«

»So habe ich herausbekommen, dass drei der sechs aus religiösen Familien stammen – Billy Rowan, Lake Davies und Lionel Underwood. Ich bin davon ausgegangen, dass sie Angst hatten und Trost suchten. Also habe ich im Fernsehen diesen erbärmlichen religiösen Appell abgesondert. Und ich habe gebetet – das ist kein Witz –, dass einer von ihnen bei mir anrufen würde.«

»Und es hat einer angerufen«, sage ich.

»Billy Rowan. Der Teil stimmte. Es war genau so, wie ich es allen erzählt habe. Er ist durch die Küchentür hereingekommen.«

»Was ist dann passiert?«

»Der Baseballschläger. Nur nicht im übertragenen Sinne, sondern wörtlich. Ich hatte ihn neben dem Kühlschrank versteckt. Billy saß bei mir am Küchentisch. Ich fragte, ob er eine Cola wolle. Er sagte: ›Ja, bitte.‹ So höflich. Die Hände im Schoß gefaltet. Er weinte. Erzählte mir, wie leid es ihm täte. Aber ich hatte schon alles geplant. Er saß mit dem Rücken zu mir. Ich habe den Schläger genommen und ihm auf den Kopf geschlagen. Billys ganzer Körper erzitterte. Ich habe noch einmal zugeschlagen. Er wackelte auf dem Stuhl und fiel dann auf den Linoleumboden. Ich habe dann immer wieder zugeschlagen. Diese Wut. Diese brennende Wut. Sie wurde endlich gestillt – haben Sie das je gespürt?«

Ich nicke.

»Billy lag auf dem Boden. Er blutete. Mit geschlossenen Augen. Wieder habe ich den Schläger über meinen Kopf gehoben. Wie eine Axt. Es fühlte sich so gut an, Mr Lockwood. Wissen Sie, vorher hatte ich befürchtet, dass mir mulmig werden könnte, wenn es so weit ist. Aber mein Gott, es war genau andersherum. Es hat mir Spaß gemacht. Zwischendurch habe ich mich gefragt, wie viele Schläge ich noch brauchen würde, um ihn zu töten, als ich plötzlich eine bessere Idee hatte.«

»Die wäre?«

Wieder lächelt Vanessa Hogan. »Finde heraus, was er weiß.«

»Logisch«, stimme ich zu.

»Ich habe Nero Staunch angerufen. Wir hatten uns in Lower Manhattan bei einem Treffen der Familien der Opfer kennengelernt. Ich habe ihn gebeten, allein zu kommen. Wir haben Billy in meinen Keller geschleppt, an einen Tisch gefesselt und dann geweckt. Nero hat eine Bohrmaschine mit einem dünnen Bohrer genommen. Er hat an Billys Zehen angefangen. Dann hat er an seinen Knöcheln weitergemacht. Zuerst hat Billy behauptet, er wisse nicht, wo die anderen seien, sie hätten sich getrennt. Nero hat ihm das nicht abgekauft. Es hat eine ganze Weile gedauert. Billy hat Edie Parker geliebt. Wussten Sie, dass die beiden verlobt waren?«

»Das wusste ich, ja.«

»Also hat Billy versucht durchzuhalten, was das Ganze nur noch schlimmer machte. Natürlich kam die Wahrheit schließlich ans Licht. Von den anderen wusste er nichts, er hatte sich aber mit Edie zusammen versteckt. Sie wollten sich stellen. Und in einem Punkt haben Sie recht, Mr Lockwood, die beiden haben an dem Abend keine Molotowcocktails geworfen. Er gab zu, dass sie es geplant hatten, aber als der Bus über die Leitplanke stürzte, sind sie alle geflohen. Billy und Edie hofften, dass ihnen das Schlimmste erspart bleiben würde, wenn sie sich früh stellten, besonders wenn die Mutter eines Toten bereit war, ihnen zu vergeben.«

Vanessa Hogan setzt ihr klebrig-süßes Lächeln auf.

»Diese Mutter«, sage ich, »waren natürlich Sie.«

»Natürlich. Billy war allein gekommen, um auf Nummer sicher zu gehen und die Situation auszuloten. Edie war allein in einer Hütte an einem See zurückgeblieben, die einem Englischprofessor der State University of New York in Binghamton gehörte. Nero und ich haben Billy in den Kofferraum gelegt und sind hingefahren. Dort haben wir Edie Parker gefunden. Wir haben uns davon überzeugt, dass sie auch nicht mehr wusste – was mich wütend gemacht hat. Ich wollte alle sechs finden, aber offensichtlich war das noch nicht möglich. Dann waren wir mit Edie und Billy durch.«

»Was haben Sie mit den Leichen gemacht?«, frage ich.

»Warum wollen Sie das wissen?«

»Aus reiner Neugier, glaube ich.«

Vanessa Hogan sieht mich mit einem bohrenden Blick an. Ein paar Sekunden später winkt sie ab und sagt in einem zu heiteren Ton: »Ach, was soll's? Nero hatte so eine Art Bündnis mit einem Mafiaboss namens Richie B aus Livingston. Richie B hatte einen Schmelzofen auf seinem riesigen Anwesen. Wir haben die Leichen hingebracht. Damit war die Sache erledigt.«

Die Geschichte, die sie so genüsslich erzählt, entspricht in etwa dem, was ich erwartet hatte.

»Zwei der sechs waren also nach wenigen Tagen tot«, sage ich. »Lake Davies hat sich ein paar Jahre später gestellt. Sie hat Kontakt zu Nero Staunch aufgenommen und einen Deal ausgehandelt, mit dem sie ihr Leben gerettet hat, indem sie Lionel Underwood verriet. Wussten Sie das?«

Vanessa runzelt die Stirn. »Nero hat es mir erzählt – aber erst im Nachhinein. Ich war darüber nicht glücklich.«

»Sie wollten beide?«

»Ja, natürlich. Aber Nero sagte, es wäre nicht so einfach, sie im Gefängnis zu töten, wie man es oft im Fernsehen sieht. Erstens saß Lake Davies in einem Bundesgefängnis. Das macht es komplizierter, sagte er. Aber ganz unter uns? Ich glaube, Nero ist einfach ein ganz altmodischer Sexist. Männer umzubringen ist für ihn kein Problem. Aber bei Edie Parker hat er's nicht übers Herz gebracht. Das musste ich übernehmen.«

Ich nicke bedächtig und versuche, die Einzelheiten zusammenzufügen, während sie weitererzählt. »Damit haben wir dann vier der sechs«, sage ich.

»Ja.«

»Und was dann? Dann haben Sie lange nichts mehr gehört?«

»Über vierzig Jahre«, sagt sie.

»Und dann meldet sich jemand bei Nero Staunch – womöglich ein Mann namens Randy – und behauptet, dass er Informationen über den Aufenthaltsort von Ry Strauss hätte«, sage ich. »Nero ist zu alt und zu krank, um noch etwas zu unternehmen. Er sitzt im Rollstuhl. Er ist nur noch rein formell an der Macht. Sein Neffe Leo ist jetzt der Boss, und Leo ist gegen solche Selbstjustiz. Also hat Nero Sie angerufen. Es gibt drei Telefonate von der Craft Brewery der Staunches mit Ihnen. Von einem Festnetzanschluss zum anderen, was, wenn ich das anführen darf, altmodisch ist.«

»Das beweist gar nichts.«

»Absolut nicht«, stimme ich ihr zu. »Aber ich brauche keine Beweise. Wir sind hier nicht vor Gericht. Wir unterhalten uns nur. Aber Antworten brauche ich trotzdem.«

»Warum?«

»Das habe ich Ihnen schon erklärt.«

»Ach richtig.« Vanessa erinnert sich und nickt. »Die Hütte des Schreckens. Ihr Onkel und Ihre Cousine.«

»Genau.«

»Dann fahren Sie fort«, sagt sie. »Erzählen Sie mir den Rest Ihrer Theorie.«

Ich zögere – ich will, dass sie es ausspricht – fange dann aber an. »Ich weiß nicht, ob Sie die Informationen direkt von Nero Staunch bekommen haben oder ob Staunch diesen Randy zu Ihnen geschickt hat. Das spielt eigentlich auch keine Rolle. Letztlich hielten Sie den Inhalt von Ry Strauss' Bankschließfach in Händen. Dadurch wussten Sie, wie er sich nannte, wo er wohnte, und vielleicht hatten Sie auch eine Handynummer. Natürlich war Ry wegen des aufgebrochenen Schließfachs in Panik. Sie haben ihn angerufen und so getan, als wären Sie eine Bankmitarbeiterin. Was genau haben Sie ihm gesagt?«

Sie kneift die Augen zusammen, versucht, verschlagen auszusehen. »Warum sind Sie so sicher, dass ich das war?«

Ich öffne die Akte, die ich mitgebracht habe, und ziehe das erste Standbild vom Video der Überwachungskamera im Keller heraus. »Wir dachten, der Täter wäre ein kleiner, glatzköpfiger Mann. Aber als mir klar wurde, dass es sich bei dem Täter um eine Frau handeln könnte, eine Frau, die womöglich aufgrund einer Chemotherapie ihre Haare verloren hat, tja … das sind Sie, stimmt's?«

Sie schweigt.

Ich ziehe das zweite Standbild heraus und reiche es ihr. Darauf sind ein Mann mit pechschwarzen Haaren und eine brünette Frau zu sehen, die durch die Eingangstür hinausgehen.

»Das ist aus einem Überwachungsvideo aus der Lobby des Beresford. Es ist sechs Stunden nach dem Bild im Keller entstanden, das ich Ihnen gerade gezeigt habe. Der Mann …«, ich zeige auf ihn, »… ist ein Hausbewohner namens Seymour Rappaport. Er wohnt in der fünfzehnten Etage. Die Frau ist allerdings nicht seine Frau. Niemand weiß, wer sie ist. Seymour wusste es auch nicht. Er sagte, sie sei schon im Aufzug gewesen, als er eingestiegen ist, also muss sie aus einem höheren Stockwerk gekommen sein. Wir haben das sehr gründlich überprüft. Es gibt keine Anzeichen dafür, dass diese Frau das Gebäude betreten hat. Sie waren sehr clever. Als Sie durch den Keller ins Haus gekommen sind, haben Sie einen Mantel getragen. Den haben Sie einfach in Rys Wohnung abgelegt. Niemand hätte ihn bemerkt, wenn man nicht gezielt danach gesucht hätte. Als Sie die Perücke aufsetzten, war der glatzköpfige Mann verschwunden. Dann sind Sie mit dem Fahrstuhl nach unten gefahren und haben das Gebäude zusammen mit einem anderen Bewohner verlassen. Wirklich genial.«

Vanessa Hogan lächelt einfach weiter.

»Einen kleinen Fehler haben Sie allerdings doch gemacht.«

Das Lächeln erstarrt kurz. »Und das wäre?«

Ich zeige auf den linken Schuh, erst auf dem einen Foto, dann auf dem anderen.

»Dieselben Schuhe.«

Vanessa Hogan späht auf ein Bild, dann auf das nächste. »Sieht wie ein weißer Turnschuh aus. Die sieht man oft.«

»Stimmt. Vor Gericht würde das nicht standhalten.«

»Ach, kommen Sie, Mr Lockwood. Bin ich nicht viel zu alt, um so etwas durchzuziehen?«

»Das könnte man meinen«, sage ich. »Aber nein, Sie hatten eine Waffe. Sie haben sie ihm in den Rücken gedrückt. Natürlich könnte ich das FBI bitten, sämtliche Aufnahmen der Überwachungskameras von diesem Tag aus den umliegenden Straßen zu besorgen. Ich bin überzeugt, dass wir den glatzköpfigen Mann entdecken, der eine Waffe auf Ry Strauss richtet. Vielleicht fänden wir da sogar ein schärferes Bild von Ihrem Gesicht.«

Vanessa ist begeistert bei der Sache. »Glauben Sie nicht, dass ich auch mein Gesicht verändert hätte? Nicht viel, nur ein bisschen Theaterschminke?«

»Noch ein genialer Schachzug«, sage ich.

»Eine Frage stellt sich mir allerdings noch.«

»Welche Frage?«

»Ich wusste nicht, dass das Gemälde über seinem Bett so wertvoll ist.«

»Und wenn Sie es gewusst hätten?«

Vanessa Hogan zuckt die Achseln. »Ich frage mich, ob ich es mitgenommen hätte.«

»Sie wissen es nicht?«

»Nein, ich weiß es nicht.«

Na also. Jetzt kenne ich das Schicksal aller sechs Mitglieder der Jane Street Six. Während ich hier mit Vanessa Hogan sitze, wird mir bewusst, dass ich der einzige Mensch auf der Welt bin, der das weiß.

Als könnte sie meine Gedanken lesen, sagt Vanessa Hogan: »Jetzt sind Sie an der Reihe, Mr Lockwood. Wo ist Arlo Sugarman?«

Ich überlege, wie ich die Frage beantworten soll. Eins will ich noch wissen. »Sie haben Billy Rowan und Edie Parker verhört.«

»Das hatten wir doch schon.«

»Die beiden haben Ihnen gesagt, dass sie keine Molotowcocktails geworfen haben.«

»Ja. Und?«

»Was war mit Arlo Sugarman?«

»Was soll mit ihm sein?«

»Welche Rolle hat er in der ganzen Sache gespielt?«

Das Lächeln ist zurück. »Ich bin beeindruckt, Mr Lockwood.«

Ich sage nichts.

»Sie glauben, dann wäre Arlo unschuldig?«

»Was haben Billy und Edie Ihnen darüber erzählt?«

»Versprechen Sie mir, dass Sie mir trotzdem sagen, wo Arlo Sugarman ist?«

»Ja, das tue ich.«

Vanessa lehnt sich zurück. »Sie scheinen es schon zu wissen, aber gut, ich werde Ihnen die Bestätigung liefern. Arlo war nicht da – und trotzdem war er derjenige, der es geplant hat. Die Tatsache, dass er am Ende zu feige war, um auch aufzutauchen, befreit ihn nicht von seiner Schuld.«

»In Ordnung«, sage ich. »Eine letzte Frage.«

»Nein«, sagt Vanessa Hogan mit stählerner Stimme. »Zuerst sagen Sie mir, wo Arlo Sugarman ist.«

Es ist tatsächlich Zeit. Also sage ich es einfach: »Er ist tot.«

Sie verzieht das Gesicht.

Ich zeige ihr ein Foto des Grabsteins. Ich berichte ihr, was Calvin Sinclair mir erzählt hat. Es dauert eine Weile, bis Vanessa Hogan das alles akzeptiert. Ich nehme mir Zeit. Ich sage ihr, was ich über Arlo Sugarman weiß, dass er viel Zeit in Oklahoma und in Übersee verbracht hat, dass er offenbar viel Gutes getan hat, um das Unrecht, das er begangen hatte, wiedergutzumachen.

Nach einiger Zeit sagt Vanessa Hogan: »Es ist also vorbei. Es ist wirklich vorbei.«

Für sie war es vorbei. Für mich noch nicht.

»Eins noch«, sage ich, als ich aufstehe, um zu gehen. »Wenn Billy und Edie die Molotowcocktails nicht geworfen haben, haben sie Ihnen denn erzählt, wer es war?«

»Ja.«

»Und wer war es?«

»Zum einen natürlich Ry Strauss.«

»Und wer noch?«

»Sie kennen die grobkörnigen Fotos«, sagt sie. »Es waren trotzdem sechs Leute da. Ry Strauss hatte jemanden gefunden, der Arlo Sugarmans Platz eingenommen hat. Er hat den zweiten Molotowcocktail geworfen.«

»Und wie hieß er?«

»Billy und Edie kannten ihn nicht«, sagt sie. »Aber alle haben ihn Rich genannt.« Sie richtet sich etwas weiter auf. »Haben Sie eine Ahnung, wer das ist?«

Rich, sage ich leise.

Natürlich ist es eine Kurzform von Aldrich.

»Nein«, antworte ich. »Absolut nicht.«

VIERUNDDREISSIG

Wenn ich mit dem Hubschrauber nach Lockwood Manor fliege, achte ich normalerweise nicht auf die beeindruckende Aussicht. Menschen gewöhnen sich an Dinge. Das führt unter anderem dazu, dass wir die Ehrfurcht vor etwas verlieren, sobald es alltäglich wird. Wir nehmen es als selbstverständlich hin. Ich behaupte nicht, dass das etwas Negatives ist. Die Aufforderung, man solle jeden Moment bis aufs Letzte auskosten, wird viel zu hoch gehängt. Es ist eine unrealistische Forderung, die eher zu mehr Stress als zu mehr Zufriedenheit führt. Das Geheimnis eines erfüllten Lebens liegt nicht darin, sich in aufregende Abenteuer zu stürzen oder immer aus dem Vollen zu schöpfen – das hält niemand durch –, sondern darin, die Ruhe und das Vertraute anzunehmen und sogar zu genießen.

Mein Vater ist auf dem Putting Green. Ich bleibe zwanzig Meter von ihm entfernt stehen und beobachte ihn. Sein Schlag ist ein perfektes Metronom. Golfer werden mir widersprechen, aber um in diesem Spiel wirklich herausragend zu sein, braucht man eine gewisse Veranlagung zur Zwanghaftigkeit. Wie sonst könnte man stundenlang über denselben Putts stehen und an seinem Schlag arbeiten? Wie sonst könnte man drei Stunden am Stück im immer gleichen Bunker verbringen, um Spin und Flugbahn des Balls zu perfektionieren?

»Hallo, Win«, sagt mein Vater.

»Hallo, Dad.«

Er sieht immer noch seinem Putt hinterher. Es ist Teil seiner Routine, ganz egal, was passiert, ganz egal, wie viele Übungs-Putts er hintereinander spielt. Seine Theorie, die ich auch beim Kampfsport beherzige, besagt, dass man genauso übt, wie man spielt.

»Was denkst du gerade?«, fragt er.

»Ich habe gedacht, dass man ein wenig zwanghaft veranlagt sein muss, um ein herausragender Golfspieler zu sein.«

»Erklär mir das bitte.«

Ich erkläre ihm kurz, was eine Zwangsstörung ist.

Er hört geduldig zu, und als ich fertig bin, sagt er: »Klingt wie eine Ausrede, um nicht zu üben.«

»Möglich.«

»Du bist ein sehr guter Spieler«, sagt er, »hast es aber nie genug gewollt.«

Das stimmt.

»Myron hingegen«, fährt Dad fort. »Er wirkt lieb und nett, und das ist er ja auch. Aber auf dem Basketballplatz? Da ist er kaum noch zurechnungsfähig, so sehr will er gewinnen. Einen solchen Siegeswillen kann man niemandem beibringen. Und gesund ist er auch nicht immer.«

Jetzt richtet er sich auf und dreht sich zu mir um. »Also, was gibt's?«

»Onkel Aldrich.«

Er seufzt. »Er ist schon seit über zwanzig Jahren tot.«

»Wusstest du von seinen Problemen?«

»Probleme«, wiederholt er, und schüttelt den Kopf. »Deine Großeltern haben es meist ›Vorlieben‹ genannt.«

»Seit wann wusstest du davon?«

»Ich glaube, schon immer. Die ersten Vorfälle gab es schon, als er noch in der Middle School war.«

»Was zum Beispiel?«

»Ach, was tut das schon zur Sache, Win?«

»Bitte.«

Er seufzt. »Am Anfang ist er als Spanner aufgefallen. Außerdem hat er sich den Mädchen gegenüber zu aggressiv verhalten. Du musst bedenken, dass es die Sechziger waren. Die Idee, dass ein Date Rape, erzwungener Sex bei einer Verabredung, auch eine Vergewaltigung ist, hatte sich noch nicht durchgesetzt.«

»Also haben eure Eltern ihn immer wieder woanders hingeschickt«, sage ich. »Oder sie haben die Leute dafür bezahlt, dass sie die Sache auf sich beruhen lassen. Er hat zweimal die Highschool gewechselt. Er hat am Haverford College angefangen, und dann hat die Familie ihn auf eine Uni nach New York geschickt.«

»Wenn du das alles weißt, warum fragst du dann?«

»In New York ist irgendetwas passiert«, sage ich. »Was war das?«

»Ich weiß es nicht. Deine Großeltern haben es mir nie erzählt. Ich nehme an, dass es wieder ein Vorfall mit einem Mädchen war. Sie haben ihn dann nach Brasilien geschickt.«

Ich schüttele den Kopf. »Es ging nicht um ein Mädchen«, sage ich.

»Aha?«

»Aldrich war einer der Jane Street Six.«

Ich wollte sehen, ob er es weiß. Ich sehe seinem Gesicht an, dass das nicht der Fall ist.

»Onkel Aldrich war in jener Nacht dort. Er hat einen Molotowcocktail geworfen. Ein paar Tage später haben deine Eltern ihn nach Brasilien geschickt. Sie haben ihn verschwinden lassen, für alle Fälle. Dann haben sie diese Briefkastenfirma gegründet, um Ry Strauss zum Schweigen zu bringen.«

»Worauf willst du hinaus, Win?«

»Ich will darauf hinaus«, sage ich, »dass das Aldrich nicht gestoppt hat. Männer wie er bessern sich nicht.«

Mein Vater schließt vor Schmerz die Augen. »Deshalb habe ich mit ihm gebrochen«, sagt er. »Ich habe den Kontakt zu ihm gekappt und nie wieder ein Wort mit ihm gesprochen.«

In seiner Stimme liegt Zorn – Zorn und tiefe Trauer.

»Er war mein kleiner Bruder. Ich habe ihn geliebt. Aber nach diesem Vorfall mit Ashley Wright wusste ich, dass er sich nie ändern würde. Vielleicht, ich weiß nicht, vielleicht wäre es nicht so weit gekommen, wenn unsere Eltern nicht immer ihre schützende Hand über ihn gehalten hätten, wenn sie Aldrich dazu gezwungen hätten, sich Hilfe zu suchen oder die Konsequenzen für sein Tun zu tragen. Aber dafür war es zu spät. Großvater war tot, also lag es an mir. Ich habe getan, was ich für das Beste hielt.«

»Du hast den Kontakt abgebrochen.«

Er nickt. »Ich wusste nicht, was ich sonst tun sollte.«

Ich nicke und trete näher zu ihm. Mein Vater ist ein einfacher Mensch. Er hat sich entschieden, sicher und geschützt hinter diesen Hecken zu leben. Er hat sich für Passivität entschieden. War das für ihn die richtige Entscheidung? Ich weiß es nicht. Ich bin der Sohn meines Vaters, aber ich bin nicht mein Vater. Er hat das getan, was er für das Beste hielt, und dafür liebe ich ihn.

»Was ist?«, fragt er. »Gibt es noch mehr?«

Ich schüttele nur den Kopf, traue mich nicht zu sprechen.

»Was ist?«, fragt er.

»Nichts«, versichere ich ihm.

Er mustert noch einen Moment mein Gesicht. Wieder lasse ich mir nichts anmerken.

Ich will ihm nicht das Herz brechen.

Nach ein paar Augenblicken zeigt er auf den Ständer zu seiner Linken. »Nimm dir einen Schläger«, sagt er, während er die Bälle für unser liebstes Gartenspiel zurechtlegt.

Ich möchte bei ihm bleiben. Ich möchte bleiben und mit meinem Vater bis zum Sonnenuntergang Annäherungsschläge ans Loch spielen, so wie früher, als ich klein war.

»Ich kann jetzt nicht«, sage ich.

»Okay.« Er blickt auf einen Golfball hinab, als versuchte er, das Logo darauf zu lesen. »Vielleicht später?«

»Vielleicht«, sage ich.

Ich will ihm die Wahrheit sagen. Aber ich werde es niemals tun. Es würde ihn nur verletzen. Es würde nichts besser machen, brächte keine Vorteile. Ich bleibe ruhig stehen und warte, bis er seine Aufmerksamkeit wieder auf den kleinen weißen Ball auf dem Grün gerichtet hat. Er fixiert ihn mit den Augen, nur ihn, und weil ich meinem Vater schon so oft dabei zugesehen habe, weiß ich, dass er sich in diese gewohnheitsmäßige Tätigkeit flüchtet. Manchmal versuche ich das auch. Gelegentlich gelingt es mir sogar.

Aber eigentlich ist das nicht meine Art.

Ich wache vom Knirschen der Reifen auf dem Kies auf. Ich bin auf der Couch eingeschlafen, was mich überrascht. Letztlich hat die Erschöpfung die Überdrehtheit besiegt. Das hatte ich nicht erwartet. Ich liege immer noch auf der Couch, als die Haustür geöffnet wird und Cousine Patricia mit einer Tüte Lebensmittel hereinkommt.

Sie sieht mich sofort auf der Couch.

»Win? Was zum Henker?«

Ich strecke mich und sehe auf die Uhr. Es ist 19.15 Uhr.

»Wie bist du hier reingekommen? Ich habe die Tür abgeschlossen und die Alarmanlage angestellt.«

»Ach, klar doch«, sage ich so leichthin, wie es mir gerade möglich ist. »Es ist für mich wirklich völlig unmöglich, an einem Medeco-Schloss und einer ADT-Alarmanlage vorbeizukommen.«

Als Patricias Blick hinter mir auf den Esszimmertisch fällt, weicht sie einen Schritt zurück. Ich warte. Sie sagt nichts. Sie starrt weiter an mir vorbei. Ich stehe langsam auf und strecke mich.

»Hat es dir die Sprache verschlagen, Cousinchen?«, frage ich.

»Du bist in mein Haus eingebrochen.«

»Netter Ablenkungsversuch«, sage ich. »Aber wenn's sein muss, ja.« Dann zeige ich auf den Esszimmertisch, imitiere ihren Tonfall und sage: »Du hast meinen Picasso geklaut.«

Natürlich ist es nicht mein Picasso. Aber mir hat ihr Satzbau gefallen.

»Die Suche hatte ich mir schwieriger vorgestellt«, sage ich. »Unglaublich, dass du ihn einfach in dein Schlafzimmer gehängt hast.«

Cousine Patricia zuckt kurz die Achseln. »Da lasse ich niemanden rein.«

»Und da war er die ganze Zeit?«

»So ziemlich.«

»Gewagt«, sage ich.

Wieder zuckt sie die Achseln. »Eigentlich nicht. Wenn jemand gefragt hätte, hätte ich gesagt, dass es eine Kopie ist.«

Ich nicke. »Das wäre überzeugend.«

Sie geht zum Esszimmertisch. »Warum hast du die Rückwand abgeschraubt?«

»Das weißt du ganz genau«, antworte ich. »Was hast du mit den Negativen gemacht?«

»Woher weißt du davon?«

»Unser Kunstrestaurator hat einen Satz Negative in der Rückseite des Vermeers gefunden. Sie waren quadratisch – sechs mal sechs Zentimeter –, was heutzutage ziemlich ungewöhnlich ist. Es hat nicht lange gedauert, bis mir klar wurde, dass sie wohl aus einer alten Kamera stammen…«, ich blicke auf das Regal, »…wie zum Beispiel aus der Rolleiflex deines Vaters. Jedenfalls dachte ich mir, wenn dein Vater welche im Vermeer versteckt hat, kann man davon ausgehen, dass er auch welche im einzigen anderen Kunstwerk der Familie, dem Picasso, versteckt hat.«

Patricia steht jetzt vor dem Gemälde. »Du hast also nachgesehen?«

»Ja.«

»Und nichts gefunden.«

Ich seufze. »Muss das so laufen, liebe Cousine? Ja, die Negative sind weg. Du hast sie entfernt. Mir ist allerdings aufgefallen, dass der Keilrahmen an einer Stelle etwas klebrig ist – vielleicht von Klebeband. Bei dem Vermeer war ein Umschlag mit den Negativen mit Packband auf den Keilrahmen geklebt. Es wäre naheliegend, dass das auch bei dem Picasso so war.«

Sie schließt die Augen und legt den Kopf in den Nacken. Ich sehe sie schlucken und frage mich, ob sie in Tränen ausbrechen wird. Wahrscheinlich wäre dies der richtige Zeitpunkt, um ein oder zwei tröstende Worte zu sagen, ich glaube aber nicht, dass das hier helfen würde.

»Können wir die Verleugnung überspringen, Patricia?«

Sie blinzelt kurz und öffnet die Augen. »Was willst du, Win?«

»Du könntest mir erzählen, was wirklich passiert ist.«

»Die ganze Geschichte?« Sie schüttelt den Kopf. »Ich wüsste nicht einmal, wo ich anfangen sollte.«

»Vielleicht damit«, sage ich, »dass dein Vater sich in New York City mit Ry Strauss angefreundet hat.«

»Du weißt davon?«

»Das tue ich. Ich weiß auch von den Jane Street Six.«

»Wow«, sagt sie. »Ich bin beeindruckt.«

Ich warte.

»Das war allerdings Jahre nach dieser Nacht«, fährt sie fort. »Er ist aus New York City zu Besuch gekommen. Ry, meine ich. Dad hat ihn als Onkel Ryker vorgestellt. Er sagte, Onkel Ryker sei von der CIA, also durfte ich niemandem von ihm erzählen. Ich glaube, als ich ihn das erste Mal gesehen habe, war ich fünfzehn. Er interessierte sich für mich, aber, na ja, er sah sehr gut aus und war einfach unglaublich charismatisch. Aber ich war fünfzehn. Es ist nichts passiert. So etwas war das nicht. Später wurde mir klar, dass Ry meinen Vater in regelmäßigen

Abständen besucht hat, um ihn um Geld anzuhauen, oder weil er einen Schlafplatz brauchte ...«

Sie bricht ab und schüttelt den Kopf. »Ich weiß nicht, worauf das hinauslaufen soll.«

»Spring ein Stück vor«, sage ich.«

»Wohin?«

»An die Stelle, wo ihr, du und Ry Strauss, beschließt, die Gemälde zu stehlen.«

Patricia lächelt beinah. »Okay, wieso nicht? Das war dann also nach der Sache mit Ashley Wright. Dein Vater hatte bereits dafür gesorgt, dass mein Vater aus der Familie verbannt wurde, aber mein Vater schlich sich immer noch nach Lockwood und traf sich mit Großmutter. Sie war schließlich seine Mutter. Sie konnte ihm nichts abschlagen. Eines Tages kam mein Vater wütend und verzweifelt aus Lockwood zurück, weil die Familie – dein Vater – sich bereit erklärt hatte, die beiden Gemälde für eine bevorstehende Ausstellung nach Haverford zu verleihen. Ich hatte keine Ahnung, warum ihn das so wütend gemacht hat. Als ich ihn fragte, schimpfte er, dass dein Vater ihn rausgeworfen und ihm das genommen habe, was rechtmäßig ihm gehöre. Das war natürlich eine Lüge. Ich bin mir inzwischen sicher, dass es um die Negative ging. Na ja, ich war im letzten Highschool-Jahr. Wir haben in diesem kleinen Haus gewohnt, während ihr im riesigen Lockwood Manor residiert habt. In der Schule haben die anderen auf mich herabgesehen, sie haben getuschelt und Anspielungen gemacht. Du weißt, wie es war. Ein paar Tage danach ist Onkel Ryker wieder einmal zu Besuch gekommen. Ich will ehrlich sein. Ich wollte ihn. Ich glaube, wir hätten es auch gemacht, aber als ich von den Bildern erzählte, hat er einen Plan ausgeheckt.« Sie sieht mich verblüfft an. »Wie bist du darauf gekommen?«

»Ian Cornwell.«

»Ach. Der arme, süße Ian.«

»Du hast ihn verführt«, sage ich. »Du hast mit ihm geschlafen, um sein Vertrauen zu gewinnen.«

»Jetzt sei nicht so sexistisch, Win. Wenn du mit achtzehn mit einer weiblichen Security-Kraft hättest schlafen müssen, um einen Kunstraub durchzuziehen, hättest du auch keinen zweiten Gedanken darauf verschwendet.«

»Guter Punkt«, stimme ich zu. »Eigentlich sogar sehr gut. Ich gehe davon aus, dass Ry Strauss der Mann mit der Sturmhaube war.«

»So ist es.«

»Er hat dich Jahre später einmal gesehen. Ian Cornwell, meine ich. Du warst in der *Today Show* und hast um Spenden für Abeona Shelters geworben.«

»Als ich mit ihm zusammen war, hatte ich lange Haare«, sagt sie. »Ich hatte sie für diese drei Monate blond gefärbt. Nach dem Raub habe ich sie abgeschnitten und nie wieder wachsen lassen.«

»Cornwell behauptet, er wäre immer noch nicht sicher, ob du seine Belinda warst – doch selbst wenn, wie sollte er das beweisen?«

»Eben.«

»Und Aldrich hast du nichts von dem Raub erzählt?«

»Nein. Da wusste ich schon, dass Ryker in Wirklichkeit Ry Strauss war. Er hatte sich mir anvertraut. Wir waren uns immer nähergekommen. Wir haben uns sogar zusammen die Tattoos stechen lassen.«

Sie dreht sich zur Seite und zieht die Rückseite ihres Oberteils herunter, sodass ein Tattoo zum Vorschein kommt – der gleiche Tisiphone-abeona-Schmetterling, den ich auf den Fotos von Ry Strauss' Leiche gesehen habe.

»Welche Bedeutung hat dieser Schmetterling?«, frage ich.

»Keine Ahnung. Das kam alles von Ry. Er hat von der Göttin Abeona geschwärmt, die die Kinder rettet, ich weiß es nicht. Ry ist immer alles mit großer Leidenschaft angegangen. Wenn man jung ist, merkt man nicht, wie gering der Abstand zwischen einem bunten Vogel und einem Irren ist. Aber die Planung und Ausführung des Raubs waren …«, auf ihrem Gesicht breitet sich ein Grinsen aus, »… einfach fantastisch, Win. Überleg doch mal. Wir sind mit dem Diebstahl von zwei Meisterwerken davongekommen. Es war das Beste, was ich je im Leben getan habe.«

»Bis es«, sage ich und ziehe eine Augenbraue hoch, »sich in das Schlimmste verwandelte.«

»Du kannst so eine Dramaqueen sein, Win.«

»Noch ein guter Punkt. Wann hast du die Negative gefunden?«

»Gut ein halbes Jahr später. Ob du's glaubst oder nicht, aber ich hab den Picasso im Keller fallen lassen. Der Rahmen ist hinten gebrochen. Als ich versucht habe, ihn zu reparieren …«

»… hast du sie gefunden«, beende ich den Satz für sie.

Patricia nickt langsam.

Als ich meine nächste Frage stelle, muss ich schwer schlucken. »Hast du Aldrich erschossen oder war es Aline?«

»Ich habe ihn erschossen«, sagt sie. »Mutter war nicht zu Hause. Das stimmte. Ich habe sie weggeschickt. Ich wollte ihn allein zur Rede stellen. Ich habe noch auf eine Erklärung gehofft. Aber er ist einfach ausgerastet. So hatte ich ihn noch nie erlebt. Es war, als ob … Ich hatte eine Freundin mit einem wirklich schlimmen Alkoholproblem. Sie wurde nicht nur wütend – sie hat mir direkt in die Augen gesehen und wusste nicht, wer ich war.«

»Und das war auch bei deinem Vater so?«

Sie nickt, ihre Stimme klingt aber seltsam ruhig. »Er hat

mir ins Gesicht geschlagen. Er hat mir auf die Nase und in die Rippen geboxt. Er hat sich die Negative geschnappt und sie in den Kamin geworfen.«

»Die Knochenbrüche«, sage ich. »Das waren die alten Verletzungen, die die Polizei bei dir gefunden hat.«

»Ich habe ihn angefleht, dass er aufhören soll. Aber es war, als würde er mich gar nicht sehen. Er hat es nicht abgestritten. Er gab zu, dass er das alles und noch Schlimmeres getan hatte. Und, na ja, die Negative, die Bilder darauf …«

»Jetzt wusstest du, wozu er fähig war«, sage ich.

»Ich bin in sein Schlafzimmer gerannt.« Ihr leerer Blick ist jetzt in die Ferne gerichtet. »Er hatte eine Pistole in seiner Nachttischschublade.«

Sie bricht ab und sieht mich an. Ich helfe ihr.

»Du hast ihn erschossen.«

»Ich habe ihn erschossen«, wiederholt sie. »Ich konnte mich nicht rühren. Ich stand einfach vor seiner Leiche. Ich wusste nicht, was ich tun sollte. Ich war einfach, ich weiß nicht, verwirrt. Haltlos. Mir war klar, dass ich nicht zur Polizei gehen konnte. Sie würden herausbekommen, dass ich die Bilder gestohlen hatte. Sie würden bestimmt auch von Ry erfahren, und er würde lebenslang ins Zuchthaus gehen. Die Negative waren im Feuer verbrannt, also hatte ich keinen Beweis. Außerdem habe ich – ich weiß, dass das jetzt seltsam klingt –, aber ich habe mir auch Sorgen um die Familie gemacht. Den Namen Lockwood, selbst nachdem wir verbannt worden waren. Das liegt uns wohl im Blut, was?«

»Auf jeden Fall«, stimme ich zu. »Du hast mir erzählt, dass mein Vater deinen in der Nacht vor seiner Ermordung besucht hat. Das stimmt nicht.«

»Ich wollte dich nur ein bisschen auf die falsche Spur locken. Tut mir leid.«

»Und die Geschichte mit den beiden Gestalten, die dich entführt haben?«

»Das habe ich mir ausgedacht. Und auch dass die Entführer mir Hoffnung gemacht haben, dass sie mir immer wieder versprochen haben, mich freizulassen. Ein paar von den Vergewaltigungs- und Missbrauchsgeschichten, die ich erzählt habe, waren unmittelbar von den Negativen inspiriert, aber mir ist nichts davon selbst passiert.«

»Du wolltest die Ermittler nur in die Irre führen.«

»Genau.«

Ich will sie wieder auf ihre Geschichte zurückbringen: »Du hattest also gerade deinen Vater erschossen und warst verwirrt. Was ist dann passiert?«

»Ich glaube, ich stand unter Schock. Meine Mutter ist nach Hause gekommen. Als sie sah, was passiert ist, ist sie total ausgeflippt. Hat angefangen, auf Portugiesisch zu fluchen. Sie sagte, die Polizei würde mich für immer einsperren. Sie hat mich aufgefordert, davonzulaufen und mich irgendwo zu verstecken. Sie würde die Polizei anrufen und sagen, dass sie meinen Vater tot aufgefunden hätte. Sie würde es auf Einbrecher schieben. Ich konnte nur noch reagieren. Ich hab mir meinen Koffer geschnappt – oder deinen Koffer, um genau zu sein –, ein paar Sachen gepackt und bin abgehauen.«

»Und vermutlich zu Ry Strauss gefahren«, sage ich.

»Ich wusste, dass er im Beresford wohnte. Ich glaube, ich war die Einzige, der er das anvertraut hat. Ich weiß es nicht. Aber als ich dort ankam, war Ry in sehr schlechter Verfassung. Geistig, meine ich. Er hat Dinge gehortet. Er hat sich nicht rasiert, nicht einmal geduscht. Die Wohnung war widerlich. In der zweiten Nacht bin ich aufgewacht, weil Ry mir ein Messer an die Kehle gehalten hat. Er dachte, ein Typ namens Staunch hätte mich geschickt.«

»Also bist du wieder abgehauen.«

»So schnell wie möglich. An den Koffer habe ich überhaupt nicht gedacht.«

Ich kann nicht umhin festzustellen, dass die FBI-Ermittler in beiden Fällen – der Ermordung meines Onkels und dem Raub der Gemälde – mit ihren anfänglichen Einschätzungen richtiglagen. Bei dem Kunstraub hatten sie vermutet, dass Ian Cornwell in irgendeiner Form beteiligt war. Das war richtig. Bei der Ermordung Onkel Aldrichs lautete eine der ersten Theorien, dass Cousine Patricia ihren eigenen Vater erschossen, einen Koffer gepackt hatte und dann geflohen war.

Auch das war richtig.

»Es klingt bestimmt verrückt«, sagt sie leise, es ist kaum mehr als ein Flüstern, »aber ich war dabei, als mein Vater den Geräteschuppen im Baumarkt gekauft hat. Wir haben ihn dann ganz in der Nähe des Orts ausgeladen, an dem er ihn später aufgebaut hat.« Sie sieht mich an, und ich spüre, wie die Temperatur im Raum um fünf Grad sinkt. »Ich saß im Auto, Win. Überleg doch mal. Wenn ich jetzt zurückblicke, frage ich mich, ob vielleicht eins der Mädchen gefesselt im Kofferraum lag. Wie kaputt ist das?«

»Sehr«, sage ich.

»Ich weiß nicht, was auf deinen Negativen zu sehen war, aber es gab ein paar Außenaufnahmen, also hatte ich eine vage Idee, wo der Schuppen sein könnte. Mit zehn oder elf Jahren war ich in der Gegend ein paarmal mit Dad zelten.«

»Wie lange hast du gebraucht, um ihn zu finden?«

»Den Schuppen? Fast einen Monat. So gut war er versteckt. Ich muss mindestens zehn Mal daran vorbeigelaufen sein.«

»Hast du je wirklich in dem Schuppen geschlafen?«

»Nur in der letzten Nacht vor meiner vorgetäuschten Flucht.«

»Verstehe«, sage ich, weil ich es nicht tue. Irgendwas passt nicht richtig zusammen. »Und du hast dir diesen Plan ausgedacht?«

Patricias Augen verengen sich. »Wie meinst du das?«

»Du warst achtzehn Jahre alt. Du hast deinen eigenen Vater erschossen. Das war eindeutig ein traumatisches Erlebnis. Sogar so traumatisch, dass du immer noch seine Fotos an der Wand hängen hast.« Ich zeige hinter sie. »Du hast deinen Vater zu einem wichtigen Teil deiner Geschichte gemacht. Aldrich sei, wie du immer wieder erzählt hast, die Inspiration für deine guten Taten gewesen.«

»Das ist keine Lüge«, entgegnet sie. »Was ich getan habe ... mein Dad ... Es hat mich verfolgt. Schließlich war er mein Vater. Er hat mich geliebt, und ich habe ihn geliebt. Das ist die Wahrheit.« Sie rückt näher zu mir. »Win, ich habe einen Vatermord begangen. Das hat mein Leben von Grund auf geprägt.«

»Was mich wieder auf meinen Punkt zurückbringt.«

»Und der wäre?«

»Du, ein verwirrtes achtzehnjähriges Mädchen, bist auf die Idee gekommen, dich als Opfer auszugeben. Wenn das wahr ist, Hut ab. Es war brillant. Ich habe es dir immer abgekauft. Ich habe es nie auch nur einen Moment lang infrage gestellt. Es ist dein Verdienst, dass die Familien der Mädchen, die dort festgehalten wurden, einen Schlussstrich ziehen konnten. Es ist dir gelungen, die Hütte des Schreckens, wenn man so will, zu demaskieren, ohne deinen eigenen Vater mit hineinzuziehen. Du hast Aufmerksamkeit erlangt und sie genutzt, um Abeona Shelters zu gründen. Um Gutes zu tun. Um etwas von dem wiedergutzumachen, was dein Vater getan hat. Es fasziniert mich, dass du ganz allein darauf gekommen bist.«

Wir starren uns an.

»Ich vermute aber«, fahre ich fort, »dass du nicht ganz allein darauf gekommen bist, stimmt's?«

Sie sagt nichts.

»Du warst auf der Flucht. Dein einziger Verbündeter, Ry Strauss, ist übergeschnappt. Deine Mutter konntest du nicht anrufen. Wahrscheinlich hast du nicht damit gerechnet, dass die Polizei sie auch verdächtigt – aber dann stand auch sie unter Beobachtung.« Ich lege meine Fingerspitzen aneinander. »Ich versetze mich mal in deine Lage – in die Enge getrieben, allein, jung, aufgelöst. Wen würde ich um Hilfe bitten?«

Sie verlagert ihr Gewicht von einem Fuß auf den anderen. Da sie es nicht ausspricht, tue ich es.

»Großmama.«

Aus drei Gründen war das logisch. Erstens: Großmama liebte Cousine Patricia. Zweitens: Sie hatte die Möglichkeit, sie zu verstecken. Drittens: Großmama hätte alles dafür getan, den Skandal, den diese Enthüllung auslösen würde, von der Familie fernzuhalten.

Cousine Patricia nickt. »Großmama.«

Bevor Sie urteilen – das ist nicht nur ein Lockwood-Ding. Familien schützen ihre Mitglieder. So sind wir nun einmal. Und nicht nur Familien. In gewissem Sinn verschanzen wir uns alle in Wagenburgen, oder? Wir reden uns mit einem »übergeordneten Wohl« heraus. Kirchen vertuschen die Verbrechen ihrer Geistlichen und verstecken sie, indem sie sie an andere Orte versetzen. Sowohl Wohltätigkeitsorganisationen als auch skrupellose Unternehmen sind sehr versiert in der Kunst der Verschleierung von Indiskretionen, darin, Maßnahmen zu ergreifen, um sich selbst zu schützen, und Rechtfertigungen vorzubringen, die immer darauf hinauslaufen, dass der Zweck die Mittel heiligt.

Warum sollte es jemanden überraschen, wenn eine Familie dasselbe tut?

Mein Onkel Aldrich hat von klein auf schlimme Dinge getan, ohne je dafür zur Rechenschaft gezogen zu werden. Er hat nie Hilfe bekommen, wobei man ehrlicherweise sagen muss, dass man einer solchen Person nicht wirklich helfen kann.

Man kann sie nur ausschalten.

»Und was jetzt, Win?«

Wie habe ich es vorhin ausgedrückt: Zwar ist nichts dicker als Blut, aber es gibt auch kaum etwas Flüchtigeres. Ich denke an das gemeinsame Blut, das uns beide durchströmt. Trage ich etwas von dem, was Onkel Aldrich hatte, in mir? Neige ich deshalb so zu Gewalt? Ist es genetisch bedingt? Hatte Onkel Aldrich nur ein defektes Chromosom, war es ein chemisches Ungleichgewicht, hätte irgendeine intensive Therapie ihm helfen können?

Ich weiß es nicht, und es ist mir auch ziemlich egal.

Ich kenne jetzt alle Antworten. Ich weiß nur nicht recht, was ich damit anfangen soll.

Das Leben spielt sich in Grautönen ab.

Für die meisten Menschen ist das ein Problem. Es ist sehr viel einfacher, die Welt in Schwarz-Weiß zu sehen, in der die Menschen entweder nur gut oder nur schlecht sind. Ich versuche manchmal, im Internet – auf Twitter oder in anderen sozialen Medien – einen Eindruck von all der echten, eingebildeten und falschen Empörung zu bekommen. Extrempositionen und Empörung sind leicht verständlich, unerbittlich und Aufmerksamkeit heischend. Rationalität und Besonnenheit sind schwer verständlich, anstrengend und profan.

Wenn es um Antworten geht, funktioniert Occams Rasiermesser umgekehrt: Die einfachste Antwort ist höchstwahrscheinlich falsch.

Ich muss Sie warnen. Sie werden mit einigen Entscheidungen, die ich treffe, nicht einverstanden sein. Grämen Sie sich nicht darüber. Ich weiß auch nicht, ob ich richtiggelegen habe. Wenn ich mir sicher wäre, würde ich – nach meinem persönlichen Grundsatz – wahrscheinlich falschliegen.

* * *

Als ich wieder am Dakota bin, wartet PT schon auf mich. Ich lade ihn in mein Apartment ein, wo ich jedem von uns einen Cognac einschenke.

»Arlo Sugarman ist tot«, erzähle ich ihm.

PT ist mein Freund. Ich glaube nicht so recht an Mentoren, aber wenn ich es täte, wäre PT ein Mentor. Er war immer gut zu mir. Immer fair.

»Bist du sicher?«, fragt er.

»Meine Leute haben das Krematorium angerufen, das mit der St. Timothy's Episcopal Church zusammenarbeitet, und sie gebeten, sich die Aufzeichnungen am und um den 15. Juni 2011 herum anzusehen. Sie haben sich auch die Sterbeurkunden für den Großraum St. Louis für diese Daten angesehen.«

PT lehnt sich im ledernen Ohrensessel zurück. »Mist.«

Ich warte.

Er schüttelt den Kopf. »Ich wollte ihn erwischen, Win. Ich wollte Gerechtigkeit.«

»Ich weiß.«

PT hebt seinen Cognacschwenker. »Auf Patrick O'Malley.«

»Auf Patrick«, sage ich.

Wir stoßen an. Dann sinkt PT wieder zurück in den Sessel.

»Ich wollte das Unrecht wirklich wiedergutmachen«, sagt er.

Mit dem Glas an den Lippen füge ich hinzu: »Wenn du einen Fehler gemacht hast.«

PT verzieht das Gesicht. »Was soll das heißen?«

»Du warst der Junior Special Agent«, sage ich.

»Und?«

»Also war es seine Entscheidung, oder?«

PT stellt sein Glas vorsichtig auf den Untersetzer. Er sieht mich an. »Welche Entscheidung?«

»Nicht auf Verstärkung zu warten«, sage ich. »Sondern auf eigene Faust durch die Hintertür reinzugehen.«

»Was willst du damit sagen, Win?«

»Du gibst dir die Schuld. Du gibst dir seit fast fünfzig Jahren die Schuld.«

»Würdest du das nicht auch tun?«

Ich zucke die Achseln. »Von wem kam der Tipp?«, frage ich.

»Anonym.«

»Woher weißt du das?«, frage ich. »Egal, das spielt auch keine Rolle. Ihr beide seid zum angegebenen Haus gefahren, aber als ihr dort ankamt, hat Special Agent O'Malley die Entscheidung getroffen, nicht auf Verstärkung zu warten.«

PT sieht mich über seinen Schwenker hinweg an. »Er meinte, die Zeit drängt.«

»Trotzdem«, sage ich, »hat er sich nicht an die Vorschriften gehalten.«

»Na ja, formal ist das schon richtig.«

»Er hat eigenmächtig die Hintertür eingetreten. Wer hat den ersten Schuss abgefeuert, PT?«

»Was spielt das für eine Rolle?«

»Du hast es mir nicht erzählt. Wer hat zuerst geschossen?«

»Das wissen wir nicht genau.«

»Aber Special Agent O'Malley hat geschossen, oder?«

PT starrt mich ein paar lange Sekunden an. Dann lässt er den Kopf nach hinten ans Leder sinken und schließt die Augen. Ich warte darauf, dass er noch etwas sagt. Das tut er nicht. Er bleibt einfach mit zurückgelehntem Kopf und geschlossenen Augen sitzen. PT wirkt alt und erschöpft. Ich schweige. Ich habe genug gesagt. Vielleicht war Special Agent Patrick O'Malley einfach übereifrig. Vielleicht wollte er Arlo Sugarman fassen und dadurch zu einem Helden werden, auch wenn er dafür gegen das Protokoll des FBI für solche Situationen verstoßen musste. Aber vielleicht hatte O'Malley, ein finanziell angeschlagener Vater von sechs Kindern, auch gehört, dass Nero Staunch ein Kopfgeld auf die Mitglieder der Jane Street Six ausgesetzt hatte – außerdem waren sie doch eigentlich sowieso Killer, und was wäre, wenn einer von ihnen bei einem Fluchtversuch erschossen werden würde?

Ich kenne die Antwort nicht.

Ich will es nicht auf die Spitze treiben.

Das Leben spielt sich in Grautönen ab.

»Win?«

»Ja?«

»Kein Wort mehr dazu, okay?«

Das beherzige ich. Ich sitze einfach mit meinem Drink und meinem Freund da, während die Nacht über uns herabsinkt.

* * *

Am nächsten Morgen fahre ich nach Bernardsville, New Jersey, hinaus und besuche Mrs Parker und Mr Rowan noch einmal.

Dies ist für mich der dunkelste Graubereich.

Ich musste ihnen versprechen, ihnen zu sagen, was ich über ihre Kinder erfahre.

Und werde ich das tun? Sage ich diesen beiden alten Menschen, dass ihre Kinder tot sind – oder lasse ich sie weiter in dem Glauben, dass Billy und Edie eventuell überlebt und Kinder und möglicherweise auch Enkelkinder haben? Was würde es ihnen in ihrem Alter helfen, die Wahrheit zu erfahren? Soll ich ihnen ihre harmlose Fantasie lassen? Wird die Wahrheit sie in ihrem Alter zu sehr stressen? Habe ich das Recht, diese Entscheidung zu treffen?

Ich habe Sie gewarnt, dass Sie mit einigen meiner Entscheidungen nicht einverstanden sein könnten.

Dies ist eine von ihnen.

Mrs Parker und Mr Rowan haben fast fünfzig Jahre lang darauf gewartet, die Wahrheit zu erfahren. Ich kenne die

Wahrheit. Ich habe versprochen, dass ich ihnen die Wahrheit sage.

Und das tue ich auch.

Die grausigen Details lasse ich aus, und zum Glück fragen sie nicht danach.

Als ich fertig bin, ergreift Mrs Parker meine Hand.

»Ich danke Ihnen.«

Ich nicke. Wir sitzen da. Sie weinen ein bisschen. Dann entschuldige ich mich und gehe.

Sie wollten wissen, wer ihre Kinder getötet hat.

Hier treffe ich eine weitere Entscheidung, die Ihnen womöglich nicht gefällt.

Ich sage ihnen, dass es Vanessa Hogan war.

Als ich die Einrichtung für betreutes Wohnen verlasse, ziehe ich mein Handy aus der Tasche und tippe auf den Senden-Button in meinem E-Mail-Programm. Ich schicke PT eine Audiodatei. Natürlich war mir klar, dass Vanessa Hogan nach meinem Handy fragen könnte, bevor sie gesteht – und natürlich hatte ich ein zweites Handy dabei.

Den Anfang habe ich gelöscht – den Teil, in dem ich von meinen eigenen illegalen Handlungen erzähle –, aber das FBI wird ihr komplettes Geständnis auf Band haben. In meinen Augen hat Vanessa Hogan die Grenze überschritten. Wahrscheinlich halten Sie mich für einen Heuchler, wenn ich das so sage. Sie werden mir meine nächtlichen Touren vorhalten und dass ich Teddy »Big T« Lyons am Anfang dieser Erzählung verprügelt habe. Teddy hatte mir schließlich nichts getan. Und Vanessa Hogans Opfer – Billy Rowan und Edie Parker – waren für den Tod von Vanessa Hogans einzigem Sohn verantwortlich.

Ich verstehe das. Keine dieser Entscheidungen ist einfach.

Es sind Grautöne.

Billy Rowan und Edie Parker waren jedoch jung und nicht

vorbestraft. Sie haben die Molotowcocktails nicht geworfen. Sie waren reumütig und wollten sich stellen. Sie hätten keine weiteren Menschen getötet oder jemandem Schaden zugefügt. Müsste Vanessa Hogan für das, was sie getan hat, zur Rechenschaft gezogen werden?

Das werde ich den Gerichten überlassen.

Bewege ich mich wieder auf einem zu schmalen Grat?

Tja, wir sind ja auch noch nicht fertig.

* * *

Mein Jet wartet. Wieder fliege ich nach St. Louis. Nach der Landung fahre ich selbst. Die Adresse habe ich bereits im Navi meines Handys. Ich erreiche die Farm und parke an der Straße. Ich stapfe durch das hohe Gras. Diverse Schilder verbieten mir das unbefugte Betreten des Grundstücks. Ich beachte sie nicht. Die Farm ist seit drei Generationen im Besitz der Familie Sinclair. Der Reverend wurde hier geboren. Aber ich interessiere mich für den Hausverwalter.

Ich habe Reverend Calvin Sinclair nicht abgekauft, warum er nach Arlo Sugarmans Tod die wahre Identität von »R. L.« nicht offengelegt hat. Er hätte behaupten können, es selbst gerade erst erfahren zu haben. Für ihn stellte die Wahrheit keine echte Gefahr mehr dar. Außerdem war der Reverend auf meine Ankunft in seiner Kirche vorbereitet gewesen. Daher vermutete ich, dass er gewarnt worden war, was, wie sich herausstellte, tatsächlich der Fall war. Elena Randolph hatte ihn wenige Minuten nach unserem Treffen angerufen.

Mit diesen Informationen im Hinterkopf hatte ich mein Team nicht nur aufgefordert, das Krematorium anzurufen, das St. Timothy's normalerweise nutzte – genau wie ich es PT erzählt habe –, sondern auch alle anderen Krematorien in der Umgebung. Sie haben auch die Sterberegister des Bezirks überprüft. In beiden Fällen fanden sie niemanden mit den Initialen R. L., der am 15. Juni 2011 gestorben war. Mehr noch: Es gab in diesem Zeitraum überhaupt keine männlichen Verstorbenen, auf die Arlo Sugarmans Beschreibung – Alter und Größe – gepasst hätte.

Hinter dem Tor zur Farm biege ich rechts ab. Ein Mann tritt in mein Blickfeld. Er sieht seinem Alter entsprechend wie sechsundsechzig aus und hat einen kahl geschorenen Kopf. Außerdem hat er die richtige Größe.

»Kann ich Ihnen helfen?«, fragt der Mann.

Ich höre immer noch den Hauch eines Brooklyn-Akzents.

Arlo Sugarman ist an jenem Abend, als die Jane Street Six geplant hatten, die Freedom Hall in Brand zu setzen, nicht erschienen, weil er nicht an solche Gewaltakte glaubte. Er war in etwas hineingezogen worden, das er nicht steuern konnte, und war sein Leben lang auf der Flucht. Wenn ich PT die Wahrheit gesagt hätte, hätte er Arlo verhaften und vor Gericht stellen wollen? Oder hätte er es so gesehen wie ich?

Ich weiß es nicht. Es ist aber auch nicht PTs Entscheidung. Es ist meine.

»Es ist nicht vorbei«, sage ich ihm. »Sie müssen wieder fliehen.«

»Wie bitte?«

Die Hintertür des Farmhauses fliegt auf. Calvin Sinclair eilt heraus. Als er mich sieht, will er losstürmen, offensichtlich besorgt über mein Eindringen, aber der Mann mit dem Brooklyn-Akzent hebt die Hand, um ihn zu bremsen.

»Ich bin dahintergekommen, dass Sie noch am Leben sind«, sage ich. »Das könnte anderen auch gelingen.«

Der Mann sieht aus, als wollte er widersprechen und es abstreiten, doch dann nickt er nur und sagt: »Danke.«

Mein Blick wandert zu Calvin Sinclair, dann zurück zu Arlo Sugarman. Fast hätte ich gefragt, was sie jetzt tun werden. Aber das mache ich nicht. Ich habe meinen Teil getan. Der Rest liegt in ihren Händen. Ich drehe mich um und gehe den Hügel wieder hinunter.

Ich muss noch einen weiteren Stopp einlegen.

* * *

Als ich vom Hickory Place in die lange Zufahrt einbiege, sehe ich das alte Herrenhaus in der Ferne. Ich bin wieder in New Jersey. Hier wohnt Ema bei ihrer Mutter, dem Filmstar Angelica Wyatt. Kurz darauf entdecke ich die beiden in der Eingangstür, wo sie mich erwarten.

Wahrscheinlich haben Sie inzwischen gemerkt, dass ich niemandem etwas von Cousine Patricia erzählt habe. Sie hat ein Monster erschossen – ein Monster, das, wie ich es bei Teddy »Big T« Lyons schon angeführt habe, weiter Menschen verstümmelt und getötet hätte. Es gibt keinen Grund, dass Cousine Patricia, die letztlich so viel Gutes getan hat, in irgendeiner Form dafür zur Rechenschaft gezogen wird. Ich gebe zu, dass ich etwas voreingenommen sein könnte, weil diese Entscheidung sowohl gut in meine persönliche Geschichte passt, als auch meinem eigenen Interesse entspricht.

Ich möchte nicht, dass mein Vater und meine Familie in einen Skandal verwickelt werden.

Doch auch unabhängig davon halte ich diese Entscheidung für gerecht. Sie sind vielleicht anderer Ansicht. Pech gehabt.

Als ich anhalte und aussteige, rennt Ema auf mich zu, um mich zu begrüßen. Sie stoppt erst, als sie die Arme um mich geschlungen hat und mich an sich drückt. Ich spüre, wie sich etwas in meiner Brust öffnet.

»Geht's dir gut?«

»Groovy«, sage ich.

»Win?«

Ema vergräbt ihr Gesicht an meiner Brust. Ich lasse sie gewähren.

»Was?«

»Sag nie wieder ›groovy‹, okay?«

»Okay.«

Ich blicke ihre Mutter über Emas Schulter an, die uns beobachtet. Angelica freut sich nicht, mich zu sehen. Ich sehe ihr in die Augen und versuche, ihr beschwichtigend zuzulächeln, was sie aber offensichtlich kaum beruhigt. Sie will mich nicht hierhaben. Ich verstehe das.

Angelica dreht sich um und geht ins Haus.

Ema lässt mich los und sieht mich an. »Erzählst du mir alles?«

»Alles«, antworte ich.

Ich bin mir aber nicht sicher, ob das stimmt.

Als ich meiner Tochter ins Gesicht sehe, denke ich an letzte Nacht zurück.

Ich liege mit Benutzername Helena im Bett. Mein Handy klingelt. Es ist Kabir.

»Wir haben ein Problem.«

»Was ist los?«

»Wir haben Trey Lyons verloren.«

Ich fahre hoch und erschrecke Helena. »Die Details«, sage ich.

Aber Sie brauchen die Details nicht zu kennen. Sie brauchen nicht zu wissen, warum meine Leute Trey Lyons' SUV auf dem Eisenhower Parkway verloren haben. Sie müssen nicht im Detail wissen, wie ich darauf gekommen bin, dass Trey Lyons das Dakota beobachten ließ und seine Leute Ema gesehen haben, wie sie ihr gefolgt sind und wie idiotisch ich mir vorkam, das nicht früher erkannt zu haben. Sie brauchen die Details über meinen Anruf bei Angelica um zwei Uhr nachts nicht zu kennen, wie ich ihr sagte, dass sie sich mit Ema im Keller verstecken solle, wie schnell ich hier rausgerast bin, wie ich am Hickory Place geparkt habe, wie ich mit einem Nachtsichtgerät vor Augen und einer halbautomatischen Desert Eagle .50 in der Hand die Zufahrt hinaufgerannt bin. Sie brauchen nicht zu wissen, wie ich sah, dass Trey Lyons auf der Rückseite des Hauses durch ein Fenster eindrang. Sie brauchen nicht zu wissen, dass ich ihn nicht gewarnt habe, dass ich ihn nicht aufgefordert habe, die Hände hochzunehmen, ihm keine Chance gegeben habe, sich zu ergeben.

Das mag Ihnen wie eine weitere Graustufe vorkommen. Doch das ist es nicht.

Das war ganz einfach. Es war schwarz-weiß.

Er hatte es auf meine Tochter abgesehen. Meine. Tochter.

»Komm«, sagt Ema. »Gehen wir rein.«

Ich nicke. Es ist ein warmer, sonniger Tag. Der Himmel ist so blau, wie ihn nur ein himmlisches Wesen malen kann. Ema geht vor. Sie trägt ein Top mit Spaghettiträgern, sodass ich ihren oberen Rücken sehen kann. Als wir uns der Tür nähern, entdecke ich etwas, das wie eine vertraute Tätowierung aussieht, die zwischen ihren Schulterblättern hervorschaut.

Vielleicht ein *Tisiphone abeona*?

Beinah wäre ich stehen geblieben und hätte nachgefragt, aber als meine Tochter sich umdreht und mich ansieht, verschwinden all die Grautöne plötzlich in ihrem strahlenden Lächeln. Vielleicht zum ersten Mal im Leben sehe ich nur das Weiß.

Klingt das abgedroschen? Möglich.

Aber seit wann kümmert es mich, was Sie denken?

DANKSAGUNG

Ich bin nur in sehr wenigen Bereichen Experte und daher auf die Freundlichkeit von Fremden und Freunden angewiesen. In diesem Sinne möchte ich folgenden Personen in alphabetischer Reihenfolge danken: James Bradbeer, Fred Friedman, Larry Gagosian, Gurbir Grewal, Shan Kuang und Beowulf Sheehan. Diese Leute sind Topspezialisten in den unterschiedlichsten Gebieten, falls also Fehler in diesem Text gefunden werden, habe ich kein Problem damit, ihnen die Schuld in die Schuhe zu schieben.

Ben Sevier ist schon seit einem Dutzend Büchern mein Lektor/Herausgeber. Der Rest des Teams besteht aus Michael Pietsch, Beth deGuzman (nach vielen Jahren ein Wiedersehen mit meiner Lektorin von *Tell No One/Kein Sterbenswort*), Karen Kosztolnyik, Elizabeth Kulhanek, Rachael Kelly, Jonathan Valuckas, Matthew Ballast, Brian McLendon, Staci Burt, Andrew Duncan, Alexis Gilbert, Joe Benincase, Albert Tang, Liz Connor, Flamur Tonuzi, Kristen Lemire, Mari Okuda, Kamrun Nesa, Selina Walker (die das britische Team leitet), Charlotte Bush, Glenn O'Neill, Lisa Erbach Vance, Diane Discepolo, Charlotte Coben, Anne Armstrong-Coben und, was vielleicht am wichtigsten ist, einer Person, die ich vergessen habe, die aber sehr nachsichtig ist.

Außerdem möchte ich Jill Garrity, Elena Randolph, Karen Young, Pierre-Emmanuel Claux und Don Quest kurz erwähnen. Diese Personen (oder ihre Angehörigen) haben großzügige Spenden an Wohltätigkeitsorganisationen meiner Wahl geleistet, damit ihre Namen im Gegenzug in diesem Roman erscheinen. Wenn Sie sich in Zukunft beteiligen möchten, schicken Sie eine E-Mail an giving@harlancoben.com, um Einzelheiten zu erfahren.

Win sagt, dass ich langsam zum Schluss kommen soll, er würde mir aber gewiss noch kurz die Gelegenheit geben, Ihnen dafür zu danken, dass Sie dieses Buch eingefordert haben und den Weg mit uns gegangen sind. Sie, lieber Leser, rocken. Ich höre.